ullstein

Martina Sahler

Die englische Gärtnerin
Weißer Jasmin

Roman

Ullstein

Besuchen Sie uns im Internet:
www.ullstein.de

MIX
Papier
FSC® C083411

Originalausgabe im Ullstein Taschenbuch
1. Auflage August 2020

Umschlaggestaltung: bürosüd° GmbH, München
Titelabbildung: Arcangel Images / Rekha Arcangel (Frau);
Mauritius Images (Haus); bürosüd (Blumen)
Satz: Pinkuin Satz und Datentechnik, Berlin
Gesetzt aus der Quadraat Pro
Druck und Bindearbeiten: CPI books GmbH, Leck
ISBN 978-3-548-06073-6

Prolog

Juni 1926

»Wie kannst du so ruhig sein!« Debbie Windley öffnete die Türen von Charlottes Kleiderschrank und schob die Bügel über die Stange, während sie die Garderobe überprüfte. »Und dein mausgraues Kostüm ziehst du besser gleich wieder aus. Du musst dich präsentieren wie die schönste Blume in deinem Garten.« Sie zog ein lindgrünes Kleid in Wickeloptik hervor und hielt es am ausgestreckten Arm vor sich. »Das ist genau das Richtige!«

»Richtige!«, echote Charlottes Tochter Eliza Rose, die bald ihren zweiten Geburtstag feierte. Sie hatte vor einem halben Jahr laufen gelernt und war seitdem kaum noch zu bremsen.

Charlotte saß auf der Kante ihres Ehebetts, klatschte in die Hände und streckte ihrer Tochter die Arme entgegen. »Komm her, mein Herz.«

Sofort spurtete das Mädchen zu ihr und ließ sich hochheben. »Hör nicht auf Tante Debbie«, sagte Charlotte mit einem Grinsen und laut genug, dass Debbie es mitbekam. »Manchmal darf man sich nicht verrückt machen lassen.«

Wie hübsch Eliza Rose war. Die dunklen Locken wuchsen wild und ließen sich kaum bändigen. Wenn Charlotte ihr in die grünbraunen Augen mit den langen Wimpern sah, spürte sie jedes Mal ein Stechen in der Brust. Bislang wunderte sich niemand darüber, dass das Mädchen vom Aussehen weder nach Victor noch nach Charlotte schlug. Allgemein hieß es, sie müsse wohl die Erbanlagen von Victors deutscher Verwandtschaft haben. Eine Erklärung, der Charlotte nichts entgegensetzte, obwohl sie es besser wusste.

»Pah«, machte Debbie, als hätte Charlotte sie direkt angesprochen. »Wer ist denn hier die Gartenverrückte von uns beiden? Wer wartet sein Leben lang auf die Anerkennung als Botanikerin? Heute ist dein großer Tag, Charlotte, du solltest es nicht vermasseln.«

»Das hängt nicht von der Farbe meines Kleides ab«, gab Charlotte zurück. »Auch nicht davon, ob die kleinen Kuchen, die Mrs Duncan zum Tee reichen will, gelungen sind oder nicht. Es ...«

Die Zimmertür schwang auf, und Charlottes Mann Victor steckte den Kopf herein. Seine Stirn war leicht gerötet, ein paar Haarsträhnen hingen ihm ins Gesicht. »Du wolltest doch dem Chauffeur Bescheid geben, dass er unsere Automobile in den Schuppen setzt! Sie stehen noch da. Wo sollen die Leute parken?« In seiner Stimme schwang ein deutlicher Anklang von Panik mit.

»Papa.« Eliza Rose strahlte Victor an.

Sofort war Victor bei ihr, sank auf die Knie und küsste ihre Hände.

Charlotte streichelte seine Wange. »Bitte treibt mich nicht in den Wahnsinn. Sag Owen einfach noch einmal Bescheid, dass er die Wagen wegfahren soll. Solche Kleinigkeiten werden nicht darüber entscheiden, ob mir die *Linnean Society* die Medaille verleiht oder nicht.«

Victor richtete sich auf und küsste sie auf den Mund. »Ich wünsche es dir, Charlotte. Niemand hätte die Medaille mehr verdient als du.«

»Hoffentlich sieht es der Vorstand der *Society* genauso«, erwiderte Charlotte. »Wusstest du übrigens, dass sich auch Sir Hill angekündigt hat?«

»Der Direktor von Kew Gardens?«

Charlotte nickte. »Ihn scheint mein Werdegang zu interessieren, seit ich Kew Gardens verlassen habe.« Sie spürte ein Frösteln im Nacken. Sobald sie an den berühmten Botanischen Garten am Rande Londons dachte, stiegen die Bilder von ihren alten Träumen in ihr hoch: von dieser Gemeinschaft international arbeitender Experten, von denen sie eine Zeit lang ein Teil hatte sein dürfen, von Expeditionen in die entlegensten Winkel der Welt. Sie hatte einen anderen Weg eingeschlagen, wie es ihr die Vernunft geboten hatte, Forschungsreisen auf eigene Faust unternommen und einen Garten erschaffen, der seinesgleichen in England suchte. Ob ihr Werk Sir Hill und die Gesandtschaft der *Society* beeindrucken würde? Sicher, eine Auszeichnung wäre fabelhaft, aber tief in ihrem Inneren konnte niemand Charlotte verunsichern. Selbst wenn sich die Mitglieder der *Socie-*

ty gelangweilt abwenden würden, wüsste sie, dass sie etwas Einmaliges vollbracht hatte: In ihrem Garten blühten nicht nur einheimische Pflanzen, sondern Gewächse aus weit entfernten Teilen der Welt wie aus Südamerika und Persien. Ihr war es gelungen, die Exoten hier heimisch werden zu lassen. Sie waren neben den Rosen die Prunkstücke inmitten der anderen Schönheiten, die sie in England, Schottland und Irland gesammelt hatte. Sie sog die Luft ein. *Nicht an Irland denken, nicht jetzt*, sonst würden ihre Hände doch noch anfangen zu zittern.

»Kommt ein Fotograf?«, fragte Victor.

»Ein Fotograf kommt nur, wenn man mir die Medaille überreicht. So weit ist es noch lange nicht«, erwiderte Charlotte.

Debbie hatte in der Zwischenzeit weitere Kleider unter die Lupe genommen, entschied sich aber letztendlich für das lindgrüne. »Schau mal, Victor, das steht ihr am besten, oder?«

Victor schaute abwechselnd vom Kleid zu seiner Frau und zurück. »Ehrlich gesagt finde ich, dass Charlotte alles steht, aber ja, dieses grüne Kleid ist besonders vorteilhaft, Flapper.«

Debbie schoss einen Hexenblick auf ihren Schwager. »Nenn mich nicht Flapper! Es ist ungerecht, das weißt du!«

Victor lachte. »Seit wann hast du etwas gegen Tanz und Vergnügen?«

Flapper war die Bezeichnung für alle jungen Frauen, die das süße Leben liebten. Noch vor ein paar Jahren hatte dieser Spitzname perfekt zu Debbie gepasst. Inzwischen war sie erwachsen geworden, aber der Name war an ihr haften geblieben. Debbie verzog das Gesicht, verzichtete aber zum Glück auf eine weitere Diskussion. Victor nahm Eliza Rose von Charlottes Schoß und wandte sich an Debbie. »Kommst du mit nach unten?« Er sah zu Charlotte und nickte ihr zu. Sie lächelte ihn dankbar an, senkte aber rasch die Lider. Manchmal fiel es ihr schwer, den Blick ihres Mannes zu halten. Dann befürchtete sie, er könnte in ihren Augen von dem Geheimnis lesen, das sie mit sich trug.

Debbie biss sich auf die Lippe und schien abzuwägen, ob sie es wagen konnte, ihrer Schwester allein die Wahl des Kleides zu überlassen. Schließlich folgte sie Victor und zog die Tür hinter sich zu.

Charlotte ließ sich rücklings aufs Bett fallen, die Arme weit von sich gestreckt. Das Kostüm, das sie für den heutigen Anlass gewählt hatte, war absolut nicht mausgrau, sondern in einem edlen Silber-Anthrazit gehalten. An der Hüfte zierte eine Spange den Rock, der Jackenkragen klappte weit auf und ließ die Sicht auf ein geringeltes Hemd frei. Sportlich elegant, befand Charlotte, aber als sie sich aufrichtete, bemerkte sie einen roten Flecken an der Schulter. »O nein«, stieß sie hervor und versuchte, mit dem angefeuchteten Zeigefinger das Malheur zu entfernen, aber sie verschlimmerte es nur noch und verteilte das Rot bis zum Kragen.

Das musste beim Frühstück passiert sein, als sie Eliza Rose mit Stücken von einem Scone, bestrichen mit *clotted cream* und Kirschmarmelade, gefüttert hatte. Sie hatte es nicht gemerkt. Wie peinlich. Dabei hatte sie geglaubt, mit einunddreißig die Schusseligkeit ihrer jüngeren Jahre hinter sich gelassen zu haben. Als junge Frau war sie Meisterin darin gewesen, ihre Brille zu verlegen, Blusen falsch zu knöpfen oder in den unpassendsten Momenten zu stolpern.

Als von der Einfahrt her Motorenlärm zu ihr drang, sprang Charlotte auf und trat auf den seitlich zum Garten hinausgehenden Balkon. Ein letzter Blick über ihr botanisches Paradies, das jetzt im Sommer und am frühen Nachmittag in den schönsten Farben erstrahlte.

Was bislang ihr allein gehört hatte, was sie mit liebevollen Händen und der Hilfe der Gärtnerin Harriet Moore gehegt und gepflegt hatte, würde sich nun der kritischen Überprüfung durch Experten stellen müssen. Danach würde sie den Garten für die Öffentlichkeit freigeben. Für Charlotte fühlte es sich an, als würde sie der Welt ihr Herz zu Füßen legen.

Aber der Mann, mit dem sie diesen himmlischen Flecken Erde bepflanzt hatte, der ihre Liebe zu den Pflanzen teilte wie kein zweiter und nach dem sie sich Nacht für Nacht sehnte, dieser Mann würde auch heute fehlen. Quinn Mitchell würde erst in ihrem nächsten Brief erfahren, wie die Experten ihre Arbeit bewerteten. Charlotte vertrieb die Gedanken an den Geliebten. Heute war kein Tag für Melancholie.

Die Räume des Gartens waren in verschiedenen Tönen gehalten, nur die Rosen blühten in Weiß und Gelb, Rot und Rosa. Das wirkte aus der Vogelperspektive vom Balkon aus besonders reizvoll. Obwohl die Exoten wie die persischen Tulpen und Oleanderbüsche oder die Steingartenpflanzen von den Hebriden sicherlich die meisten Besucher anziehen würden, war der Rosengarten Charlottes besonderer Liebling. Ihre hoch bewertete Bachelor-Arbeit hatte sie über

Rosenzucht geschrieben. Ob der Gesandtschaft der *Society* ihre eigenen Züchtungen gefallen würden? Sie arbeitete vor allem daran, die Blütezeit zu verlängern und die Stämme gegen Pilzkrankheiten zu stärken.

Stimmen drangen zu ihr, während sie sah, wie ihre Familie und ihre Angestellten die Gäste begrüßten.

Es wird Zeit, dachte Charlotte, schlüpfte aus dem Kostüm und zog sich das lindgrüne Wickelkleid an. Sie griff in die Jackentasche des Kostüms, nahm ihr Medaillon heraus und ließ es in die Seitentasche des Kleides gleiten. Das Schmuckstück hatte sie in allen wichtigen Momenten ihres Lebens begleitet. Es durfte auch an diesem Nachmittag nicht fehlen. Sie betrachtete sich vor dem deckenhohen Spiegel neben dem Schrank, ordnete mit den Fingern ihre Frisur, schob die Brille hoch und ermutigte sich selbst mit einem Lächeln. Dann eilte sie durchs Schlafzimmer, lief die Treppe ins Foyer hinab und begrüßte die Gesandtschaft in der Einfahrt.

Die Namen der *Society*-Mitglieder hatte Charlotte schon vergessen, als sie durch das mit Clematis und Rosen berankte Eisentor schritten. Die Herren trugen alle dunkle Anzüge und Melonen, die sie lüpften, als sie Charlotte begrüßten. Zwei von ihnen schauten durch Brillen mit kreisrunden Gläsern, einer kniff sich ein Monokel vors Auge, drei andere hatten spitz gedrehte Bärte, die bis über die Wangen hinaus wuchsen. Sir Arthur Hill hatte als Einziger auf eine Kopfbedeckung verzichtet und fiel mit seinem stechenden Blick, dem Schnauzbart und dem braunen Jackett auf, die Linke lässig in der Hosentasche vergraben.

Er reichte Charlotte die Hand, während die anderen Männer miteinander murmelten, als sprächen sie eine geheime Sprache. Mit Sir Hill an ihrer Seite folgte Charlotte der dunklen Traube über den Pflasterweg. Die Männer bückten sich hierhin, fassten da nach einem Trieb oder rieben ein Blatt zwischen den Fingern, um das Aroma zu lösen. Der süße Blütenduft des weißen Jasmins, den Charlotte nach den Eisheiligen an die Seitenwand des Hauses gepflanzt und mit Spalieren gestützt hatte, umwehte sie und löste in Charlotte kribbelige Vorfreude auf die Tage mit Quinn aus. *Nicht jetzt daran denken*, ermahnte sie sich selbst, *nicht jetzt*. Rasch verdrängte sie die Bilder, die Jasmin in ihr erweckte, und ermunterte stattdessen die Männer, jeden Winkel des Gartens zu erforschen.

Einige machten sich Notizen, während sie unter den Lindenbäumen entlangschritten, deren Äste kunstvoll miteinander verflochten waren. Rechts und links buhlten Zwiebelpflanzen in allen Formen und Farben um Aufmerksamkeit. Die Männer tauschten sich flüsternd aus, als befänden sie sich in einer Kirche. Charlotte gefiel es, mit wie viel Respekt sie ihr Werk begutachteten, aber das hieß noch lange nicht, dass sie es für wert genug hielten, sie mit einer Medaille zu ehren.

Jetzt betraten die Herren den Teil des Gartens, auf den Charlotte besonders stolz war. Mit Mediterraner Wolfsmilch bepflanzte Terrakottatöpfe bildeten den Eingang zum Nussgarten, dessen Boden aus Tausenden Wildblumen und Waldpflanzen in Grün, Gelb, Braun, Weiß und Lila gewebt war. Ein betörendes Arrangement, das aussah wie von der

Natur erschaffen und das ein überwältigendes Duftgemisch aus Frische und Süße verbreitete.

Charlotte beobachtete die Männer und sah, dass manche lächelten, andere beugten sich hinab, um die Blüten genauer zu betrachten. Wie ein glücklicher Zufall wuchsen da Glockenhyazinthen mit Flattergras und Anemonen, aber jedes Detail war durchdacht. Ob die Männer dies bemerkten?

Auch wenn sie sich nicht von Debbies Aufregung hatte anstecken lassen, innerlich spürte Charlotte die Anspannung überdeutlich. Die goldene *Linnean Medal* würde ihren Ruf als Botanikerin über Englands Grenzen hinaus festigen. Abgesehen davon wäre sie die erste Frau, die sie erhielt. Allein, dass es die *Linnean Society* in Erwägung zog, sie auszuzeichnen, war schon eine außergewöhnliche Anerkennung. Sie griff in ihre Kleidertasche und ertastete das kühle Silber ihres Glücksmedaillons. Darin befand sich, schon leicht vergilbt, die erste Blüte, die sie als Kind auf den Forschungstouren mit ihrem Großvater entdeckt hatte: eine Wasserlobelie.

»Bewundernswert, welches Farbenmeer Sie erschaffen haben«, sagte Sir Hill. »Wie ich sehe, warten bereits die nächsten Pflanzen mit ihren Knospen, sodass im Juli und August nicht weite Flächen Grün die Harmonien unterbrechen werden. Die Aufteilung mit den niedrigen Stauden im Vordergrund und den höheren im Hintergrund gefällt mir. Genau wie der Einfall des Sonnenlichts. Alles wirkt zufällig, aber ein Experte erkennt, wie pointiert Sie die Pflanzen gesetzt haben. Sie haben einen ausgeprägten Sinn für Ästhetik, Mrs Bromberg.«

»Tatsächlich lege ich großen Wert darauf, von Frühjahr bis Herbst ein farbliches Gleichgewicht aufrechtzuerhalten und das Sonnenlicht je nach Jahreszeit optimal zu nutzen. Ich wähle die Pflanzen nicht nur nach ihrer Wuchshöhe aus, sondern auch nach der Blattform. Das bringt neben den Farben Leben in die Komposition, finde ich.«

Hill verzog anerkennend die Mundwinkel. »Ich wette, dass Sie es in der Welt der Botanik noch weit bringen.« Er nahm eine winzige Dahlienknospe, die erst im Spätsommer erblühen würde, behutsam zwischen zwei Finger. »Alle Achtung. Haben Sie die direkt aus Südamerika?«

Charlotte nickte. In ihrem Magen breitete sich ein flaues Gefühl aus. Sir Hill schüchterte sie ein. Er war derjenige, der sie aus Kew Gardens ausgeschlossen und ihr geraten hatte, ihr Glück in der Ehe und im Haushalt zu suchen. Und jetzt stellte er es so dar, als hätte er stets an sie geglaubt? Mit verschlossener Miene hob sie den Kopf. »Eine Freundin hat sie mir überlassen. Aber ja, sie stammen direkt aus Mexiko.«

Unauffällig spähte Charlotte zum Eingang und wünschte sich Vita Sackville-West herbei. Im Gespräch mit Sir Hill hätte Charlotte sie gut gebrauchen können. Aber es war unwahrscheinlich, dass ihre Freundin auftauchte. Vita wusste, dass heute die Begutachtung durch die *Linnean Society* auf dem Plan stand.

Am Eisentor entdeckte sie nicht ihre Freundin, dafür aber ihre Gärtnerin Harriet, die alle Hände voll zu tun hatte, ihren Sohn Toby und Eliza davon abzuhalten, in den Garten zu stürmen. Neben ihr hielt sich – aufrecht wie eine Königin Debbie in einem duftig um ihre Beine fliegenden Frühlingskleid. Sie hatte roséfarbenen Lippenstift aufgetragen und die blonden Haare perfekt um ihr Gesicht gelegt. Halb in ihrem Schatten stand die Köchin Mrs Duncan, ein Tablett voller Gläser mit Eistee balancierend. Charlotte winkte sie ungeduldig heran. Sie sollten bloß kein Theater veranstalten! Alles sollte völlig entspannt wirken. Schließlich war sie nicht mehr die Anfängerin, die auf Lob der Älteren hoffte. Sie war eine Botanikerin mit einer Menge Erfahrung, die sich mit jedem Mann in dieser Branche messen konnte.

Harriet gab es auf, die Kinder festzuhalten. Sie flitzten an den Hecken vorbei in Richtung Nussgarten. Harriet eilte auf die Gruppe zu und reichte Sir Hill die Hand.

»Gesell dich doch bitte zu den Herren dort«, bat Charlotte sie. »Sie werden Fragen haben. Du kennst dich genauso gut aus wie ich.«

»Das mache ich gern.« Harriet strich sich eine Haarsträhne hinter die Ohren, die sich aus dem langen grauen Zopf gelöst hatte. Ein schönes Grau, das an Salz und Pfeffer erinnerte. Aber es ließ sie älter erscheinen, als sie mit ihren fünfundzwanzig Jahren war. Mit einem gewinnenden Lächeln lief Harriet zu den Mitgliedern der *Society*.

Das tat in diesem Moment auch Debbie, gefolgt von der Köchin. Mrs Duncan ging gebückt, die Gläser auf dem Tablett vibrierten. »Jetzt kommen Sie schon«, zischte Debbie ihr zu, bevor sie sich strahlend an die Männer wandte. »Meine Herren«, zwitscherte sie wie eine Nachtigall, »darf ich Ihnen eine Erfrischung anbieten? Ich bringe Ihnen Eistee, wenn Sie mögen.«

Im Nu wandten sich ihr alle Köpfe zu, wie Charlotte beobachten konnte. Schließlich näherten sich ihr die Herren wie Motten dem Licht, umringten sie, ließen amüsante Bemerkungen fallen, griffen nach den Gläsern, und über all dem schwebte Debbies glockenhelles Lachen, wenn sie den Kopf in den Nacken legte. Harriet hielt sich verunsichert am Rand der Gruppe. Charlotte sah ihr an, wie unwohl sie sich fühlte. Small Talk und Koketterie gehörten nicht zu ihren Stärken.

Charlotte warf einen um Verständnis bittenden Blick zu Sir Hill. »Entschuldigen Sie, meine Schwester hat eigene Vorstellungen davon, wie man eine Jury beeindruckt.«

Sir Hill neben ihr lachte auf. »Mit weiblichen Reizen zu punkten war von Anbeginn der Welt nicht die schlechteste Wahl.«

»Das reduziert die Frauen auf ihr Äußeres und ihre Fähigkeit, Männer zu becircen. Aber die Welt ist im Wandel, Sir Hill. Wir Frauen können mehr als hübsch lächeln und den Männern nach dem Mund reden.«

Sir Hill blies die Wangen auf und hob beide Hände. »Bitte verzeihen Sie, Mrs Bromberg, ich wollte Ihnen nicht zu nahe treten. Im Übrigen dachte ich, ich würde heute Ihren Gatten kennenlernen.«

»Mein Mann hat mit dem Garten nichts zu tun. Er betreibt seine Geschäfte auch ohne mich.« Vermutlich fieberte Victor im Kaminzimmer ihrem Bericht entgegen, aber es war seine eigene Entscheidung gewesen, dass Charlotte ohne ihn den Garten präsentierte. Dabei hatte er sich extra für diesen Tag freigenommen und ließ sich von seinem Assistenten Albert Hanson in seiner Papierfabrik in Dartford vertreten. Dass er wusste, wann sie ihn brauchte und wann er sich zurückziehen musste, war eine der liebenswertesten Eigenschaften ihres Mannes.

Sir Hill legte die Stirn in Falten, als die Gesandtschaft nun geschlossen auf sie zusteuerte. Debbie verabschiedete sich, und Harriet trat nach einem fragenden Blick, den Charlotte mit einem Nicken beantwortete, hinter sie.

Der Monokelträger übernahm die Wortführung. »Verehrte Mrs Bromberg, mit dem, was Sie hier geschaffen haben, gehören Sie zur ersten Riege der englischen Botaniker. Mit Interesse haben wir gesehen, welche Pflanzen Sie kultivieren konnten, die bislang nicht heimisch waren. Das lässt auf weitere spannende Projekte hoffen. Ihr Garten ist eine Augenweide, wird den Bürgern unseres Landes die Schönheit der Pflanzenwelt zeigen und mit Sicherheit das allgemeine Interesse an der Botanik steigern.« Alle nickten und klatschten.

Charlotte strahlte. »Ihre Anerkennung bedeutet mir viel, meine Herren.«

»Wir haben Ihre Berichte in den einschlägigen Fachjournalen gelesen und sehen darin einige gute Ansätze für die wissenschaftliche Arbeit«, fuhr er fort. »Generell aber richten sich Ihre Artikel an ein breites Publikum und dienen eher der Unterhaltung als der Wissenschaft, nicht wahr?«

Charlotte spürte, dass sie blass wurde. »Nun ja, natürlich. Die Magazine, für die ich schreibe, werden auch von Hobbygärtnern gelesen. Aber meine Artikel sind fundiert und exakt recherchiert.«

»Das wissen wir, Mrs Bromberg. Aber die *Linnean Society*

hat sich der Wissenschaft verschrieben. Wir werden den Garten von Summerlight House wohlwollend in unseren Vorträgen erwähnen, aber um Sie mit der *Linnean Medal* auszuzeichnen, fehlen die Voraussetzungen.«

Charlotte spürte Harriets Hand auf ihrer Schulter. Sir Hill schien sich ein Schmunzeln zu verkneifen. Zorn kochte in Charlotte hoch. Sollte er am Ende recht behalten und sie war nichts weiter als eine überengagierte Ehefrau mit einem botanischen Hobby? Niemals!

»Welche Voraussetzungen fordern Sie?«, fragte sie mit ruhiger Stimme, um nichts von dem Aufruhr in ihrem Inneren zu zeigen.

Die Männer wechselten Blicke untereinander und tuschelten. Schließlich erhob der Wortführer wieder die Stimme. »Nun, wenn Sie eine Dissertation über Gartengestaltung und die Rolle von Gärten in der Gesellschaft anfertigen und promovieren würden, könnte ich mir vorstellen, dass Ihre wissenschaftliche Arbeit vor dem Hintergrund Ihrer praktischen Erfahrungen von uns entsprechend honoriert werden würde.« Er lächelte schief. »Leider kann ich Ihnen nichts Positiveres sagen. Mir ist jedoch klar, dass eine Hausherrin und Mutter mit einem so aufwendigen Zeitvertreib nicht die Muße findet, eine solche Abhandlung zu schreiben und Doktorwürden zu erlangen.«

»Ich danke Ihnen für Ihre Offenheit«, erwiderte Charlotte und hoffte, dass niemand mitbekam, wie der Ärger in ihr brodelte. »Ich werde Ihren Ratschlag überdenken.«

Sir Hill beugte sich zu ihr. »Machen Sie nicht den Fehler, Ihren Mann außen vor zu lassen. Er hat ein Recht darauf zu erfahren, falls Sie sich dafür entscheiden, an der Universität zu promovieren. Bedenken Sie, wie viel Zeit eine solche Arbeit kosten würde, und keiner kann Ihnen vorab garantieren, dass die Promotion den Erwartungen entspricht. Erst recht nicht, ob diese genügt, um Ihnen die Medaille zu verleihen. Mit Verlaub, liebe Mrs Bromberg: Ich rate ab.«

Charlotte starrte ihn an. »Mit Verlaub, lieber Sir Hill: Ich treffe meine Entscheidungen allein.«

Die Männer knöpften sich die Jacketts zu, wischten sich nicht vorhandene Staubkörner von den Kragen und richteten ihre Hüte.

»Guten Tag, meine Herren. Ich danke Ihnen für Ihre Zeit.« Damit wandte sich Charlotte um und ging ohne Eile voran. Dass in ihrem Inneren in diesem Moment ein Orkan aus Wut und Verzweiflung tobte, würde niemand erfahren. Was wäre sie für ein Vorbild für ihre Tochter, wenn sie sich vor der Gesandtschaft und dem Direktor von Kew Gardens kleinmachen ließe? Sie würde sich weder von einer Expertenjury mit verstaubten Ansichten noch von einem onkelhaft auftretenden Frauenverächter entmutigen lassen, sondern der Welt beweisen, dass sie ihr Leben der Wissenschaft gewidmet hatte. Auf ihre eigene Art.

Kapitel 1

März 1929

Das Hupen am Piccadilly Circus war ohrenbetäubend, die Abgaswolke unerträglich. Charlotte und Debbie husteten und mussten schreien, um sich zu verständigen. Zahllose Automobile verstopften den Platz und die Straßen, die von ihm abgingen. Jeder schien zu glauben, man könne den Stau durch Lautstärke auflösen. Eine Gruppe von Demonstranten, die die komplette Breite der Straße beanspruchte, hielt den Verkehr auf. Keinem der Autofahrer kam in den Sinn, den Motor solange abzustellen.

Wie hatte sich die Metropole verändert! Charlotte war in den vergangenen Jahren häufig in London gewesen. Obwohl Maidstone und Canterbury gute Einkaufsmöglichkeiten boten, war die Vielfalt in der Hauptstadt doch am größten. Aber nie zuvor hatte sie den Wandel deutlicher gespürt als an diesem Samstagmorgen beim Einkaufsbummel mit ihrer Schwester. Sie war so an das Leben auf ihrem idyllischen

Anwesen und mit dem prachtvollen Garten gewöhnt, dass sie sich inmitten der von Elektrizität geprägten Großstadt wie aus der Zeit gefallen fühlte. Wie sehr unterschied sich ihr Alltag auf dem Land von dem Leben der Menschen in der Metropole. Sie würde nicht tauschen wollen.

Kinos waren neben Tanzhallen, Clubs und Cafés wie Pilze aus dem Boden geschossen. *Odeon*, *Astoria*, *Gaumont* und wie sie alle hießen brachten Hollywood-Glamour ins Zentrum und boten Platz für bis zu zweitausend Menschen. Auf dem regennassen Asphalt schillerten im Grau des Tages die neonbunten Reklamelichter der Stadt. Die Frauen kleideten und schminkten sich wie Gloria Swanson, Jean Harlow oder Greta Garbo, drehten sich die Haare zu Locken und legten ihren besten Schmuck an, der funkelte wie Diamanten, auch wenn es nur Glassteine waren. Charlotte und Debbie passten sich zwar der Mode an, aber es wäre ihnen im Traum nicht eingefallen, Glassteine als Schmuck zu tragen. Die Lichtspielhäuser jedoch besuchten sie regelmäßig, und vorab informierten sie sich in *Film Weekly* über ihre Leinwandhelden. *All talking, all dancing, all singing.* Die Zeit des Stummfilms war vorbei. Das Kino war eine eigene Welt geworden, deren Faszination sich niemand entziehen konnte. Wachstum und Wandel waren nicht zu stoppen.

Charlotte mochte sich nicht vorstellen, wie wild und zügellos es in den berüchtigten Vierteln Londons bei Nacht zuging. Sie passierten zahlreiche Clubs, deren Türen um diese Zeit noch verschlossen waren. Erst wenn sich die Dunkelheit wie eine alles verhüllende Decke über die Dächer senkte, würden sie zum Leben erwachen. Nicht Charlottes Welt –

und zum Glück auch nicht Debbies. Dankbarkeit erfüllte Charlotte jedes Mal, wenn sie nach Summerlight House heimkehrten, wo das Leben wenig glamourös und schnelllebig war, sondern die Jahreszeiten den Rhythmus vorgaben.

In der Stadt dagegen schienen alle Menschen in Eile zu sein, hasteten mit gesenkten Köpfen durch den Nieselregen und strebten ihren Wohnungen zu. Und überall Menschenschlangen: Die einen warteten in ihren pelzbesetzten Roben darauf, in die Lichtspielhäuser eingelassen zu werden, um Bessie Love in *The Broadway Melody* zu bewundern. Die anderen standen bettelnd mit ihren hohlwangigen Kindern an den Ausgängen der Läden. Niemals war die Schere zwischen Arm und Reich in London größer gewesen.

Trauben von Arbeitern verließen zum Feierabend Fabriken und Büros, aber mehr noch hockten in dunklen Ecken oder hatten sich zu diesem Hungermarsch zusammengeschlossen, der den Schwestern nun entgegenkam. Männer in abgerissener Kleidung, die Gesichter grau und verzerrt, hatten sich zusammengerottet, um gegen die Schließung eines Stahlwerks zu demonstrieren. Mit ihrer Arbeit in der Fabrik hatten sie den Lebensunterhalt für sich und ihre Familie verdient. Ihre Frauen und Kinder hockten zu Hause und hungerten, während die Männer wütend ihre Plakate – *All Power to the Workers!* – in die Luft reckten und in Trillerpfeifen bliesen.

Charlotte fasste nach Debbies Ellbogen und zog sie hastig an den Menschen vorbei. Sie hatte großes Mitgefühl mit den Arbeitern, aber wer wusste, wozu sie in ihrer Verzweiflung fähig waren, wenn ihnen zwei junge Frauen in teuren Mänteln begegneten? Viele trugen ihre Werkzeuge – Hammer, Schaufeln und Feuerzangen – bei sich.

»Hoffentlich finden sie bald wieder Arbeit«, murmelte Debbie, ohne den Blick von den Demonstranten zu nehmen.

»Es wird eher schlimmer. Mit unserer Wirtschaft geht es bergab«, erwiderte Charlotte. Auf ihrem Landsitz in Kent lief von morgens bis abends das neu angeschaffte Radio mit den Nachrichten aus allen Teilen des Landes. Überall wurde gestreikt und protestiert. Eine solche Demonstration nun mit eigenen Augen zu sehen erschütterte Charlotte. Unwillkürlich fragte sie sich, wohin die Wirtschaftspolitik des Landes noch führen würde.

»Möchten Sie Bohnensprösslinge kaufen, Madam?« Ein hoch aufgeschossenes Mädchen, etwa in Debbies Alter, trat ihnen mit einem Bauchladen in den Weg. Ihre schmutzig blonden Haare waren modisch kurz geschnitten, aber man sah überdeutlich, dass kein Friseur Hand angelegt hatte. Vermutlich hatte sie es selbst versucht. Sie trug ein zerschlissenes dunkelblaues Kleid, aus ihren Schuhen lugten die Zehen hervor. Charlotte erfasste dies alles im Bruchteil einer Sekunde, und auch das Flehen in den Zügen der jungen Frau. Es versetzte ihr einen Stich. Wie ungerecht alles verteilt war im Leben. Sie selbst schwelgte im Luxus, und dieses Mädchen bekam vermutlich kein Abendessen, wenn sie ihre Bohnensprösslinge nicht verkaufte. Es gab an mehreren Ecken in London Speisungen für die Armen, aber wer zu spät kam, ging leer aus.

»Lass mal sehen, was du da hast.« Debbie trat einen Schritt vor und lugte neugierig in den Holzkasten, dem eine mit Scharnieren befestigte, sauber geputzte Glasplatte als Deckel diente. Möglicherweise war diese Kiste der kostbarste Besitz der jungen Frau, ging es Charlotte durch den Sinn. Das Glas war von innen beschlagen, aber als das Mädchen es anhob, sahen sie sauber in Reihen aufgestellte, aus Zeitungspapier gefaltete kleine Pflanzgefäße. In jedem Behälter lag etwas Mutterboden, und daraus wuchs ein zweiblättriger Stängel. An manchen hingen noch die Reste der Saatbohne.

Unwillkürlich glitt ein Lächeln über Charlottes Gesicht. »Was für eine schöne Idee, die Pflänzchen zu verkaufen. In wenigen Monaten können deine Käufer ernten.«

Das Mädchen erwiderte ihr Lächeln. Es sah aus, als hätte jemand das Licht angeknipst. Die dunklen Schatten um ihre Augen und Mundwinkel verschwanden. »Ein paar Pflanzen behalte ich immer selbst, damit mir die Saatbohnen nicht ausgehen.«

»Du musst sie vor Kälte schützen«, bemerkte Charlotte.

Die junge Frau nickte. »Ich weiß. Und ich muss sie feucht halten und in die Sonne stellen. Die Glasplatte wirkt wie ein Gewächshaus. Ideales Klima zum Wachsen.«

Bohnen waren leicht heranzuziehen, dennoch erstaunte es Charlotte, dass die junge Frau sich damit offenbar über Wasser hielt. »Verkaufst du nur Bohnen?«

Eine fleckige Röte überzog den Hals der Verkäuferin. »Ich experimentiere noch, um auch Karotten, Schnittlauch und Kartoffeln anbieten zu können.«

Debbie wandte sich an ihre Schwester. »Wollen wir welche nehmen?«

»Ich gebe Ihnen drei Setzlinge für fünf Penny«, rief das Mädchen. »Ach bitte, Madam!«

Charlotte lächelte ihr zu und griff in ihre Handtasche. »Wir haben noch viel vor heute, dabei würden die Pflanzen nur stören. Ich gebe dir die fünf Penny und hole die Pflanzen auf dem Rückweg ab. Einverstanden?«

Das Mädchen machte runde Augen. »Aber was, wenn ich bis dahin mit dem Geld über alle Berge bin?«

»Dann weiß ich, dass du mein Vertrauen nicht verdient hast.« Damit wandte Charlotte sich ab und ging an ihr vorbei.

»Fragen Sie nach Letitia Hancock, man kennt mich hier!«, rief ihnen das Mädchen hinterher.

Ohne sich umzudrehen, hob Charlotte in ihrem eleganten Kaschmirmantel einen Arm zum Abschied. Hundert Meter weiter auf der Regent Street lag die Schneiderei mit den Hochzeitskleidern. Dort sollte bei Debbie heute Maß genommen werden. Vielleicht fanden sie aber auch ein bereits fertiges Kleid.

Debbies anstehende Hochzeit hielt Charlotte in diesen Tagen auf Trab. Selbst ihren geliebten Garten überließ sie weitgehend Harriet, obwohl sie im April die Tore wieder öffnen wollte und es bis dahin mehr zu tun gab, als es eine allein schaffen konnte.

Debbie war wichtiger. Es sollte der schönste Tag in ihrem Leben werden. Wie ihre Mutter Elizabeth es getan hätte, stand Charlotte der jüngeren Schwester mit Rat und Tat zur Seite. Deswegen musste auch die Arbeit an ihrer Dissertation ruhen. Nach dem Besuch der *Linnean Society* vor drei Jahren hatte Charlotte angefangen, ihre Aufzeichnungen zusammenzutragen und ein Exposé anzufertigen, mit dem sie sich an der botanischen Fakultät der *University of London* vorstellen wollte in der Hoffnung, einen Betreuer für ihre Dissertation zu finden. Aber sie verschleppte die Arbeit, kam nicht so gut voran, wie sie gehofft hatte. Das zweite Zimmer, das neben dem Schlafzimmer zu ihrem privaten Trakt gehörte, hatte sie mit Victors Einverständnis zu einem Studierzimmer umgestaltet mit einem wuchtigen Schreibtisch in der Mitte und zahlreichen Regalen voller Bücher, Hefte und Manuskripte. Prunkstück in der Mitte des Schreibtisches war die Schreibmaschine, ein Erbstück ihrer Mutter. Immer, wenn Charlotte darauf tippte, musste sie an sie denken und wie schwer es ihr mit ihrer Krankheit gefallen war, die richtigen Buchstaben zu treffen. Victor nannte es nur das *Chaoszimmer*. Auf Außenstehende musste das Zimmer wirken, als wäre ein Sturm durchgefegt, aber Charlotte hatte ihre eigene Ordnung, der Parkettboden diente als Ablagefläche. Als Arbeitstitel für ihr Exposé hatte sie *Die Schönheit öffentlicher Gärten* gewählt. Vielleicht käme sie heute Abend doch noch dazu ...

Debbie riss sie aus ihren Gedanken. »Sie wird auf dem Rückweg nicht mehr da sein«, sagte sie und zog Charlotte zwischen den stehenden Autos hindurch auf die andere Straßenseite.

Charlotte brauchte ein paar Sekunden, um sich zu erinnern, dass Debbie über das Bohnenmädchen sprach. »Wir werden sehen.«

Die Türglocke ertönte silberhell, als die beiden Schwestern das Brautmodengeschäft betraten. Der Geruch nach Lavendel und Zitrone schlug ihnen entgegen, ein angenehmer Gegensatz zu den stinkenden Abgasen draußen vor der Tür. Ein Kronleuchter schmückte den Verkaufsraum und warf Licht auf die exquisiten Modelle. Debbie schaute sich ergriffen um. Sie hatte Charlotte bereits daheim auf Summerlight House ihre Vorstellungen beschrieben und mit geübter Hand ihr Traummodell skizziert. Ob sie genau dieses Kleid hier finden würde, stand in den Sternen, aber für ihren Verlobten Alex McLaren würde sie in jedem Fall die schönste Braut aller Zeiten sein.

Eine Verkäuferin kam mit freundlicher Miene auf sie zu und begrüßte sie. Kurz darauf saß Charlotte auf einem Samtsessel, neben sich auf dem Beistelltisch ein Glas Champagner und eine Schale mit Käsecrackern, während Debbie mit der Schneiderin ihre Wünsche besprach.

Wer hätte das gedacht. Ihre wilde kleine Schwester konnte nicht nur ein abgeschlossenes Kunststudium vorweisen, sondern würde bald auch den angesehenen Alex McLaren heiraten, der in Wirtschaftswissenschaften promoviert hatte und sich künftig vermutlich um den elterlichen Hof in ihrer Nachbarschaft kümmern würde. Vielleicht zog das Paar auch nach Summerlight House? Victor hatte es ihnen angeboten, er konnte Hilfe gebrauchen, aber die beiden hatten sich noch nicht entschieden.

Debbie hielt sich vor dem deckenhohen Spiegel ein Kleid mit Spitzen an den Ärmeln und einer Taillenschärpe vor den Leib. »Was meinst du, Charlotte? Ist das schön?«

»Es ist ein Traum«, bestätigte Charlotte und lächelte.

Debbie konnte ohnehin tragen, was sie wollte. Sie sah mit ihrer biegsamen Figur und dem weizenblonden Bubikopf immer fantastisch aus.

»Welchen Schleier würden Sie mir dazu empfehlen?«, wandte sich Debbie an die Verkäuferin, die gleich in die hinteren Lagerräume lief, um etwas Passendes zu suchen.

Viele Jahre lang war ihr Debbie mit ihrer impulsiven Art trotz aller Geschwisterliebe auf die Nerven gegangen. Und nun stand hier eine muntere junge Frau vor ihr, immer noch vorwitzig und aufgekratzt, aber der Rolle des Sorgenkindes entwachsen. Debbie hatte das Studium in nur drei Jahren absolviert und mit guten Noten abgeschlossen. Charlottes größte Angst hatte Debbies Lebenswandel in Cambridge gegolten, denn natürlich traf sie sich dort mit Alex, aber wie weit würde sie gehen? Charlotte befürchtete, dass es Gerede geben könnte, dass sich Gerüchte verbreiteten. Dabei hatte sie beste Vorsorge getroffen: Sie hatte für Debbie ein Zimmer zur Untermiete im Haus einer älteren Witwe gefunden. Charlotte hatte den Mietpreis großzügig aufgerundet, verbunden mit dem Wunsch, dass die alte Dame ein Auge auf Debbie hatte. Mrs Wood hatte gekichert und versprochen, jeden jungen Kerl zu erschießen, der sich Zugang zu Debbies Zimmer verschaffen wollte.

Heute musste Charlotte selbst darüber lachen, aber damals war sie froh gewesen, eine Mrs Wood auf ihrer Seite zu haben. Charlotte nahm die Verantwortung für ihre jüngere Schwester ernst, seit ihre Mutter vor sechs Jahren gestorben war. Natürlich hatte sie nicht jede Stunde in Debbies Leben unter Kontrolle, wie im vergangenen Herbst, als

Debbie, ohne sie zu fragen, mit Alex für eine Woche nach Schottland gereist war, um seine Familie mütterlicherseits kennenzulernen. Sie war völlig begeistert heimgekehrt und hatte nicht nur von Alex' Lieblingsonkel Angus Baird geschwärmt, sondern auch von dessen Landgut. Kurz hatte Charlotte befürchtet, es zöge sie mit ihrem zukünftigen Mann in die Highlands, aber nein, Debbie wusste, dass sie nach Kent gehörte.

Ein Seufzen entfuhr ihr, als ihre Gedanken zu ihrem Bruder Robert gingen. Er unterrichtete an der *University of Stanford*, Tausende Meilen entfernt jenseits des Atlantiks. Trotz seiner Querschnittslähmung hatte er dort den Doktortitel in Medizin erworben. Sie vermisste ihn, obwohl er lange Zeit ein gebrochener, missmutiger Mann gewesen war. Vielleicht hatte er in Amerika zu seiner alten Lebensfreude zurückgefunden.

Nachdem er ausgewandert war, bedeutete Charlotte die Nähe zu ihrer Schwester viel. Familie hatte schon immer eine besondere Stellung in ihrem Leben eingenommen.

Auch Aurora vermisste sie, Roberts Frau und Charlottes Freundin. Sie freute sich unbändig darauf, dass die beiden mit ihrer inzwischen sechsjährigen Adoptivtochter Claire zu Debbies Hochzeit anreisen würden.

Die Verkäuferin brachte einen ganzen Arm voller Brautkleider, die Debbie in der Umkleidekabine nacheinander anzog und anschließend Charlotte präsentierte. Keines davon traf jedoch ihren Geschmack, alles war entweder zu *langweilig* oder zu *konservativ*.

»Wenn du so weitermachst, sitzen wir morgen früh noch

hier«, bemerkte Charlotte mit einem Grinsen. Sie hatte bereits zu mehreren Kleidern ihre Zustimmung gegeben, aber Debbie war offenbar auf der Suche nach etwas ganz Besonderem.

Schließlich trat sie in einem perlweißen bodenlangen Kleid mit Lochstickerei an den kurzen Ärmeln und am spitz ausgeschnittenen Dekolleté aus der Umkleidekabine. Als sie mit ausgestreckten Armen eine Pirouette drehte, konnte Charlotte sehen, dass der Rückenausschnitt bis weit über die Schulterblätter hinausreichte, und sog scharf die Luft ein. Wenn es Debbies Ziel war, mit Extravaganz Aufmerksamkeit zu erregen, dann würde sie es erreichen. So unschuldig das Kleid von vorne wirkte, so frivol präsentierte es sich auf der Rückseite.

»Bist du sicher?« Charlotte starrte ihre Schwester entgeistert an.

Debbie stoppte in der Bewegung. »Gefällt es dir nicht?«

»Nun ja, ich finde es ein bisschen gewagt.«

Debbie lachte auf. »Ich bin die Braut, ich darf das!«

Charlotte zuckte mit den Schultern. »Du machst ja doch, was du willst. Wenn du dich wohlfühlst, dann lass es uns kaufen.«

Die Verkäuferin hob eine Hand. »Ich müsste noch ein paar Abnäher in der Taille setzen und den unteren Saum um einen Fingerbreit kürzen, damit die Braut sich mit den Schuhen nicht darin verfängt.«

»Aber bezahlen können wir es gleich, nicht wahr?« Charlotte suchte bereits in ihrer Tasche nach dem Portemonnaie.

Die Verkäuferin bekam rote Wangen und wischte sich

fahrig über die Stirn. »Nun, der Stoff ist reine Seide, die Stickereien sind handgeklöppelt, und …«

Charlotte schloss für einen Moment die Augen. »Sagen Sie mir einfach den Preis. Wir haben noch viel vor heute, nicht wahr, Debbie?«

Debbies Stimme war nur gedämpft aus der Umkleidekabine zu hören. »Aber mit dem Kleid haben wir schon einmal das Wichtigste.«

Als sie kurz darauf die Brautmodenschneiderei verließen, war der Verkehr draußen wieder ins Fließen gekommen. »Schuhe, Strümpfe, Wäsche?«, erkundigte sich Charlotte bei Debbie und hakte sich bei ihr ein.

»Ja, in dieser Reihenfolge. Lass uns in die Hunter Street gehen. Ein Spaziergang durch die Stadt zum Laden von Miss Evans wird uns guttun. Ich will sehen, wie es ihr geht.«

»Du willst Erinnerungen auffrischen, stimmt's? Du kannst nur enttäuscht werden. Wir sollten es lassen.«

Doch Debbie beharrte auf dem Umweg. »Was ist falsch daran, wenn ich das Haus sehen will, in dem ich aufgewachsen bin? Vielleicht treffe ich Tom Emerson im Geschäft seines Vaters. Ich würde gerne sein Gesicht sehen, wenn ich ihm sage, dass ich mir gerade ein Brautkleid gekauft habe.«

Charlotte verdrehte die Augen. »Du bist unverbesserlich, Debbie«, schimpfte sie, wandte sich aber in nordöstliche Richtung.

Bis zur Hunter Street gingen sie eine knappe halbe Stunde. Neugierig sahen sie sich in den Straßen um, die ihr Antlitz in den vergangenen zehn Jahren verändert hatten. Mehrere Textilfirmen wirkten verlassen mit ihren eingeschlagenen

Scheiben und bröckelnden Mauern. Eine vierstöckige Filiale von Marks & Spencer nahm den kleineren Läden die Sonne. Schon von Weitem sahen sie, dass es das Kolonialwarengeschäft der Emersons nicht mehr gab: Schaufenster und Tür des Ladenlokals waren mit Brettern vernagelt, von dem über dem Eingang baumelnden Emailschild blätterte die Farbe ab.

Debbie blieb stehen und starrte stumm auf das Haus. Charlotte legte den Arm um sie. »Vielleicht sind sie umgezogen oder haben Arbeit bei Woolworth gefunden«, versuchte sie zu trösten.

»Das glaube ich nicht. Toms Vater hing mit Leib und Seele an seinem Laden. Er hat es geliebt, all die schönen Dinge zu sammeln, auszustellen und zu verkaufen. Tom wollte den Laden übernehmen. Den Ehrgeiz, mehr aus seinem Leben zu machen, hatte er jedenfalls nie. Glaub mir, da ist irgendwas ...«

»Suchen Sie nach den Emersons?« Eine Frau im Kittel fegte auf der gegenüberliegenden Seite den Bürgersteig. Die fettigen Haare hielt sie links vom Scheitel mit einer Spange. Als sie sprach, sah man, dass sie nur noch einen Zahn im Mund hatte.

»Wissen Sie, wo wir sie finden?«, fragte Debbie. Charlotte hätte sie am liebsten fortgezogen.

»Also, den alten Emerson finden Sie in *Bedlam.*« Die Frau kicherte.

Debbie sah Charlotte an. »Was meint sie?«

»Das ist eine psychiatrische Klinik in Southwark. *Bethlehem Royal Hospital ...*«

»Genau.« Die Frau drehte den Zeigefinger an ihrer Schläfe. »Der tickt nicht mehr sauber, weil sein Laden keinen müden Penny mehr abwirft. Hat die Nase schön hochgetragen mit seinem feinen Gedöns, aber die Leute kaufen von den paar Kröten, die sie sich erbetteln, keinen Schnickschnack mehr, sondern Brot und Milch.«

»Und sein Sohn? Was ist aus Tom geworden?« Debbie griff nach Charlottes Hand und drückte sie so fest, dass es schmerzte.

»Das hat er schlau gemacht, der Alte. Den Tom hat er vor fünf Jahren in die Armee gesteckt. Der hat sich natürlich mit Händen und Füßen gewehrt, aber am Ende blieb ihm nichts anderes übrig. Dort bekommt er satt zu essen, hat ein Dach über dem Kopf und seine Ruhe. Dass es noch einmal Krieg gibt, ist ausgeschlossen, nicht nach dem letzten. So etwas wird kein zweites Mal passieren«, sagte die Frau und bückte sich mit einem Ächzen, um Blätter und Straßenstaub mit Feger und Kehrblech aufzusammeln.

»Die Emersons gehörten zu den Gutverdienern mit dem Geschäft«, murmelte Debbie. »Das ist nicht mehr das London, das ich kannte.«

Charlotte nickte. »Ich fühle mich fremd hier. Wollen wir überhaupt noch zur Praxis gehen? Es tut weh, finde ich.«

»Nur kurz«, bat Debbie.

Wenig später standen sie vor dem Haus, in dem ihr Vater und später sein Kompagnon Dr. Tyrell die Arztpraxis geführt hatten. In der Wohnung darüber hatte die Familie viele Jahre gewohnt, bevor sie nach Summerlight House gezogen war. Debbie versuchte, das matte Schild zu entziffern, auf dem zwei Namen standen, die sie nicht kannten. Eine Gemeinschaftspraxis. Das Leben in der Hunter Street war weitergegangen. Debbie und Charlotte waren kein Teil mehr davon.

Aber den Schuhladen gab es noch, allerdings nicht mehr unter der Leitung von Miss Evans. Die hatte ihr Wohn- und Geschäftshaus verkauft und war aufs Land gezogen, wie der neue Besitzer ihnen erzählte. Enttäuscht und lustlos suchte sich Debbie ein Paar weiße Brautschuhe mit kleinem Absatz aus.

Den Rückweg gingen sie schweigend, jede hing ihren Gedanken nach. Charlotte tat es leid, dass ihre Schwester ihre gute Laune verloren hatte. Eine Braut sollte glücklich sein an dem Tag, an dem sie ihr Kleid auswählte.

Sie gingen durch Covent Garden. Auf halbem Weg blieb Charlotte stehen und wies auf einen Laden, dessen Holzverschläge in Pink, Rosa und Weiß gestrichen waren und dessen Schaufenster von oben bis unten mit Kisten und Kartons voller Süßigkeiten in allen Regenbogenfarben vollgestellt war. Debbie lief darauf zu und stieß ein entzücktes »Ooooh« aus, bevor sie sich die Hände vor den Mund schlug. »Was für ein Traum!«

Charlotte lachte auf. »Ich frage mich wirklich, wie du bei deiner Sucht nach Süßem deine gute Figur behältst. Wollen wir?«

Auch für sie waren diese Läden, die sich auf den Verkauf von einzelnen Süßigkeiten spezialisiert hatten, etwas Neues und Faszinierendes. Man stellte sich die Tüten mit allem zusammen, was man besonders gerne mochte. Wenn das Debbies Stimmung nicht heben würde!

Eine Viertelstunde später verließen sie den Laden mit Anisbällchen, Karamellbonbons und Toffees, die ihnen der Händler in seinem weißen Kittel mit einer Zange in eine Spitztüte gelegt hatte. In Debbies Gesicht kehrte die Farbe zurück, während sie sich die Köstlichkeiten auf der Zunge zergehen ließ. Aber ihre Nachdenklichkeit blieb.

»Wie selbstverständlich wir das Geld ausgeben. Wir können uns jeden Wunsch erfüllen, und ein Mädchen wie Letitia hofft auf ein paar Pennys, damit sie sich etwas zu essen kaufen kann. Wo sie wohl schläft? Ob sie noch Familie hat?«

»Ohne Victor ginge es auch uns schlechter. Wir hatten großes Glück. Aber trotzdem können wir nicht die ganze Welt retten«, wandte Charlotte ein.

»Nicht die ganze Welt, aber manchen. Ich würde gern mehr über Letitia erfahren. Wollen wir uns ein bisschen mit ihr unterhalten, wenn sie gleich noch da sein sollte? Vielleicht können wir ihr auf andere Art helfen als nur mit fünf Pennys. Was meinst du?«

Charlotte schüttelte lachend den Kopf, aber tief in ihrem Inneren trieben sie die gleichen Gefühle. Vermutlich völlig umsonst, weil das Mädchen mit dem Geld verschwunden sein würde, wenn sie den Weg zurück nahmen.

Nachdem sie die restlichen Einkäufe erledigt und einen Blick in die Galerie geworfen hatten, die vor Kurzem in der Oxfordstreet eröffnet hatte, traten sie mit Papiertüten bepackt den Rückweg an.

Victor hätte geschimpft und gefragt, warum sie nicht eine der Dienstbotinnen oder den Chauffeur Owen zum Einkaufen mitgenommen hatten. Aber obwohl Charlotte mittlerweile seit fast zehn Jahren ein Leben in der englischen Upper Class führte, hielt sie an manchen alten Gewohnheiten fest. Eine Shoppingtour mit einer Freundin oder der Schwester verlor ihren Reiz, wenn ihnen Bedienstete wie Schatten folgten.

Charlottes Wagen stand am Rand einer Seitenstraße. Über viele Jahre hatte sie den roten Ford gefahren, den Victor ihr überlassen hatte. Als der Motor zu dampfen und zu stottern begann und eine Reparatur die Kosten einer Neuanschaffung überstiegen hätte, hatte Victor ihr einen neuen Wagen derselben Marke gekauft, diesmal in Königsblau. Charlotte liebte ihr Automobil, das ihr die Freiheit gab, unabhängig von den öffentlichen Verkehrsmitteln jederzeit von einem Ort zum anderen zu gelangen. Auch Debbie besaß seit Neuestem die Fahrlizenz. Manchmal ließ Charlotte sie ans Steuer, damit sie Übung bekam, bevor sie sich ein eigenes Automobil anschaffte.

An den Kreuzungen regelten Bobbys den Verkehr, Doppeldeckerbusse, Straßenbahnen, Automobile, Motorräder, Fahrradfahrer, Fußgänger und mittendrin Pferdekutschen, mit Milchkannen oder Kohle beladen, die mit dem Tempo der Stadt nicht mithalten konnten.

Als sie Piccadilly Circus erreichten, saßen nur noch wenige der Bettler in ihren Lumpen an der Häuserwand und in der Gasse. Vermutlich hatten sie einen lohnenderen Platz gefunden. Charlotte ließ den Blick schweifen. Keine Spur von dem Bohnenmädchen. Nun ja, sie hatte nichts anderes erwartet.

Debbie verzog den Mund. »Schade«, sagte sie nur, bevor sie sich den Schritten ihrer Schwester anpasste. Charlotte strebte auf ihr Auto zu. Sie sehnte sich danach, endlich daheim auf Summerlight House in einen Sessel am Kamin zu plumpsen und die Beine von sich zu strecken. Debbie würde vermutlich erst einmal in ihrem Zimmer eine Modenschau veranstalten. Diese Letitia mit ihrem merkwürdigen Gewächskasten würden sie schon auf dem Weg zu ihrem Landsitz vergessen haben.

»So warten Sie doch, Madam! Bitte! Ihre Bohnen!«

Charlotte und Debbie wandten sich gleichzeitig um. Die Glasplatte des Bauchladens klapperte, als Letitia auf sie zulief. Die Haare flogen um ihr Gesicht. »Ich war nur kurz im Pub zum Händewaschen. Der Wirt ist freundlich und lässt mich rein. Deswegen stehe ich immer an der gleichen Stelle, obwohl es anderswo vielleicht besser laufen würde mit dem Verkauf. Schauen Sie, hier.« Sie hob drei der Papierbehälter an, aus denen seitlich ein paar Erdkrumen herausfielen.

Charlotte stellte ihre Taschen ab. »Schön, dass du hiergeblieben bist«, sagte sie dabei und spürte gleichzeitig, wie Debbie ihr in die Seite knuffte.

Letitia riss die Augen auf. »Aber das habe ich Ihnen doch versprochen«, erwiderte sie.

Irgendetwas musste sie tun. Auf der einen Seite sie und Debbie in ihren kostbaren Kleidern und mit Einkaufstaschen voller Accessoires, auf der anderen Seite dieses schmutzige Mädchen in Lumpen mit den Bohnenpflänzchen, auf denen ihre Hoffnung ruhte. Zunächst kam Charlotte der Gedanke, dem Mädchen eine Pfundnote in die Hand zu drücken, von der sie und ihre Familie eine Weile leben konnten. Aber was, wenn das Geld aufgebraucht war? Dann stünde Letitia genauso da wie an diesem Tag. »Wo wohnst du?«, fragte sie schließlich.

Letitias Wangen überzogen sich mit einem blassen Rot, bevor sie am Nagel ihres Zeigefingers zu knabbern begann. Als ihr bewusst wurde, was sie tat, verbarg sie beide Hände hinter dem Rücken. »Der Wirt vom Pub«, sie wies mit dem Kinn auf das Gasthaus, dessen holzgetäfelte lackschwarze Front mit den goldenen Lettern *Royal Oak* auf gut laufende Geschäfte hinwies, »kümmert sich ein bisschen um mich. Ein wirklich gütiger Mann. Er lässt mich im Eingang schlafen und gibt mir warme Decken, wenn ich friere.« In ihre Augen trat ein Ausdruck von Angst.

Charlotte fürchtete, dass es über diesen *gütigen Mann* noch viel mehr zu erzählen gab, und nicht nur barmherzige Geschichten. »Und deine Familie? Wo leben sie?«

»Ich bin im Waisenhaus aufgewachsen, aber im vergangenen Jahr war ich zu alt, um noch länger dazubleiben. Ob ich Geschwister habe, weiß ich nicht. Ich komme schon gut allein zurecht«, behauptete Letitia und straffte die Schultern. »Was ist nun mit den Bohnen?«

Wieder spürte Charlotte Debbies Ellbogen in der Seite, aber ihr Drängeln war unnötig. Charlotte wusste, was sie zu tun hatte. »Letitia, schau, wir haben die Hände voller Taschen. Ich möchte die Pflanzgefäße nicht zu unseren Einkäufen stecken. Außerdem möchte ich nicht drei, sondern alle deine Setzlinge.«

Letitia riss die Augen auf. »Jesus, Maria und Josef! Heute

ist wirklich mein Glückstag!« Dann stutzte sie. »Aber den Bauchladen gebe ich nicht ab.«

Charlotte lächelte. »Natürlich behältst du ihn. Wie würde es dir gefallen, mit meiner Schwester und mir nach Summerlight House zu fahren? Du könntest die Bohnen selbst ins Gewächshaus bringen und hinterher vielleicht ein schönes heißes Bad nehmen. Was meinst du?«

In Letitias Augen trat ein Funkeln. »Etwa das Summerlight House mit dem berühmten Garten? Manchmal finde ich im Abfall alte Zeitungen, darin heißt es immer wieder, dass der Garten der schönste in Kent sein soll!« Plötzlich wurde sie blass und wich einen Schritt zurück. »Was muss ich dafür tun?«

Es schnitt Charlotte ins Herz, als sie die Panik im Gesicht der jungen Frau sah. Letitia hatte in ihrem Leben offenbar gelernt, dass es Mitgefühl nicht umsonst gab.

Debbie hakte sich bei ihr ein. »Hab keine Angst. Du kannst uns vertrauen. Du wirst Summerlight House lieben. Und ja, der Garten ist umwerfend!« Sie streckte ihr die Spitztüte hin. »Probier die Toffees!«

Charlotte überlegte, dass Letitia heute vielleicht noch gar nichts gegessen hatte. Nach kurzem Zögern griff das junge Mädchen zu. Charlotte sah, dass ihre Finger dabei zitterten und dass sie sich beim hastigen Kauen die Hand vor den Mund hielt, als habe sie Angst, es könne ihr jetzt noch jemand wegnehmen.

Während sich Letitia und Debbie kurz darauf auf der Rückbank des Fords über die Naschereien hermachten und über ihre Vorlieben austauschten, dachte Charlotte daran, dass sie seit zwei Wochen nicht in der Postfiliale in Maidstone gewesen war. Sofort begann ihr Puls zu rasen, wie immer, wenn ihre Gedanken zu Quinn trieben. Die Hochzeitsvorbereitungen und der Besuch in London hatten sie für ein paar Stunden abgelenkt von ihrer Sehnsucht nach ihm. Nun kehrte sie schmerzhaft wieder zurück. Bestimmt war ein Brief für sie eingetroffen, aber sie riss sich zusammen und würde ihn erst am Montag abholen. Sie konnte gut darauf verzichten, Debbies Neugier zu wecken, wenn sie im Auto warten musste, während Charlotte ihre Letter Box leerte.

Kapitel 2

»Da lässt man euch einmal allein einkaufen gehen, und womit kehrt ihr heim? Mit einer abgerissenen Frau und ihrer Bohnenzucht!« Victor schlug die Hände über dem Kopf zusammen, nachdem sie es sich an diesem Abend vor dem Kamin gemütlich gemacht hatten. Der Labrador Baxter hatte sich zu seinen Füßen eingerollt und die Schnauze auf den Pfoten abgelegt. Hin und wieder bewegten sich seine Ohren, als bekäme er jedes Wort mit. Eliza Rose schlief friedlich in ihrem Kinderzimmer. Die Köchin hatte Punsch zubereitet. Das würzige Weinaroma mischte sich mit dem Geruch nach glimmendem Holz.

Debbie und Charlotte nippten an ihren Gläsern, während Victor sich in seinen Vortrag hineinsteigerte. Charlotte hatte in ihrem Leben gelernt, dass es besser war, erzürnten Männern Zeit zum Reden zu geben, als sie zu unterbrechen.

»Wie denkt ihr euch das? Wollt ihr das arme Ding einmal am luxuriösen Leben schnuppern lassen, bevor ihr sie zurück in die Gosse werft? Das haltet ihr für mildtätig?« Victors

Gesichtsfarbe war heute grau wie Stein, seine Züge wirkten wie eingefroren. Ob er krank wurde?

Letitia hatte am frühen Nachmittag staunend vor Summerlight House gestanden und die pastellgelbe Fassade mit den weißen Fensterläden betrachtet, den Rosenranken und dem wilden Wein, der sich an der rechten Seite bis hoch zum Dach zog. Sie hatte ihren Bauchladen auf die Eingangstreppen gestellt und war auf das schmiedeeiserne Tor zugelaufen, hinter dem sich der Garten befand. »Darf ich?«, rief sie im Laufen über die Schulter.

Charlotte hatte sich lachend an Debbie gewandt. »Bringst du die Einkäufe ins Haus? Ich führe Letitia durch den Garten.«

Das Interesse der jungen Frau an allem, was wuchs und blühte, berührte Charlotte. Sie erzählte ihr von den scharlachroten Tulpen, die sie in Persien gefunden hatte und die bereits ihre Stängel aus dem Erdreich reckten. Sie zeigte ihr die verschiedenen Rosenarten, die sie gezüchtet hatte, und im Steingarten die Gewächse, die sie von den Hebriden mitgebracht hatte. Sie führte Letitia um das Haus herum, wo sich die Hintertür der Küche befand und davor der Gemüse- und Kräutergarten mit all den Köstlichkeiten, die die Köchin verarbeitete. An den weiter entfernt liegenden Obstbäumen bildeten sich bereits erste grüne Blätter. Die Blüte würde nicht mehr allzu lange auf sich warten lassen.

»Es ist ein Traum, Mrs Bromberg«, sagte Letitia ergriffen. In der nächsten Sekunde schrie sie auf, als ein weißes Fellbündel um die Ecke schoss. Instinktiv klammerte sie sich an Charlotte. Sie zitterte, als das Tier anfing zu bellen. Dass dabei sein Schwanz wedelte, schien sie nicht als freundschaftliche Geste zu erkennen.

»Keine Angst, Letitia, das ist nur Baxter. Na, komm her, du kleiner Rüpel.« Charlotte streichelte ihn und tätschelte seine Flanke, aber Letitia zitterte noch. Eigentlich gehörte der Hund Charlottes Bruder Robert, aber nach Kalifornien hatte er ihn nicht mitnehmen können, und Debbie liebte den Labrador über alles. Er war nicht mehr so verspielt wie als junger Hund, und manchmal hielt er sich für einen Wachhund, besonders für Charlottes Garten. Während der Öffnungszeiten schlossen sie den Hund im Haus ein, damit er die Gäste nicht verschreckte.

»Am Stadtrand von London gibt es viele Hunde«, erzählte Letitia mit dünner Stimme. »Die rotten sich zusammen, um einen anzufallen. Ich bin ihnen immer aus dem Weg gegangen.«

»Baxter wird dir nichts tun.« Trotzdem schickte Charlotte den Hund mit einem Pfiff und ausgestrecktem Arm zurück ins Haus.

Letitia entspannte sich sofort, betrat den Küchengarten und begutachtete die Anordnung der Reihen und Beete. Mit einem glücklichen Lächeln wandte sie sich um. »Es wird mir eine Ehre sein zu wissen, dass meine Bohnen im Garten von Summerlight House wachsen werden. Das glaubt mir keiner!« Sie lachte auf und sah für wenige Sekunden wie eine unbeschwerte junge Frau aus. Charlottes Sympathie flog ihr zu. Sie spürte, dass Letitia genau wie sie für die Welt der Pflanzen brannte.

»Nun bring erst einmal die Gefäße ins Gewächshaus. Morgen kannst du die Setzlinge in Tontöpfe umpflanzen.«

»Morgen? Heißt das, ich darf hier über Nacht bleiben?«, fragte Letitia mit großen Augen.

Charlotte hob die Schultern und lächelte. »Wenn du magst? Wir haben einen Flügel in Summerlight House freistehen, den früher mein Bruder bewohnt hat. Es gibt eine Badewanne und ein weiches Bett. Dort kannst du dich erst einmal erholen. Morgen sehen wir weiter. Einverstanden?«

Letitia nickte strahlend. »Danke, Mrs Bromberg.«

Nachdem Charlotte ihr gezeigt hatte, wo sie schlafen konnte, und es Letitia vor Ehrfurcht fast die Sprache verschlagen hatte, lief die junge Frau sofort wieder hinaus in den Garten. »Darf ich mich ein bisschen nützlich machen?«

Charlotte musste grinsen. »Weißt du denn, was zu tun ist?«

»Ich könnte die Beete auflockern, Unkraut entfernen und dabei ein wenig Kompost einarbeiten.«

Charlotte staunte. »Das klingt gut. Hast du schon einmal in einem großen Garten gearbeitet?«

Letitia schüttelte den Kopf. »Aber man kann sich doch denken, was getan werden muss, wenn man sich umschaut.«

Debbie brachte währenddessen ein paar Kleider und Wäsche in das ehemalige Schlafzimmer ihres Bruders. Die Bibliothek war inzwischen Victors Büro. Man konnte den Raum zum Schlafzimmer hin abschließen, sodass es keine ungewollten Begegnungen geben würde.

Haushälterin Laura füllte die Badregale mit Shampoo, Seife, Creme, Bürsten und duftenden Frotteetüchern. Charlotte dankte ihr für ihre Umsicht und war einmal mehr froh darüber, dass Laura Summerlight House treu geblieben war, obwohl sie vor drei Jahren den Chauffeur Owen Kelly geheiratet hatte. Die beiden wohnten gemeinsam im Dienstbotenflügel des Hauses.

Letitia arbeitete bis zum Sonnenuntergang im Garten, verpflanzte die Bohnen, zog die Harke durch den Mutterboden und kniete sich zwischen die Beete, um erstes sprießendes Unkraut zu jäten. Mit einem feuchten Tuch wischte sie über die Steine, die manches Beet begrenzten, und vorwitzig hervorstoßende Kletterpflanzen stützte sie mit Halmen.

Als Charlotte in der hereinbrechenden Dämmerung zu ihr trat, schrak sie zusammen. »Du frierst doch, Letitia. Jetzt komm rein und wärm dich auf.« Charlotte sah sich um und staunte, wie sauber der lockere Mutterboden zwischen den frischen Trieben lag und dass das Moos von den Steinen geschrubbt war.

Letitias Wangen waren von der Kälte gerötet, aber ihre Augen leuchteten wie die ersten Sterne, die am Himmel blinkten.

Eine Stunde später erklang aus Roberts ehemaligem Badezimmer melodischer Gesang. Offenbar rekelte sich Letitia selbstvergessen im heißen Wannenwasser. Es erfüllte Charlotte mit tiefer Zufriedenheit, dass das Mädchen in dieser Nacht gewaschen, duftend und warm in einem frisch bezogenen Bett schlafen würde. Der Gedanke, sie nach London zurückzuschicken, wo sie sich in den Hauseingang des *Royal Oak* kauern würde, verursachte ihr Übelkeit. Deswegen hatte sie an diesem Abend, als sie mit Victor, Debbie und Harriet vor dem Kamin saß, das Thema angesprochen, was aus Letitia werden sollte, und Victor hatte sich sofort in seinen Monolog über Mildtätigkeit und ihre Folgen hineingesteigert.

»Und ganz davon abgesehen«, fuhr er nun fort, »wer garantiert uns, dass sie sich nicht in der Nacht mit unserem Tafelsilber davonschleicht?«

Debbie unterbrach ihn nun. »Letitia ist eine besondere junge Frau«, sagte sie. »Sie hätte mit Charlottes Geld einfach verschwinden können, aber sie hat auf uns gewartet.«

Charlotte nickte. »Ich stimme Debbie zu. Ich habe Vertrauen zu dem Mädchen.«

»Ich fände es gut, wenn sie bei uns zur Gärtnerin angelernt wird«, sagte Debbie. »Auf diese Art würden wir ihr langfristig helfen und nicht nur für eine Nacht. In ein, zwei Jahren könnte sie überall arbeiten, wo es ihr gefällt.«

Harriet saß mit durchgestrecktem Rücken auf dem Sofa, die Beine seitlich angewinkelt. »Sie macht einen interessierten Eindruck«, bestätigte sie. »Fleißig scheint sie auch zu sein.«

Charlotte musterte ihre Angestellte nachdenklich. Harriet hatte sich vor fünf Jahren auf eine Anzeige beworben, die Charlotte in der *Women's Agricultural Times* aufgegeben hatte. Sie konnte eine abgeschlossene Ausbildung in der *Glynde School for Lady Gardeners* aufweisen und mehrere Praktika in angesehenen Parks und Gärten. Es gab nur wenige Bewerbungen, die meisten Gärtnerinnen bevorzugten dort eine Anstellung, wo ihre Ehemänner arbeiteten, aber für die alleinerziehende Harriet mit ihrem Sohn Toby stellte sich die Stelle als ideal heraus.

Im Bewerbungsgespräch hatte sie Charlotte erzählt, wie gern sie Glynde den Rücken kehrte. Sie hatte dort keinen guten Stand als alleinerziehende Mutter. Wer der Vater des Kindes war, behielt Harriet für sich. Ihr Gesicht verschloss sich, sobald jemand nach ihrem Privatleben fragte. Überhaupt war sie keine Frau, die ihr Herz auf der Zunge trug, aber Charlotte hatte nicht nach einer Freundin gesucht, sondern nach einer zuverlässigen Gärtnerin, und als solche hatte sich Harriet schon bald zu Charlottes rechter Hand entwickelt. Harriet sprach wenig und beteiligte sich selten an den Kamingesprächen. Meist ließ sie sich ein paar Sekunden Bedenkzeit für ihre Antwort, aber was sie sagte, hatte Hand und Fuß. Charlotte mochte ihren geradlinigen Verstand.

»Würdest du Letitia anlernen?«, fragte sie.

»Aber natürlich«, sagte Harriet, ohne zu zögern.

»Platz für sie hätten wir.« Charlotte tippte sich nachdenklich mit dem Zeigefinger ans Kinn. Zumindest vorübergehend. Falls Debbie mit Alex nach Summerlight House ziehen wollte, würden sie sich etwas einfallen lassen. »Wir könnten tatsächlich eine weitere Hilfe im Garten gut gebrauchen, vor allem eine mit so viel Liebe zur Natur. Was meinst du, Victor?«

Victor schüttelte resigniert den Kopf. »Ihr lasst ja doch nicht locker. Ich hoffe nur, dass wir keine böse Überraschung erleben. Was ist mit Robert, Aurora und Claire, wenn sie zu Debbies Hochzeit anreisen? Willst du sie im Hotel übernachten lassen?«

Charlotte strich sich über die Stirn. »Natürlich nicht. Ich ...«

Harriet unterbrach sie. »Während der Hochzeitsfeiertage kann Letitia gerne bei mir und Toby übernachten. Wir könnten ein Bett dazustellen.« Sie bewohnte den Trakt mit dem Wintergarten, der früher Aurora gehört hatte.

Charlotte sah sie dankbar an. Genau genommen war Harriet ihre Angestellte wie die Köchin und die Haushälterin auch. Aber dadurch, dass Harriets Arbeit im Garten weit über das hinausging, was eine Aushilfe zu leisten hatte, und Charlotte sie in alle Entscheidungen rund um den Garten einbezog, war sie im Lauf der Zeit eine Vertraute geworden. Deswegen fand Charlotte es selbstverständlich, sie bei den Familientreffen hinzuzuziehen. Mit Wehmut dachte sie an die Zeit zurück, als es in Summerlight House noch geselliger zugegangen war. Als ihre Mutter Elizabeth noch gelebt hatte, als Robert und Aurora noch nicht ausgewandert waren ...

»Ach, Victor, bitte, hab ein Einsehen.« Charlotte beugte sich zur Seite und legte für einen Moment den Kopf an seinen Arm. »Ich kann sie nicht mehr zurückschicken. Das bringe ich nicht fertig. Sie wird Harriet und mir wirklich eine Hilfe sein.«

Victor trank seinen Punsch aus. »Wenn es dir wichtig ist, Darling. Ich bestehe allerdings darauf, dass ihr eine Probewoche vereinbart. Erst danach entscheiden wir, ob sie bleiben darf oder nicht.« Als er das Glas abstellte, bemerkte Charlotte, dass er zitterte. Sie legte eine Hand an seine Wange. Seine Haut fühlte sich trotz der Kaminwärme eisig an.

»So machen wir es. Danke, Victor«, sagte Charlotte leise, und Debbie stieß die Faust in die Luft. Harriets Freude über die neue Mitarbeiterin drückte sich in einem kleinen Lächeln aus. Aus Letitias Zimmer hörte man Türenklappen, Schritte und Entzückensschreie. Offenbar hatte sie das Badezimmer verlassen und probierte die Kleider an.

»Darf ich es ihr sagen?«, rief Debbie übermütig.

»Du darfst sie fragen, ob sie eine Woche zur Probe hier arbeiten möchte. Letztendlich ist es ihre Entscheidung, nicht wahr?«, antwortete Charlotte.

Debbie winkte ab. »Ach, Letitia wird Saltos schlagen vor Begeisterung!«

Am Montag fuhr Charlotte gleich nach dem Frühstück nach Maidstone. Als sie das Lebensmittelgeschäft betrat, in dem die Royal Mail ihre Filiale betrieb, rief Ladenbesitzerin Phoebe ihr schon von Weitem entgegen: »Post für Sie, Mrs Bromberg!« Ihre braunen Augen blitzten verschwörerisch.

Charlotte lächelte zurück. Ihre Aufregung konnte sie kaum verbergen. Mit zitternden Fingern öffnete sie das Postfach. Ihr Herzschlag stolperte, als sie den cremefarbenen Umschlag mit Quinns Handschrift in den Händen hielt. Sie steckte ihn in ihre Jackentasche und verabschiedete sich von Phoebe. Die Ladenbesitzerin mochte sich ihren Teil denken, wenn die Herrin von Summerlight heimlich Briefe empfing. Aber aus irgendeinem Grund vertraute Charlotte ihr. Vielleicht hatte Phoebe in ihrem Leben Männern gegenüber selbst genug Geheimnisse gehabt. Sie war auf der Seite der Frauen.

Charlotte eilte an ihre Lieblingsstelle am Fluss Medway, setzte sich auf eine verwitterte Bank neben einer Trauerweide, riss den Umschlag auf und entfaltete die Nachricht.

Geliebte Charlotte,
nur noch wenige Wochen, bis wir uns wiedersehen. Ich kann den Mai kaum erwarten, zähle die Stunden und träume jede Nacht von dir. Auf Ballyseede Castle ist nun viel zu tun, ich mache meistens Überstunden, weil ich es auf dem Hof in Tralee kaum noch aushalte. Die Stimmung dort wird jeden Tag unerträglicher. Nur die Vorfreude auf unser Treffen lässt mich das alles durchstehen …

Der Umschlag beinhaltete vier eng beschriebene Seiten, auf denen Quinn ihr schilderte, wie er den Garten der Herrschaft gestaltete. Aber mehr Platz nahmen seine Erzählungen darüber ein, wie sehr er Charlotte vermisste und an welche gemeinsamen Stunden er sich besonders gern erinnerte. Er kommentierte alle Entscheidungen, die sie für Summerlight Garden in den letzten Wochen getroffen und von denen sie ihm berichtet hatte, und erzählte von seinen Söhnen. Zwischen den Zeilen schwang stets mit, dass er sich innerlich von seiner Frau Caitlin gelöst hatte. Charlotte ahnte, wie unglücklich er dort in Tralee war.

Heimliche Briefe so oft wie möglich, heimliche Treffen einmal im Jahr: Das war der Kompromiss, auf den sie sich eingelassen hatten, nachdem sie sich vor sechs Jahren voneinander hatten trennen müssen.

Bei der gemeinsamen Arbeit im Garten von Summerlight

House war ihre Liebe zueinander gewachsen. Als sie auf Reisen gingen, um die schönsten Gewächse zu erwerben und sich von anderen Gärtnern inspirieren zu lassen, hatten sie gemerkt, dass sie ihrem Verlangen nicht widerstehen konnten. Charlotte erinnerte sich mit einem Brennen im Magen noch an jede Einzelheit ihrer ersten Liebesstunde in der verschwiegenen Bucht auf den Hebriden. Damals schon hatte sie gewusst, dass diese Liebe sie ihr Leben lang begleiten würde. Genau wie sie zu der Zeit auch gewusst hatte, dass sie Victor nie verlassen würde. Dieser Zwiespalt beherrschte ihr Denken und Fühlen, und auch nach all den Jahren hatte Charlotte nicht die geringste Ahnung, wie sie ihr Leben ins Gleichgewicht bringen und dieses verdammte Gewissen beruhigen konnte.

Quinns Frau Caitlin war hinter ihr Geheimnis gekommen. Sie hatte Quinn gedroht, allen zu erzählen, was die Gemahlin des Hausherrn in ihrem Gartenschuppen trieb. Nur damit hatte sie es geschafft, Quinn von Summerlight House wegzuholen. Er hatte sich in sein Schicksal gefügt und war mit ihr und den beiden Söhnen nach Tralee gezogen, wo Caitlins Familie wohnte. Charlotte erinnerte sich mit einem wehen Gefühl in der Brust an ihren Zusammenbruch. Es war einer der finstersten Tage in ihrem Leben gewesen, als sie den Geliebten gehen lassen musste.

Sie las seinen Brief dreimal, hielt ihn sich an die Nase und meinte, Quinns Duft nach Sonnenwärme zu riechen. Dann hob sie den Blick, sah über den Fluss und träumte mit offenen Augen von den Tagen im Mai, wenn sie sich wiedersehen würden.

Kapitel 3

Victor fühlte sich bis ins Mark erschöpft, als er an diesem Abend die Freitreppe hinauf in den ersten Stock stieg. Charlotte war vor ihm zu Bett gegangen, er hatte noch das Feuer im Kamin gelöscht und sich ein weiteres Glas Wein eingeschenkt, weil er befürchtete, sonst in dieser Nacht keinen Schlaf zu finden.

Mit letzter Kraft schaffte er es, sich die Zähne zu putzen. Schließlich zog er Anzughose und Hemd aus, schlüpfte in den Pyjama und kroch zu seiner Frau ins Bett. An Charlottes gleichmäßigen Atemzügen erkannte er, dass sie bereits schlief. Sie lag auf der Seite, von ihm abgewandt. Er hob ihre Laken und kuschelte sich an ihren Rücken, von ihrer Wärme angezogen.

Wie gut das tat, die Augen zu schließen und nur die Frau zu fühlen, die er mehr liebte als sein Leben. Keinen Tag während ihrer Ehe hatte er es bereut, Charlotte geheiratet zu haben. Eliza Rose war die Krönung ihrer Liebe.

Er steckte die Nase in Charlottes Haar und sog den Duft nach Orangen ein, während er ihre Schulter streichelte.

Sie schliefen viel zu selten miteinander. Nicht etwa, weil er ihrer überdrüssig wäre. Aber der Alltag forderte seinen Tribut, Victors Kräfte waren begrenzt. Er hätte gerne ein zweites Kind gehabt, aber Charlotte benutzte, seit Eliza Rose auf der Welt war, ein Pessar, wie sie ihm erzählt hatte. So viel ging ihr immer im Kopf herum, so viel Energie steckte sie in ihren Garten. Und im Winter, wenn sie nichts tun konnte, außer aufs Tauwetter zu warten, arbeitete sie an ihrer Dissertation. Ein zweites Kind würde sie viel Zeit kosten, möglicherweise würde sie niemals promovieren können. Aber – na und? Er war einundfünfzig, und an manchen Tagen vermisste er schmerzlich die Kraft, die ihn noch vor zehn Jahren angetrieben hatte. Vor zehn Jahren hätte er die Schwierigkeiten in seiner Papierfabrik vielleicht mit einem Lächeln und einem Fingerschnipsen gelöst. Und er hätte seine junge Frau mit Leidenschaft und Sinnlichkeit verführt, bis sie bereit war, noch ein Kind von ihm zu empfangen.

Jetzt aber zersetzten ihn seine Ängste.

Im Februar waren zwei Kunden aus Frankreich und Spanien abgesprungen, Verlage, die sein Papier für den Buchdruck gebraucht hatten. Beide waren in Konkurs gegangen. Den Menschen auf dem Kontinent stand in diesen Tagen genauso wenig der Sinn nach Lesen wie den Briten. Der Ausfall der beiden Verlage riss eine große Lücke in die Bilanzen der Firma.

Morgen sollte sich entscheiden, ob ein deutscher Großhandel für Schreibwaren künftig auf Material aus den eigenen Landen setzen würde, statt weiterhin das qualitativ hochwertige, aber teure Produkt aus Dartford zu beziehen.

Victor brach der Schweiß aus, wenn er sich vorstellte, dass auch dieser Großkunde absprang. Wie sollte er die Firma dann noch halten?

Charlotte drehte sich in seinen Armen, sodass sich ihre Gesichter nah waren. »Du atmest schwer, Victor«, murmelte sie.

Er erschrak. »Entschuldige, das habe ich nicht bemerkt. Ich wollte dich nicht wecken.«

»Pst.« Sie legte den Zeigefinger auf seinen Mund. »Wirst du krank?«

Er schluckte. Auf jeden Fall wollte er vermeiden, seine Frau zu beunruhigen. Sie sollte ihren Lebensstil beibehalten, zur Hochzeit ihrer Schwester aus dem Vollen schöpfen und Gärtnerinnen einstellen, wann immer es ihr gefiel. »Ich liebe dich, Charlotte«, erwiderte er nur und küsste sie auf die Lippen. »Mach dir keine Sorgen, mir geht es gut.«

Den Arm um sie gelegt, schloss er die Augen. Wenig später erkannte er, dass Charlotte wieder eingeschlafen war. Er selbst dagegen lag bis in die frühen Morgenstunden wach, bevor er in einen unruhigen Schlaf fiel und um sechs Uhr aufsprang, um nach Dartford zu fahren. Die Köchin stellte ihm eine Tasse Tee und einen mit Orangenmarmelade bestrichenen Toast hin. Victor trank im Stehen und ließ den Toast liegen.

Obwohl er stets früh in seiner Fabrik auftauchte, hatte er es bislang noch nicht geschafft, vor seinem Assistenten Albert im Büro einzutreffen. Immerhin wohnte Albert mit seiner Frau Maud in dem zum Fabrikgelände gehörenden

Wohnhaus. Mit der Papierfabrik hatte Victor sozusagen auch Albert von seinem Onkel geerbt. Der Fünfzigjährige stammte aus einer Familie von Papiermachern und hatte das Geschäft von der Pike auf gelernt. Er wusste noch, wie man mit den eigenen Händen Papier schöpfte, und kannte jede Schraube, jeden Zylinder, jeden Schalter an dem Ungetüm von einer Maschine, das die Fabrikhalle ausfüllte. Was aber fast noch wichtiger war: Er kannte jeden einzelnen Angestellten. Er wusste, wann wer Geburtstag feierte, wann es galt, zur Hochzeit zu gratulieren oder einen Mitarbeiter zu betrauern. Albert war der gute Geist der Firma *Dartford Papers*, von allen geschätzt und geliebt.

Gegen seine Gewohnheit war er die letzten beiden Tage nicht in der Firma erschienen. Er hatte sich im Krankenhaus wegen Schmerzen im Leib untersuchen lassen. Victor hoffte, dass Albert inzwischen wiederhergestellt war.

Die Arbeiter, die um vier Uhr morgens mit der Frühschicht begonnen hatten, tippten sich an die Mützen, als Victor durch die Halle zu der Treppe eilte, die hinauf zu den Büros führte. Den vertrauten Geruch nach Öl und Schwefel nahm Victor kaum noch wahr. Die Zylinder und Rollen der Maschine hämmerten, das Rattern ging durch Mark und Bein, aber er hatte sich daran gewöhnt. Es war der Rhythmus seines Alltags.

Albert hob den Kopf, als Victor die Glastür zum Büro öffnete. »Guten Morgen, Mr Bromberg.« Seine Stimme klang ungewöhnlich rau. Er räusperte sich. »Leider keine guten Nachrichten. Die Deutschen haben ein Telegramm geschickt und den Vertrag gekündigt. Sie wollen einem deutschen Papierhersteller den Auftrag erteilen, um die eigene Wirtschaft zu unterstützen.«

Victor fasste sich an die Stirn, stöhnte auf und ließ sich auf den Lederstuhl hinter seinem Schreibtisch fallen. »Haben Sie nicht zurückgeschrieben, dass ich Deutscher bin?«

Albert hob eine Braue. »Mit Verlaub, das wissen sie. Aber Sie haben Deutschland den Rücken gekehrt. Das wissen sie auch.«

»Wir kommen in Teufels Küche«, murmelte Victor und nickte der Sekretärin Mrs Williams dankbar zu, als sie ihm eine Tasse Tee auf den Schreibtisch stellte. Mrs Williams war eine alleinstehende kinderlose Witwe, umsichtig, flink und loyal, die beste Frau für diesen Job. Manchmal schaute sie ihren Chef ein bisschen zu lange an, manchmal schwang sie, wenn sie wusste, dass Victor ihr hinterherschaute, die Hüfte, wobei man merkte, dass sie darin wenig Übung besaß. Dass sie sich ein bisschen in ihn verguckt hatte, konnte ihrer Arbeitsmoral nur zugutekommen, fand Victor.

»Was sollen wir tun, Albert?« Er fuhr sich mit den Fingern durch die Haare, bevor er einen Schluck Tee nahm und seinen Assistenten über den Tassenrand hinweg ansah. Er stutzte, als er bemerkte, dass Alberts Gesicht weiß wie dic Wand war. Hatte er auch an Gewicht verloren? Seine Wangen wirkten eingefallen. Mit einem scheppernden Geräusch setzte Victor die Tasse auf den Unterteller. »Heraus mit der Sprache, Albert«, sagte er. »Was hat die Untersuchung im Krankenhaus ergeben?«

Albert zog den Mund zu einem blutleeren Strich, bevor er schließlich herausbrachte: »Mr Bromberg, es tut mir leid ...«

»Reden Sie nicht um den heißen Brei herum!«, fuhr Victor ihn an, aber es war weniger der Zorn, der ihn seine Beherrschung verlieren ließ, als die Angst. Dermaßen zögerlich und niedergeschlagen hatte er seinen Assistenten noch nie erlebt.

»Sie haben Krebsgeschwüre bei mir gefunden«, sagte Albert schließlich. »Im Magen und überall im Körper.«

Victor richtete sich stockgerade auf. »Die kann man doch herausschneiden, oder? Gehen Sie ins Krankenhaus, solange es nötig ist. Und kehren Sie zurück, wenn Sie gesund sind. Bis dahin komme ich schon allein zurecht, obwohl ich Sie vermissen werde. Die Gesundheit geht vor, nicht wahr?« Wie lange mochte es dauern, bis Albert sich nach der Operation erholt hatte? In spätestens drei Wochen wäre er zurück, rechnete sich Victor in Gedanken aus.

»Leider ist eine Operation nicht mehr möglich.«

Victor fühlte sich, als stürze er einen Abhang hinab. »Das heißt?«

»Mir bleiben noch wenige Wochen zu leben, die ich mit Schmerzmitteln irgendwie überstehen werde. Solange ich aufrecht gehen kann, bin ich an Ihrer Seite hier in der Firma.«

»O nein, Albert ...« Victor erhob sich, wollte zu Albert, ihm auf die Schulter klopfen, aber alles schien sinnlos im Angesicht des Todes, der sich in dieses kleine Büro geschlichen hatte.

»Ich werde meine Arbeit hier so weit fertigstellen, dass mein Nachfolger sie mühelos übernehmen kann, Sir.«

»Oh, bitte, lassen Sie uns nicht über einen Nachfolger reden! Der wird nicht nötig sein. Die Ärzte malen manchmal den Teufel an die Wand, und am Ende stellt sich heraus, dass alles halb so schlimm ist. Geben Sie die Hoffnung nicht auf, Albert. Sie schaffen das!« Obwohl sie immer sehr förmlich miteinander umgingen, war Albert für Victor fast so etwas wie ein Freund. Von Anfang an hatte der Mann loyal zu ihm gestanden. Er besaß das Fachwissen, das Victor fehlte, als er vor mehr als zehn Jahren die Papierfabrik übernommen hatte. Ohne Albert wäre *Dartford Papers* niemals so groß geworden, und jetzt, wo sie vielleicht um den Erhalt der Firma ringen mussten, würde der Mann ihn alleinlassen. Victor konnte sich keinen anderen Assistenten vorstellen.

Als hätte Albert seine Gedanken gelesen, sagte er: »Gregory Pearson, der vor drei Jahren bei uns seine Ausbildung gemacht hat und seitdem tadellose Arbeit als Maschinenführer leistet, wäre ein guter Nachfolger. Er ist jung, kräftig, bei allen beliebt, überaus gescheit, und er stammt genau wie ich aus einer Papiermacherfamilie. Mit Ihrer Erlaubnis, Sir, werde ich den Jungen unter meine Fittiche nehmen und ihm erklären, was von ihm erwartet wird.«

Victor stützte die Ellbogen auf seinen Schreibtisch und legte das Gesicht in die Hände. »Machen Sie mich nicht unglücklich, Albert«, murmelte er zwischen den Fingern hindurch.

Victor wusste, dass er Charlotte nichts vorspielen konnte. Als er am frühen Abend heimkehrte, beendete sie gerade die Arbeit im Garten. In kniehohen Stiefeln, Hosen, einem Wollpullover und einer Schürze darüber schlenderte sie auf ihn zu, als er aus seinem Rolls-Royce ausstieg. Die Haare hielt sie mit einem gepunkteten Tuch, dessen Zipfel abstanden, aus der Stirn. Es war der erste milde Frühlingstag in diesem März. Die Vögel zwitscherten um die Wette und begrüßten den Beginn der warmen Jahreszeit. Aus dem Garten drangen die Düfte von Tulpen und Hyazinthen, die Charlotte im Gewächshaus aufgezogen und offenbar heute ins Freie gesetzt hatte. Die Forsythien trieben bereits aus; nicht mehr lange, und sie würden den Garten mit gelben Blütenwolken zieren.

Charlotte hatte ein verträumtes Lächeln im Gesicht, das Victor an ihr liebte. So sah seine Frau aus, wenn sie im Reinen mit sich war. Es zerriss ihn fast, dass er ihre heitere Stimmung verderben musste. Als sie ihn musterte, verflüchtigte sich ihr Lächeln. Sie legte die Hand an seine Wange, sah ihm forschend in die Augen.

»Was ist passiert?«

Ihr folgten in einigem Abstand Harriet und Letitia, ebenfalls in Arbeitskleidung. Hinter ihnen lief Eliza Rose mit Toby heran.

Das Mädchen trug das gleiche Tuch im Haar wie ihre Mutter und in ihrer Hand ein Glas, in dem sie ein bisschen Erde und ein Gänseblümchen transportierte. Victor ging das Herz auf. Harriets Sohn folgte ihr langsamer und ein bisschen außer Atem.

Victor küsste Eliza Roses Wange. »Was hast du denn da Schönes?« Er nahm das Glas und betrachtete es.

»Die *Bellis perennis* habe ich im Garten gefunden. Mama hat gesagt, ich darf sie mitnehmen.« Victor lächelte, als er, noch während sein Töchterchen sprach, das Lachen seiner Frau hörte. Seine Familie verstand es meistens, ihn aufzuheitern. »Deine Mama hat dir auch gesagt, wie das Gänseblümchen heißt, nicht wahr?«

»Was ist daran lustig?« Eliza Rose zog die Stirn in Falten, während sie ihren Papa betrachtete.

»Gar nichts, mein Schatz. Ich bin stolz auf dich.« Er gab ihr noch einen Kuss und setzte sie ab. »Ihr beide geht jetzt zu Mrs Duncan in die Küche und lasst euch einen Kakao geben, ja?« Eliza Rose hielt das Glas in der einen Hand, mit der anderen ergriff sie Tobys Rechte und stürmte los.

Charlotte hob grinsend drei Finger zum Schwur. »Ich schwöre, sie hat mich nach der lateinischen Bezeichnung gefragt. Ich konnte nicht anders, als ihr zu antworten.«

Victor stimmte kurz in ihr Lachen ein, obwohl ihm Alberts Nachricht schwer im Magen lag. »Sie ist noch zu jung, um sie an die Wissenschaft zu verlieren.«

Charlotte wandte sich an ihre beiden Helferinnen. »Geht schon mal vor. Wir sehen uns beim Dinner.«

Genau wie Harriet nahm Letitia inzwischen an den Zusammenkünften in Summerlight House teil. Die Probezeit hatte sie mit Bravour hinter sich gebracht und absolvierte nun in Summerlight Garden unter Harriets Anleitung ihre Ausbildung zur Gärtnerin. Sie hatte sich anfangs gewehrt, ihr Platz sei in der Küche, nicht am herrschaftlichen Tisch. Die Brombergs mussten ihr immer wieder versichern, wie sehr sie sie als angehende Gärtnerin schätzten.

Charlotte hakte sich nun bei Victor ein und führte ihn zu der weiß gestrichenen Bank in der Einfahrt, von der aus man die bewachsene Fassade von Summerlight House überblicken konnte. Die Wildrosen waren die einzigen Gewächse, die sie beim Kauf des Anwesens übernommen hatten. Alle anderen Pflanzen waren verrottet gewesen.

Victor hätte sein Gesicht am liebsten in ihrer Halsbeuge verborgen, als sie eng nebeneinander Platz nahmen. Die Welt ausschließen und nur die Frau spüren, die er liebte. Wie schön könnte das Leben sein.

»Willst du reden?«, fragte sie leise.

»Es geht um Albert«, brachte er hervor und richtete sich auf. Er lehnte sich zurück und legte den Arm um ihre Schultern. »Er ... er hat Krebs.«

Charlotte zuckte zusammen. »Du lieber Himmel, kann er operiert werden?«

Victor schluckte. »Es heißt, das Geschwür im Magen habe bereits gestreut.«

»Der arme Mann.« Charlotte traten die Tränen in die Augen. »Er ist doch gerade erst fünfzig geworden.«

»Danach fragt das Schicksal nicht«, erwiderte Victor und küsste Charlotte auf die Schläfe. Er liebte ihre emotionale Seite. Manchmal fühlte es sich für ihn an, als weine oder lache sie für ihn mit. Ihm fiel es viel schwerer, seine Gefühle zu zeigen.

»Er ist dein wichtigster Vertrauter in der Firma und sicher kaum zu ersetzen.«

Victor nickte. »Gerade jetzt, wo mir fast jede Woche ein Kunde abspringt ...«

Charlotte neben ihm versteifte sich. Lange genug hatte er sie im Unklaren darüber gelassen, dass die Firma in einer

Krise steckte. Jetzt war es heraus, und sie würde an seinen Sorgen teilhaben. Er hätte ihr das gern erspart, aber sie war seine Frau, und hieß es nicht, in guten wie in schlechten Tagen? Er brauchte ihren Trost, und vielleicht brauchte er auch ihren kreativen Verstand, wenn es darum ging, nach ungewöhnlichen Lösungen zu suchen. »Wie schlimm ist es wirklich?« Ihre Stimme klang monoton.

Er wandte sich ihr zu und legte den Zeigefinger auf ihre Lippen, bevor er sie küsste. »Es ist überschaubar. Es gibt andere Kunden, die an einer regelmäßigen Lieferung interessiert sind. Wir müssen nur die Preise aushandeln. Mach dir keine Sorgen, Darling. Noch müssen wir niemanden entlassen.«

»Debbie und ich haben in London gesehen, wie viele Arbeitslose es bereits gibt. Sie verstopfen die Straßen mit ihren Hungermärschen. Es ist schrecklich mit anzusehen.«

»Die großen Städte trifft es immer zuerst«, erwiderte er. »In Liverpool sieht es noch schlimmer aus als in London. Die Fotos und Berichte in der *Times* sind niederschmetternd.«

»Und ich laufe mit Debbie durch die Stadt und gebe das Geld mit beiden Händen aus! Wir hätten ihr ein viel preiswerteres Kleid kaufen können. Oder ein gebrauchtes. Und Schuhe hätte ich ihr leihen können. Du liebe Zeit, was die Hochzeit kosten wird! Sollen wir nicht doch das Angebot der McLarens annehmen, dass sie sich zur Hälfte an den Ausgaben beteiligen?«

»Sch... sch...« Victor machte eine beruhigende Geste und schloss dabei für einen Moment die Augen. »Alles wird gut. Debbie soll das schönste Kleid haben, und die Hochzeit wird ein rauschendes Fest auf Summerlight House. So weit ist es noch lange nicht, dass wir an solchen Dingen sparen müssen.«

Als er die Augen wieder öffnete, sah er, dass Charlotte die Verzweiflung ins Gesicht geschrieben stand. »Bist du sicher? Versprich mir, dass du mich über alles auf dem Laufenden hältst, was die Firma betrifft, ja?«

»Das verspreche ich dir.« Er nahm ihre Hände. »Unseren Lebensstil werden wir nicht ändern müssen. Vertrau mir.«

Sie sah nicht überzeugt aus, und er ärgerte sich darüber, dass er ihr Sorgen bereitet hatte. Andererseits fühlte es sich besser an, wenn sie an allem beteiligt war, was ihn beschäftigte. Mit Charlotte an seiner Seite würde er jeder Katastrophe trotzen.

Kapitel 4

Aurora Windley, geborene Ainsworth, nahm sich eine Sekunde Zeit, um das Besondere des Moments zu genießen, als sie den Steg der *Queen Victoria* verließ und endlich wieder englischen Boden betrat. Robert in seinem Rollstuhl, einen Koffer auf dem Schoß balancierend, war schon vorgefahren, die sechsjährige Claire hielt sich an seiner Seite fest. Das Mädchen liebte es, mit dem Gefährt Schritt zu halten, das Robert mit den Händen antrieb.

Tief sog Aurora die Luft ein, die ein bisschen nach Regen roch und ein bisschen nach den Algen am Kai von Southampton. Sie liebte ihr neues Leben in Stanford, aber in dieser Minute genoss sie das Gefühl, nach Hause zu kommen. Hier war sie geboren, hier hatten ihre Eltern gelebt, hier hatte sie eine unbeschwerte Kindheit verbracht und als junge Frau ihren Vater bis zu seinem letzten Tag begleitet. Hier hatte sie ihren Cousin Victor kennengelernt und war gemeinsam mit ihm, seiner jungen Frau und deren Familie nach Summerlight House gezogen. Dort hatte sie die glücklichsten und die schmerzhaftesten Stunden ihres Lebens verbracht. Stets hatte Robert dabei eine entscheidende Rolle gespielt. Sein Heiratsantrag war für sie aus heiterem Himmel gekommen, aber sie hatte keine Sekunde gezögert, ihn anzunehmen. Robert, dieser Eigenbrötler mit der empfindsamen Seele, war der Mann, den sie von Anfang an geliebt hatte. Ein Glücksgefühl durchströmte sie, als sie die beiden liebsten Menschen, die zu ihr gehörten, beobachtete. Sie eilte ihnen hinterher und griff nach Claires Hand, um sie mit Schwung in die Luft zu heben. Das Mädchen lachte vor Vergnügen.

»Bin ich froh, dass wir die Schifffahrt hinter uns haben«, sagte Robert. »Ich habe wegen meiner Seekrankheit bestimmt fünf Pfund abgenommen. Mir graut es vor der Rückfahrt. Wollen wir hier in England bleiben, Liebling?« Er grinste sie schelmisch an, und Aurora lachte auf. Sie wusste, dass Robert die Forschungsstelle, die ihm die Universität Stanford angeboten hatte, nicht aufgeben würde. Er forschte dort gemeinsam mit seinem Freund Sean über den Diabetes, der sich zu einer Volkskrankheit zu entwickeln schien.

»Nichts hast du abgenommen«, erwiderte Aurora lachend und wies mit dem Kinn auf seinen kleinen Bauch. Immer nur zu sitzen trug nicht zur Erhaltung einer sportlichen Figur bei. Aber dennoch sah Robert mit seinem vollen blonden Haar und den breiten Schultern fantastisch aus. Sein Gesicht hatte die mürrischen Züge verloren, die ihn nach seiner folgenschweren Verletzung gezeichnet hatten, und stattdessen von der kalifornischen Sonne einen goldbraunen Teint angenommen.

Sie hatten sich beide verändert, wusste Aurora. Die erstaunte Miene des Chauffeurs Owen Kelly, der sie am Straßenrand mit der Limousine der Brombergs erwartete, sprach Bände.

»Owen, was für eine Freude, Sie zu sehen!« Aurora reichte ihm die Hand, während ihm der Mund aufklappte und er sie anstarrte. Früher hatte sie wenig auf ihr Äußeres gegeben, aber das hatte sich in Stanford geändert, wo sie in mehreren ehrenamtlichen Organisationen für wohltätige Zwecke tätig war. Ihre Haare in der Farbe von Herbstlaub trug sie zu einem Bubikopf geschnitten. Die vorderen Spitzen streiften ihre Wangen. Sie hatte gelernt, mit Wimperntusche, Augenbrauenstift und Rouge umzugehen, und schminkte sich dezent, aber offenbar auffällig genug, dass es dem Chauffeur die Sprache verschlug. Sie trug ein karamellfarbenes Kostüm mit Webpelz am Kragen und einen eng anliegenden Glockenhut. »Mrs Windley, ich hätte Sie nicht wiedererkannt«, brachte Kelly hervor. »Sie ... Sie sehen ... fantastisch aus.«

»Wie immer«, bemerkte Robert grinsend.

»Bringst du uns zu meiner Tante und meinem Onkel?« Claire sah erwartungsvoll zu ihm auf. Aurora erfüllte es mit Stolz, in welch gestochenem Oxford-Englisch sie sprach. Daheim unterhielten sie sich ausschließlich in dem feinen britischen Englisch, das amerikanische hörte Claire in der Schule und bei ihren Freundinnen. Aurora gefiel es, wie leicht das Mädchen von der einen Aussprache in die andere wechseln konnte und wie genau sie zu unterscheiden wusste, wann welche Art zu sprechen angemessen war.

Owen Kelly verneigte sich mit einer Hand auf der linken Brustseite vor dem Mädchen. »Mit dem größten Vergnügen, junge Lady.«

Claire kicherte und kletterte auf den Rücksitz, während Owen erst Robert ins Auto half, danach den Rollstuhl und den Koffer verstaute. Aurora nahm auf dem Beifahrersitz Platz und brauchte ein paar Sekunden, um sich daran zu gewöhnen, wieder auf der linken Seite zu sitzen.

Lautlos rollte der Wagen an. Nach wenigen Minuten ließen sie den betriebsamen Hafen hinter sich und fuhren über die Landstraße in einem großen Ring um London herum. Aurora staunte, wie breit die Straßen inzwischen waren und über den regen Verkehr, der in den dünner besiedelten Gegenden nicht nachließ. Das tiefe Grün in allen Schattierungen überwältigte sie. Von Kalifornien war sie Erdfarben gewöhnt, von der Sonne gebleicht, Palmen und das Blau des Meeres, in dem sich der wolkenlose Himmel spiegelte. Seltsam, dass ihr früher nie aufgefallen war, wie fruchtbar in ihrer Heimat die Wiesen und Wälder wuchsen und dass die Schafe auf den Wiesen wie hingetupft wirkten. Sie sah die wachsenden Weizenfelder, die schnurgeraden Alleen, Bauern auf ihren Traktoren, Kirchturmspitzen, die die verstreut liegenden Dörfer überragten. Geliebtes England. Aurora stiegen die Tränen in die Augen. Sie hätte viel früher heimkehren sollen.

Sie wandte sich zur Rückbank und sah, wie Claire sich in Roberts Arm gekuschelt hatte. Dem Mädchen fielen schon fast die Augen zu. Ein Lächeln glitt über Auroras Züge. Wo diese beiden Menschen waren, da war sie zu Hause. Egal, ob in der Hügellandschaft Englands oder an der Küste Kaliforniens.

Nach knapp zwei Stunden bog Owen in die Straße, die direkt nach Summerlight House führte. Aurora schaute nach links und rechts, um nichts zu verpassen. Da unten lag das Dorf Summerlight mit den reetgedeckten Häusern und der Dorfstraße, darüber die Felder und das Pachthaus, mit dem sie viele Erinnerungen verband. Claire war dort zur Welt gekommen und schon als Baby zur Waise geworden. Aurora hatte das Mädchen zu sich genommen und sich geschworen, sie nie im Leben allein zu lassen. Sie wollte die verlässliche Beschützerin für sie sein, die ihre leibliche Mutter nicht sein konnte.

Endlich tauchten die grün berankten Mauern von Summerlight House auf. »Schaut nur!«, rief sie mit sich überschlagender Stimme.

Claire war eingeschlafen, aber Robert beugte sich zum Fenster, und Aurora sah, dass er lächelte. »Hoffentlich haben sie uns zu Ehren keinen Zirkus geplant. Ich will einfach nur einen Whisky am Kamin trinken und mir erzählen lassen, was in den vergangenen Jahren passiert ist.«

»Ach, da wird es keine Überraschungen geben«, erwiderte Aurora lachend. »Charlotte hat uns doch in ihren Briefen über alles auf dem Laufenden gehalten. Ich bin gespannt, wie sich Debbie entwickelt hat. Und ich werde in ihren Augen lesen können, ob sie mit Alex McLaren glücklich ist. Du erinnerst dich, dass sie früher verrückt nach seinem Bruder war, diesem Benjamin? Gott sei Dank ist sie zur Besinnung gekommen. Und ich bin gespannt auf die neuen Hausbewohner. Charlotte hat mal ein Foto von Harriet und ihrem Sohn geschickt, aber das ist ja nicht zu vergleichen mit einer echten Begegnung. Und der neueste Zuwachs ist diese Letitia, das Mädchen aus London.«

»Hauptsache, sie lassen uns in meinem Trakt wohnen. Alles andere ist mir egal«, behauptete Robert mit einem Grinsen und kurbelte nun das Fenster herunter, als sie in einem Bogen in die Einfahrt vor Summerlight House rollten.

Aurora hatte sich vorgenommen, auf Robert zu warten, bis er in seinem Rollstuhl saß, bevor sie ausstieg. Er bekam oft genug zu spüren, dass er benachteiligt war. Aber als sie Debbie, gefolgt von Baxter, die Treppe herunterhüpfen sah, konnte sie nicht an sich halten. Mit einem Satz sprang sie aus dem Auto, öffnete die Arme weit und umschlang die junge Frau, während ihr die Tränen über die Wangen liefen. Trotz ihrer mädchenhaften Figur fühlte Debbie sich sehnig und muskulös an, als treibe sie regelmäßig Sport. Sie war noch gewachsen und überragte sie um eine Handbreit. Und sie sah auch ohne weißes Kleid wie eine Braut aus. Das Glück schien ihr aus allen Poren zu leuchten. »Du bist eine richtige Schönheit geworden, Debbie«, rief Aurora. »Die Liebe strahlt dir aus dem Gesicht.«

»Das kann ich genauso zurückgeben, Aurora! Wie gut dir Kalifornien bekommt! Ich glaube, Alex und ich sollten euch bald besuchen.«

»Aber unbedingt!« Aurora fasste Debbies Hände und drehte sich mit ihr im Kreis. Sie hatte Debbie zu einer jungen Dame erzogen, die in jeder Situation ihre Fassung bewahrte, aber nun merkte sie einmal mehr, dass Debbie auch Einfluss auf sie genommen hatte. Bevor sie die Windleys kennengelernt hatte, wäre es ihr im Traum nicht eingefallen, vor Freude herumzuwirbeln. Da hatte sie alle wahren Gefühle noch hinter einer Fassade verborgen.

Baxter sprang an ihr hoch, und sie kraulte und umarmte ihn, bevor er auf Robert zustürmte, der inzwischen in seinem Rollstuhl saß.

Und dann waren alle heran, um sie zu begrüßen: Charlotte mit Victor und Eliza Rose, die beim letzten Mal, als Aurora sie gesehen hatte, noch ein Kleinkind gewesen war. Dahinter die Köchin Mrs Duncan und Haushälterin Laura. Die beiden Frauen, die sich ein bisschen im Abseits hielten, waren vermutlich Harriet und Letitia.

Die herzlichen Worte und das Lachen schwebten über der Einfahrt von Summerlight House. Aus dem Garten wehte der Duft nach frisch gelockerter Erde und Narzissen heran. Aurora konnte es nicht erwarten, selbst zu sehen, wie sich das Anwesen entwickelt hatte. Charlotte hatte ihr geschrieben, dass sie auf der Auswahlliste für die *Linnean Medal* gestanden, es aber am Ende nicht gereicht hatte. Aurora jedoch war sich sicher, dass Summerlight Garden die schönste Anlage Englands war.

»Was für ein Traum!« Aurora war hin- und hergerissen, als sie sich am Abend bei Charlotte einhakte und mit ihr gemeinsam durch den Garten spazierte.

»Das letzte Mal waren wir vor drei Jahren hier, als du den Garten offiziell eingeweiht hast. Wie dicht und harmonisch seitdem alles gewachsen ist!«

»Ja, das war ein wundervoller Tag.« Sie hatte sich unbändig darüber gefreut, dass nicht nur Aurora, Robert und Claire angereist waren, sondern auch ihr alter Mentor Professor Edward Bone von den Hebriden und der Schweizer Student Loris Bürgler aus Zürich. Sie hatte den jungen Mann auf ihrer Expedition durch die persischen Berge kennengelernt und ihn mit ihren Erzählungen über seltene Pflanzen dermaßen in den Bann gezogen, dass er nach der Reise das Studienfach wechselte und ebenfalls Botanik studierte.

Sie dachte stets mit einem warmen Gefühl an diese Eröffnungsfeier voller Lachen, Applaus und gemeinsamer Erinnerungen, aber sie hatte auch an jenem Tag wieder den Schmerz darüber gefühlt, dass der Mann, mit dem sie die Grundlagen ihres Gartenparadieses gelegt hatte, bei solchen Feierlichkeiten nie dabei sein konnte.

»Und ihr habt jetzt Besucher, die dafür bezahlen, den Garten zu besichtigen?«, fragte Aurora.

Charlotte lächelte. »Aber ja! Schau, da am Eingang ist das Kartenhäuschen. Seit April haben wir wieder bis November für die Öffentlichkeit geöffnet. Wir werden in allen touristischen Broschüren vorgestellt, von Jahr zu Jahr kommen mehr Gäste. Kannst du dich an die Stewarts erinnern, die vor drei Jahren gestorben sind? Sie haben ihr Anwesen dem *National Trust* vererbt, dessen Ziel es ist, Gebäude oder Landschaften von historischem Interesse oder besonderer Schönheit zu schützen. Seitdem kommen viele Gäste im Jahr, und eine Vielzahl besucht danach noch Summerlight Garden. Aber während der Hochzeit werden wir natürlich keine Besucher auf das Gelände lassen. Du solltest hier sein, wenn im Sommer die Natur explodiert. Ich hoffe, dass alle unsere Stauden den Winter gut überstanden haben.«

»Eine Woche nach der Hochzeit müssen wir leider schon wieder abreisen«, erwiderte Aurora. »Robert leitet diese Forschungsgruppe über Diabetes, man braucht ihn an der Uni. Und ich«, sie zuckte die Achseln, »nun, im Frühjahr gibt es die meisten Wohltätigkeitsveranstaltungen. Man erwartet von mir, dass ich mich zeige und zu Spenden aufrufe.«

»Fühlst du dich wohl dort?«

»Ich mag die Amerikaner, obwohl ich am Anfang Schwierigkeiten hatte, mich anzupassen. Sie sind ungezwungener, weißt du, sie geben dir in jedem Gespräch das Gefühl, dass du eine Freundin bist. Man sollte bloß nicht den Fehler begehen und es ernst nehmen. Sie sind betont lässig im Umgang miteinander, aber ihre Gefühle sind oberflächlich. Sie wirken nur fröhlich und zugewandt, verstehst du? In Wahrheit ist das ihre Fassade.«

»Ich bin sicher, du hast trotzdem echte Freundschaften geschlossen, nicht wahr?« Charlotte drückte ihren Arm. »Und Robert? Wie geht es ihm dort?«

Aurora strahlte. »Robert könnte selbst Amerikaner sein. Die Wesensart kommt ihm entgegen. Er lächelt wieder, lässt seinen Charme spielen, aber wie es in ihm drinnen aussieht, das zeigt er nur seinen echten Freunden.« Sie blieb stehen, als sie den Teich erreichten. »Wie idyllisch sich die Holzbrücke in die Landschaft einfügt. Und wie hoch das Schilfgras inzwischen gewachsen ist.« Ihre Miene wurde ernst. »Ihr habt immer noch keinen Zaun darum ziehen lassen«, stellte sie fest.

Charlotte verzog den Mund. »Ein Zaun würde den Eindruck von Fülle und Freiheit zunichtemachen, egal, welches Material wir verwenden.«

Aurora hob die Schultern. »Es ist gefährlich für die Kinder.«

Charlotte nickte. »Wir lassen sie normalerweise nicht allein in den Garten. Es ist stets ein Erwachsener dabei, allein aus Sorge, dass sie sich Blumensträuße von meinen Exoten pflücken könnten.« Sie grinste Aurora von der Seite an. »Außerdem haben wir mit Eliza Rose und Toby gesprochen und ihnen erklärt, dass der Teich gefährlich ist.«

»Für Claire wird es neu sein. Ich werde ihr noch ins Gewissen reden, dass sie dem Wasser nicht zu nah kommt«, erwiderte Aurora.

Als sie zur Südseite des Hauses gelangten, schnappte sie nach Luft. Im hinteren Teil des Gartens, der an die Felder und Wiesen angrenzte, wuchsen die Obstbäume, und darunter breiteten sich Krokusse und intensiv duftende Hyazinthen aus. Ein überwältigender Anblick. »Ich verstehe nicht, warum die Männer von der *Linnean Society* dich nicht ausgezeichnet haben. Was könnte schöner sein als dieses Arrangement? Ich will auch so etwas!«, rief Aurora. »Komm mit in die Staaten und leg mir einen Garten an!«

Charlotte stimmte in ihr Lachen ein. »Der *Society* geht es nicht um die Optik. Sie suchen nach dem wissenschaftlichen Ansatz, der ihnen bei mir fehlt. Noch!«, fügte sie an und fühlte sofort das schlechte Gewissen, weil sie mit ihrer Dissertation nicht vorankam.

»Diese Korinthenzähler!« Sie kicherten beide, obwohl

es Charlotte schwer auf der Seele lag, dass sie die hohen Maßstäbe der *Linnean Society* nicht erfüllte.

Charlotte führte ihre Schwägerin in den Rosengarten. Dort blühten um diese Jahreszeit nur die Wildrosen, aber auch ihre selbst gezüchteten Pflanzen hatten bereits kräftig ausgetrieben. »Schau, Aurora, darf ich vorstellen? Das ist *Eliza Rose*«, sagte sie mit einem verschmitzten Grinsen und wies auf eine buschförmig wachsende Rose ohne Dornen.

»Oh, du hast einer Rose den Namen deiner Tochter gegeben! Wie romantisch.«

»Und gleich daneben siehst du die *Irish Love*. Sie ist besonders widerstandsfähig.«

Aurora musterte sie. »Die irische Liebe? Was hat dich zu diesem Namen inspiriert?«

Charlotte spürte Hitze in ihr Gesicht steigen und ärgerte sich darüber. Aurora war vielleicht die einzige Person, die einen Verdacht hatte, was Charlottes und Quinns Beziehung anging. Sie hatten vor sechs Jahren die gemeinsame Reise durch England unternommen, bei der Charlotte und Quinn ihre Liebe zueinander entdeckt hatten. Charlotte war sich bis heute nicht sicher, was Aurora damals mitbekommen hatte und was nicht. »Ach, Irland steht für Frische und Milde und das Leuchten auf den Wiesen, ich fand es passend.« Sie seufzte innerlich vor Erleichterung, weil ihr eine halbwegs überzeugende Erklärung eingefallen war. Niemand würde je erfahren, dass sie diese Rose als Trost in dem Jahr gezüchtet hatte, als Quinn mit seiner Familie zurück nach Irland gezogen war.

»Schade, dass ich sie nicht mehr blühen sehen werde.«

»Ich werde diesmal auf jeden Fall Fotos machen. *Eliza Rose* besitzt dicht gefüllte altrosa Blüten und duftet nach Birne, *Irish Love* hat buschige Blüten in Apricot, einen aufrechten Wuchs und verströmt einen Duft wie Sonnenwärme.«

»Diese Eigenschaften haben die Herren von der *Linnean Society* nicht überzeugt? Sie möchten, dass du promovierst? Das sollte dir doch leichtfallen bei all deinem Wissen und deiner praktischen Erfahrung.«

Zum Glück bewegte sich das Gespräch von Irland weg. Charlotte konnte niemals ruhig bleiben, wenn ihre Gedanken zu Quinn trieben. »Sollte man meinen, ja. Ich habe mir den Salon in unserem privaten Flügel als Arbeitszimmer eingerichtet. Das Recherchematerial ist fast vollständig, aber ich muss mein Thema noch in einer Kurzform vorstellen, um damit an der Universität vorsprechen zu können.«

»Mach das.« Aurora wandte sich ihr mit überraschender Ernsthaftigkeit zu. »Ich erinnere mich an unseren Besuch bei Professor Bones auf den Hebriden und wie eindringlich er dir empfohlen hat, nicht im Privaten abzutauchen. Du gehörst auf die Bühne der Welt, Charlotte, nicht hinter einen Verkaufsschalter oder ein Gewächshaus.«

»Das sagt sich so leicht«, erwiderte Charlotte und presste für einen Moment die Lippen aufeinander. »Mir bedeutet mein Garten viel.«

»Du kannst stolz auf ihn sein.« Aurora hakte sich bei ihr ein. »Aber den Garten zu gestalten und zu pflegen schließt nicht aus, dass du dir neue Herausforderungen suchst und der Welt beweist, was Frauen zu leisten imstande sind. Ich habe dich immer bewundert, Charlotte«, fügte sie noch an.

Charlotte drückte Auroras Hand und wies auf die Terrasse aus Dielenhölzern. »Dort werden wir die Hochzeit feiern.« Der Platz fügte sich elegant in die Anlage ein. Bepflanzte Tongefäße und weiße Skulpturen grenzten ihn ab. Über der Fläche baumelten bunte Lampions, darunter standen Stehtische mit weißen Tischdecken und weiß-grünen Blumengestecken.

»Ob der Platz ausreicht für alle Gäste?« Aurora sah sich skeptisch um. »Wäre es nicht passender gewesen, die Feier auf dem Gut der McLarens zu veranstalten?«

»Du kennst doch Victor.« Charlotte lächelte milde. »Er lässt es sich nicht nehmen, für Debbie alles auszurichten, obwohl er nicht der Brautvater ist. Außerdem wollten Debbie und Alex nur im kleinen Kreis feiern, die engste Familie und ein paar gute Freunde.«

Aurora hob erstaunt die Brauen. »Das passt gar nicht zu Debbie«, sagte sie. »So gerne, wie sie im Mittelpunkt steht, hätte ich vermutet, sie wolle das große Publikum.«

»Sie hat sich in manchen Dingen verändert. In anderen nicht. Warte, bis du ihr Brautkleid siehst«, erwiderte Charlotte und grinste Aurora an. »Sie plappert aber nicht mehr, wirkt beherrschter. Manchmal habe ich den Eindruck, dass sie etwas vor uns verbirgt.« Sie zuckte mit den Schultern. »Aber sicher täusche ich mich. Vielleicht muss ich mich nur daran gewöhnen, dass meine kleine Schwester erwachsen geworden ist.«

»Es ist normal, wenn sie Geheimnisse hat.« Aurora schürzte die Lippen, ihre Augen leuchteten. »Vielleicht offenbart sich das Mysterium ja in spätestens neun Monaten? Dann komme ich garantiert hierher, das schwöre ich!«

»Wer weiß? Mir ist jeder Grund willkommen, der dich zu uns bringt.«

»Wie schön, wenn Eliza Rose mit einem Cousin oder einer Cousine aufwachsen kann. Ich beneide euch darum, dass ihr nur einen Katzensprung voneinander entfernt seid.« Aurora zog ein Spitzentaschentuch aus ihrer Kleidertasche und tupfte sich damit über die Augen.

Charlotte legte den Arm um sie und drückte ihre Schulter. Ja, es machte sie glücklich, dass Debbie in der Nachbarschaft oder vielleicht sogar in Summerlight House wohnen würde. Sie hatte schon einige Male versucht, aus Debbie herauszubekommen, wie Alex und sie sich ihre Zukunft vorstellten. Solange sie sich nicht äußerten, musste Charlotte davon ausgehen, dass sie, wie es die Tradition vorgab, den Gutsbetrieb der McLarens übernahmen und dort wohnen würden. Aber Charlotte wusste, dass es um die Harmonie auf dem Hof nicht zum Besten stand, und in ihr war die Hoffnung gewachsen, dass Debbie und Alex es vorziehen könnten, Summerlight House zu ihrem Zuhause zu wählen. In Gedanken hatte Charlotte schon begonnen, die Zimmer neu aufzuteilen. Eventuell mussten Harriet und Letita ins Dorf ziehen, aber das würde sich alles organisieren lassen.

Noch glücklicher hätte es Charlotte gemacht, wenn auch Aurora und Robert wieder hier leben würden, aber aus dem, was ihre Schwägerin erzählte, hörte sie deutlich heraus, dass ihr Bruder sein Glück in Amerika gefunden hatte. Sie gönnte es ihm von Herzen.

Kapitel 5

Der zweite Sonntag im April war blau und sonnenhell und voller Vogelgezwitscher. Die Damen der Hochzeitsgesellschaft konnten sich bereits gegen Mittag in ihren eleganten Roben zeigen und mussten sie nicht unter wärmenden Mänteln verbergen. Die McLarens hatten darauf bestanden, dass ihr Sohn in der Kirche von Summerlight heiratete. Charlotte und Victor hatten bei ihrer eigenen Hochzeit einen Geistlichen aus Canterbury kommen lassen, der sie auf dem Anwesen von Summerlight House getraut hatte. Dies wäre jetzt inmitten der kunstvollen Bepflanzung nicht mehr möglich, aber die McLarens hatten ohnehin eigene Vorstellungen, denen sich Charlotte und Victor beugten.

Die McLarens waren eine alteingesessene Familie in Kent, man erwartete von dem Junior, dass er seine Ehe wie sein Vater und seine Großväter begann. Charlotte saß rechts in der ersten Reihe der Holzbänke neben Robert. Hinter ihr saß ihre Freundin Vita Sackville-West, über deren Kommen sich Charlotte sehr gefreut hatte. Victor würde die Brautvaterrolle übernehmen und Debbie ihrem Alex übergeben; Aurora wartete auf einem Stuhl neben dem Altar. Debbie hatte sie zur Trauzeugin ausgewählt, was Charlotte einen Stich versetzt hatte. Als ältere Schwester hätte sie gern dieses Ehrenamt übernommen, aber Debbie hatte wohl zu Aurora ein besonders inniges Verhältnis. Die Plätze hinter ihnen teilten sich Freunde des Brautpaares und langjährige Bedienstete. Die linke Seite füllten bis auf den letzten Platz Verwandte und Freunde der McLarens. Mütterlicherseits stammte die Familie aus dem Schottischen, allen voran Lady McLarens Bruder Angus Baird. Wie es hieß, war das Verhältnis zwischen den familiären Zweigen eher frostig. Die Herren aus den Highlands hatten es sich nicht nehmen lassen, in ihren Kilts zu erscheinen und für die Musik in der Kirche zu sorgen. Ein Quartett aus Dudelsackbläsern erfüllte den hohen Kirchraum mit seinen lang gezogenen Klängen.

Alex stand in seinem Cut, die Haare seitlich gescheitelt, am Altar. Ein groß gewachsener junger Mann mit kantigen Schultern und einem etwas zu langen Gesicht, aber er strahlte voller Vorfreude. Auch der jüngere McLaren, halb hinter ihm, sah fantastisch aus, vermutlich lagen mehr Mädchenblicke auf ihm als auf dem Bräutigam, dachte Charlotte. Sie jedoch wusste genau, wer die bessere Wahl für ihre Schwester war: Alex hatte sich als ein tüchtiger, zuverlässiger und charmanter Mann erwiesen, während Benjamin sein Wirtschaftsstudium mit Ach und Krach abgeschlossen hatte und jeden Monat einer anderen Schönen das Herz brach, wie man in Society-Kreisen munkelte.

Ein Raunen ging durch die Reihen, als nun die Musik

der Dudelsackspieler einen feierlichen Klang annahm und Debbie an Victors Arm die Kirche betrat. Das weiße Kleid umfloss ihre schlanke Gestalt; Gesicht, Haare und der weite Rückenausschnitt waren unter dem Schleier verborgen. Ihr voran warfen Eliza Rose, Toby und Claire weiße Blüten auf den Weg. Victor stand der Stolz auf die Braut ins Gesicht geschrieben, und Charlotte fühlte eine Welle der Rührung in sich. Ihre kleine Schwester. Eine selbstbewusste junge Frau, die ihren Weg gefunden hatte.

In der Kirche war es mäuschenstill, während der Pfarrer die Trauungszeremonie vollzog, aber als Alex Debbie den Schleier vom Gesicht hob, ging Gemurmel durch die Hochzeitsgemeinde. Als sich die Brautleute küssten, drangen Schluchzer aus dem Publikum, mehrere Frauen tupften sich gerührt die Augen.

Vor der Kirche warteten die Dorfbewohner auf das Hochzeitspaar und jubelten ihnen zu, als sie in die Kutsche stiegen, die sie nach Summerlight House bringen würde. Die übrigen Gäste gingen den Weg bei dem herrlichen Frühlingswetter zu Fuß.

Vita Sackville-West verabschiedete sich noch an der Kirche von dem Brautpaar und Charlotte. Sie küsste links und rechts ihre Wangen. »Feiert schön und trink ein Glas für mich mit. Wir reisen heute Abend noch für eine Woche nach Belgien.«

Charlotte lächelte sie an. »Melde dich, wenn ihr wieder da seid.«

»Unbedingt. Du solltest dir Sissinghurst anschauen. Wir haben uns endlich dazu durchgerungen, das Anwesen zu kaufen.«

»Ich kann es kaum erwarten!« Charlotte strahlte die Freundin an. Sissinghurst versprach unter Vitas Einfluss einer der herrlichsten Gärten aller Zeiten zu werden.

Zur Unterstützung des Personals bei der Feier in Summerlight House hatten die McLarens ihre eigenen Bediensteten mitgebracht, die dringend benötigt wurden. Zwei junge Männer in Livree empfingen die Gäste in der Einfahrt mit Sektschalen. Mrs Duncan hatte mit Unterstützung des Küchenmädchens Sophie und der Köchin der McLarens ein üppiges Büfett zusammengestellt. Der Duft nach Rostbraten und Kräutern zog durch das Haus.

Die Dudelsackspieler ließen nun ihre Instrumente eingepackt und griffen kräftig beim Braten zu, während sich ein Streichquartett mit zwei Geigerinnen, einem Kontrabass- und einem Cellospieler in dem geschützten Raum unter der Freitreppe einrichtete. Getanzt werden durfte überall im Erdgeschoss.

Mit den Sektgläsern in den Händen bildeten die Gäste im Nu kleine Gruppen, Berührungsängste gab es kaum. Die Schotten unterhielten sich mit Aurora und Robert über das Lagerbier, während die anderen Gäste die edleren Getränke an der Bar auf der Terrasse bevorzugten.

Gärtnerin Harriet ließ sich von Victors Assistenten Albert in ein offenbar amüsantes Gespräch verwickeln, denn so oft hatte Charlotte ihre Mitarbeiterin noch nicht lachen gehört. Wie stark die Krankheit in ihm wütete, sah man Albert erstaunlicherweise nicht an. Vielleicht würde er den Krebs doch noch besiegen, dachte Charlotte voller Hoffnung.

Letitia stand, mit Baxter an ihrer Seite, draußen im

Garten, ins Gespräch vertieft mit Beatrice Godwins, deren Eltern ein seit Generationen im Besitz der Familie befindliches Landhaus an der Straße nach Canterbury führten. Beatrice war die Jüngste von drei Schwestern und hatte sich zur Überraschung aller gegen die Ehe und für eine Ausbildung zur Lehrerin entschieden. »Was für ein Verlust für die Männerwelt«, hatte Victor geklagt, als sie sich einmal über die hübsche junge Frau mit den dunklen Augen und den lockigen Haaren unterhalten hatten. Seit diesem Jahr arbeitete Beatrice in der *Elementary School* im Dorf Summerlight, die ab Herbst auch Eliza Rose und Toby besuchen würden.

Von Weitem sah Charlotte, wie lebhaft Beatrice und Letitia miteinander sprachen. An Beatrices weit ausholenden Gesten erkannte sie, dass es offenbar um die Aufteilung der Anlage ging. Die Lehrerin, ein paar Jahre jünger als Charlotte, hatte von Anfang an Interesse an Summerlight Garden gezeigt. Charlotte mochte sie aus der Familie Godwins am liebsten. Ihre Eltern trugen, wie die meisten Mitglieder der Upper Class, die Nasen hoch. Beatrice besaß einen gesunden Hang zur Rebellion, der Charlotte für sie einnahm.

Nachdem sie sich vergewissert hatte, dass sich alle gut unterhielten, wandte sich Charlotte der Terrasse zu und nahm den gepflasterten Weg, der zum Steingarten führte, in dem die ersten Pflanzen bereits ihre Blüten ausstreckten und zu klettern begannen. Kurz darauf erreichte sie Beatrice und Letitia.

»... bin ich froh, dass ich diese Chance bekommen habe.

Ich weiß nicht, wo ich ohne Mrs Bromberg heute wäre.« Letitia hatte offenbar Vertrauen zu der Lehrerin gefasst.

»Und da kommt sie schon!« Beatrice streckte Charlotte beide Hände entgegen. »Was für ein schönes Fest!«

»Danke, das Lob gebührt dem Personal«, erwiderte Charlotte und nickte Letitia zu.

»Ich werde mir ein Glas Orangensaft holen«, sagte das Mädchen, schnippte mit den Fingern, damit Baxter ihr folgte, und lief den Weg aus dem Garten auf die Terrasse zurück. Letitia hatte sich nicht nur erstaunlich schnell eingelebt, mit jedem Tag hatte sie auch ein Stück mehr ihre Angst vor Hunden abgelegt.

»Du stellst dein Licht unter den Scheffel. Ich bin sicher, die Organisation lag in deiner Hand.«

Charlotte verzog den Mund. »Manchmal trete ich aus dem Schatten hervor. Allerdings erfolglos, wie du weißt. Die *Linnean Society* hat mich bislang einer Medaille für nicht würdig gehalten.«

Beatrice schnalzte. »Ach, die tatterigen alten Kerle. Wird Zeit, dass in der Gesellschaft mal ein frischer Wind weht. Die schaffen es immer noch nicht, die Arbeit von uns Frauen anzuerkennen.«

»Na ja, sie wollen eine wissenschaftliche Arbeit, keine botanische Oase.«

»Aber du arbeitest wissenschaftlich! Du züchtest neue Rosen, führst darüber Buch, kultivierst Pflanzen, die in anderen Klimazonen beheimatet sind ...«

»Das reicht nicht. Ich muss promovieren, wie du weißt.«

Beatrice verdrehte die Augen. »So ein unnötiger Aufwand ... Übrigens: Ich will an unserem Landhaus einen eigenen Garten anlegen, viel kleiner natürlich als deiner. Gibst du mir ein paar Tipps?«

Charlotte lachte. »Aber nicht heute, oder?« Sie hakte sich bei Beatrice unter und führte sie zum Haus zurück. Die Dienstboten hatten bereits begonnen, benutztes Geschirr in die Küche zu tragen. Beatrice verschwand am Büfett, um sich noch schnell einen Teller zu füllen. Charlotte hielt Ausschau nach Victor, der sich mit den McLarens unterhielt, als Debbie wie eine weiße Wolke im Sturm an ihr vorbeirauschte und Kurs auf die gleichaltrige Samantha nahm, mit der sie zusammen das College in Canterbury besucht hatte. Oder wollte sie doch zu Benjamin, der der hübschen jungen Frau in diesem Moment ein Glas Sherry brachte? Charlotte hielt ihre Schwester lachend auf. »Deine Frisur löst sich. Sei elegant. Wenigstens heute, du Wildfang.« Ihre Befürchtungen, Debbie könnte mit ihrem freizügigen Ausschnitt für unangenehmes Aufsehen sorgen, hatten sich als grundlos erwiesen. Zwar steckten vereinzelt ältere Herrschaften die Köpfe zusammen und tuschelten hinter ihrem Rücken, aber die meisten anderen machten Debbie Komplimente dafür, wie wunderschön sie aussah.

Debbie stimmte in ihr Lachen ein. »Ich will doch bloß nichts verpassen«, behauptete sie.

»Bist du glücklich?« Charlotte zog sie zur Seite und führte sie auf die Terrasse.

Debbie schlang spontan die Arme um sie. Charlotte drückte sie an sich, nahm ihren vertrauten Geruch nach Vanille wahr. »Ich war noch nie glücklicher.« Debbie löste sich, fasste Charlotte an den Schultern. »Und ich liebe dich, Charlotte. Ich hätte mir niemals eine bessere Schwester vorstellen können. Du bist mein Vorbild. Bitte vergiss das nie, egal, was geschieht.« In ihre Augen trat ein flehender Ausdruck.

»Was meinst du damit?«

»Frag nicht. Du wirst es vielleicht bald erfahren, und ich hoffe, du stehst hinter mir.«

Charlotte sah sie einen Moment lang schweigend an, während allerlei Horrorszenarien vor ihrem inneren Auge vorbeizogen. Ihre Schwester war schon immer für eine Überraschung gut gewesen. Was hatte sie angestellt? Und sollte sie Debbie ein Versprechen geben, ohne zu wissen, worum es überhaupt ging? »Wir werden sehen.«

Debbie küsste sie und lief zu Alex, der bei ihren Freunden stand. Die meisten Gäste waren inzwischen beim Dessert angelangt. Jeden Moment würde die Kapelle zum Hochzeitstanz aufspielen. Da erhob sich Lord McLaren, um als Vater des Bräutigams eine Rede zu halten.

»Liebe Deborah, lieber Alexander, liebe alte und neue Verwandtschaft, liebe Gäste, von meiner Frau und mir die herzlichsten Glückwünsche zu eurer Hochzeit. Möget ihr stets einander zugetan bleiben. Wir freuen uns, dass wir nicht einen Sohn verlieren, sondern eine Tochter dazugewinnen, und heißen dich, liebe Debbie, in unserer Familie willkommen. Wie die meisten hier wissen, fiel es mir in den vergangenen Jahren schwer, mich aus dem aktiven Gutsherrenleben zurückzuziehen.« Raunen kam auf. Charlotte schaute sich um. Dass es auf dem McLaren-Hof Generationskonflikte gegeben hatte, schien jeder mitbekommen zu haben. Und nun lenkte der alte McLaren ein? Was hatte er vor?

»Meine Söhne waren mir stets eine Unterstützung, sie handelten nach meinen Vorstellungen und Anweisungen. Nun ...« Er räusperte sich, als fiele ihm das Sprechen schwer. Seine Frau legte ihm sanft die Hand auf den Unterarm. »... ich werde in diesem Jahr zweiundsiebzig Jahre alt, ich spüre meine Knochen und häufig den Wunsch, mich zurückzuziehen, statt Debatten mit meinen Pächtern zu führen und den Hof zu bewirtschaften.«

Debbie stand dicht bei Alex, der seinen Arm um ihre Schultern gelegt hatte. Beide runzelten die Stirn und sahen sich vielsagend an. Worauf wollte er hinaus?

»Voller Stolz darf ich heute verkünden, dass du, lieber Alex, künftig den McLaren-Gutshof übernehmen wirst, und zwar gemeinsam mit deinem Bruder Benjamin. Ihr habt beide Wirtschaftswissenschaften studiert, ich bin stolz auf euch. Ich könnte mir keine besseren Nachfolger wünschen.«

Charlotte zuckte zusammen. Mit Benjamin zusammen sollten Debbie und Alex den Hof führen? Das konnte nicht gut gehen. Was hatte sich der alte McLaren dabei nur gedacht? Alex stand in der Erbfolge an erster Stelle, aber offenbar versuchte der Vater, noch zu seinen Lebzeiten die Söhne enger aneinanderzubinden und sie zu kontrollieren. Er hätte Benjamin auszahlen können, damit er sich irgendwo ein eigenes Leben aufbaute. Die Lösung, den beiden den Gutshof gemeinsam zu übertragen, schien Charlotte die schlechteste von allen zu sein. Sie sah zu Benjamin hinüber, dessen Augen leuchteten. Er stimmte lebhaft in den allgemeinen

Applaus ein. Alex und Debbie hingegen tuschelten miteinander. Freude sah anders aus, fand Charlotte und begann, ihre Finger zu kneten. Ob die beiden das Erbe ausschlagen und sich doch entscheiden würden, auf Summerlight House zu leben?

Nachdem Lord McLaren seine Rede beendet hatte, führte Alex Debbie in die Mitte des Raumes. »Lieber Vater«, begann er mit einer Stimme, die durch die geöffneten Türen bis hinaus auf die Terrasse trug. »Wir danken dir für deine Glückwünsche und dein Angebot, den McLaren-Hof zu übernehmen.« Er warf einen Blick zu Benjamin, der noch neben Samantha stand, aber nun die Hände vor der Brust verschränkte. In seiner Miene stand der Groll auf den Bruder. »Meine Frau und ich möchten dein Angebot jedoch ablehnen. Ich lasse meinem Bruder den Vortritt. Er soll der Erbe des Anwesens werden.«

Ein Murmeln stieg auf, vereinzelter Applaus. Benjamin riss die Augen auf und starrte Alex an. Charlottes Kopf ging zwischen den beiden hin und her, dann zu Debbie, die an Alex' Arm hing und sich auf die Unterlippe biss, eine zurückhaltende Pose, die gar nicht zu ihr passte.

»Gemeinsam mit Debbie habe ich entschieden, die Einladung meines Onkels Angus anzunehmen. Wir haben ihn im letzten Herbst besucht, und vor einigen Wochen hat er mir erzählt, wie ungern er seinen Landsitz in den schottischen Highlands an fremde Leute verkaufen möchte. Er würde ihn am liebsten in der Familie weitervererben. Da wir seit meiner Kindheit ein inniges Verhältnis pflegen, hat er mich als Ersten gefragt.«

Während Alex sprach, breitete sich Unruhe in der Menge aus. Jetzt wurden Stimmen laut, während der alte Lord McLaren auf seinem Stuhl zusammensank. Seine Frau tupfte ihm mit einem Tuch die Stirn. Charlotte fühlte einen Ansatz von Panik, die in ihrem Magen zu wühlen begann, und klammerte sich an Victors Arm, als er an ihre Seite trat. Er hatte wohl gesehen, wie nah ihr ging, was das Brautpaar verkündete.

Nun war es Debbie, die ihre Stimme hob, um den Lärm zu übertönen. »Wir möchten mit dieser Entscheidung niemanden verletzen. Aber wir denken, dass es so am besten für alle ist. Benjamin wird das McLaren-Gut auch ohne Partner führen können. Alex und ich bauen uns ein eigenes Leben in Inverness auf.« Ihre Wangen hatten eine rosige Farbe angenommen. »Onkel Angus lässt uns vollkommen freie Hand mit der Wirtschaft. Einen Raum, den ich zur Galerie ausbauen kann, gibt es auch. Ich kann es nicht erwarten, als Kunsthändlerin zu arbeiten. Zur Eröffnung seid ihr alle jetzt schon eingeladen.«

Charlotte fühlte sich hin- und hergerissen und wusste nicht, ob sie lachen oder weinen sollte. Einerseits die Freude darüber, dass Debbie mit ihrem Mann ihren eigenen Weg gehen würde. Andererseits dieser unfassbare Schmerz, erneut Abschied nehmen zu müssen. Quinn war fortgezogen, Robert und Aurora hatte sie gehen lassen müssen, und nun auch noch Debbie. Sie würde die jüngere Schwester höchstens an den hohen Feiertagen sehen, und ihre Kinder würden nicht gemeinsam aufwachsen. Sie spürte, wie Victor sie in die Arme nahm, und verbarg ihr Gesicht an seiner Schulter. Gleichzeitig mit den Tränen stieg in ihr die Scham darüber auf, dass sie sich in dieser Minute nach den Zärtlichkeiten eines anderen Mannes sehnte. Sie fühlte sich Victor bis an ihr Lebensende verpflichtet, aber ihr Herz gehörte Quinn. *Im Mai wieder, in unserem Cottage an der Keltischen See*, dachte sie und nahm einen tiefen Atemzug.

»Pst, Darling.« Victor streichelte ihr beruhigend über die Schulter. »Es ist alles gut so, wie es ist. Wir haben uns, nicht wahr?«

Charlotte nickte und versuchte zu lächeln.

Alex erhob die Stimme. »Bitte lasst uns gemeinsam auf Onkel Angus anstoßen, der Debbie und mir diese Möglichkeit bietet.«

Onkel Angus erhob sich: ein dickbäuchiger Mann um die siebzig mit einem knielangen karierten Kilt und schulterlangen grauen Haaren. In dem gekräuselten Bart strahlte sein kräftiges Gebiss. Seine Augen blitzten schelmisch. Er hob seinen Humpen Lagerbier. »Cheers!«, rief er mit tiefer Stimme.

Alle schlossen sich ihm an. Nur die McLarens blieben wie benommen sitzen. Der Lord starrte vor sich hin, die Lady warf ihrem Bruder böse Blicke zu. Offenbar hatte Angus sie überrascht. Charlotte wusste, dass sie keinen Eklat heraufbeschwören würden, aber im Hintergrund schwelte der Zorn. Später am Abend würde sie Lady McLaren trösten, jetzt musste die Lady den Schlag erst einmal selbst verkraften. Lord McLaren hatte seine Söhne mit der Entscheidung, beiden zu gleichen Teilen das Gut zu hinterlassen, vor allen anderen Gästen konfrontiert. Möglicherweise hatte er damit gerechnet, dass die beiden Brüder zähneknirschend zustimmen würden, um kein Aufsehen zu erregen. Alex hatte das Blatt gewendet, indem er offiziell erklärte, dass er mit Debbie nach Schottland gehen würde. Stilvoll war das von beiden nicht, aber es änderte nichts an den Tatsachen. Immerhin hatte Alex vor den Gästen bewiesen, dass er sich nicht vom Vater gängeln ließ.

Victor reichte Charlotte ein Glas Sherry. »Du bist blass, Darling. Dabei ist es ein Grund zum Feiern, wenn Debbie selbstständig wird.«

»Natürlich.« Sie schluckte. »Aber ich werde sie vermissen.«

Victor lachte auf. »Das vergeht, Darling, glaub mir. Du hast dich oft genug über sie geärgert.«

Charlotte runzelte die Stirn. »Sie hat sich verändert in letzter Zeit. Sie wäre mir vielleicht eine Freundin geworden, und ...«

»Mach dir keine Illusionen, wir wären nie Freundinnen geworden. Dazu bist du mir viel zu tüchtig.« Debbie trat, Hand in Hand mit Alex, an ihre Schwester heran. Ihre unverschämte Bemerkung begleitete sie mit einem schmatzenden Kuss auf Charlottes Wange.

Charlotte kniff die Lippen zusammen, aber Victor lachte schallend auf. »Da hörst du es«, rief er. »Einmal Flapper, immer Flapper!«

Sie lachten alle vier. Charlotte wurde es ein bisschen leichter ums Herz. Aber sie ahnte, dass es noch viele Stunden geben würde, in denen sie der Schmerz quälen würde, die Sehnsucht nach der Zeit, als Summerlight House das Zuhause für all die Menschen gewesen war, die sie liebte. Nun blieb bald niemand mehr außer ihr, Victor und Eliza Rose. Summerlight House war stärker im Wandel als je zuvor.

Kapitel 6

Bis zum Tag der Abreise bewohnte das frisch getraute Paar eine Etage im Gutshof der McLarens.

»Die Stimmung im Haus ist auf dem Gefrierpunkt«, erzählte Debbie augenrollend. Sie konnte die Fahrt nach Schottland kaum erwarten und hielt sich bis dahin von morgens bis abends in Summerlight House auf.

An diesem Tag verabschiedete sie gemeinsam mit Charlotte und Victor die Amerikaner, die eine Woche nach der Hochzeit wieder die lange Reise über den Atlantik antraten.

»Wir kommen euch bald besuchen«, versprach Debbie, während Aurora vor lauter Schluchzen gar nichts mehr sagen konnte und Charlotte sich zu Robert beugte, um ihn zu drücken. Eliza, Toby und Claire umarmten sich und küssten sich schmatzend und kichernd im Kreis auf die Wangen.

Zwei Tage später packte Debbie ihre persönlichen Dinge in Kartons und veranstaltete in der Einfahrt einen Markt für alles, wovon sie sich trennen wollte. Eine Frisierkommode, mehrere Spiegel, Kleider, Bücher, Kerzenständer, Regale, Lampen, Tischdecken, Porzellanfiguren …

Als Charlotte dazukam, schaute sie sich überwältigt um. Vor dem Haus sah es aus wie auf einem orientalischen Basar. »Wieso willst du das alles verkaufen?«

Debbie sortierte gerade Bücher in einer Kiste. »Wenn dir was gefällt, nimm es gerne«, erwiderte sie. »In Schottland haben wir alles im Überfluss. Im Herbst hat uns Onkel Angus alle Zimmer gezeigt. Ein Traum, Charlotte, wirklich! Und das alles mitten in den Highlands. Ich freue mich unbändig auf unser neues Leben.«

»Seit Herbst weißt du es also schon?« Charlotte drehte ihr den Rücken zu und inspizierte eine Stehlampe, um die Enttäuschung auf ihrem Gesicht vor Debbie zu verbergen. Trotz aller Konflikte zwischen ihr und Debbie hatte sie angenommen, dass sie Vertrauen zueinander hatten. Da lag sie offenbar falsch. Sie hätte niemals gedacht, dass Debbie so lange etwas für sich behalten konnte. Im nächsten Moment spürte sie, wie ihre Schwester sie von hinten umarmte und das Kinn auf ihre Schulter legte. »Ach du liebe Lottie«, sagte sie.

Charlotte rang die plötzlich aufsteigenden Tränen nieder. Ihre Mutter hatte sie *Lottie* genannt. Es klang fremd aus Debbies Mund und irgendwie rührend. Charlotte drehte sich um und nahm Debbie in die Arme. Eine Weile hielten sie sich und genossen das ungewohnte Gefühl. Charlotte fragte sich, wie viel Schuld bei ihr lag, dass Debbie und sie nie ein besonders inniges Verhältnis gehabt hatten.

»Alex und ich haben über einen Umzug gesprochen, ja,

aber die endgültige Entscheidung, es wirklich zu tun, ist tatsächlich erst auf der Hochzeit gefallen. Was für eine Farce! Schon vorab hat Lord McLaren Andeutungen gemacht, die Alex und mich alarmiert haben.« Sie löste sich von Charlotte und verschränkte die Arme vor der Brust. In ihren Augen funkelte die Wut. »Ein wirklich übles Spiel. Ich weiß nicht, was er sich davon erhofft hat. Vielleicht, dass er doch noch die Kontrolle über den Hof behalten kann, wenn sich Alex und Benjamin streiten. Alex und ich hatten vorab besprochen, dass wir auf dem Gut bleiben, wenn sein Vater es ihm allein überlässt. In allen anderen Fällen wollten wir das Angebot von Onkel Angus annehmen. Weißt du, Charlotte, der Landsitz hat ein prachtvolles Foyer, das sich hervorragend als Galerie eignet. Ich bin schon mit einigen schottischen Kunstsammlern und Universitäten im Gespräch. Onkel Angus begrüßt es, dass Leben auf den Hof kommt.«

»Benjamin kommt eure Entscheidung sicher gelegen.«

Debbie zuckte die Achseln und winkte einer Gruppe von Frauen, die ihrer Einladung gefolgt waren und den Markt besuchten. »Ich bin mir nicht sicher. Vielleicht hat er sich erhofft, es sich auf Alex' Kosten bequem machen zu können. Jetzt wird er selbst Verantwortung tragen, und Schluss ist mit dem süßen Leben.« Ihr Lächeln wirkte ein bisschen teuflisch.

Charlotte musste grinsen. »Du warst mal in ihn verliebt«, sagte sie und breitete einen Tischläufer auf einer Kommode aus, um ihn besser zur Geltung zu bringen. Die Kundinnen schlenderten bereits neugierig an der ausgestellten Ware vorbei.

»Irren ist menschlich«, erwiderte Debbie, lachte auf und wandte sich an die Damen: »Kann ich Ihnen helfen? Suchen Sie etwas Bestimmtes?«

Die Frauen beteuerten, sich nur umschauen zu wollen, und Charlotte konnte es ihnen nicht übel nehmen. Viele Dorfbewohner fanden es interessant, das Mobiliar zu begutachten, obwohl sie gar nichts kaufen wollten.

Baxter hatte mit Eliza Rose und Toby im Garten getollt und kam jetzt, als immer mehr fremde Leute die Einfahrt von Summerlight House bevölkerten, mit aufgerichteten Ohren heran. Debbie rief ihn sofort zu sich, und der Hund gehorchte. Sie ging in die Knie, umschlang seinen Hals, tätschelte seine Flanke. »Mein guter Baxter«, murmelte sie dabei, bevor sie zu Charlotte hochsah. »Ist es für dich in Ordnung, wenn ich ihn mitnehme? Ursprünglich gehörte er ja Robert. Aber dann hat Baxter mich als Frauchen akzeptiert, obwohl ich nur an den Wochenenden hier war.«

Charlotte spürte eine leichte Übelkeit im Magen. Baxters Zuhause war Summerlight House! Aber er gehörte auch zu Debbie. »Von mir aus.« Sie ging in die Knie und streichelte den Labrador. »Er kommt nicht gut mit den fremden Leuten auf dem Grundstück zurecht.«

»Danke, Charlotte«, sagte Debbie inbrünstig. »Für mich fühlt es sich an, als würde ich ein Stück von Summerlight House mitnehmen.« Sie wandte sich dem Hund zu und flüsterte in sein Ohr: »Hast du das gehört, Baxter? Es geht in die Highlands!«

Baxter bellte und wedelte mit dem Schwanz, als hätte er sie verstanden.

Debbie erhob sich. »Wisst ihr schon, was ihr mit meinen Räumen macht? Da ist noch das ehemalige Zimmer von Mama, das leer steht.«

»Ich hoffe ja, dass wir es möglichst oft für euch benötigen.«

Debbie schluckte und nickte ein paarmal. Dann sah sie sich um. Die Einfahrt war inzwischen gut gefüllt, viele Menschen kauften etwas und spazierten mit ihren Fundstücken glücklich ins Dorf zurück. Debbie sammelte alles Geld in einem Beutel, den sie an einem Lederband um die Taille trug, und schüttelte ihn stolz, um die Münzen klingeln zu hören. Eine Kundin gab ihr ein paar Pennys für einen Handspiegel. Eine andere, deren Mann mit einem Karren hinter ihr stand, zählte ihr fünf Shilling für eine Kommode in die Hand.

»Du weißt, dass über sechshundert Meilen zwischen uns liegen?«, wandte Debbie sich schließlich wieder an ihre Schwester.

Charlotte stieß ein Schnauben aus. Natürlich wusste sie, dass es eine Zweitagesreise nach Inverness war. Sie war den Weg hoch in den Norden schon einmal gefahren, damals waren die Hebriden ihr Ziel gewesen und sie jung und kräftig und mutig. Sie war immer noch jung, aber wie oft im Jahr würde sie eine solche Reise auf sich nehmen, und umgekehrt: Wie oft würde es Debbie nach Kent ziehen?

Im Lauf des Nachmittags leerte sich die Einfahrt. Debbie hatte bis auf ein Regal und ein paar Bücher alles verkauft und hielt den prall gefüllten Geldsack hoch. »Das werde ich gleich in die ersten Bilder investieren, die ich ausstellen will.«

Eine Woche später war es so weit. Alex fuhr in einem neuen Austin Seven, dunkelrot mit cremefarbenem Verdeck, in die Einfahrt von Summerlight House. Zweiundfünfzig Meilen pro Stunde, und mit einer Gallone Treibstoff kam man fünfzig Meilen weit, hatte Debbie Charlotte begeistert erzählt. Dem Austin folgte ein weniger eleganter Pritschenwagen, auf dessen Ladefläche mit einem Öltuch bedeckte Möbel und Kisten gestapelt waren.

Charlotte vermutete, dass das neue Automobil auf die entschlossene Initiative von Lady McLaren zurückging. Debbie hatte erzählt, wie verärgert Alex' Vater über die Entscheidung seines Ältesten war und dass er ihm am liebsten keinen Penny gegeben hätte. Seine Reaktion hatte bestätigt, dass sich Alex und Debbie richtig entschieden hatten.

Owen Kelly und die beiden Fahrer des Pritschenwagens zogen die Hüte, als sie an Charlotte und Victor vorbei das Haus betraten, um Debbies Kisten zu holen. Wie schwerelos packten sie die Kartons, als enthielten sie Federn und wären nicht mit Lampen, Bildern und Porzellan beladen.

»Brauchst du mein Taschentuch, Darling?« Victor hatte es sich nicht nehmen lassen, Debbie an diesem frühen Vormittag zu verabschieden. Erst wenn die kleine Autokarawane den Hof verließ, würde er in die Fabrik fahren. Charlotte war dankbar, dass er bei ihr war. Eliza Rose und Toby setzten sich auf die Treppe, die zum Eingang hinaufführte.

»Mach dich nicht lustig«, gab sie zurück. »Ja, es tut mir leid, Debbie Lebewohl zu sagen.«

»Blut ist eben doch dicker als Wasser, oder?« Er grinste sie belustigt an.

Was wussten Männer schon von schwesterlicher Liebe. Da gab es immer ein Band, egal, wie es nach außen hin aussah. Im Ernstfall hielten sie zusammen, im Ernstfall trauerten sie umeinander.

Für Baxter hatte Debbie eine hölzerne Kiste, mit seiner Lieblingsdecke ausgelegt, auf dem Pritschenwagen montieren lassen. Darin würde er die Fahrt gut überstehen, zumal sie viele Pausen einlegen wollten, um den Hund laufen zu lassen. Wenn es nach Debbie gegangen wäre, hätte Baxter auf dem Rücksitz des Austins Platz genommen, aber obwohl Alex sich meistens ihren Wünschen beugte, blieb er in diesem Fall hart. Die Haare könnte er niemals aus dem neuen Stoffbezug herauswischen.

Alex war ausgestiegen. Als er nun Debbie entgegenblickte, lag in seinen Augen all die Liebe, die er für seine Frau empfand. Sie sah hinreißend aus in ihrem puderrosa Hängekleid und mit den in Herzform geschminkten Lippen. Die beiden fielen sich in die Arme, gaben den Helfern letzte Anweisungen und gingen Hand in Hand auf Charlotte und Victor zu. Hinter den Hausherren hatten sich inzwischen die Angestellten eingefunden: die Köchin und das Küchenmädchen Sophie, Haushälterin Laura Kelly sowie Harriet und Letitia.

Debbie verabschiedete sich zunächst von den Angestellten. Schließlich stellte sie sich vor ihren Schwager, in ihrer Miene ein feierlicher Ausdruck. »Danke für alles, Victor. Ohne dich würde ich heute nicht mit dem besten Ehemann von allen in mein neues Zuhause nach Schottland aufbrechen. Danke, dass du mich stets wie eine Tochter behandelt hast. Du gehörst zu den wichtigsten Menschen in meinem Leben.« Sie grinste wie ein Kobold, bevor sie fortfuhr: »Und dabei fand ich dich am Anfang, als du Charlotte in der Hunter Street zu euren Rendezvous abgeholt hast, sterbenslangweilig. Wer hätte das gedacht!« Sie lachte auf und umarmte Victor, der sie an sich zog.

»Ich habe mir große Mühe gegeben, dir dein freches Mundwerk abzugewöhnen. Vergeblich, wie man merkt, Flapper.« Sie lachten sich an, dann wurde Victor ernst. »Ich wünsche dir Glück und Erfolg und Liebe dort oben in den Highlands. Ich glaube an dich, Debbie.«

Charlotte kämpfte mit den Tränen. Auch sie nahm Debbie in die Arme, küsste ihre Wangen, hielt ihr Gesicht in beiden Händen, während sie ihr in die Augen schaute. »Ich will unzählige Briefe! Und ruf an, wenn ihr angekommen seid, damit ich weiß, dass es euch gut geht.«

Debbie versprach alles, was Charlotte verlangte, und griff nun selbst nach dem Taschentuch, das Alex ihr reichte. Schließlich wandte sie sich um und lockte den Labrador mit sich, der voller Vertrauen auf den Pritschenwagen sprang und in seine Kiste krabbelte, wo er das Maul auf seine Pfoten legte und mit kugelrunden Augen abwartete, was passieren würde. Toby und Eliza Rose waren Debbie zum Lastenwagen gefolgt und durften nun kurz in die Fahrerkabine, wo sie über all die Knöpfe und Hebel staunten.

Debbie küsste Eliza Rose innig und strubbelte Toby durch die Haare, bevor sie sich auf den Fahrersitz des Austin setzte. Alex hatte offenbar zugestimmt, dass sie die erste Etappe auf den vertrauten Wegen selbst fahren durfte.

Eine Staubwolke wirbelte auf, während sie davonfuhren. Debbie veranstaltete ein Hupkonzert zum Abschied, Alex hielt den Arm aus dem geöffneten Fenster und winkte, bis sie hinter dem Wäldchen verschwanden, durch das der Weg zur Landstraße führte.

Als der Staub sich gelegt hatte, warf die Morgensonne ihr blasses Licht in die Einfahrt von Summerlight House. Der Tag würde diesig und kühl werden, aber Charlotte, Harriet und Letitia hielten sich bei jedem Wetter im Garten auf und würden gleich nach dem Frühstück in die Arbeitskleidung wechseln. Victor hatte seinen Tee bereits getrunken und trug Anzug und Melone, als er Charlotte zum Abschied küsste. Harriet und Letitia liefen ins Haus, wo der Tisch gedeckt war. »Letzten Endes hat uns Debbie nicht enttäuscht«, sagte er. »Sei stolz, nicht traurig.«

Charlotte schniefte einmal kurz. »Ich bin beides. Aber das Haus wird zu groß für uns, oder?«

Victor zog die Brauen hoch, bevor er sie ein weiteres Mal küsste. »Wir sollten uns darum kümmern, es mit der nächsten Generation zu füllen. Ein Bruder für Eliza Rose wäre ein guter Anfang, oder?« Er grinste sie an. »Wirf das verdammte Pessar in den Müll und lass uns viele Babys machen, was meinst du?«, flüsterte er ihr ins Ohr. Charlotte hörte den Ernst heraus, obwohl es spielerisch klingen sollte.

Kinder bekommen, um die Leere im eigenen Leben zu füllen? Wie sollte sie solche Pläne mit ihrer heimlichen Liebe zu Quinn vereinbaren? Nächste Woche würde sie, wie jedes Jahr im Mai, zu dem fünftägigen Konvent der Gärtner im irischen Waterford reisen. Allerdings würde sie wie immer nur einen Abend daran teilnehmen. Die übrigen vier Tage, die ihre Reise dann noch andauerte, würde sie auf Mizen Head mit Quinn verbringen. Ein Arrangement, das bislang kein Misstrauen geweckt hatte. Ihr wurde heiß und kalt, als sie sich vorstellte, Quinn bald wiederzusehen.

Sie erschrak vor ihren eigenen Gedanken und rang sich zu einem Lächeln durch. »Das besprechen wir heute Abend, Victor.«

»Ich liebe dich, Darling.«

Kapitel 7

Mai 1929

Als Victor an diesem Donnerstagmorgen das Fabrikgebäude betrat, empfing ihn eine unheilvolle Ruhe. Die Maschinen standen still, die Arbeiter hockten in Gruppen zusammen. Manche hatten ihre Blechdosen ausgepackt und frühstückten. Alle hielten die Stimmen gesenkt und wandten die Köpfe in seine Richtung, als er sie mit einem »Guten Morgen!« begrüßte.

Victor gab sich forscher, als er sich fühlte. Gestern Abend noch hatte eine Schreibwarenfirma aus Manchester die Verträge gekündigt. Nicht aus bösem Willen, nein, in diesen Tagen kämpften alle Firmen ums Überleben, und wenn sie den Kampf verloren, zogen sie andere Selbstständige und Angestellte mit sich. Es war wie eine Lawine, die niemand aufhalten konnte.

Ohne allzu große Eile erhoben sich die Männer, starrten den Fabrikbesitzer an, bis sich aus ihren Reihen Gregory

Pearson löste und auf Victor zutrat. »Sir, der von uns allen verehrte Mr Albert Hanson ist in dieser Nacht leider von uns gegangen. Seine Frau war hier und hat es uns erzählt. Wir dachten, wir warten mit dem Arbeitsbeginn, bis Sie weitere Anweisungen geben.«

Victor griff nach dem Geländer der Treppe, die hinauf in sein Büro führte. Er rang die Übelkeit nieder, die in seinem Magen aufwallte.

Tief sog er die Luft ein, um seine Fassung ringend. »Das ... das tut mir unendlich leid. Er war der beste Assistent, den ich mir wünschen konnte. Wir werden ihm ein stattliches Begräbnis ausrichten und ihn in bester Erinnerung behalten.« Wie sollte es ohne Albert weitergehen? Gerade heute hatte er mit ihm darüber reden wollen, dass sie Männer entlassen mussten, um noch kostendeckend arbeiten zu können. Sicher, er hatte gewusst, wie schlecht es um Albert stand, aber er hatte es einfach nicht wahrhaben wollen. An Debbies Hochzeit war sein Assistent ihm munter wie ein junger Mann erschienen! Was war mit diesem Pearson? Victor ärgerte sich, nicht auf Alberts Angebot eingegangen zu sein, Vorsorge zu treffen. Nun musste er alles allein regeln. Albert hätte die Fähigkeit besessen, die anstehenden Entlassungen der Belegschaft auf eine Art zu vermitteln, dass keiner panisch reagierte. Was sollte er jetzt tun? Pearson hatte etwas Störrisches in seiner Miene. Er wirkte verschlossen. Schwer vorstellbar, dass Victor zu ihm ein ähnliches Vertrauensverhältnis wie zu Albert aufbauen konnte.

Er wusste, dass ihm viele seiner Mitarbeiter mit Misstrauen begegneten, vermutlich weil er kein Landsmann, sondern Deutscher war. Albert an seiner Seite hatte viele dieser Ressentiments abgefangen. Nun würde Victor versuchen müssen, alleine das Vertrauen seiner Männer zu halten.

Aber diese Überlegungen musste er nach hinten schieben, jetzt ging es um Albert. Er hob die Stimme: »Lassen Sie uns eine Schweigeminute für unseren geschätzten Kollegen Albert Hanson halten und seiner gedenken.«

Die Männer nahmen ihre Schirmkappen ab und senkten schweigend die Köpfe. In der Halle, die sonst brodelte wie ein Hexenkessel, hätte man eine Maus rascheln gehört.

Aber in Victors Kopf rasten die Gedanken. Irgendjemand musste sich um all das kümmern, was mit einem Begräbnis zusammenhing. Blumen für den Sarg, ein Kondolenzbrief von allen Kollegen … Ob er seine Sekretärin Mrs Williams damit beauftragen konnte? Er brauchte ihr ja nicht zu sagen, dass es einer ihrer letzten Aufträge sein würde. Denn auf seine Sekretärin würde Victor ab Montag vielleicht genauso verzichten wie auf ein Drittel der Belegschaft. Es sei denn …

Victor räusperte sich, als die Minute zu Ende ging, und setzte seine Melone auf. Kein Lächeln sah er, keine erwartungsvolle Miene, nur Augen, die im Schatten lagen, und verkniffene Münder. »Albert Hansons Tod reißt eine Lücke in die Firma, die nicht zu schließen sein wird. Er war ein besonderer Mensch, loyal, einfühlsam und stets diskret. Er hat mir geraten, Sie, Mr Pearson«, er wies mit der offenen Handfläche auf ihn, »zu seinem Nachfolger zu ernennen, was ich hiermit gerne mache. Auf seinen Rat konnte ich mich stets verlassen.« Sich auf Albert zu beziehen schien ihm der beste Ansatz zu sein, um mit seinen Männern zu reden. Ihm gegenüber waren sie immer loyal gewesen.

Gregory Pearson zeigte ein schiefes Grinsen, während er verlegen seine Mütze in den Händen drehte. Dann trat er ein paar Schritte vor, unsicher zu seinen Kollegen spähend, bis er an Victors Seite stand. Viele von den anderen verschränkten die Arme vor der Brust, ihre Mienen verdüsterten sich.

Aber für Victor gab es nun kein Zurück mehr. »Ihr wisst, wie es um die Auftragslage bestellt ist. Zahlreiche Kunden gehen in Konkurs und reißen uns mit, wenn wir nicht neue Aufträge akquirieren können. Die Lage ist brenzlig. Wir werden Entlassungen vornehmen müssen.«

Stimmen wurden laut, zornige Rufe und Pfiffe. Victor hob beide Hände. »Leute, bitte beruhigt euch, ich weiß, wie schlimm die Situation für euch und eure Familien ist. Aber glaubt mir, mir geht es nicht besser. Auch ich habe nur noch schlaflose Nächte, in denen ich durchrechne, wie ich *Dartford Papers* retten kann. Eine Lösung ist mir dabei eingefallen ...« Ob sie hinter ihm stehen würden? So wie sie es getan hätten, wenn Albert ihnen diesen Vorschlag unterbreitet hätte? »Mit günstigeren Konditionen könnte ich vielleicht neue Kunden gewinnen, aber Voraussetzung dafür wäre, dass ihr für ... nun, für zwei Monate auf euren Lohn verzichten würdet.«

Höhnisches Gelächter echote in der Halle, wütende Rufe erklangen, und manche Männer schwangen die Fäuste, als wollten sie auf den Firmenchef losgehen. Die erste Reihe der Mitarbeiter trat ein paar bedrohliche Schritte vor, Furcht schnürte Victor die Kehle zu.

Ein älterer Mann mit grauen Bartstoppeln löste sich aus

der Menge. »Sie machen sich ein bequemes Leben auf Ihrem feinen Landsitz, und ich soll betteln gehen, damit meine Kinder nicht verhungern?« Die Stimme übertönte alle anderen. Ihr folgten zustimmendes Gemurmel und Applaus. Nur wenige Männer sahen aus, als würden sie Victors Vorschlag in Erwägung ziehen.

»Es wären nur zwei Monate. Ich verspreche, ihr bekommt euren Lohn nachträglich und einen Bonus dazu. Ich brauche einen Spielraum, um bessere Preise anbieten zu können, das müsst ihr doch einsehen.«

»Wer's glaubt, wird selig!«, rief einer der jüngeren Kerle. Alle stimmten in das Gelächter ein. Manche zogen sich bereits ihre Kittel aus und schleuderten sie zu Boden.

Victors Kehle schmerzte beim Schlucken. »Ich lasse euch jetzt allein. Sprecht euch ab und entscheidet. In einer Stunde komme ich aus meinem Büro und erwarte von Mr Pearson euren Beschluss.«

Seine Beine fühlten sich hölzern und schwer an, als er die Treppen hinaufstieg. Schritt für Schritt, wie jemand, der sich stark konzentrieren musste. Das Durcheinander an lauten Stimmen drang nur noch gedämpft zu ihm, als er die Glastür öffnete und ihn der Geruch nach Holzpolitur, frisch aufgebrühtem Darjeeling und Mrs Williams' Maiglöckchenparfum empfing.

»Mr Bromberg!« Mit zwei Schritten war die Sekretärin an seiner Seite, fasste seinen Unterarm und führte ihn zum ledernen Bürostuhl. Für einen Moment schloss Victor die Augen.

»Ich habe Ihnen eine Tasse Tee zubereitet.« Er hörte die Tasse auf dem Unterteller klappern, als sie sie abstellte.

»Das ist lieb von Ihnen.« Er hob den Kopf, als erwache er aus einer Ohnmacht, und trank einen Schluck. »Haben Sie alles mitbekommen?« Er blickte sie über den Rand der Teetasse hinweg an.

Mrs Williams nickte. »Ja, Mr Bromberg, es tut mir entsetzlich leid um Albert. Seine Frau war völlig aufgelöst, die Arme. Ich werde mich um einen Kranz im Namen der Firma kümmern, wenn es Ihnen recht ist. Auch in allen anderen Belangen können Sie sich selbstverständlich auf mich verlassen. Mein Mann hat mich nicht mittellos zurückgelassen, er war immer sparsam, und ich habe mein Auskommen. Ich arbeite aus Freude bei Ihnen und weil mir zu Hause die Decke auf den Kopf fällt. Setzen Sie meinen Lohn gern die zwei Monate aus, die Sie angekündigt haben. An meiner Arbeitshaltung wird das nichts ändern.«

Victor fühlte Wärme in seiner Brust. »Sie sind sowieso unbezahlbar«, sagte er. »Ich danke Ihnen.« Er verzog den Mund. »Ich fürchte nur, dass sich nicht allzu viele an Ihnen ein Beispiel nehmen. Die Leute erkennen nicht, dass es unsere einzige Chance ist.«

Eine Stunde später bestätigte sich seine Befürchtung. Als er sein Büro verließ und die Treppe in die Halle hinabstieg, schaute ihm nur etwa ein Drittel seiner Belegschaft entgegen, viele Ältere, für die es noch schwieriger war, einen neuen Job zu finden, als für die Jungen, einige Familienväter, die lieber zwei Monate den Gürtel enger schnallten, als zu riskieren, am Ende ohne Arbeitsstelle dazustehen.

Victor wusste, dass die Abwanderung auch mit ihm, dem Deutschen, zu tun hatte. In den guten Zeiten hatten sie sein

Geld gern genommen, aber in den schlechten Zeiten standen sie ihm nicht bei und kämpften auch nicht gemeinsam mit ihm.

Er wandte sich an die Übriggebliebenen und nickte Gregory Pearson zu, in dessen Miene sich Besorgnis abzeichnete. »Ich danke euch für euer Vertrauen. Ich werde alles daransetzen, um euch nicht zu enttäuschen und die Fabrik wieder ans Laufen zu bringen.« Er spürte Schmerzen im Kiefer, weil er die Zähne zusammenbiss. Er hatte nicht die geringste Ahnung, wie es weitergehen sollte.

Als er am Abend in die Einfahrt von Summerlight House fuhr und aus dem Wagen stieg, drangen heitere Stimmen und Lachen aus dem Garten. Für die Öffentlichkeit schlossen die Tore zwar um sechs Uhr abends, aber Eliza Rose und Toby spielten auf den Wegen zwischen den Pflanzen. Beide Kinder wussten, dass sie die Pflanzen nur ansehen und an ihnen schnuppern durften. Sie wuchsen damit auf, das zu schätzen, was die Natur hervorbrachte. Die Sonne stand schon tief am Horizont, das orange-goldene Licht spiegelte sich in den Fenstern des Anwesens. In der Luft lagen ein süßer Blütenduft und das Aroma nach Honig und frisch gemähtem Gras. Victor schloss die Augen und atmete tief ein, als könnte der Frühlingsgeruch seine Sorgen vertreiben.

Morgen in aller Früh würde Charlotte zu der Konvention der europäischen Gärtner nach Irland fahren. Die Versammlung fand jedes Jahr auf einem herrschaftlichen Landsitz bei Waterford statt. Charlotte würde einen der Vorträge halten, wie er wusste, über die Züchtung von Rosen. Sie fuhr jedes

Jahr zu dieser Versammlung, hörte anderen Experten zu, führte Fachgespräche an den Ständen, wo die Züchter ihre Kreationen ausstellten. Er fragte sich zwar, warum sie stets fünf Tage dort blieb, obwohl für ihre Vorträge auch zwei Tage ausreichten, aber er glaubte ihr, dass ihr die Hin- und Rückfahrt mit dem Auto sonst zu anstrengend wäre. Es gab keinen Grund, dies infrage zu stellen, und er wäre der Letzte, der seiner Frau Misstrauen entgegenbringen würde. Ihre Ehe war stabil, sie vertrauten einander. Davon war Victor überzeugt.

In ihrer Latzhose, die Hosensäume in Stiefeln steckend, kam sie auf ihn zu. Im Gehen streifte sie die Gartenhandschuhe ab und schob sich die Brille höher auf die Nase. Ihr Lächeln verblasste, als sie näher kam. »Was ist passiert, Liebling?«

Eliza Rose lief heran, überholte ihre Mutter und warf sich in Victors ausgestreckte Arme. Sein Herz ging auf, als er das Mädchen an sich drückte, sie sein Gesicht mit den kleinen Händen umfing und ihm einen Kuss gab. »Nicht traurig gucken, Papa. Du bist doch jetzt bei uns.«

Victor lächelte seine Tochter an und zog sie für einen Moment innig an seine Brust. »Ach, meine Prinzessin, ich bin so froh, dass ich dich habe.« Er setzte sie ab, und sie lief zu Toby zurück, während er sich an Charlotte wandte. »Wir reden heute Abend, ja? Mach du nur deine Arbeit fertig, damit du morgen früh mit gutem Gewissen losfahren kannst. Hast du deinen Koffer schon gepackt?«

Ein Hauch von Röte überzog Charlottes Wangen. »Ja, alles ist fertig«, sagte sie. »Um den Garten brauche ich mir keine Sorgen zu machen. Wir haben heute die Tulpenzwiebeln herausgenommen und in Sandkästen gelegt, unsere vorgezogenen Sommerblumen ausgesetzt und alle Kübelpflanzen aus dem Gewächshaus nach draußen verpflanzt. Harriet weiß, was in den nächsten Tagen noch zu tun ist. Der Rindenmulch liegt schon hinter dem Schuppen, die Beete für die Dahlien sind vorbereitet, die Modellierung der Buchsbäume habe ich mit Harriet besprochen, genau wie die Begrünung der Teichbrücke und des Bogentores. Am Samstag allerdings hat sie wie immer frei. Wundere dich also nicht, wenn du sie mit Toby herausgeputzt das Haus verlassen siehst. Sie macht ein großes Geheimnis daraus, wo und mit wem sie den Tag verbringt.«

»Mich wundert gar nichts mehr«, gab Victor mit schiefem Lächeln zurück. Ihm waren die Geheimnisse seiner Angestellten völlig gleichgültig, solange sie loyal ihre Arbeit verrichteten.

»Ich bin froh, dass sie mit Letitia eine Hilfe hat. Mit diesem Mädchen haben wir einen Glücksgriff getan.« Sie wandte sich um und sah, dass die beiden jungen Frauen sie beobachteten. Charlotte winkte ihnen zu, sie winkten zurück.

»Hast du denn überhaupt noch Platz für Neuanschaffungen? Du wirst doch sicher auf dem Konvent nach besonderen Exemplaren stöbern, oder?«

Wieder errötete Charlotte. Ob ihr die Fahrt vielleicht Sorge bereitete? Ohne einen Beifahrer, mit dem man sich abwechseln konnte, war die Strecke nicht zu unterschätzen. Ob sie hoffte, dass er sie begleitete? Nur – wie sollte er das bewerkstelligen bei der betrieblichen Situation? Er konnte es sich nicht leisten, einen Tag zu fehlen. »Darling, ich würde sofort mitfahren, aber …«

Charlotte riss die Augen auf und hob abwehrend beide Hände. »Um Himmels willen, nein, Victor! Du würdest dich zu Tode langweilen!«

»Ich dachte, der Weg sei dir vielleicht zu lang und du hättest gern einen zweiten Fahrer dabei.«

Sie stellte sich auf die Zehenspitzen und küsste ihn auf den Mund. »Alles gut, Liebling. Mir macht das Fahren Spaß. Ich habe genug Zeit, mich nach der Hinfahrt zu erholen.« Sie streifte die Handschuhe über. »Ich brauche noch eine Viertelstunde, um die Wildtriebe bei den Rosen zu entfernen und zu überprüfen, ob sich irgendwo der Sternrußtau zeigt. Danach komme ich zum Dinner, ja?«

Er zog sie an sich und küsste sie mit aller Leidenschaft. In dieser Minute war es ihm egal, ob sie dabei beobachtet wurden. Die Kinder hörte er kichern, aber sollten sie sich amüsieren! Charlotte war die Konstante in seinem Leben, die Frau, der er die Welt zu Füßen legen würde, wenn er es könnte. Im Zuge der fatalen Entwicklung in seiner Firma, bei all den Pflichten, die sie als Hausherren, Eltern und Arbeitgeber hatten, hatten sie in den vergangenen Monaten ihre Liebe vernachlässigt. Einer von beiden war immer zu müde, wenn sie abends das Licht ausschalteten. Dabei sehnte er sich danach, sie zu halten, zu streicheln, ihren Duft einzuatmen und ihr leises Seufzen zu hören, wenn er sie an den empfindlichsten Stellen berührte und küsste. Und er sehnte sich immer stärker danach, noch einmal Vater zu werden.

Nach Eliza Rose wünschte er sich einen Jungen, mit dem er toben und später Krocket spielen konnte und den er irgendwann in die Welt der Wirtschaft einführen würde.

Später am Abend, als er nach dem Abendessen mit Charlotte auf dem Balkon saß, der an ihr Schlafzimmer in der oberen Etage angrenzte, begann er zu erzählen. Charlotte schenkte aus der Flasche Weißwein, die Victor mit nach oben genommen hatte, zwei Gläser ein.

»Du weißt, wie krank Albert ist … war«, begann Victor mit belegter Stimme. Er räusperte sich. »Er ist in der vergangenen Nacht gestorben. Es kam nicht unerwartet, aber es hat mich dennoch aus der Bahn geworfen.«

Charlotte sprang auf, fiel vor Victor auf die Knie und umarmte ihn. »Das tut mir leid. Das muss schrecklich für dich sein. An Debbies Hochzeit machte er einen so fröhlichen Eindruck. Ich hatte gehofft, dass er es schaffen könnte.«

Er zog sie hoch und auf seinen Schoß. »Ich habe bereits einen neuen Assistenten, der gute Arbeit zu leisten verspricht. Albert bekommt ein stattliches Begräbnis, das seiner würdig ist. Dafür sorge ich persönlich. Aber der Tag heute war eine Katastrophe. Ich musste ohne Alberts Hilfe die Arbeiter bitten, aus Solidarität mit der Firma zwei Monate auf ihren Lohn zu verzichten.« Er schüttelte den Kopf, während die Bilder von den rebellierenden Fabrikarbeitern in ihm aufstiegen und er ihre hasserfüllten Rufe hörte. »Mit einem Deutschen sind sie nicht solidarisch. Zwei Drittel der Belegschaft sind gegangen. Mit den restlichen muss ich jetzt irgendwie dafür sorgen, dass *Dartford Papers* aus den roten Zahlen kommt.«

Charlotte war starr geworden in seinen Armen. Mit offenem Mund lauschte sie seinen Worten. »Wie bitte?«, stieß sie hervor. »Ich … ich hatte ja keine Ahnung, wie schlimm es um die Firma steht. Warum hast du mir nichts davon gesagt?«

Die Panik in ihren Augen bereitete Victor körperlichen Schmerz. Aber er schaffte es, aufmunternd zu lächeln. »Es hört sich dramatischer an, als es ist«, behauptete er. »Die Welt der Finanzen ist äußerst verzwickt, es gibt immer Mittel und Wege, sich selbst an den Haaren aus dem Sumpf zu ziehen. Ich bin noch längst nicht am Ende. Ich habe eine hervorragende Fabrik, tüchtige Mitarbeiter und einen guten Ruf. Es sollte doch mit dem Teufel zugehen, wenn ich das Schiff nicht wieder flottkriege.« Von der Zuversicht, die er zu vermitteln versuchte, spürte er in seinem Innersten nur wenig. Aber Himmel, seine Frau sollte glücklich sein! Er wollte ihre Augen leuchten sehen und keine Tränen der Verzweiflung.

»Ich weiß, dass du mich besänftigen willst, Victor«, sagte sie mit ernster Miene. »Aber wir sind ein Ehepaar, wir tragen beide die Verantwortung. Soll ich die Reise nach Irland absagen?«

Er sah, dass eine Ader an ihrer Schläfe pochte und wie sie sich auf die Lippen biss. Liebevoll umfing er ihre Hände und streichelte sie mit den Daumen. »Du wirst zu dieser Versammlung fahren, und wenn ich dich persönlich dort hintragen muss«, entgegnete er. »Jedes Mal, wenn du von dort zurückkehrst, siehst du aus wie das blühende Leben. Ich weiß, wie wichtig dir die Veranstaltung und der Kontakt zu den anderen Gärtnern und Botanikern sind.«

»Bist du sicher, Victor? Ich stehe dir bei, wenn du mich brauchst, das weißt du.«

»Das weiß ich, Liebling, aber glaub mir, ich schaffe das allein. Ich werde dich vermissen, aber in fünf Tagen habe ich dich ja wieder.« Er versuchte, sie auf den Mund zu küssen, aber sie entzog sich ihm.

»Ich muss morgen früh raus und sollte schlafen gehen.« Sie drückte ihm einen Kuss auf die Wange, bevor sie im Schlafzimmer verschwand. Kurz darauf hörte er die Tür zum Badezimmer. Er schenkte sich das Glas voll und trank gut die Hälfte in einem Zug. Wieder kein Abend, um sie endlich davon zu überzeugen, dass sie weitere Kinder haben sollten. Er liebte Charlotte wie am ersten Tag, aber manchmal meinte er, der Alltag zerstöre ihn von innen heraus. Nichts lief so, wie er es sich wünschte.

Kapitel 8

Das schlechte Gewissen quälte Charlotte auf der Fahrt von Summerlight House nach Milford Haven. Bis zuletzt hatte sie mit sich gerungen, ob sie Victor in seiner Situation alleinlassen konnte. Andererseits wusste sie, dass sie ihm wirklich nicht helfen konnte. Victor hatte schon immer in sich selbst das größte Vertrauen gesetzt.

Als die Fähre von Milford Haven in Rosslare Harbour anlegte, breitete sich jedoch die Vorfreude wie ein Fieber in ihr aus. Ihr Alltag geriet in Vergessenheit. *Endlich wieder in Irland, endlich wieder bei Quinn.*

Der Konvent der Gärtner fand an diesem Abend und an den nächsten beiden Tagen statt. Charlotte hielt ihren Vortrag noch am Tag ihrer Ankunft auf dem herrschaftlichen Landgut bei Waterford. Ihren Koffer packte sie erst gar nicht aus, da sie gleich am nächsten Morgen weiterfahren würde. Gebucht hatte sie auf dem Landsitz allerdings fünf Nächte. In dieser Zeit würde das Zimmer leer stehen. Das Personal in dem Hotel war zu diskret, um Charlotte Fragen zu stellen. Sie richteten sich nach ihren Anweisungen. Falls es Victor einfallen sollte, sie anzurufen, würde die Rezeption ihm mitteilen, dass Mrs Bromberg nicht in ihrer Suite sei. Abends meldete sich Charlotte in dieser Zeit regelmäßig im Hotel, um nachzufragen, ob jemand für sie angerufen habe. Bislang war das allerdings nicht vorgekommen. Mit diesen Heimlichkeiten lebte sie nun schon seit sechs Jahren.

Charlotte fühlte sich nicht wohl mit diesem Arrangement. Aber anders war es nicht möglich, zumindest an wenigen Tagen im Jahr die Liebe zu erleben, die zu einem Teil ihres Selbst geworden war.

Sie war froh, als sie Waterford am nächsten Morgen hinter sich ließ. Mit jeder Meile Richtung Süden kam sie Quinn näher. Die Straße nach Mizen Head schlängelte sich zwischen grünen Hügeln hindurch. In den Tälern lagen verstreut einzelne Häuser, ab und zu blitzte das Meer auf, wenn sie eine Kurve nahm. Die im Süden gelegene Halbinsel Mizen Head, die zur Grafschaft Cork gehörte, war dünn besiedelt. Manchmal kamen Touristen, um die spektakuläre Küstenlandschaft an der äußersten Spitze zu bestaunen. Das Cottage, das Charlotte ansteuerte, lag eine halbe Meile vor dem äußersten westlichen Punkt und blickte auf Barleycove, eine verschlafene Bucht mit weißem Sandstrand. Das Wasser war meist zu kalt, um darin zu baden. Strandurlauber gab es kaum, aber immer wieder tauchten die weißen Dreiecke von Segelbooten auf. Charlotte spürte ein Flirren in ihrer Brust, als sie das reetgedeckte Cottage entdeckte. Schon von Weitem sah sie den schmucklosen grünen Ford in der Einfahrt stehen. Ihr Herz begann wie wild zu klopfen. Wie jedes Mal.

Von der Terrasse her hatte sich der Jasmin ausgebreitet und rankte um die komplette Ostwand des Hauses, ein weißes Blütenmeer. Noch bevor sie aus dem Wagen stieg, hatte Charlotte durch das geöffnete Autofenster den Duft in der Nase. Sie fuhr in die weit offen stehende Scheune, schaltete den Motor aus und sprang aus dem Auto. Sorgfältig schloss sie das Tor und hoffte, dass niemand der wenigen Nachbarn beobachtet hatte, dass sich zu dem grünen Automobil ein königsblaues gesellt hatte. Ihr Gepäck würde sie später holen. Sie legte den Riegel vor die Flügeltür, wandte sich um und flog in der nächsten Sekunde in seine Arme. »Quinn!«

Er zog sie an sich. »Ich bin krank vor Sehnsucht nach dir.«

Charlotte spürte seine Stärke und sein Verlangen nach ihr. Er nahm ihr Gesicht in beide Hände. In seinen Augen brannte die Leidenschaft. Mit spürbarer Beherrschung drückte er ihr nur einen Begrüßungskuss auf den Mund, zog sie hinter sich her. Charlotte hielt sich lachend den Hut, damit er ihr nicht wegflog.

Der Eingang zum Cottage befand sich an der Westseite, doch der Duft des Jasmins schien das Grundstück wie eine Wolke einzuhüllen. Kaum hatte Quinn die Tür hinter ihnen zugeworfen, da begann er schon, die Knöpfe von Charlottes Sommerjacke zu öffnen, die Haken an ihrem Kleid. Er nahm ihr die Brille ab und legte sie auf die Dielenkommode. Dann streifte er die Träger ihres Unterkleids ab, sodass es zu Boden fiel und sie nur noch in ihren an einem Hüfthalter befestigten Strümpfen vor ihm stand. Gleichzeitig zog sie ihm das Hemd aus, während sie sich küssten und seine Hände heiße Spuren auf ihrer Haut zogen. Der Kamin verbreitete eine behagliche Wärme. Sie ließen sich auf das Sofa davor sinken, ohne ihren Kuss zu unterbrechen. In einer fließenden Bewegung drang Quinn in sie ein, als wäre die Vereinigung ihr natürlicher Zustand. Charlotte stöhnte auf und ging auf den Takt ein, den er vorgab, wild und wilder, bis sie beide Erfüllung fanden und eng aneinandergeschmiegt, Haut an Haut, wieder zu Atem kamen.

»Ich bin süchtig nach dir, Quinn«, flüsterte Charlotte. »Ich weiß nicht, wie ich je über dich hinwegkommen soll. Ich glaube, ich würde sterben.« Sie sog die Luft ein, sein Geruch nach Moschus und Sonnenwärme war einzigartig. Allgegenwärtig war auch im Inneren des Hauses der Duft des Weißen Jasmins, den sie durch die Fensterfront zur Terrasse hin sehen konnte und der wie kein zweites Gewächs für diese Liebe stand, die nicht sein durfte.

Er küsste ihre Stirn, die Nasenspitze, die Wangen, endlich den Mund. »Wer sagt, dass du darüber hinwegkommen musst?«

»Dieser Zwiespalt zerreißt mich. Ich fühle mich Victor gegenüber miserabel.«

Er erwiderte nichts, sondern legte erneut Leidenschaft in seine Küsse, zog mit den Lippen eine Spur über ihr Dekolleté bis zu ihrem Bauchnabel.

An diesem ersten Abend im Mai, als sie sich nach vielen Monaten endlich wiedersahen, verloren sie nicht viele Worte. Sie ließen ihre Zärtlichkeiten sprechen und streichelten sich, bis sie wohlig satt waren von ihrer Liebe.

Erst als die Sonne bereits untergegangen war, zogen sie

sich an. Quinn bereitete zwei Becher Tee zu, die sie auf die Terrassenbank mitnahmen.

Es gab keinen schöneren Ort auf der Welt.

Der Jasmin rankte sich um sie herum wie der weiße Rahmen auf einer kitschigen Liebespostkarte. Charlottes Blick ging über wenige Meter voller Steine und Bodendecker in die Tiefe hinab, wo das Meer schwarz glänzend gegen die Felsen schwappte. Der Sand von Barleycove leuchtete im Schein des Vollmondes. Der milde Wind strich über Charlottes Wangen, zauste an ihren Haaren. Quinn an ihrer Seite wärmte ihr Innerstes, der Teebecher ihre Hände.

»Vielleicht treffen wir uns noch hier als Großeltern«, murmelte Quinn, und sie hörte das Lächeln in seiner Stimme.

»Würdest du mich auch lieben, wenn ich alt und runzlig bin?«

Er betrachtete sie mit Erstaunen. »Denkst du wirklich, dass ich jemals aufhören könnte, dich zu lieben? Ich wünschte nur, wir könnten gemeinsam altern, statt uns diese wenigen Stunden einmal im Jahr stehlen zu müssen. Ich lebe nur für diesen Moment im Mai, wenn ich dich in die Arme nehmen kann.«

»Wir haben uns auch schon im September getroffen«, erwiderte sie, als mache das einen Unterschied. Sie führten ihren Alltag ohne den anderen, teilten nur in ihren Träumen die Zweisamkeit und lebten ihre Liebe mit allen Sinnen in den wenigen Stunden aus, die sie sich vom Alltag abrangen.

Charlotte kuschelte sich eng an Quinn. Er küsste ihren Scheitel und seufzte.

»Hier für immer mit dir bleiben«, flüsterte er. »Jeden

Abend über diese mondbeschienene Bucht schauen und die Seele davonfliegen lassen.«

»Wir wissen beide, dass das nicht möglich ist.«

»Irgendwann werden wir es wagen«, erwiderte er. »Vielleicht, wenn die Kinder größer sind.«

Charlotte rückte ein Stück von ihm ab, schlagartig ernüchtert.

Wann war der richtige Zeitpunkt, ihm zu sagen, dass Eliza Rose nicht Victors Tochter, sondern seine war? Sie war der einzige Mensch auf der Welt, der das wusste. Mit ihren dunklen Haaren hatte Eliza viel mit Quinns älterem Sohn Ian gemeinsam. Aus gutem Grund hatte Charlotte Quinn nie ein Foto ihrer Tochter geschickt. Sie war sich sicher: Wenn Quinn Eliza Rose sah, würde er wissen, dass sie sein Fleisch und Blut war.

Wie gerne würde sie dieses Geheimnis mit ihm teilen. Manchmal wog es so schwer auf ihrer Brust, dass ihr das Atmen schwerfiel. Aber jemanden einzuweihen bedeutete ein Risiko. Wie würde Quinn reagieren, wenn er erfuhr, dass sie ein gemeinsames Kind hatten? Sie fürchtete sich davor, dass er alles andere vergaß und ein Leben mit ihr und Eliza führen wollte. Solche tiefgreifenden Gefühle konnten unberechenbar sein. Gleichzeitig schämte sie sich, dass sie nicht nur Victor, sondern auch Quinn hinterging. Eine Lüge zog die nächste hinter sich her, ein Betrug forderte den nächsten heraus ... Sie hätte niemals damit anfangen sollen, aber nun war es zu spät. Die Liebe zu Quinn und Eliza Rose und die Dankbarkeit Victor gegenüber waren die Säulen ihres Lebens.

»Meine Söhne werden irgendwann verstehen, dass ich Caitlin verlassen muss. Sie bekommen Tag für Tag mit, wie wir uns entweder streiten oder anschweigen.«

»Ich glaube, Kinder sind nie dazu bereit, sich einzugestehen, dass eine Trennung der Eltern das Beste ist. Jedes Kind hält an seinem Zuhause fest. Dazu gehören Mutter und Vater.«

»Aber irgendwann werden sie den Schmerz ertragen können, das traue ich ihnen zu.« Er umfasste ihr Kinn und küsste sie. »Wenn du mich dann überhaupt noch willst.«

Sie legte all ihre Liebe in den Kuss, um die Frage zu beantworten. Sie würde Quinn bis zum Ende ihres Lebens lieben. Irgendwann würden alle Geheimnisse gelüftet sein, ihr Leben würde klar und rein von Lügen sein.

Ein Frösteln schüttelte sie. Quinn erhob sich und zog sie mit sich. Im Haus knisterten die brennenden Holzscheite im Kamin. Auf dem Sofa lag eine weiche Decke, mit der sie sich gemeinsam zudeckten. So saßen sie sich gegenüber, die Beine umschlungen. Im Gebälk des Hauses knackte es, das Feuer prasselte.

Drei Tage gehörten ihnen. Drei Tage im Mai, für beide der Höhepunkt im Jahr.

Auch Quinn hatte ein Lügengerüst für diese Tage errichten müssen, wie Charlotte wusste. Der Vater seines Freundes Brodie Darragh, mit dem er in Killarney zusammen aufgewachsen und der 1918 an der Spanischen Grippe gestorben war, hatte sich sehr gefreut, als sich Quinn nach all der Zeit mit ihm in Verbindung setzte. Der alte Cillian war alleinstehend und vermisste seinen einzigen Sohn schmerzlich. Mit Quinn einen Tee zu trinken ließ ihn für eine kurze Zeit davon träumen, sein Junge wäre wieder lebendig.

Ursprünglich hatte Quinn ihn nur darum bitten wollen, dass er Post für ihn in Empfang nahm. Nach Tralee konnte Charlotte keine Briefe schicken, jeder dort kannte ihn. Caitlin wäre sofort dahintergekommen, dass er weiterhin in Kontakt zu seiner Geliebten stand. Aber in Killarney waren Charlottes Botschaften in Sicherheit. Quinn erzählte, dass sich Cillian wie ein Schuljunge darüber gefreut hatte, wichtiger Teil eines Geheimplans zu sein. Nach den ersten Briefen, die Quinn bei ihm abgeholt hatte, erzählte Cillian, dass er dringend Hilfe brauchte. Sein Einkommen bestritt er weitgehend durch die Vermietung des Cottages auf Mizen Head, und er fragte Quinn, ob er sich vorstellen könne, dort als Hausmeister nach dem Rechten zu sehen und Renovierungsarbeiten zu erledigen. Quinn hatte sofort zugestimmt und sich ausgemalt, wie er die Verantwortung für das Cottage mit ihren Treffen kombinieren könnte, und der Plan ging auf.

So viel Aufwand, so viele Geheimnisse. Doch die Zeit war immer zu kurz.

Das Cottage war ein Traum. Im unteren Bereich befanden sich Wohnzimmer, Küche und das Bad. Eine Stiege führte hinauf unters schräge Dach zu einem Raum mit einem Doppelbett.

In dieser Nacht lagen sie Arm in Arm im Bett und schauten aus dem Dachfenster in den Himmel. Vereinzelte Wolken zogen über den Mond wie Theaterkulissen.

»Erzähl mir von Eliza Rose«, sagte Quinn. »Wie entwickelt sie sich?«

Charlotte zuckte zusammen, ließ sich aber nichts anmerken. »Sie ist das Beste in meinem Leben«, sagte sie. »Und stell dir vor, sie interessiert sich für Pflanzen.« Sie lachte auf. »Ständig trägt sie ihre Lupe und ihr Notizbuch bei sich. Sie ist so klug und bildhübsch.«

Quinn beugte sich über sie, küsste sie. »Dann kommt sie ja ganz nach der Mama«, murmelte er.

Charlotte erwiderte seinen Kuss, suchte sich dann eine bequemere Lage auf seiner Brust, schwieg eine Weile. Über Eliza Rose zu sprechen nahm ihr die Leichtigkeit. Sie war sich nie sicher, ob Quinn sich vielleicht ausgerechnet hatte, dass Eliza auch sein Kind sein könnte. Angesprochen hatte er sie nie darauf. »Ich habe dir von der Hochzeit zwischen Debbie und Alex geschrieben«, sagte Charlotte in die Stille hinein.

»Ja, offenbar ein rauschendes Fest. Du hast von der Feier geschwärmt und wie schön Debbie trotz ihres gewagten Ausschnitts ausgesehen hat.« Er lachte leise.

»Ich habe dir nicht alles erzählt.«

Er drehte sich auf die Seite, stützte den Kopf in der Hand ab und den Ellbogen auf die Matratze, musterte ihr vom Mondlicht beschienenes Gesicht. »Nicht?«

Sie schluckte. »Ich wollte erst mit mir selbst ins Reine kommen. Mich hat es wirklich hart getroffen, als Debbie und Alex verkündet haben, dass sie nach Schottland ziehen werden, um dort das Gut eines Onkels zu führen. Ich hatte damit gerechnet, dass Debbie in unserer Nähe bleibt. Aber sie wollen ein selbstständiges Leben weit weg von daheim beginnen.«

Sie spürte Quinns Blick, der starr auf sie gerichtet war, und was war das? Leuchteten seine Augen? Seine nächsten Worte bestätigten ihren Verdacht: »Aber, Liebling, das könnte eine Chance für dich sein. Wenn du bereit bist, dich von Victor zu trennen, kann uns Caitlins Drohung nichts mehr ausmachen. Selbst wenn sie Victor erzählt, dass wir zwei uns lieben, bedeutet das, dass deine Familie nicht unter den Konsequenzen leiden muss. Aurora und Robert sind weit weg in Amerika, Debbie ist bestens versorgt in Schottland ... Was hindert dich noch daran, Victor zu verlassen und mit mir ein neues Leben zu beginnen?«

Charlottes Gedanken rasten. Schließlich warf sie sich mit einem Ruck auf die Seite und drehte Quinn den Rücken zu. Sie spürte seine Hand fast in derselben Sekunde auf der Schulter. »Hey ...«, sagte er zärtlich.

Wie einfach er sich das vorstellte. Als bedeutete ihr Victor gar nichts! Gerade jetzt, wo er sich um seine Firma sorgte, brauchte er eine zuverlässige Frau an seiner Seite. Und ihr Garten ... Wie könnte sie den jemals aufgeben, wenn sie Summerlight House verließ, um mit Quinn zu leben? Charlotte fühlte sich hin- und hergerissen zwischen ihren Gefühlen, aber sie wusste, dass sie nicht fähig wäre, eine Entscheidung zu treffen. Sie spürte, wie ihr die Tränen hinabliefen, und genoss das tröstende Gefühl, als Quinn sich nun an sie lehnte, ein Bein um ihre Beine schlang und sie mit seinem Körper wärmte. »Entschuldige, Liebling, ich weiß doch, wie sehr du dich mit Summerlight House verbunden fühlst. Aber manchmal überwältigt mich die Sehnsucht nach einem gemeinsamen Leben mit dir.«

»Mich doch auch, Quinn«, murmelte sie. Wenig später schlief sie mit dem Gefühl tiefster Geborgenheit ein, gehalten von ihm.

Der nächste Morgen empfing sie mit gleißendem Frühlingslicht. Gleich nach dem Frühstück brachen sie zu einem Spaziergang ans äußerste Ende von Mizen Head auf, wo das Meer wild gegen schroffe Felsen schäumte. Hand in Hand schauten sie die Abhänge hinab und ließen die Blicke bis zu den vereinzelten mächtigen Schiffen am Horizont schweifen. Der Wind vom Meer her pfiff ihnen um die Ohren, die Kälte drang durch ihre Jacken. Immer wieder wies Quinn sie auf besonders eindrucksvolle Felsformationen hin und auf die Papageientaucher, die in den Steinen nisteten. Charlottes Wangen und Nase röteten sich und begannen zu glühen, als sie am späten Nachmittag wieder das geheizte Cottage betraten.

Den Abend verbrachten sie vor dem Kamin. Während sie sich auf dem Sofa gegenübersaßen und ihre Füße sich gegenseitig unter der Decke wärmten, erzählte Charlotte ihm von den Recherchen zu ihrer Dissertation. Im Nu entspann sich daraufhin eine temperamentvolle Diskussion über Gartengestaltung, die ja ein wesentliches Thema ihrer Arbeit sein würde. Mit niemand anderem konnte Charlotte so intensiv Expertenwissen austauschen wie mit Quinn, selbst wenn sie unterschiedlicher Ansicht waren.

»Die öffentlichen Anlagen, die wir bei unserer Reise durch England besucht haben, waren jedenfalls nicht mehr und nicht weniger als die Visitenkarte der Besitzer«, behauptete Quinn.

»Niemals«, erwiderte Charlotte. »Auch wenn die Gartengestalter andere Absichten verfolgen, öffentliche Gärten sind immer auch Schauplätze, an denen die Besucher die Welt außen vor lassen und sich auf sich selbst besinnen können. Öffentliche Gärten sind ein wichtiger Bestandteil unserer Gesellschaft und dienen niemals nur dem Zweck, den Besitzer ins rechte Licht zu rücken.«

Quinn wiegte den Kopf. »Schon richtig, die Menschen nutzen die Anlagen, einerlei, was die Besitzer mit ihren Parks bezwecken. Dennoch sind und bleiben öffentliche Gärten auch Aushängeschilder ihrer Besitzer. Eine ungepflegte Anlage sagt mehr über den Inhaber als jedes Wort.«

Charlotte lächelte ihn an und streichelte seinen Fuß unter der Decke mit ihrem Fuß. »Eine wild wirkende Anlage kann einen ganz besonderen Zauber haben. Vielleicht ist es die höchste Art von Kunst, alles zufällig aussehen zu lassen und magische Orte zu entwickeln.«

»So wie du es mit Summerlight Garden geschafft hast und wie du es in deiner Promotionsschrift beschreiben wirst.« Er beugte sich vor, ergriff ihre Hand und küsste die Handinnenfläche. Charlottes Haut begann zu kribbeln.

Nur mit Quinn fühlte sie sich komplett. Nur er schaffte es, gleichzeitig die Bedürfnisse ihrer Seele, ihres Herzens und ihres Verstandes zu erfüllen. Kein Mann hatte sie je leidenschaftlicher geliebt, kein Mann schätzte sie als Expertin so sehr wie er. Niemals versuchte er sie zu überstimmen oder tat ihre Meinungen ab, auch wenn er oft genug anders dachte als sie. Quinn war nicht ausdrücklich ein Anhänger der Frauenbewegung, er hatte einfach eine natürliche Art,

Menschen auf Augenhöhe zu behandeln, egal, ob es sich um Männer oder Frauen handelte. Wie wundervoll, dass er nicht nur ihr Geliebter, sondern auch ihr Freund war.

Quinn hatte mehrere Arbeiten am Cottage zu erledigen: Am Schuppen mussten morsche Bretter ersetzt werden, die Regenrinne am Haus war verstopft, und ein paar Terrassensteine hatten sich gelockert, sodass man leicht darüber stolpern konnte.

Am nächsten Vormittag holte er, auf einer Leiter balancierend, das Laub aus der Dachrinne und warf zwischendurch Blicke zu Charlotte, wie sie mit geschlossenen Augen auf der Liege ruhte, die sie aus dem Schuppen geholt hatten. Sie trug ein zartgelbes Sommerkleid, dessen Saum ihr bis über die Knie gerutscht war. Es sah hinreißend unbeabsichtigt aus. Die noch feuchten Haare hielt sie nach dem Duschen in einer Art Turban. Ob sie wusste, wie schön sie war? Er konnte sich nicht sattsehen an diesem glatten Teint, wie ihre Wimpern Schatten warfen und ihre Zähne zwischen den leicht geöffneten Lippen schimmerten. Das Laub musste warten.

Mit zwei Schritten war er bei ihr. Sie schrak zusammen, schlang aber sogleich die Arme um seinen Hals, als er sie hochnahm und wie ein Bräutigam die Braut über die Schwelle trug. Sie schafften es nicht bis hoch ins Schlafzimmer, sondern liebten sich gleich unten auf dem Sofa.

Am Nachmittag unternahmen sie mit festen Schuhen einen Spaziergang rund um Barleycove. Ihre Schritte gingen im gleichen Takt, während sie sich an den Händen hielten.

Manchmal blieben sie stehen, bestaunten die Aussicht oder hielten in einträchtigem Schweigen die Gesichter in die Sonne. Quinn liebte an Charlotte, dass sie niemals plapperte. Manchmal brauchte sie auch gar nichts zu sagen, und er wusste, was sie dachte. Dann lächelten sie sich still von der Seite an.

Der Abschied am nächsten Tag zerriss ihn schier, aber er behielt seine Fassung, drückte Charlotte an sich, küsste sie. Um kein Aufsehen zu erregen, sagten sie sich im Cottage Lebewohl. »Schick mir Bilder«, bat er. »Auch von Debbie und Alex. Von Eliza Rose. Und natürlich von dir.«

Sie lehnte sich in seinem Arm zurück. »Hast du ein gutes Versteck? Fotos könnten gefährlich werden.«

»Ich lasse sie bei Cillian, dort bewahre ich auch deine Briefe auf.«

Kurz darauf setzte sich Charlotte in ihr Automobil, während Quinn beide Flügel der Scheunentür öffnete. Durch das Seitenfenster erhaschte er einen letzten Blick auf sie. Dann gab sie Gas und nahm die Kurve, die auf die Landstraße führte. Er blieb zurück in einer Wolke aus Staub und mit einem Herz schwer wie ein Stein.

In den nächsten beiden Tagen musste er sich beeilen, wenn er es schaffen wollte, die Holzbretter in der Schuppenwand auszutauschen und die Terrassensteine zu befestigen. Die Zeit mit Charlotte war ihm wichtiger gewesen als alle Verpflichtungen, er hatte jede Minute mit ihr auskosten wollen. Aber nun galt es, alles für die Gäste aus Deutschland herzurichten, die übermorgen anreisen würden.

Kapitel 9

Quinns Ford stotterte ein bisschen, als er am Vormittag nach der Schlüsselübergabe den Motor startete. Es gab ein paar Fehlzündungen, bevor er endlich den Rückwärtsgang einlegen konnte, um auf die Landstraße zu fahren. Schließlich gab er Gas, ließ Mizen Head hinter sich, diesen geheimnisvollen Ort, der ihm so viel bedeutete. Ein Jahr war zu lang. Das dachte er jedes Mal, wenn er heimwärts fuhr. Auch diesmal nahm er sich vor, ein weiteres Treffen im September zu arrangieren, wenn das Cottage winterfest hergerichtet, der Jasmin mit Bastmatten vor Stürmen und Kälte geschützt werden musste.

Mit jeder Meile, die er sich dem County Kerry näherte, sank seine Laune. Der Zauber, den er mit Charlotte genossen hatte und von dem er in den Tagen darauf noch gezehrt hatte, verblasste. Es fühlte sich an, als würde er innerlich versteinern. Es passte zu seiner Stimmung, dass es nun anfing zu regnen und bleierne Wolken den Nachmittag verdunkelten.

Nichts zog Quinn nach Tralee zurück. Dennoch spürte er eine gewisse Verantwortung für seine Frau, ähnlich wie Charlotte für Victor. Caitlin hatte sich verändert in den vergangenen Jahren. Andererseits brauchte er sich nur daran zu erinnern, wie boshaft sie ihn erpresst hatte, um ihn mit nach Tralee zu ziehen. Sie hatte kein Entgegenkommen verdient.

Am Ortsrand von Tralee erstreckte sich der Hof, der seit Generationen im Besitz von Caitlins Familie väterlicherseits war. An die Wohngebäude, großzügig in U-Form angelegt, grenzte die Scheune. Gleich daneben lag ein ehemaliger Geräteschuppen, den die Familie zu einem Hofladen umgebaut hatte. Dort konnten Touristen, die es immer häufiger nach Irland und besonders zum landschaftlich spektakulären *Ring of Kerry* zog, Schafskäse, Butter und selbst gesponnene Wolle kaufen.

Nicht vielen Iren ging es so gut wie Caitlins Eltern. Der Hofladen warf einiges ab, ansonsten versorgten sie sich mit ihren Schafen, ein paar Kühen, einem Hühnerstall und einem Stück Ackerland weitgehend selbst. Selbstverständlich war das Geld, das Caitlin und Quinn auf Ballyseede Castle verdienten, hochwillkommen. Quinn arbeitete dort als Gärtner, Caitlin als Hausdame. Einen großen Teil ihres Lohns zahlten sie dafür, dass sie mit Ian und Kenny das Cottage rechts vom Haupthaus bewohnten.

Der Ford schoss eine Salve von Fehlzündungen ab, als Quinn das Gas drosselte und ihn in den Innenhof lenkte. Er wäre lieber ohne Freudenfeuer eingetroffen, aber nun waren alle Bewohner alarmiert.

»Musst du diesen Lärm veranstalten?«, empfing ihn seine Schwiegermutter. Klein, mager und mit gebücktem Rücken eilte sie auf ihn zu. Die Säume ihres grauen Kittels wehten. »Aber du hast ja noch nie Rücksicht auf deine Frau genommen.«

»Schläft Caitlin? Ist sie nicht auf der Burg?« Quinn stieg aus dem Auto und nahm seinen Koffer von der Rückbank. Dass niemand ihn begrüßte und Mara Doyle nicht den Hauch eines Lächelns zeigte, war er gewohnt. Er kannte es in diesem Haus nicht anders.

»Du weißt, wie krank sie ist. Du bist schließlich dafür verantwortlich«, zischte sie.

Quinn hatte es schon lange aufgegeben, mit seiner Schwiegermutter zu streiten. Mara gab ihm die Schuld an all dem Unglück. Caitlin hatte lange Zeit Streit gesucht und war irgendwann in Hass und Trauer erstarrt. Sie hatte jede Lebenslust verloren. An manchen Tagen reichte ihre Kraft kaum noch, um das Haus zu verlassen.

Quinn ließ seine Schwiegermutter stehen und öffnete die Tür zum Cottage. Es roch ungelüftet, und es war kalt, der Kamin nicht geheizt. Caitlin döste auf dem Sofa am Fenster, die Beine auf die Kante gelegt, ein feuchtes Tuch auf ihrer Stirn.

»Bist du wach?«, fragte er in die Stille hinein.

»Dafür hast du gesorgt«, erwiderte sie, ohne ihn anzusehen.

»Wo sind die Jungen?«

»Wo sollen sie sein? Bei Dora und Billy können sie lernen, wie es in einer richtigen Familie zugeht.« Caitlins Bruder

Billy, der sich als künftiger Hoferbe um das Vieh und den Laden kümmerte, wohnte mit seiner Frau Dora im gegenüberliegenden Cottage. Die beiden hatten selbst keine Kinder, was sie sehr bedauerten.

Billy war ein ruhiger, tüchtiger Bursche, der nicht einen Tropfen Alkohol anrührte. Möglicherweise war ihm sein Vater Callahan ein mahnendes Beispiel. Und was Caitlin an Sanftmut fehlte, besaß Dora im Überfluss.

Quinn mochte die beiden und konnte verstehen, dass Ian und Kenny oft zu den beiden liefen.

Es war ungerecht, wenn Caitlin ihm die Schuld dafür gab, dass die Jungen sich in ihrem Haushalt nicht mehr wohlfühlten. Aber er würde nicht mit ihr streiten. »Möchtest du einen Tee?«, fragte er versöhnlich.

»Hat mir Mutter schon gebracht.«

Quinn gab es auf und trug seinen Koffer ins Schlafzimmer, bevor er zu Dora und Billy ging. Deren Cottage hatte sich zum Mittelpunkt des Doyle-Hofs entwickelt. Bei Mutter Mara war es zu kalt und ungemütlich, seit ihr Mann Callahan jeden Abend im Pub verbrachte und zur Sperrstunde alte irische Lieder grölend nach Hause torkelte.

»Quinn, schön, dass du wieder da bist.« Dora drückte ihm einen Kuss auf die Wange, als er das Cottage betrat. Billy grüßte mit dem Zeigefinger an der Schläfe. Ian und Kenny hockten mit ihm im Kreis und bemalten einen Güterzug, den Billy aus Holz geschnitzt hatte. Die beiden Jungen sahen gar nicht auf. Quinn fühlte sich hin- und hergerissen. Einerseits freute es ihn, dass die beiden Jungen hier einen Ort der Geborgenheit gefunden hatten. Andererseits vermisste er ihre Zuneigung und ihr Vertrauen. Ian war inzwischen zwölf, Kenny zehn Jahre alt.

Quinn setzte sich zu ihnen auf den Teppich.

»Wir durften heute im Hofladen aushelfen«, erzählte Kenny. »Ich habe zwanzig Eier verkauft und sogar drei Knäuel Wolle. Und Ian war mit Onkel Billy auf dem Acker und hat Feldsalat gepflückt.«

Quinn strubbelte ihm durch die roten Haare. »Bei all der Arbeit vergesst ihr aber nicht, für die Schule zu lernen, nicht wahr? Es ist wichtig, dass ihr einen guten Abschluss macht.«

Zum ersten Mal sah Ian auf, sein Gesicht die bockige Miene eines jugendlichen Rebellen. Die Sommersprossen leuchteten auf Wangen und Nase, die grünbraunen Augen funkelten. »Wichtig wofür? Um Gärtner wie du zu werden, brauchen wir weder lesen noch schreiben oder rechnen zu können. Da reicht es, einen Spaten in den Boden zu rammen.«

Es war nicht das erste Mal, dass Ian ihn provozierte. Quinn wusste, dass der Junge ihm die Schuld dafür gab, dass es seiner Mutter schlecht ging und dass ihre Familie zu zerbrechen drohte. Einige Male hatte Quinn die Faust in der Tasche gemacht, auch jetzt. Er würde sich nicht dazu hinreißen lassen, dem Jungen eine Ohrfeige zu verpassen. Das würde die angespannte Situation nur verschärfen. Er presste die Lippen aufeinander und sprang auf. »Kommt jetzt«, sagte er, aber die Jungen blieben hocken.

Ian sah zu ihm auf. »Bei Tante Dora gibt es heute Colcannon.« Den köstlichen Duft nach Kartoffeln, Weißkohl und Zwiebeln hatte Quinn schon gerochen.

Dora winkte verlegen ab. »Das könnt ihr morgen essen. Aufgewärmt schmeckt es doppelt gut.« Sie nickte Quinn zu. »Ich habe euren Kühlschrank und die Vorräte aufgefüllt. Caitlin hat es nicht geschafft.«

»Du bist unersetzlich, Dora. Danke für alles.« Er küsste sie auf die Wange, bevor er sich an die Jungen wandte. »Bei uns gibt es Rührei und Bacon. Ich fange schon mal ohne euch an«, warf er ihnen hin, aber erst als Billy aufstand und die Jungen anwies, ihrem Vater zu folgen, schlossen sich ihm Ian und Kenny an.

»Mutter schläft doch sowieso«, brummte Ian auf dem Weg über den Innenhof. Der Regen war stärker geworden und durchnässte ihre Haare und Schultern.

»Sei nicht ungerecht, Ian«, wies Quinn ihn zurecht. »Deine Mutter arbeitet hart. Ich erwarte von dir, dass du Rücksicht auf sie nimmst.«

Ian brummte eine unverständliche Antwort, bevor Quinn die Cottagetür öffnete und mit bleischweren Gliedern die Diele betrat. Er war wieder daheim.

Kapitel 10

Juni 1929

Besucher aus aller Welt wollten den Garten von Summerlight House besichtigen. Woche für Woche reisten mehr Menschen an. Die Beete waren makellos, die Wege gefegt. In ihrer säuberlichen Handschrift hatte Letitia alle Gewächse gekennzeichnet.

Owen Kelly hatte zusammen mit Theo Ferret, dem Pächter auf dem Anwesen von Summerlight House, im vergangenen Jahr ein kleines Häuschen am Rande der Einfahrt errichtet, in dem eine Person Platz fand, die durch das Fenster das Eintrittsgeld entgegennehmen und die Tickets herausreichen konnte. Letitia übernahm diesen Job und verrichtete in den ruhigeren Zeiten weiterhin im Garten die notwendigen Arbeiten. Das junge Mädchen blühte in der neuen Umgebung auf wie ein Vergissmeinnicht, das endlich Sonne und Wasser bekam. Ihre fahlen Wangen nahmen Farbe an, und durch das gute Essen von Köchin Emily Duncan hatte sie ein paar Pfund zugelegt, sodass sie nun nicht mehr aussah wie ein mit Kleidern behängtes Skelett, sondern wie eine junge Frau in der Blüte ihres Lebens. Ihre Dankbarkeit lag in jedem Blick, den sie Charlotte zuwarf, und in jedem Wort, das sie an sie richtete. Letitia tat alles dafür, dass sie die Hausherrin zufriedenstellte. Niemals mehr wollte sie zurück in die Gosse.

Während Harriet an diesem Nachmittag die Stauden ausdünnte, den Boden harkte und verwelkte Blätter aus den Gräsern zupfte, inspizierte Charlotte die Rosen. Eine Gesandtschaft der *Royal Horticultural Society* hatte sich für Juni angekündigt, um ihre Züchtungen zu untersuchen und zu bewerten. Nach dem Misserfolg mit der *Linnean Society* rechnete sich Charlotte zwar keine Chancen auf eine Ehrung aus, aber dennoch wollte sie ihre Schöpfungen im besten Licht präsentieren.

Es war ein Vormittag mitten in der Woche, die Besucher kamen vor allem am späten Nachmittag oder am Wochenende, sodass die Gärtnerinnen Zeit und Muße hatten, sich um die Pflege der Anlage zu kümmern. *Eliza Rose* und *Irish Love* waren die Königinnen inmitten all der anderen Schönheiten. Die altrosa Blüten der *Eliza Rose* harmonierten wunderbar mit dem Apricot der *Irish Love.* Alle anderen Blüten schienen ihren Reiz nur noch zu verstärken. Sehnsucht füllte Charlottes Herz, wann immer sie mit den Fingerspitzen die *Irish Love* berührte und ihren Duft einsog. Im nächsten Jahr würde sie sie mit Stecklingen vermehren. Aber bis dahin gehörten ihr diese Schmuckstücke allein. Sie hatte sie abfotografieren lassen und die einzelnen Entwicklungsschritte detailgenau aufgeschrieben. In einer der nächsten Ausgaben von *Curtis' Botanical Magazine* würden die Berichte erscheinen. Zu ihrem letzten Brief an Quinn hatte sie ein Foto gelegt. Morgen würde sie nach Maidstone fahren, bestimmt hatte er inzwischen geantwortet.

Zwischen den zum Labyrinth gestalteten Buchsbäumen beugte sich Charlotte hinab, um verwelkte Blüten von Pfingstrosen, Schwertlilien und Glockenblumen abzuzupfen. Am schönsten aber blühte hier um diese Jahreszeit der Rittersporn. *Ranunculaceae.* Sie lächelte, als ihr der lateinische Name einfiel. Schon als Studentin hatte sie die wissenschaftlichen Bezeichnungen sämtlicher Pflanzen aus dem Stegreif benennen können.

»Darf ich deinen Garten betreten, ohne ein gültiges Ticket zu haben?«

Charlotte fuhr herum, als sie Beatrices Stimme erkannte. Sie lächelte ihr entgegen. »Für dich ist hier immer geöffnet«, erwiderte sie, bevor sie sich links und rechts auf die Wangen küssten.

Harriet, die im Steingarten arbeitete, sah zu ihr hinüber und winkte. Letitia hatte bereits im Tickethaus Platz genommen, und Eliza Rose und Toby spielten Nachlaufen auf den Pflasterwegen. Ihr munteres Geschrei wehte über die Sträucher und Gräser zu ihnen heran.

»Kann ich von dir ein paar Ableger mitnehmen? Ich habe inzwischen drei kleine Beete ausgehoben, die ich gern bepflanzen würde.«

»Aber natürlich. Komm, lass uns einen Rundgang machen.« Charlotte eilte in den Schuppen und kam mit einem

Korb zurück. Von allen Bodendeckern und Stauden, die Beatrice gefielen, grub Charlotte kleine Stücke mit Wurzeln und Erde aus und legte sie vorsichtig in den Korb. »Im nächsten Jahr gebe ich dir Stecklinge von meinen selbst gezüchteten Rosen«, versprach sie.

Beatrices Gesicht leuchtete auf. »Was für eine Ehre!«

Charlotte strahlte die Freundin an und blickte dann über ihre Schulter, als ein Mann mit Tweedjackett und Schirmkappe den Garten betrat. Letitia im Verkaufshäuschen rief ihm etwas hinterher, was Charlotte nicht verstand, aber der Mann reagierte nicht. An einem Gurt um seinen Hals hing die Koffertasche für einen Fotoapparat. Er winkte schon von Weitem und fiel in den Laufschritt, als er Charlotte sah.

Charlotte blickte ihm mit einer hochgezogenen Braue entgegen.

»Ich bin David Wright von der *Daily Mail.* Entschuldigen Sie, dass ich hier hereinplatze, aber ich hatte in Canterbury zu tun und dachte, es wäre eine gute Gelegenheit, einmal in Summerlight House vorbeizuschauen. Obwohl es mit der *Linnean Medal* nicht geklappt hat, sind Sie doch inzwischen im ganzen Land bekannt, Mrs Bromberg. Und dies zu Recht, möchte ich meinen.« Er sah sich mit leuchtenden Augen um. »Was für ein einmaliges Anwesen. Bitte erlauben Sie mir, Sie hier zu fotografieren.« Er sah sich um. »Diese Rosen bilden den idealen Hintergrund für die Story über Summerlight House.«

»Hätten Sie sich nicht anmelden können?«, fuhr Charlotte ihn an. Der Mann war es offenbar gewohnt, seine Dreistigkeiten mit einem Redeschwall zu überspielen. »Ich hätte mich gern auf ein Foto vorbereitet.« Sie sah an sich hinab. Über ihren Hosen und den Clogs trug sie eine weite Schürze.

Der Fotograf lachte. »Sie sehen perfekt aus, Mrs Bromberg. Bitte präsentieren Sie sich Ihrem Publikum genau so. Es zeigt Ihre enge Verbundenheit mit dem Garten.«

Charlotte wechselte einen Blick mit Beatrice, die große Augen machte und nickte, als wollte sie sie ermutigen, auf das Angebot einzugehen. Wer hatte schon die Chance, in die *Daily Mail* zu kommen?

»Auf das Foto gehören auch meine Helferinnen und Freunde.« Charlotte formte mit den Händen einen Trichter vor ihrem Mund. »Harriet! Letitia! Kommt ihr dazu? Bald sind wir alle in der *Daily Mail* zu sehen.« Sie wandte sich an den Fotografen, der bereits seine Leica ausgepackt hatte und die Lichtverhältnisse maß. »Wann erscheint der Bericht denn?«

»Auf den Tag habe ich keinen Einfluss, das entscheidet die Chefredaktion. Aber Sie können sicher sein, dass Ihnen die Besucher nach der Veröffentlichung die Tore einrennen werden. Ein Mitglied der *Linnean Society* hat mich darauf aufmerksam gemacht, dass hier eine gute Story zu finden ist. Von ihm habe ich sämtliche Details, aber ich freue mich, wenn wir später noch ein paar Worte miteinander sprechen können, Mrs Bromberg.«

»Wir werden sehen«, erwiderte Charlotte. »Erst einmal abwarten, was Sie als Fotograf leisten.« Sie zog Beatrice zu sich heran, während sich Letitia und Harriet auf der anderen Seite platzierten. »Ich gehöre doch nicht dazu«, zischte Beatrice ihr ins Ohr.

»Doch«, widersprach Charlotte. »Lass uns dem Mann zeigen, mit welchen Frauen er es zu tun hat.«

Beatrice grinste.

»Sind Sie bereit?«, erkundigte sich Charlotte bei dem Reporter, als er durch seine Kamera linste. Er hob den Daumen, und in der gleichen Sekunde fiel Beatrice mit ausgebreiteten Armen in eine theatralische Pose, Charlotte warf ein Bein hoch und strahlte mit der Sonne um die Wette, Harriet winkte, und Letitia machte einen übertriebenen Kussmund. Sie hörten das Klicken des Apparates, das sie anspornte, in weitere Siegesposen zu fallen. Vier Frauen, die um ihren Wert wussten, die mit erhobenen Köpfen ihren Weg gingen. Unaufhaltsam und stark.

Nach dem ersten Erstaunen hatte der Fotograf seine Freude an den vier fotogenen Damen und versprach, ihnen eine prominente Stelle in der *Daily Mail* einzuräumen. Er sah sich um. »Ein bisschen Reklame können Sie gut gebrauchen, oder?«

Charlotte war sich nicht sicher, ob sie wirklich noch mehr Besucher nach Summerlight House locken wollte. Einerseits war sie stolz auf das, was sie erreicht hatte, und freute sich über die Anerkennung. Andererseits litt die Anlage, je mehr Menschen sich auf den Wegen drängelten.

Kurz nachdem der Reporter wieder gefahren war, verabschiedete sich Beatrice mit ihrem Korb. Sie wollte die Pflänzchen gleich einsetzen, damit sie nicht austrockneten.

Charlotte nahm sich vor, an diesem Nachmittag zunächst sämtliche Wildtriebe herauszukneifen und abgefallene

Rosenblätter einzusammeln. Letitia hatte sie darum gebeten, sie nicht wegzuwerfen. Sie wollte daraus Parfum herstellen.

Die Vögel zwitscherten, und von der Landstraße drang in regelmäßigen Abständen das Brummen der Automobile zu ihnen herüber. Charlotte lauschte. Irgendetwas fehlte. Plötzlich fiel es ihr ein. Die Kinder waren verstummt. »Harriet, weißt du, wo Toby und Eliza Rose sind?«, rief sie quer über den Garten.

Harriet lachte auf. »Ich bin froh, dass sie endlich mal Ruhe geben! Unglaublich, was die beiden für eine Energie haben!«

Charlotte stimmte in ihr Lachen ein und wandte sich den Heckenrosen zu, *Rosa canina*, die die östliche Seite des Rosengartens begrenzten. Die rosa Blüten waren erst vor wenigen Tagen aufgegangen und verströmten einen honigsüßen Duft. Allein für diesen Anblick lohnte sich ein Besuch in ihrem Garten, fand Charlotte, obwohl die Hundsrosen, wie sie auch genannt wurden, zu den am häufigsten vorkommenden Wildrosen gehörten. Aber in ihrem Garten wuchsen sie besonders hoch und blühten in einer überwältigenden Fülle. Sie musste nur aufpassen, dass sie den anderen Rosen nicht das Sonnenlicht nahmen und ...

»Mama?«

Charlotte wandte sich um und ging in die Hocke, als Eliza Rose vor ihr stand, eine mit einem Löffel ausgegrabene Kleepflanze vorsichtig in der Hand balancierend. Charlotte hatte ihr erlaubt, Gänseblümchen, Löwenzahn und Klee jederzeit in dem Bereich unter den Nussbäumen von einer

Stelle an die andere zu pflanzen. Eliza hatte den Kopf voller dunkler Locken, die das Toben an der frischen Luft aus der Form gebracht hatte. Ihre grünbraunen Augen schimmerten, als stünde sie kurz davor, in Tränen auszubrechen. Vermutlich hatte sie sich mit Toby gestritten.

»Na, meine Süße, was gibt es? Hast du Hunger? Soll ich Mrs Duncan Bescheid geben, dass sie uns ein paar Scones bringt? Es ist sowieso Zeit für den Tee.«

»Ich habe keinen Hunger.« Eliza Rose schüttelte den Kopf. »Toby sagt gar nichts mehr. Es ist langweilig mit ihm.«

»Warum sagt er nichts mehr? Habt ihr euch gestritten?«

Eliza Rose schluckte. »Er liegt im Teich und kommt gar nicht mehr heraus. Dabei wollte er nur mal gucken, wie tief ...«

Charlotte sprang auf. Von einer Sekunde auf die andere begann ihr Puls zu rasen. »Harriet!« Ihre Stimme überschlug sich. »Schnell! Zum Teich!« Sie sah auf ihre Tochter hinab. »Bleib hier. Setz dich auf die Bank und rühr dich nicht von der Stelle!«, wies sie sie an und achtete nicht mehr darauf, dass das Mädchen protestierte. Sie streifte die Clogs von den Füßen und rannte zum Teich. Schon von Weitem sah sie durch die meterhoch wachsenden Gräser die kleine Gestalt mit dem Gesicht im Wasser reglos an der Oberfläche treiben. Die Angst nahm ihr die Luft zum Atmen. Ohne anzuhalten, watete Charlotte auf das Kind zu. Die Kälte des Wassers spürte sie nicht und auch nicht den morastigen Untergrund unter den nackten Füßen. Aber sie hörte den Schrei hinter sich, den Harriet ausstieß. »Toby! Nein!«

Charlotte nahm den Jungen auf die Arme. Er fühlte sich

leicht wie eine Puppe an. Mit wenigen Schritten war sie am Ufer, bettete den Jungen ins niedrige Gras. Sofort beugte sie sich über ihn und begann mit der Mund-zu-Mund-Beatmung, stoppte in regelmäßigen Abständen, um sein Herz zu massieren. Hoffentlich machte sie keinen Fehler! Dicht ging sie mit dem Ohr an Tobys Mund heran. Es fröstelte sie, als sie keine Atmung feststellen konnte, und Harriet neben ihr hörte nicht auf zu wimmern.

Entgegen ihrer Anweisung war Eliza Rose ihr gefolgt. Sie schluchzte.

Ohne mit der Druckmassage aufzuhören, wies Charlotte die aus der Verkaufshütte stürzende Letitia an, Eliza ins Haus zu bringen und Dr. McKinley aus dem Dorf zu holen.

Harriet weinte jetzt lauter, weil sich der Junge immer noch nicht rührte. Verzweiflung erfasste Charlotte, aber sie würde mit den Wiederbelebungsversuchen nicht aufhören, bis der Doktor eintraf.

Sie war mit ihren Kräften fast am Ende, als mit einem Mal der erste Wasserstrahl aus Tobys Mund schoss, gefolgt von einem heftigen Husten und immer mehr Wasser. Harriet schluchzte auf, während Charlotte den Jungen auf die Seite drehte, damit er alles erbrechen konnte. Sie hatte es geschafft! Sie hatte den Jungen ins Leben zurückgeholt! Wie lange war er ohnmächtig gewesen? Charlotte betete innerlich, dass er keinen Schaden davongetragen hatte. Sie wusste, dass es schwerwiegende Folgen haben konnte, wenn das Gehirn längere Zeit nicht mit Sauerstoff versorgt wurde. Aber Toby im Gras vor ihr hustete und weinte und rief nach seiner Mama, die ihn in die Arme nahm und die

Tränen laufen ließ. So verhielt sich kein Kind, dessen Verstand gelitten hatte, oder?

Endlich rannte Dr. McKinley mit seinem Arztkoffer auf sie zu. Sein Atem ging pfeifend. Er fiel auf die Knie, löste den Jungen von seiner Mutter, holte sein Stethoskop aus der Tasche und begann, Toby abzuhören.

Auf der Miene des Dorfarztes breitete sich Erleichterung aus. »Sie haben genau das Richtige getan«, murmelte er. »Und Sie haben es geschafft. Er braucht jetzt viel Ruhe und ein warmes Bett.«

Harriet küsste Tobys Stirn, seine Nase, seinen Mund.

Plötzlich kam Charlotte der Fotograf der *Daily Mail* in den Sinn. Noch vor einer Stunde hatten sie hier gescherzt und Blödsinn gemacht. Es schien ihr, als sei das in einem anderen Leben gewesen. Sie würde den Fotografen auffordern, kein Bild von den munteren Damen zu veröffentlichen.

»Ich danke euch beiden«, brachte Harriet hervor und erhob sich mit ihrem Sohn auf dem Arm. Dr. McKinley verstaute seine Geräte in der Tasche und verschloss sie mit einem Klicken. Nachdem sich der Arzt verabschiedet hatte, trat Harriet an Charlotte heran und fragte flüsternd: »Darf ich heute ausnahmsweise einmal das Telefon benutzen? Es wäre nur ein kurzer Anruf.«

Charlotte schaute sie erstaunt an. »Aber ja doch. Selbstverständlich.« Nachdenklich sah sie Harriet hinterher, als diese mit dem Jungen zum Haus eilte.

Kapitel 11

Zwei Stunden später fuhr ein schwarzer Ford in die Einfahrt von Summerlight House. Ein Mann in einem Anzug und mit einem stilvollen Wollfilzhut mit breiter Krempe stieg aus dem Auto und wollte die Treppe zum Hauseingang hochspringen, aber Charlotte, die gerade Rosenranken am Eisentor zum Garten befestigte, rief ihm zu: »Kann ich Ihnen helfen?«

Der Fremde stoppte. Charlotte schätzte ihn auf Mitte dreißig. Auffällig waren sein breites Kinn und die steile Falte, die zwischen seinen Augenbrauen stand. »Ich suche den Hausherrn, ich bin mit Harriet Moore verabredet. Es ... es ist dringend«, fügte er an.

Charlotte streifte sich die Handschuhe ab und streckte ihm die Rechte hin. »Ich bin die Hausherrin, Charlotte Bromberg.«

»Oh, ich bitte um Verzeihung. Mein Name ist Thomas Griffith.« Er verbeugte sich verlegen. »Wie unaufmerksam von mir. Harriet hat erzählt, dass Sie selbst die meiste Zeit in Ihrem berühmten Garten arbeiten. Ich hätte es mir denken können.«

Charlotte winkte ab und ging ihm voran zum Hauseingang hinauf, wobei sie die Anspannung des Mannes hinter ihr spürte. Seine hellblonden wuscheligen Haare ließen ihn jünger erscheinen, als er vermutlich war. Er war nicht größer als sie, die Schultern schmal, den Rücken zum Hohlkreuz gebogen. Vielleicht ein Verwandter von Harriet? Oder doch ein Verehrer? Charlotte würde es ihrer Helferin wünschen.

Sie wies auf die Tür im Erdgeschoss, die zu Harriets Trakt führte. Zu ihren Räumen gehörten ein Schlafzimmer, ein Badezimmer und der Wintergarten. Charlotte klopfte leise an, und als von drinnen »Ja bitte?« erklang, öffnete sie die Tür einen Spaltbreit. »Harriet, hier ist Besuch für dich. Kann ich ihn zu dir hereinlassen?«

Sie hörte, wie Harriet aufsprang. Offenbar hatte sie im Schlafzimmer bei ihrem Sohn gesessen. Mit wenigen Schritten war sie bei ihnen. »Thomas«, wisperte sie, als sie den Mann sah. In der nächsten Sekunde zog sie ihn an sich. Mit einem Lächeln schloss sie die Tür.

Ein paar Sekunden lang blieb Charlotte noch stehen, hörte von drinnen erst überschwängliche Begrüßungen, dann eine Weile gar nichts. Ob sie sich küssten? Endlich fiel ihr ein, dass sie das gar nichts anging. Sie eilte zurück in die Küche, um Eliza Rose wieder zu sich zu holen. Charlotte würde ihr erklären, was passiert war, damit das Mädchen sich nicht etwa schuldig fühlte. Das hatte jetzt Vorrang. Und vielleicht würde Harriet am Abend erzählen, welche Rolle dieser Thomas Griffith in ihrem Leben spielte.

Als Eliza nach dem Abendessen im Bett war, setzten sich Charlotte und Victor an den Kamin. Harriet blieb in ihrem Flügel bei ihrem Sohn. Letitia hatte schon beim Dinner ihr Gähnen kaum unterdrücken können und war nach dem Dessert zu Bett gegangen.

Die Nachricht, dass Toby fast im Teich ertrunken wäre, nahm Victor mit Entsetzen auf, aber als er hörte, dass es dem Jungen wieder gut ging, war das Thema für ihn erledigt. Interessanter fand er, dass ein Reporter da gewesen war und über den Garten berichten würde. »Das ist kostenlose Reklame für dich, Charlotte! Vielleicht solltest du den Eintrittspreis erhöhen?«

»Das habe ich nicht vor, nein. Ich will den Reporter bitten, das Foto nicht zu veröffentlichen. Wir sehen alle gut gelaunt aus, doch das war genau in dem Moment, als Toby fast gestorben wäre.«

Victor blickte an die Decke und zurück zu Charlotte. »Man kann es mit der Pietät auch übertreiben. Es ist doch nichts passiert. Ein solches Foto ist Gold wert fürs Geschäft.«

Erneut spürte Charlotte, wie sehr Victor sich um ihre Finanzlage sorgte. Sollte am Ende ihr Garten sie retten? Es schüttelte sie bei der Vorstellung. Ihr paradiesisches Anwesen war kein wirtschaftliches Standbein. Wenn sich herausstellen sollte, dass das Publikum zu viel Schaden an ihren Beeten anrichtete, würde sie den Garten wieder für die Öffentlichkeit schließen. Aus Stolz und um die Liebe der Menschen an der Botanik zu wecken, präsentierte sie den Garten von Summerlight House, nicht um sich eine goldene Nase zu verdienen. Sie biss sich auf die Lippe. Und wenn es irgendwann nicht anders ging? Was dann? Sie schwieg und erwiderte Victors Kuss, bevor er sich in die Bibliothek zurückzog.

Was für eine Doppelbelastung: Tagsüber die Firma, abends die Aufgaben eines Verwalters und Gutsherrn. Charlotte würde demnächst noch einmal vorschlagen, ob er nicht trotz der Geldnöte einen Mann einstellen wollte, der die Aufgaben übernahm, die früher Robert erledigt hatte. Die Gesundheit ging doch vor! Charlotte wusste, dass Victor die Abrechnungen mit den Pächtern auf ihrem Grundstück erstellen musste. Theo und Margie Ferret mit ihren beiden Töchtern hatten den heruntergewirtschafteten Hof ans Laufen gebracht mit ihrem Milchvieh, den Schafen und Schweinen. Dennoch mussten die beiden, wie Charlotte wusste, jeden Penny zweimal umdrehen. Victor erhöhte die Pacht in regelmäßigen Abständen, obwohl Charlotte ihn drängte, den Leuten ihr Auskommen zu lassen. »Und wer denkt an uns?«, erwiderte er dann stets. »Wir sind nicht die Wohlfahrt, Charlotte.«

Für Charlotte waren solche brüsken Antworten wie ein Schlag ins Gesicht. Sie fragte sich, wie schlimm es wirklich um ihr eigenes Vermögen stand. Bislang war sie davon ausgegangen, dass Victor Rücklagen besaß. Aber die Panik neuerdings in seinen Augen, wenn es um die Finanzen ging, verunsicherte sie.

Später am Abend, als auch Toby eingeschlafen war, gesellte sich Harriet zu Charlotte und brachte zwei Tassen Tee mit, die sie auf den Beistelltisch am Kamin stellte. Sie schoben die beiden Sessel dicht an das Feuer heran. Die Abende waren in diesem Sommer frisch. Charlotte hätte gerne an ihrer Dissertation weitergearbeitet, aber sie wusste, sie würde sich nicht konzentrieren können, bis Harriet sie endlich ins Vertrauen gezogen hatte.

»Das war ein Schrecken heute«, begann Charlotte das Gespräch, aber Harriet ging nicht auf ihren Plauderton ein.

»Charlotte, ich kann nicht länger hier auf Summerlight House bleiben«, presste sie hervor.

Charlotte drückte den Rücken durch und versuchte, die Angst einzudämmen, die sich in ihr zusammenbraute. »Wir können einen Zaun um den Teich ziehen. Oder besser noch: Wir schütten ihn zu und legen Beete darauf an. Ein solches Unglück wird nicht noch einmal geschehen, Harriet!«

Harriet schüttelte mit geschlossenen Augen den Kopf. »Es ist nicht die Angst, dass sich so etwas wiederholen könnte«, erwiderte sie. »Der Teich ist eine Attraktion, und Kinder sollten sowieso nur unter Aufsicht durch deinen Garten laufen, oder? Es ist ... Nun, der Mann, der mich heute besucht hat, Thomas Griffith, ist der Vater von Toby.«

Ein paar Sekunden hörte man nur das Knistern des Feuers. »Du hältst Kontakt zu ihm?«, brachte Charlotte schließlich hervor.

»Ja, schon immer. Und jetzt hat er beschlossen, das Versteckspiel aufzugeben und zu seinen Gefühlen zu stehen. Wir lieben uns, weißt du?« Es fiel Harriet sichtlich schwer, ihr Geheimnis zu offenbaren.

»Warum seid ihr nicht zusammen?« Charlotte nahm einen Schluck aus der Teetasse und schaute Harriet über den Rand hinweg an. Sollte Harriet am Ende in einer ähnlichen Situation wie sie selbst sein? Eine Liebe, die nicht sein durfte?

»Das ist etwas kompliziert«, begann Harriet, aber Charlotte sah, dass sie sich entspannte und im Sessel zurücklehnte, die Hände ineinander verschränkt, die Beine an den Knöcheln übereinandergeschlagen.

»Wir haben Zeit«, erwiderte Charlotte mit einem Lächeln.

»Ich habe dir erzählt, dass ich nach meiner Ausbildung in Glynde praktische Erfahrungen an verschiedenen Orten gesammelt habe. In Winchester habe ich in der Gärtnerei Griffith gearbeitet. Man war dort zufrieden mit mir, wollte mir eine Festanstellung anbieten, doch dazu kam es nicht, weil ich mich in den Juniorchef verliebt hatte. Thomas war damals verlobt mit der Tochter einer befreundeten Familie, die eine Firma für Töpferwaren besaß. Die Familien hatten sich das fein ausgedacht: Wenn Thomas und Elaine heiraten würden, könnten sie die beiden Betriebe zusammenlegen und expandieren.«

»Thomas ist der Mann, der dich heute besucht hat.«

Harriet nickte. Ein Lächeln glitt über ihre Züge. »Ich habe mich gleich bei unserer ersten Begegnung in ihn verliebt. Er sah so jungenhaft ungestüm aus, weißt du? Aber ich musste meine Gefühle natürlich unterdrücken, denn alle wussten, dass er sich bald verloben würde. Als wir uns an einem dunklen Herbstabend im Gewächshaus der Firma küssten, dachte ich, er würde es später bereuen. Aber er wollte mehr, und ich war zu schwach und meine Gefühle für ihn zu stark, um mich ihm zu widersetzen. Das Gewächshaus war in den Monaten darauf unser Ort der Liebe.«

Charlotte nickte ihr zu, um sie zum Weiterreden aufzufordern. Dass Thomas Harriet weggeschickt hatte, als man ihr die Schwangerschaft ansah, brauchte sie nicht zu erzählen. So verliefen solche Geschichten: Die Frau war auf sich allein gestellt, während der Mann Schande von seiner Familie fernhielt. Seit Jahrhunderten die gleiche Ungerechtigkeit. Würde sich das jemals ändern?

»Er liebt Toby über alles, und ich wusste, er würde es mir übel nehmen, wenn ich ihm nicht sofort erzählen würde, was heute Nachmittag passiert ist. Ich habe ihn angerufen, und er hat sich gleich auf den Weg gemacht. Ich konnte ihn nicht davon abhalten, er wollte unbedingt mit eigenen Augen sehen, dass es Toby wieder gut geht.«

»Ich nehme an, Thomas ist der Grund, warum du jeden Samstagnachmittag freihaben möchtest.«

Harriet nickte. »Das sind unsere gestohlenen Stunden.« Sie senkte den Blick wie ein junges Mädchen.

»Mit Toby«, stellte Charlotte sachlich fest.

Harriet errötete bis zum Haaransatz. »Thomas mietet immer eine Suite mit zwei Zimmern in einem Hotel außerhalb von Winchester, in das wir uns nach unserem Spaziergang zurückziehen. Er will unbedingt seinen Sohn sehen, das ist ihm wichtig, aber natürlich sehnt er sich auch nach mir. Wir haben da ein gutes Arrangement getroffen. Nach dem Laufen und Spielen an der frischen Luft legen wir Toby ins kleinere Zimmer und stellen ihm das Radio an. Normalerweise schläft er dann ein …«

»Das klingt perfekt organisiert.« Charlotte dachte daran, dass man den Menschen tatsächlich nur vor die Stirn blicken konnte, nicht dahinter. Sie hätte geschworen, dass sie auf Summerlight House die Einzige war, die eine heimliche Liebe erlebte. »Ist Thomas inzwischen verheiratet?«

»Er hat Elaine nie geliebt, ich bin die Liebe seines Lebens. Er hat sie nur geheiratet, um den elterlichen Betrieb zu retten. Sie kann nach einer Operation keine Kinder bekommen.«

»Hat er sich von ihr getrennt?«

»Nun ja, sie wohnen noch zusammen, aber er will ein Leben mit mir und Toby führen und schaut sich gleich morgen ein Ladenlokal mit Wohnung unterm Dach in Bournemouth an. Die Besitzer haben in der *Times* inseriert.« Sie lächelte versonnen. »Wir wollen noch einmal von vorn anfangen.«

Charlotte wischte sich über die Stirn. »Ich werde dich vermissen, Harriet.«

»Ach, es gibt viele Gärtner, die einen Job suchen. Und Letitia ist schon weit. Sie hat sich als ungewöhnlich gelehrig erwiesen, findest du nicht?«

Charlotte nickte. »Doch, ich werde es wohl zunächst mit ihr allein versuchen.« Sie stieß die Luft in einem tiefen Seufzer aus. »Willst du es dir nicht noch einmal überlegen, Harriet?« Ihr Herz pochte gegen die Rippen, als ihr eine spontane Idee kam. »Du könntest doch mit Thomas zusammen hier wohnen. Er könnte genau wie du im Garten arbeiten! Wäre das nicht schön? Wir alle hier zusammen?«

Als Harriet vehement den Kopf schüttelte, sackte Charlotte in sich zusammen. »Thomas war stets sein eigener Chef. Er würde niemals akzeptieren, dass du hier das Sagen hast und deine Vorstellungen verwirklicht werden.«

»Verstehe«, murmelte Charlotte und fühlte einen bohrenden Schmerz an ihren Schläfen. Sie erhob sich. »Wann wirst du uns verlassen?« Sie hörte selbst, wie tonlos ihre Stimme klang.

Harriet erhob sich ebenfalls. »Bitte nimm mir das alles nicht übel, Charlotte. Eine solche Chance bekomme ich in meinem Leben nicht mehr.«

Charlotte nickte. »Ja, keine Frau hätte sich anders entschieden als du«, sagte sie und schaffte es nicht, den bitteren Geschmack aus ihren Worten zu halten. Sie küsste Harriet links und rechts neben die Wangen. »Sag mir Bescheid, wann dein letzter Arbeitstag sein wird.«

Kapitel 12

Charlotte hielt sich am Geländer fest, als schafften es ihre Beine allein nicht mehr, sie die Treppe in die erste Etage hochzutragen.

Zunächst ging sie in den Flügel, den früher ihre Mutter und Debbie bewohnt hatten. Dort hatten sie für Eliza Rose ein wunderschönes Kinderzimmer eingerichtet: Die Wände waren mit kletternden und blühenden Pflanzen bemalt. Ihr Zimmer war als einziges komplett mit einem Teppich ausgelegt, ein duftiger weicher Traum in einem Goldton, den Haushälterin Laura besonders gern mit dem Hoover saugte. Eliza Rose hatte die Bettdecke weggetreten und lag in ihrem weißen Nachthemd lang ausgestreckt auf der Matratze. Voller Liebe betrachtete Charlotte das Mädchen, die entspannten Gesichtszüge, den leicht geöffneten Mund. Sie beugte sich hinab und küsste sie auf die Wange. »Gute Nacht, Liebes«, flüsterte sie, bevor sie die Tür lautlos schloss.

In ihrem Arbeitszimmer war es kalt, aber sie würde den

Kamin nicht anfeuern. Die kühle Luft tat ihrer Konzentration gut. Sie schaltete die elektrische Lampe auf ihrem Schreibtisch ein. Überall auf dem Boden stapelte sich Papier, dazwischen Bücher, aus denen Notizzettel herauslugten, und Zeitungsausschnitte. Ein Fremder konnte das nicht erkennen, aber für Charlotte war das System offensichtlich. Links vom Schreibtisch lagen alle Informationen zu dem Punkt *Was ist ein Garten?*, rechts davon alles zur *Geschichte der Hortikultur*, entlang der Regale fand sich nebeneinander Recherchematerial zu Gärten im alten Rom, im alten Griechenland, im asiatischen Raum und im Orient. Gegenüber waren kreisförmig alle Informationen darüber angeordnet, wo und wann englische Forscher Gewächse gefunden und in England kultiviert hatten und was sie für die britische Flora bedeuteten. Eine Struktur war vorhanden, aber es kostete Charlotte viel Kraft, allein eine Präsentation und Kurzform ihrer Promotionsschrift zu erstellen, um sich an der Universität vorstellen zu können. Was war relevant, was führte zu weit? Eine Auswahl zu treffen erwies sich als außerordentlich schwierig. Sie hätte in den letzten drei Jahren längst zu einem Abschluss kommen können, aber das Haus, der Garten, ihre Familie nahmen den größten Teil ihrer Zeit in Anspruch. Ob sie die Dissertation überhaupt je zu Ende bringen würde?

Manchmal meinte sie, dass es ihre Kräfte überstieg.

Manchmal meinte sie, dass sie ihren Traum von der Anerkennung als Wissenschaftlerin begraben sollte.

Aber wann immer sie an diesen Punkt ihrer Gedankenkette kam, spürte sie ihre Kraft und ihren Willen. Sie würde niemals aufgeben, weil sie ahnte, dass dieser Schritt in die Wissenschaft eine besondere Bedeutung in ihrem Leben haben würde.

Sie setzte sich an ihren Schreibtisch, schob ein paar offen liegende Bücher und Stifte zur Seite, nahm ein weißes Blatt Papier und ihren Füllfederhalter und begann, sich all ihre Gedanken von der Seele zu schreiben.

Liebster Quinn,
mir explodiert der Kopf von all dem, was heute passiert ist. Ich möchte dir davon erzählen, und gleichzeitig möchte ich dir nichts anderes schreiben, als dass du mir fehlst und wie sehr ich mir wünschen würde, dass du mich halten und küssen und mir ins Ohr flüstern würdest, dass alles gut wird. Ich möchte mit dir auf das schäumende Meer hinabblicken und meine Hand in deiner Hand fühlen. Ich möchte mir mit dir eine Decke vor dem Kamin teilen und durch eine Dachluke die Sterne zählen. Im Geiste spüre ich deine Nähe und …

Ein Klopfen an der Tür ließ sie heftig zusammenzucken, ihre Hand zog einen Strich übers Blatt. Rasch ließ sie das Papier in der Schublade verschwinden und nahm sich das nächstgelegene Buch, als hätte sie gerade darin gelesen. »Ja?«

»Störe ich dich?«

Sie hatte angenommen, dass Victor schon schlief, aber er trug noch seinen Anzug, und mit ihm kam ein Schwall von kalter Tabakluft ins Zimmer. Offenbar hatte er bis jetzt in der Bibliothek gesessen. »Aber nein, Liebling«, erwiderte sie und fühlte sich so miserabel wie immer, wenn sich Victor und Quinn begegneten. Wenn auch nur in ihren Gedanken. Victors Augen wirkten trübe von Müdigkeit und Whisky.

»Es ist schön, wenn du wenigstens vorankommst«, sagte er. »Ich habe mir die Buchhaltung aus der Firma mit nach Hause genommen, weil mir da einige Einträge merkwürdig vorkamen, und musste feststellen, dass mein neuer Assistent eine Abneigung gegen Mathematik zu haben scheint. Er ist unfähig, die kleinsten Zahlen zu addieren.« Er rieb sich die Schläfen und schloss für einen Moment die Augen. »Es hilft mir gar nichts, wenn ich alles nachprüfen muss. Auf solche Mitarbeiter kann ich verzichten. Andererseits brauche ich im Moment jeden Mann, damit wir fähig sind, die wenigen Aufträge noch abzuarbeiten. Sonst gehen nämlich bald komplett die Lichter aus. Ich könnte manchmal verzweifeln, Charlotte. Ohne dich hätte mein Leben schon lange keinen Sinn mehr.«

Charlotte spürte eine Eiseskälte unter ihren Rippen. So offen hatte Victor noch nie mit ihr gesprochen. Mit tief hängenden Lidern sah er sie an und schien den Tränen nahe zu sein. Sie erhob sich und nahm ihn in den Arm, streichelte seinen Rücken. Für einen Moment schien er ihre Berührung zu genießen. Dann spannte er die Muskeln an. »Verzeih mir, was bin ich für ein Jammerlappen.« Er richtete sich gerade auf und zupfte an seinem Jackett. »Erzähl mir, wie du mit deiner Dissertation vorankommst! Hast du endlich Kontakt zur Universität aufgenommen?«

Charlotte seufzte. »Ich schiebe es vor mir her. Ich sollte schon viel weiter sein, aber ich schaffe es einfach nicht. Davon abgesehen bin ich froh, wenn du dich mir anvertraust, Victor. Können wir gemeinsam etwas tun? Müssen wir unseren Lebensstil ändern? Dienstboten entlassen?«

Victor winkte ab. »So weit ist es noch nicht. Vielleicht werde ich meine Kontakte zum Festland aufleben lassen. Mir fällt schon was ein.« Er beugte sich vor und küsste sie auf die Wange. »Gute Nacht und arbeite nicht mehr so lange, ja?«

Charlotte nickte ihm zu und ließ sich ermattet auf ihren Schreibtischstuhl plumpsen, als Victor ins Schlafzimmer verschwand. Wie diese Heimlichkeiten sie quälten.

Sie zog den angefangenen Brief aus der Schublade, überflog ihn und zerriss ihn in winzige Teile, die sie in den Papierkorb unter ihrem Schreibtisch warf.

In dem Moment glitt die Tür zum Flur hin vorsichtig auf, erst nur einen Spalt. Charlotte starrte auf den Lichtschein, der sich als Dreieck auf dem Parkett ausbreitete. Endlich sah sie einen Kopf mit dunklen Locken und nackte Füße, die unter dem knöchellangen Nachthemd hervorlugten. »Kannst du auch nicht schlafen, Mama?« Eliza Rose tapste barfuß herein und ließ sich von Charlotte auf den Schoß ziehen.

»Doch, ich gehe gleich ins Bett, und du hast schon längst geschlafen.« Sie strich dem Kind die Locken aus der Stirn. Sie waren noch nicht lang genug, um sie hinter ihren Ohren festzustecken. Im Licht der Schreibtischlampe schillerten Eliza Roses Augen zwischen Goldbraun und Grün, die Wangen waren noch vom Schlafen warm und rosig.

Wie sollte es ihr gelingen, den Vater dieses Mädchens jemals aus ihrem Gedächtnis zu verbannen?

In den nächsten Tagen wurde der Gedanke immer stärker, dass sie den Kontakt zu Quinn abbrechen musste. Vielleicht half es, ihm keine Briefe mehr zu schreiben. Sie unternahm keinen neuen Versuch, ein Schreiben an Quinn zu formulieren, zumindest keines, das sie abschicken würde. Ein paarmal setzte sie in ihrem Studierzimmer auf einem leeren Blatt an, schrieb von ihren Gefühlen und den Ängsten, von den Gewissensnöten und ihrem Kummer. Es tat ihr gut, all ihre Gedanken in Worte zu fassen. Aber sie schickte die Briefe nicht ab, sondern sammelte sie in einem Papporder, den sie weit nach hinten in die Schreibtischschublade schob.

Dennoch fuhr sie einmal in der Woche nach Maidstone und zog Quinns Briefe aus der *Letter Box*. Ihr liefen die Tränen über die Wangen, als sie las, wie verzweifelt er sie darum bat, sich doch endlich zu melden. Wie lange konnte sie das durchstehen?

An diesem frühen Mittwochmorgen jedoch, als die Morgennebel noch über die Felder zogen und die Sonne sich hinter einer Wolkenschicht hervorzukämpfen versuchte, waren Charlottes Gedanken bei Harriet, die ihr weniges Hab und Gut in zwei Koffer gepackt hatte und in der Einfahrt mit Toby an ihrer Seite auf ihren Thomas wartete. Ihr bis zu den Knöcheln reichender Mantel war altmodisch, und ihr Glockenhut franste an einer kleinen Stelle im Nacken aus. Aber sie stand aufgerichtet wie eine Königin da, und ein bisschen beneidete Charlotte sie um diese Zuversicht, die einen neuen Lebensabschnitt begleitete.

Eliza Rose lief heran, in der Hand einen hölzernen Bilderrahmen mit verschnörkelten Ecken. »Toby! Ich habe ein Andenken für dich!«, rief sie mit ihrer hellen Stimme.

Charlotte und Harriet beugten sich zu den beiden Kindern, als sie sich voneinander verabschiedeten. Eliza Rose hatte tatsächlich die kleine Blüte einer Heckenrose gepresst und sie unter Glas verewigt. Darunter hatte sie ihren Namen geschrieben. Eliza Rose. Verunsichert warf das Mädchen Blicke zu ihrer Mutter. Sie wusste genau, dass sie keine Blüten abzupfen durfte, aber sie schien anzunehmen, dass in diesem Fall eine Ausnahme möglich war. Charlotte lächelte und nickte. Einen Freund zu verabschieden war eine außergewöhnliche Situation, die außergewöhnliche Maßnahmen erforderte. Schade, dass die beiden nun nicht zusammen eingeschult wurden. Es war immer besser, einen Vertrauten an seiner Seite zu haben, wenn ein neuer Lebensabschnitt begann.

Erneut musste sie einen Menschen gehen lassen. Ob man sich an Abschiede gewöhnen konnte? Jeder war anders, jeder berührte einen anderen Teil von einem selbst. Harriet war ihre Gefährtin bei allen Gartenfragen gewesen, Gesprächspartnerin und stille Helferin, die einen wertvollen Teil dazu beigetragen hatte, dass Summerlight Garden zu einem traumhaften Ort geworden war. Charlotte küsste links und rechts Harriets Wangen, als nun Thomas Griffith seinen schwarzen Ford in die Einfahrt lenkte. »Ich wünsche dir alles Glück der Welt, Harriet. Werdet ihr gleich nach Bournemouth ziehen?«

Harriet strahlte sie an. »Ja, der Ankauf ist zum Glück reibungslos abgelaufen. Am Monatsanfang wollen wir die

Gärtnerei eröffnen. Wir planen im vorderen Teil des Gebäudes ein Blumengeschäft.« Ein Schatten flog über ihr Gesicht. »Ich hätte heute gerne noch den Besuch der Männer von der *Horticultural Society* miterlebt. Hoffentlich kann deine Rosenzüchtung sie beeindrucken!«

»Und wenn nicht, hält uns das nicht auf, oder?« Charlotte lächelte ihr mit mehr Zuversicht zu, als sie innerlich empfand. »Ich schreibe dir, wie es gelaufen ist. Jetzt aber konzentriere dich auf dein neues Leben. Bestimmt habt ihr Erfolg. Ich wünsche es euch!«

Zehn Minuten später waren die Koffer verstaut. Letitia stürmte noch heran, um Harriet zu umarmen, und die Kellys winkten vor dem Hauseingang. Dann standen alle beisammen und schauten dem Wagen hinterher.

Ein taubes Gefühl breitete sich in Charlottes Brustkorb aus. Harriet war zwar nicht zu ihrer Seelenfreundin geworden, dafür war sie zu still und zu zurückhaltend, aber sie war eine wichtige Wegbegleiterin gewesen. Sie würde sie vermissen.

Als das Auto verschwunden war, schickte Charlotte ihre Tochter zu den Kellys in die Küche. Dort fanden sich stets ein Rest von Teig und ein Rollholz, um damit zu experimentieren.

Charlotte krempelte die Ärmel ihrer taubenblauen Bluse hoch und nickte Letitia zu. »Du kümmerst dich bitte um den Steingarten und den Bauerngarten. Ich will dort kein welkes Blatt mehr sehen.« Sie grinste die junge Helferin an, um ihren Worten die Schärfe zu nehmen. »Die Herren von der *Royal Horticultural Society* kommen zwar wegen der Rosen, aber das Umfeld muss genauso gepflegt sein wie der Rosengarten.«

Während die Männer von der *Linnean Society*, die vor drei Jahren Summerlight Garden unter die Lupe genommen hatten, nach den wissenschaftlichen Aspekten ihrer Arbeit fahndeten, interessierten sich die Leute der Königlichen Gartenbaugesellschaft speziell für die Schönheit ihrer selbst gezüchteten Rosen: *Eliza Rose* und *Irish Love*. Auch sie hatten Medaillen zu vergeben, zum Beispiel die *Victoria Medal of Honour*. Sie waren offenbar durch Berichte in mehreren botanischen Journalen auf Summerlight Garden aufmerksam geworden, in denen Charlotte detailliert die Züchtung der neuen Rosensorten beschrieben hatte. Aber Charlotte bemühte sich, ihre Erwartungen gering zu halten, damit die Enttäuschung am Ende nicht so schmerzte.

»Sie können sich auf mich verlassen«, rief Letitia und lief in ihrer Latzhose und den Clogs los, um gleich mit der Arbeit zu beginnen.

Den Vormittag verbrachte Charlotte damit, im Rosengarten alles perfekt zu gestalten und jede einzelne Blüte ins rechte Licht zu rücken. Sie legte frischen Rindenmulch zwischen die *White Killarney* und die dunkelrote *Laurent Carla* und untersuchte die Triebe der kupfrigen *Duchesse of Wellington* auf Pilzkrankheiten. Dabei fiel das Sonnenlicht wie magisch durch den Lindengang auf ihre Rosen, der violette Lavendel verströmte einen betörenden Duft. Der angrenzende Bauerngarten war ein Farbenmeer aus Frühlings- und Sommerblumen, in dem der lila und rosa Rittersporn um diese Jahreszeit seinen großen Auftritt hatte. Was für ein Paradies.

Niemand würde ihr die Freude an dem, was sie erschaffen hatte, nehmen können.

Zu ihrer Überraschung entstiegen dem Renault, der gegen Mittag vorfuhr, ein lässig gekleideter Mann, der eine Pfeife im Mundwinkel und eine Leica-Kamera in der Hand hielt, und eine Frau in einem braunen Kostüm mit Glockenhut. Sie stellten sich als Mr Barnes und Miss Goldsmith vor. Charlotte war sich nicht sicher, ob die Dame die Sekretärin war oder selbst eine Gartenexpertin. Auf jeden Fall hielt sie mit ihrer Meinung nicht hinter dem Berg, als Charlotte sie zu *Eliza Rose* und *Irish Love* führte.

»O Himmel, etwas so Edles habe ich noch nie zuvor gesehen«, flüsterte Miss Goldsmith ergriffen und zückte ein ledernes Buch und einen Stift, um sich Notizen zu machen. Mr Barnes zog seine Kamera aus der Hülle und ging in die Knie, um die Blüten von allen Seiten zu fotografieren. »Ein Hoch auf die Farbfilter«, sagte er dabei mit einem Grinsen. »Sonst hätte man die Schönheit dieser Pflanze niemals einer breiten Öffentlichkeit zeigen können.«

Charlotte stellte sich, die Hände auf dem Rücken, zwei Schritte abseits, damit die beiden Experten die Rosen eingehend untersuchen und beschnuppern konnten. Sie hörte anerkennendes Gemurmel und sah, wie sie sich einvernehmlich zunickten. Schließlich wandte sich Miss Goldsmith an sie: »Sie haben hier etwas Außergewöhnliches geschaffen. Wir werden Sie mit *Eliza Rose* und *Irish Love* in jedem Fall auf die Auswahlliste für die *Victoria Medal of Honour* setzen. Und ich verrate Ihnen nicht zu viel, wenn ich Ihnen sage, dass Ihre Chancen gut stehen. Die Rosen werden den ausgezeichneten Ruf der englischen Botaniker in der Welt festigen. Und«, sie schürzte die Lippen beim Lächeln, ihre Augen funkelten, »es ist mir eine besondere Ehre, Sie als Frau in die Liste aufzunehmen.«

»Mir ebenso«, bemerkte Mr Barnes. »Die Zukunft ist weiblich. Es wird Zeit, hier Zeichen zu setzen.«

»Eine Vorzugsbehandlung als Frau wäre mir nicht recht«, erwiderte Charlotte mit einem Lächeln. »Mir reicht es völlig, wenn Frauen und Männer nach gleichen Maßstäben beurteilt werden.« In ihrer Brust spürte sie ein Pochen bei der Vorstellung, diese Auszeichnung zu erlangen.

»Wir möchten Sie einladen, an unserer *Chelsea Flower Show* im nächsten Mai teilzunehmen. Dort werden auch die Medaillen verliehen. Ihre Rosen wären einer der Höhepunkte der Veranstaltung. Die Schau ist eine erstklassige Gelegenheit, Ihren Garten noch bekannter zu machen und Kontakte zu anderen Botanikern zu knüpfen. Was meinen Sie?«

Charlotte lächelte. »Ich fühle mich geehrt und nehme mit dem größten Vergnügen teil. Danke für die Einladung – und danke für Ihre Wertschätzung.«

Nachdem die beiden Abgesandten der Königlichen Gartenbaugesellschaft sich verabschiedet hatten, rannte Letitia auf Charlotte zu, die sich erschöpft auf die Steinbank im Rosengarten fallen ließ. Sie fühlte die Kälte nicht, die durch ihre Hose drang. Innerlich glaubte sie zu verglühen. »Was haben sie gesagt? Waren sie zufrieden?« Letitia überschlug sich in ihrem Wortschwall.

Charlotte lächelte sie an. »Sie wollen mich für die *Victoria*

Medal vorschlagen. Und ich soll im Frühjahr mit meiner Rosenzucht nach Chelsea kommen.«

Leitita machte Fäuste und hüpfte auf der Stelle. »Fantastisch! Ich gratuliere Ihnen, Mrs Bromberg!«

Charlotte spürte, dass Letitia sie am liebsten umarmt hätte, aber so eng war die Beziehung zu ihrer Angestellten nicht. »Ich danke dir, Letita«, sagte sie beherrscht, obwohl in ihr ein Orkan tobte. Was würde Victor sagen, wenn sie ihm diese Nachricht überbrachte? Und was würde Quinn ...

Nein. Kein Brief mehr an Quinn. Ihr Hals schmerzte, als ihr dieser Gedanke kam. Er erinnerte sie daran, dass sie heute noch nach der Post sehen wollte. Einerseits sehnte sie sich nach Nachricht von ihm, andererseits hoffte sie, dass er es akzeptierte, wenn sie begann, sich mit wundem Herzen von ihm zurückzuziehen. Die Vorstellung, sich von ihm zu trennen, zerriss sie innerlich. Aber sie wusste, sie musste es tun. Es war an der Zeit. Sie wandte sich von Letitia ab, damit sie ihre Tränen nicht sah.

In der Postfiliale in Maidstone begrüßte Phoebe sie mit einem Strahlen. »Heute kommen Sie nicht umsonst, Mrs Bromberg!« Sie hatte oft genug mitbekommen, dass Charlotte enttäuscht hatte gehen müssen, und freute sich für sie mit, wenn sie einen Brief aus Irland in die abschließbare Box legen konnte. Wie sollte die Verkäuferin ahnen, dass sich Charlotte dazu durchgerungen hatte, einen Schlussstrich zu ziehen, und dass sie hoffte, keine Briefe mehr von Quinn zu erhalten? Aber sie brachte es auch nicht fertig, seine Nachrichten ungelesen zurückzuschicken.

Sie weinte, als sie hinter dem Steuer saß, den Umschlag mit dem kleinen Finger aufriss und den Briefbogen entfaltete. Nur eine Seite war beschrieben.

Liebste Charlotte, ich mache mir Sorgen um dich, um uns. Ich vermisse deine Nachrichten. Warum schreibst du nicht? Du weißt, du kannst mir alles erzählen, dich mir in jeder Situation anvertrauen. Stell dir vor, Cillian hat mich gebeten, Ende Oktober auf Mizen Head nach dem Rechten zu sehen. Vor dem Winter müssen die Fenster und Türen noch abgedichtet werden, und unterm Dach hat es hineingeregnet. Was meinst du? Kannst du es schaffen zu kommen? Ich halte es bis Mai nicht aus, ich muss dich in meine Arme nehmen und dir in die Augen sehen, ich möchte dich berühren und küssen und dir ins Ohr flüstern, wie viel du mir bedeutest. Bitte schreib mir schnell zurück, damit ich unseren Aufenthalt in Mizen Head planen kann. Ich liebe dich. Dein Quinn

Charlotte schlug die Hände vors Gesicht und schluchzte. Tränen tropften auf die Tinte und verwischten sie. Wie sehr zog es sie zu ihm! Wie sollte sie es bloß schaffen, sich von ihm zu trennen? Sie würde einfach nicht mehr nach Maidstone fahren, oder besser noch: Sie würde ihr Postfach kündigen, sodass alle Briefe, die er schrieb, an Cillian zurückgingen. Sie mochte sich Quinns Schmerz nicht vorstellen; sie fühlte sich selbst dabei, als würde sie in Stücke gerissen.

Als sie sich beruhigt hatte, stieg sie aus dem Auto und eilte zurück in das Lebensmittelgeschäft. »Phoebe, ich möchte meine *Letter Box* kündigen. Alle Briefe für mich gehen an den Absender zurück.«

Phoebe schlug die Hand vor den Mund. »Ist die letzte Nachricht so schlimm? Das tut mir leid!«

Rechnete sie wirklich damit, dass Charlotte sie ins Vertrauen zog? Ihr Gesichtsausdruck ließ darauf schließen, dass sie gerne in das Geheimnis eingeweiht worden wäre. Charlotte zückte ihr Portemonnaie, versuchte ein Lächeln. »Wie viel bin ich bis Ende des Monats noch schuldig, Phoebe?«

Ihre Gliedmaßen fühlten sich taub an, als sie kurz darauf die Postfiliale verließ. Sie wartete auf ein Gefühl der Erleichterung, weil sie eine längst fällige Entscheidung getroffen hatte, aber es kam nicht. Stattdessen wisperte eine Stimme in ihr, dass sie einen großen Fehler beging.

Kapitel 13

Am Morgen von Elizas erstem Schultag konnte das Mädchen keine Sekunde ruhig sitzen. Sie rannte im Haus herum und suchte verzweifelt nach ihren Büchern, Notizheften und Stiften, um alles in ihren Schulranzen zu packen. Sie hatte einen bemerkenswerten Hang entwickelt, Dinge zu verlegen oder zu vergessen.

Toby war zwar nicht mehr da, aber mit Beatrice Godwins als ihrer Lehrerin fiel Eliza die Einschulung leicht. Am ersten Tag veranstaltete die Schule eine Feier für die Erstklässler, an der auch Victor teilnahm, aber schon am zweiten ging es mit dem Unterricht los. Das verschaffte Charlotte Gelegenheit, endlich einmal nach Sissinghurst zu fahren, wie sie es Vita versprochen hatte.

Sissinghurst war eine Baustelle. Mehrere Männer rissen verrottete Katen ab und gruben eine Mulde für einen Teich. Sie legten Grabenmauern frei und holzten den ehemaligen Nussgarten aus. Vita in Gummistiefeln, mit einer Arbeitshose und einem Pullover mit V-Ausschnitt, gab mit raumgreifenden Gesten Anweisungen, während ihr Mann Harold Löcher für eine Reihe von Buchsbäumen aushob.

Charlotte versuchte sich vorzustellen, wie es hier wohl aussehen würde, wenn die Renovierungsarbeiten abgeschlossen waren. Sissinghurst würde zu einem der schönsten Gärten Englands werden, das stand fest, aber würde er an Summerlight Garden heranreichen? Auf jeden Fall würde es noch eine Weile dauern, bevor Vita Sackville-West Sissinghurst präsentieren konnte. Allein die Schuttbeseitigung war eine Mammutaufgabe.

»Charlotte, wie schön!« Vita kam mit ausgestreckten Armen auf sie zu.

Mehrere Monate lang hatte sie von dem Anwesen geschwärmt, das auf halber Strecke zwischen Maidstone und Hastings lag, einige Meilen südwestlich von Summerlight House.

Das Grundstück war ziemlich heruntergekommen, der Turm und das Haus marode. Die Anlage hatte zwei Jahre lang brachgelegen, weil keiner sie kaufen wollte.

»Hier ist noch viel zu tun«, stellte Charlotte fest, als sie sich umsah. »Aber du bereust den Kauf nicht, oder?«

Vita schüttelte den Kopf. »Mein Bauch sagt Ja zu diesem Stück Land, genau wie zu meinem Elternhaus Knole, das ich leider wegen dieser vertrackten Verwandtschaftsverhältnisse nicht erben konnte. Long Barn war nur eine Zwischenlösung.«

Charlotte streichelte ihren Arm. »Ich freue mich für dich, Vita, und ich werde dich bei allen Pflanzungen begleiten, um von dir zu lernen.«

Vita lachte auf. »Als könnte dir noch jemand etwas beibringen.« Sie seufzte. »Im Übrigen müssten wir das auf das nächste Jahr schieben. Ich werde nächste Woche nach Frankreich gehen, für mindestens ein Jahr. Ich brauche Abstand von allem, um schreiben zu können, und ... nun ja, es wird meiner Ehe guttun, wenn Harold und ich uns eine Weile nicht sehen.«

Es war ein offenes Geheimnis, dass Vita ihre Zeit lieber mit Frauen als mit Männern verbrachte. Es hieß, mit einer ihrer Freundinnen würde sie regelmäßig nach Frankreich fahren und sich dort als Mann verkleiden, wenn sie miteinander ausgingen. Charlotte wollte das nicht wissen. Für sie war Vita Sackville-West eine wichtige Freundin, von der sie viel über Gartenbau gelernt hatte. Alles andere ging sie nichts an.

»Aber das ist eine Katastrophe«, entfuhr es Charlotte. »Du hast dich so sehr nach einem geeigneten Grundstück gesehnt ...«

Vita winkte ab. »Sissinghurst läuft mir nicht weg. Ich werde dieses Jahr mit Sträuchern und Bäumen beginnen, vielleicht ein paar winterharte Stauden setzen, Wege mit Buchsbaum begrenzen und die Pflasterarbeiten planen. Das nimmt genug Zeit in Anspruch. Wenn ich im kommenden Jahr heimkehre, vervollständige ich die Räume nach meinen Vorstellungen.«

»Ach, Vita, ich werde dich vermissen«, stieß Charlotte hervor.

»Ich dich auch, meine Liebe«, erwiderte Vita.

»Wird dein Mann hier weiterarbeiten, während du in Frankreich bist?«

Als hätte er sie gehört, sah Harold Nicolson von seinen Grabarbeiten auf, die Haare vom Wind zerzaust. Er winkte Charlotte zu und lächelte.

Vita schüttelte den Kopf. »Das ist unsere gemeinsame Sache, er wird warten, bis ich zurück bin, und nur das von Firmen erledigen lassen, was wir vorab miteinander besprechen. Wir wohnen ja noch nicht hier. Das Haus muss erst instand gesetzt werden. Vorerst bleibt Long Barn unser Zuhause, aber ich hoffe, dass wir im kommenden Jahr hier einziehen können.«

Wehmut überfiel Charlotte, als sie sich daran erinnerte, wie ihr eigener Garten anfangs ausgesehen hatte: nicht weniger chaotisch als Sissinghurst heute. Wie viel Freude hatte es ihr und Quinn bereitet, alles zu planen und Beet für Beet anzulegen, mit einer Vision und dem Ziel, etwas Besonderes zu schaffen. Ihr Garten heute war eine Augenweide, die sich im Lauf der Jahreszeiten veränderte, die in keinem Jahr wie im vorherigen aussah, ein Meisterwerk, das sie mit Stolz erfüllte. Aber nichts ging über diesen Zauber des Beginns, als Quinn und sie eine Fantasie geteilt hatten.

»… wirtschaftliche Lage stabil?«

Charlotte schrak zusammen, als Vitas Stimme sie aus ihren Erinnerungen holte. »Entschuldige, Vita, ich habe geträumt. Ich habe daran gedacht, wie schön es ist, einen Garten zu entwerfen.«

Vita lächelte. »Vor allem, wenn man es nicht mit dem eigenen Ehemann angeht, sondern mit einem hübschen Gärtner, nicht wahr?«

Wie immer, wenn Vita zweideutig wurde, fühlte sich

Charlotte unangenehm berührt. Vita sprach über zwischenmenschliche Beziehungen stets auf eine laszive Art. So mochte ihr eigenes Leben sein, aber Charlotte empfand es anders. Außerdem wollte sie nicht an Quinn erinnert werden. Sie hoffte, dass sie stark blieb und ihn auf Abstand halten konnte. Irgendwann würde er sie vergessen, irgendwann würde er merken, dass ein Leben mit Caitlin und seinen Söhnen einen Wert besaß, den es zu schützen galt. Und irgendwann würde der Schmerz in ihrer Seele nachlassen.

»Ich finde, unsere Ehemänner sind Gold wert. Dein Harold ist nicht weniger anziehend als mein Victor.«

Vita lachte schallend auf. »Findest du nicht, dass wir mehr verdient haben, als uns nur an einen zu verschwenden?« Sie zwinkerte ihr zu.

Charlotte schüttelte lachend den Kopf, bevor sie Vita in den Arm nahm. »Was unsere Gärten betrifft, mögen wir in den gleichen Sphären schweben. Aber was die Liebe betrifft, liegen Welten zwischen uns.«

Vita küsste sie auf die Wange. »Mach mir keine Schande, wenn ich in Frankreich bin. Sieh zu, dass du die Krämerseelen der Gartenbaugesellschaften beeindruckst. Wie weit bist du mit deiner Dissertation? Darf ich dich bei meiner Rückkehr als Frau Doktor begrüßen?«

Charlotte spürte einen Kloß im Hals. »Ich arbeite daran, aber einen akademischen Grad bekommt man nicht geschenkt. Ich muss zahllose Quellen zusammentragen und auswerten. Ich bleibe dran, versprochen.«

»Das ist gut. Vergiss nicht, in der Zwischenzeit zu leben, meine Liebe. Das Leben besteht nicht nur aus Pflicht und

Verantwortung. Obwohl die wirtschaftliche Situation in England wirklich keinen Anlass zum Feiern gibt.« Sie wiegte den Kopf. »Harold als Diplomat ist nicht direkt betroffen, und meine Bücher und Texte wird man wohl immer kaufen und lesen, aber ansonsten hört man nichts Gutes aus unserem Bekanntenkreis. Eine Textilfirma nach der nächsten geht in den Konkurs, Kleinunternehmer und große Betriebe setzen ihre Angestellten vor die Tür ... Was sagt dein Victor? Wie geht es der Papierindustrie?«

Charlotte nahm einen tiefen Atemzug. »Die Firma steckt in einer Krise, aber ich vertraue Victor. Er wird eine Lösung finden.«

Vita nickte nachdenklich. »Das wünsche ich euch.«

»Komm gesund zurück«, sagte Charlotte, umarmte Vita zum Abschied, bevor sie Lord Nicolson zuwinkte und sich abwandte, um zurück zu ihrem Auto zu gehen.

Kapitel 14

Als Charlotte an diesem Freitagnachmittag im Oktober mit Letitia Pflanztöpfe ins Gewächshaus trug, sah sie ihren Mann wie einen Fremden auf Summerlight House zugehen. Das gab es sonst nicht, dass Victor das Haus betrat, ohne sie zu begrüßen. Wie ein Greis schleppte er sich zu den Treppen. Seine Melone, die im Lauf der Jahre, da sich die Hutmode geändert hatte, zu seinem Markenzeichen geworden war, hatte er im Auto zurückgelassen. Die Haare fielen wirr um sein Gesicht, das die Farbe von Asche hatte.

Als hätte er vergessen, dass es sie überhaupt gab! Charlotte spürte eine sirrende Anspannung hinter ihrer Stirn. Sie gab Letitia ein Zeichen, dass sie weiterarbeiten sollte, und knöpfte die Schürze auf. Dann spurtete sie auf Victor zu und erreichte ihn, als er gerade das Eingangsportal geöffnet hatte. Sie zuckte zusammen, als er sich ihr zuwandte. Seine Züge wirkten erstarrt, sein Blick gebrochen.

»Um Himmels willen, Victor.« Ihre Stimme war nur ein Hauchen. Sie trat auf ihn zu und nahm ihn in den Arm, zog ihn an sich. Er blieb regungslos, ließ sich mit hängenden Armen halten. »Was ist passiert?«

Victor stieß etwas wie ein Schluchzen aus. »Hast du heute kein Radio gehört? Die BBC meldet nichts anderes mehr.«

»Ich war seit den frühen Morgenstunden draußen. Was ist passiert?«

»An der New Yorker Börse hat es gestern einen Aktiensturz gegeben, und heute ist die Welle zu uns und auf den Kontinent geschwappt. Die Aktien sind in den Keller gerauscht, wir stehen vor dem Nichts, Charlotte.« Seine Stimme überschlug sich beim letzten Satz, und Charlotte sah Tränen in seinen Augen.

Charlottes Gedanken rasten. »Aber du hast die Firma mit allen Maschinen und deine Mitarbeiter. Du wirst dich aus der Krise herauskämpfen.« Ihre Zuversicht war von Verzweiflung durchsetzt.

»Das versuche ich seit Monaten«, sagte Victor und berührte ihre Wange. Seine Finger waren eiskalt. »Dieser Aktienverfall ist der Todesstoß für uns. Ich hätte besser daran getan, die Firma vor zwei, drei Monaten zu verkaufen. Aber wer hatte ahnen können, dass es so weit kommen würde. Jetzt sind wir bankrott ...« Einen Moment lang starrte er nachdenklich an ihr vorbei auf einen Punkt in weiter Ferne. »Die Angestellten, die mir noch geblieben sind, werden heute von der Krise erfahren, und dann wird keiner mehr morgens zur Schicht antreten. Es ist so furchtbar, Charlotte.«

»Lass uns doch erst einmal abwarten. Vielleicht finden wir noch eine Möglichkeit«, bat Charlotte und versuchte, die

Tränen zurückzuhalten. Sie war nicht bereit, in Mutlosigkeit zu versinken. Ihre Kraft würde notfalls auch für Victor reichen. Nie zuvor hatte sie ihn so erschüttert erlebt.

Er küsste sie. »Ich liebe dich für deine Zuversicht, Charlotte. Gemeinsam werden wir es schaffen, nicht wahr?«

Sie sah an sich hinab. »Ich beende gleich meine Arbeit im Garten und komme zu dir.«

Sie hatten an diesem Abend beide keinen großen Appetit und baten Haushälterin Laura, ihnen ein paar Sandwiches und Tee in ihren Trakt zu bringen. Letitia würde mit den anderen Angestellten in der Küche essen. Die ungezwungene Mahlzeit am Küchentisch war dem Mädchen normalerweise sogar lieber als das feine Essen mit der Herrschaft. Eliza Rose bevorzugte ebenfalls die Küche, die meistens nach Pudding oder Kakao roch. Laura würde sie zur Schlafenszeit nach oben bringen.

Die Behaglichkeit im Schlafzimmer hatte etwas Tröstliches: Victor hatte das Feuer im Kamin entfacht, draußen regnete es, die Tropfen prasselten gegen die Fensterscheiben. Auf einem silbernen Tablett hatte Haushälterin Laura Sandwiches, eingelegte Gurken und Muffins angerichtet und eine Kanne Tee mit zwei Tassen dazugestellt. Charlotte zog ihr Nachthemd an, Victor seinen Pyjama – den Tag wollten beide so schnell wie möglich hinter sich lassen. Das Tablett platzierten sie zwischen sich auf dem Bett. Obwohl eine Katastrophe der Anlass war, erinnerte sich Charlotte an die besten Zeiten ihrer Ehe, als sie sich selbst genug gewesen waren.

Aber auch wenn sie sich an diesem Abend einander besonders zugetan fühlten, fehlte ihrem Gespräch das Spielerische. Die Situation war zu ernst, um sie mit Scherzen und Neckereien vertreiben zu können.

»Ich verstehe nicht, warum das keiner hat kommen sehen«, sagte Charlotte aus ihren Gedanken heraus. »Man hätte sich doch irgendwie darauf vorbereiten können, um das Schlimmste abzuwenden, oder nicht?«

»Eben nicht. Das ist das Problem, dass es alle kalt erwischt hat. Und eine Firma, die bankrottgeht, zieht drei andere mit sich. Wenn bei mir keine Aufträge mehr eingehen, trifft es auch die Firma, die mir Holz liefert. Ein teuflischer Kreislauf.«

»Wie kommen wir da wieder raus, Victor?« Charlotte musterte ihren Mann, dessen Gesichtsfarbe sich zum Glück normalisiert hatte. »Es muss doch etwas geben, das wir tun können. Was, wenn wir Summerlight House verkaufen?«

»Das kommt nicht infrage«, erwiderte er sofort. »Summerlight House ist unser Zuhause, unsere Burg.«

»Unsere Automobile? Es macht mir nichts aus, mit dem Fahrrad, dem Bus oder der Bahn zu fahren. Und dein Rolls-Royce …? Vielleicht sollten wir einfach beginnen, uns einzuschränken.«

Er presste die Lippen aufeinander und wischte sich über die Stirn. »Ich werde morgen erst einmal in die Firma fahren und sehen, wie viele Angestellte mir noch bleiben. Dann werde ich ein paar Telefonate führen und schauen, ob sich die Papierindustrie in Dartford nicht verbünden kann. Vielleicht schließen wir uns mit zwei, drei Firmen zusammen, um uns gegenseitig zu stützen. Auch wenn wir in den guten

Zeiten Konkurrenten sind, ziehen wir vielleicht im Notfall an einem Strang.«

Charlotte richtete sich auf und trug das Tablett auf den Tisch am Fenster. Die Nacht war inzwischen hereingebrochen. Sie spürte die anstrengende Arbeit im Garten und die Schreckensnachrichten des Tages in den Knochen. Ihr Körper sehnte sich nach Schlaf, doch die Gedanken kreisten unablässig. Diese Notlage war eine Katastrophe, aber sie machte ihr überdeutlich bewusst, wo ihr Platz im Leben war: bei ihrem Mann und ihrem Kind. Vielleicht würde daraus etwas Gutes erwachsen, nämlich ein neues Zusammengehörigkeitsgefühl, das ihre Sehnsucht nach Quinn verdrängen würde.

»Ich kann dich morgen begleiten«, sagte sie. »Es ist einfacher, wenn wir es zu zweit durchstehen.«

Als sie sich ins Bett legte, kroch Victor zu ihr unter die Decke und schlang einen Arm um sie. »Bitte nicht, Liebes. Ich möchte dich da nicht mit hineinziehen. Ich schaffe das allein. Irgendwie. Du hilfst mir mehr, wenn du in deinem Garten arbeitest und nach Erde und Blüten duftest, wenn ich dich abends in den Arm nehme.«

Sie küsste ihn auf den Mund, streichelte seine Wange, sah ihm in die Augen. Klar und grau wie Kieselsteine in einem Bach. Sie würde für diesen Mann da sein, jetzt, wo er sie brauchte. Es hatte eine Zeit gegeben, da wäre sie mit ihrer Mutter und ihren Geschwistern untergegangen, wenn er sie nicht gerettet hätte. Jetzt war es an ihr, ihm zur Seite zu stehen.

Sie schraken beide zusammen, als die Tür sich mit einem

Quietschen öffnete. Dann hörten sie trippelnde Schritte, und Sekunden später warf sich Eliza Rose zwischen sie. »Hier ist es viel gemütlicher als in meinem Zimmer!«, rief das Mädchen, drängelte sich zwischen Charlotte und Victor, zog sich die Decke bis an die Nase und schloss die Augen, als würde sie von einer Sekunde auf die andere in den Tiefschlaf fallen. Charlotte stupste Elizas Nasenspitze an, bevor sie ihre rechte und Victor ihre linke Wange küsste. Elizas Grinsen ging fast bis zu den Ohren. Charlotte blickte zu Victor. Der nickte. Diese Nacht würde es eine Ausnahme geben, und Eliza durfte bei ihnen schlafen.

Eingekuschelt in die Decken, von der Restwärme des Kamins eingehüllt, die trommelnden Regentropfen am Fenster, die Wärme des Mädchenkörpers in ihrem Arm, Victors regelmäßiger Atem … Charlotte fielen die Augen zu. Sie wusste, dass dieser Tag eine Wende brachte. Vielleicht nicht nur zum Schlechten, war ihr letzter Gedanke, bevor sie einschlief.

Am nächsten Morgen bestand Charlotte darauf, dass sie gemeinsam frühstückten, dass Victor nicht, wie es seine Gewohnheit war, nur einen Tee im Stehen trank. Eliza und Letitia saßen dabei, aber die Stimmung am Tisch war gedrückt. Mit dem Tageslicht waren auch die Sorgen wieder erwacht. Ewig konnte man sich nicht im Bett verstecken und vorgeben, alles sei in Ordnung, solange sie nur zusammen waren.

Victor schwieg, kaute auf seinem Toast herum, als sei der aus Leder. Eliza löffelte ihren Porridge und stand auf, als

Haushälterin Laura sie aufforderte, ihren Mantel anzuziehen. »Sonst kommen wir zu spät in die Schule.«

Charlotte wandte sich an Letitia. »Geh schon vor in den Garten. Heute kümmern wir uns um den Bauerngarten. Und die Rosen müssen wir gut vor dem Winter schützen.«

Sie stand auf und umarmte Victor besonders innig, küsste ihn lange auf den Mund. »Lass den Kopf nicht hängen«, sagte sie leise.

»Wie gut es ist, dich an meiner Seite zu haben, Charlotte. Als Frau finde ich dich unglaublich reizvoll, das weißt du, aber fast mehr noch liebe ich dich dafür, dass du meine Gefährtin bist.«

Charlottes Kehle fühlte sich an, als hätte sie Sand geschluckt. Ob sie jemals wieder so ein Kompliment annehmen konnte, ohne diese Scham zu fühlen?

Sie begleitete Victor zur Haustür und winkte, als er sich an seinem Automobil noch einmal umdrehte. Er saß lieber selbst hinter dem Steuer, als sich chauffieren zu lassen, aber den Dienst, den Wagen vorzufahren, ließ sich Owen nicht nehmen.

Letitia hatte an diesem Vormittag die Aufgabe, sämtliches Laub im Bauerngarten zusammenzufegen und auf den Kompost zu werfen. Charlotte selbst wollte sich um den Auslichtungsschnitt der Rosen kümmern. Manche blühten jetzt noch, aber im Wetterbericht der BBC hieß es, dass die ersten Tage im November frostig werden konnten. Bis dahin sollten die Rosen beschnitten und die Wurzelballen für den Winter gut mit Mulch eingedeckt sein. Gerade wollte sie die Rosenschere aus dem Schuppen holen, da hörte sie das durchdringende Klingeln des Telefons. Rasch eilte sie zurück ins Foyer, wo sie den Hörer von der Gabel nahm.

»Charlotte Bromberg, Summerlight House«, meldete sie sich mit einer unangenehmen Ahnung. Sie schrieb nach wie vor lieber Briefe, als sich stundenlang am Telefon zu unterhalten. Es würde also wohl niemand sein, der nur mit ihr plaudern wollte. Wenn das Telefon klingelte, bedeutete das, dass etwas wirklich Wichtiges passiert war, im Guten wie im Schlechten. Debbie aus Inverness? Vita aus Frankreich? Harriet aus Bournemouth? Robert aus Amerika?

»Ein Gespräch aus Killarney für Sie, Mrs Bromberg.« Es knackte in der Leitung, als die Telefonistin die Verbindung herstellte. Währenddessen fühlte Charlotte vor Aufregung ihr Herz im Hals klopfen. Quinn? Er hatte noch nie auf Summerlight House angerufen, weil es viel zu gefährlich war. Jederzeit konnte es Victor sein, der das Gespräch annahm, und Charlotte würde in Erklärungsnot geraten. Oder war ihm etwas passiert und jemand anderes überbrachte ihr die Nachricht? Charlotte fühlte Schwindel, fasste sich an die Stirn.

Endlich hörte sie die Stimme. »Charlotte.« In diesem einen Wort lag so viel Sehnsucht und Verzweiflung, dass ihre Beine den Dienst versagten. Kraftlos ließ sie sich auf den Sessel neben dem Telefontisch fallen. »Quinn.« In der nächsten Sekunde umklammerte sie den Hörer und schluchzte auf. Die Tränen liefen ihr in Strömen über die Wangen. Es war, als besäße Quinn als einziger Mensch auf der Welt den Schlüssel zu ihren Gefühlen. Sie weinte laut und verzweifelt, während sie gleichzeitig Quinns beruhigende Stimme hörte. Alles brach aus ihr heraus: die Sehnsucht nach dem Mann, den sie liebte, die Angst vor Victors Bankrott, ihre Zerrissenheit darüber, dass sie sich entscheiden musste, dieses namenlose schlechte Gewissen und das Gefühl, schon lange nicht mehr in den Spiegel schauen zu können.

Allmählich verebbte ihr Schluchzen. Ihre Schultern zuckten noch, aber sie fand ihre Fassung wieder. Sie zog ein Tuch aus ihrer Hosentasche und wischte sich damit über das Gesicht. »Entschuldige, Quinn, es geht jetzt …« Ein letztes Mal sog sie zitternd die Luft ein. Schließlich atmete sie langsamer.

»Du bist allein?«, vergewisserte er sich.

»Ja, ich kann sprechen«, sagte sie, umklammerte den Hörer mit beiden Händen und wäre in dieser Minute am liebsten durch die Leitung gekrochen, um Quinn nah zu sein. Gegen diese Gefühle war sie machtlos, auch wenn ihr Verstand rebellierte.

»Ich vermisse dich so, Liebste. Ich halte es nicht aus, wenn du meine Briefe nicht beantwortest. Was ist los? Was stimmt bei euch nicht?«

»Das mit uns, Quinn …« Sie fühlte sich, als stünde sie neben sich und würde sich beim Telefonieren beobachten. Eine andere Frau schien die Sätze zu sprechen, die aus ihr hervorquollen: »Wir müssen es beenden. Ich halte dieses Doppelleben nicht mehr aus. Victor hat es nicht verdient, dass ich ihn hintergehe.«

Eine Weile herrschte Schweigen am anderen Ende. Charlotte befürchtete schon, Quinn könnte aufgelegt haben, aber da hörte sie seine Stimme: »Du sprichst von uns, als hätten wir eine Affäre, die sich mit einem Anruf beenden lässt. Ich will dich sehen, Charlotte. Schau mir in die Augen und sag mir, dass du mich nicht mehr liebst.«

Sie spürte hinter den Lidern erneut die Tränen, aber diesmal riss sie sich zusammen. »Du weißt genau, dass ich das nicht kann, Quinn. Bitte versteh mich! Victor braucht mich jetzt. Die Firma lief schon eine Weile nicht mehr gut, aber der Aktiencrash hat uns den Rest gegeben. Victor versucht zu retten, was zu retten ist. Ich bin es ihm schuldig, dass ich zu ihm stehe.«

»Das ... das tut mir leid, dass es *Dartford Papers* so übel getroffen hat.« Sie hörte deutlich seine Bestürzung heraus, aber im nächsten Moment klang seine Stimme wieder unnötig scharf, vielleicht verbarg er hinter diesem schneidenden Ton seine eigene Traurigkeit. »Auf Ballyseede Castle läuft alles weiter wie seit Generationen, mein Job dort als Gärtner ist nicht in Gefahr. Die Frage ist nur, wie lange ich noch in einem solchen Arbeitsverhältnis, bei dem ich als Gärtner nicht mehr als der Dienstbote des Grafen bin, bleiben möchte.«

»Es wäre fatal, in diesen Zeiten freiwillig auf einen Job zu verzichten. Oder ist das bei euch in Irland anders als bei uns?«

»Zweifellos nicht, aber wir sind Kummer gewöhnt.« Sein Lachen klang nicht amüsiert. »Ab morgen bin ich auf Mizen Head. Ich bitte dich inständig, es irgendwie einzurichten, mich dort zu besuchen. Ich will mit dir reden, Charlotte, ich will dich sehen, dich fühlen.«

»Ich kann nicht kommen, Quinn. Es ist unmöglich.«

»Ich werde dort auf dich warten.«

»Du wirst vergeblich warten, Quinn. Ich kann nicht kommen. Ich kann Victor jetzt unmöglich alleinlassen.« Sie wartete noch ein paar Sekunden, hörte seinen Atem und legte dann den Hörer ohne ein weiteres Wort auf.

Ein paar Sekunden stand sie wie versteinert mit herabhängenden Armen im Foyer. Sollte sie hoch ins Schlafzimmer gehen und weinen, bis sie keine Tränen mehr hatte? Sie hob den Kopf. Die Entscheidung war gefallen und richtig. Sie konnte stolz auf sich sein, weil sie sich zum ersten Mal seit vielen Jahren für den rechten Weg entschieden hatte, nicht für Lügen und Betrug. Ihr Verstand begriff das, noch bevor sie ihren Garten erreicht hatte. Ihr Herz vielleicht niemals.

Kapitel 15

Weihnachten 1929

Die Geschenke fielen klein aus in diesem Jahr. Aber Eliza Rose lief trotzdem mit radieschenroten Wangen herum wie aufgedreht. Das Schönste überhaupt bekam sie von Letitia: den Bauchladen mit dem Glasdeckel, während ihrer Zeit in den Straßen Londons ihr kostbarstes Gut. Charlotte konnte ihre Tochter am verregneten Weihnachtsmorgen gerade noch davon abhalten, im Garten Pflanzerde auszugraben, um die Fächer damit zu füllen. Weil sich die Erwachsenen natürlich abgesprochen hatten, bekam das Mädchen nicht nur das Mini-Gewächshaus, sondern auch verschiedene Samen von Kräutern wie Kresse, Schnittlauch, Petersilie, ein Kinderbuch über Pflanzen und wie man sie züchtete sowie eine Lupe, die sie sich vors Auge hielt, um alles in ihrer Umgebung genauestens zu untersuchen, selbst die Nadeln am Tannenbaum.

Charlotte und Victor hatten sich vorab geschworen, sich

dieses Jahr nichts zu schenken. Die wirtschaftliche Situation hatte sich noch nicht geklärt, obwohl Victor jede Woche telefonisch mit möglichen Partnern im Gespräch war. Bei *Dartford Papers* arbeiteten zum Ende des Jahres hin noch fünfzehn Mitarbeiter. Die drohende Zahlungsunfähigkeit schwebte über ihnen. Wenn es in den ersten Monaten des neuen Jahres keinen Aufschwang gab, würden sie die Fabrik schließen müssen. Die Papiermaschine warfen sie nur nach Bedarf an. Vier Kunden bestellten noch regelmäßig Papier von ihnen: zwei Universitätsdruckereien in Schottland, eine Verlagsdruckerei in Frankreich und eine kleine Ladenkette, die Schreibwaren vertrieb. Die Herstellung von hochwertigem Papier, wie es zum Beispiel für Banknoten gebraucht wurde, hatten sie komplett eingestellt.

Das Haus war mit Lametta, goldenen Girlanden, Kränzen und Mistelzweigen geschmückt wie all die Jahre davor. Obwohl es Charlotte in den vergangenen Jahren oft übertrieben erschienen war, wie aufwendig Debbie die Weihnachtsdekoration gestaltete, lösten die bunten Kugeln und Strohsterne in diesem Jahr ein wehmütiges Gefühl in ihr aus. Wie schön war es gewesen, als sie alle zusammen hier gewohnt hatten. Und ja, alle, die meinten, es fehlten Kinder auf Summerlight House, die hatten recht: Charlotte hatte Victor kurz vor den Feiertagen ins Ohr geflüstert, dass sie ihr Pessar entfernt hatte.

Nachwuchs in dieser unsicheren Lage? Sie hatte Victor umarmt und zwischen zwei Küssen geflüstert: »Der richtige Zeitpunkt ist dann, wenn wir es fühlen, nicht dann, wenn es uns der Verstand sagt.«

Bislang gab es keine Anzeichen für eine Schwangerschaft, aber Charlotte freute sich darauf. Eliza Rose täte ein Geschwisterchen gut, sie zeigte jetzt schon manchmal Prinzessinnenallüren, und Victor würde es das Leben versüßen, wenn er den lang ersehnten Stammhalter in den Armen hielt.

Trotz ihres Versprechens hatte Victor für Charlotte eine vierbändige Buchreihe von Vita Sackville-West besorgt, in der sie Gartenarbeiten im Lauf der Jahreszeiten beschrieb. Victor bekam von Charlotte den neuesten Krimi von Arthur Conan Doyle.

Es war eine gemütliche Weihnachtsfeier, aber nicht zu vergleichen mit denen, die sie in den vergangenen Jahren hier erlebt hatten. Der Köchin hatte Charlotte für die Feiertage freigegeben, damit sie ihre Familie in Liverpool besuchen konnte, und Küchenmädchen Sophie war zu den Eltern ihres Verlobten nach Maidstone eingeladen worden. Owen und Laura Kelly feierten zu zweit in ihrer Dienstbotenwohnung. Beide waren von allen Aufgaben entbunden, aber den von Mrs Duncan vorbereiteten Truthahn am Nachmittag in den Backofen zu schieben und ihn einige Stunden später zu servieren, das ließ sich die gute Laura nicht nehmen.

Im Haus duftete es bereits nach dem gerösteten Fleisch, und Charlotte begann, den Tisch für vier zu decken. Eine ungewohnte Aufgabe, aber vielleicht würde sie sich daran gewöhnen müssen, wenn Victors Firma nicht mehr zu retten war. Ein Leben mit Dienstboten erschien ihr in dem Fall dekadent.

Victor saß mit Eliza Rose auf dem Teppich vor dem Kamin und blätterte mit ihr das Pflanzenbuch durch. Charlotte erfüllte es mit Stolz, als sie hörte, wie flüssig ihre Tochter schon lesen konnte. Sie war ihren Altersgenossen weit voraus. Wie häufig, wenn sie über Eliza Rose nachdachte, kam ihr Quinn in den Sinn. Wie er Weihnachten wohl verbrachte? Wie mochte die Stimmung zwischen ihm und Caitlin sein? Ob sie sich unter den Mistelzweigen aus alter Gewohnheit küssten? Ob ihre Gefühle füreinander vielleicht wieder aufloderten? Charlotte versuchte die Gedanken zu verdrängen. Wann würde es endlich aufhören wehzutun? Sie konnte doch nicht ihr Leben lang in diesem Zwiespalt verbleiben. Sie hatte sich für ihre Ehe entschieden. Allmählich sollte ihr dummes Herz Ruhe geben.

Sie ging zum Grammophon, um Jazzmusik aufzulegen. Vielleicht würden Victor und sie tanzen wie früher, als Debbie noch im Haus gelebt hatte. Natürlich hatte sie ihre Schwester eingeladen, genau wie sie jedes Jahr Robert und Aurora versicherte, dass Summerlight House stets für sie offen stand. Aber ihr Traum, dass noch einmal alle miteinander feierten, hatte sich nicht erfüllt. Debbie hatte am Telefon erzählt, dass es auf ihrem Landsitz zu viel zu tun gäbe, zumal sie noch im Januar ihre Galerie eröffnen wollte. Sie könnte es sich nicht leisten, zwei Wochen unterwegs zu sein, und darauf würde es hinauslaufen, wenn sie Weihnachten gemeinsam verbringen wollten. »Im nächsten Jahr bestimmt«, hatte Debbie gesagt und versprochen, wieder anzurufen. Das Telefon war bislang stumm geblieben.

»Wann gibt es endlich Essen, Mami?« Charlotte konnte sich gut vorstellen, dass dem Mädchen das Wasser im

Mund zusammenlief bei den herrlichen Gerüchen, die aus der Küche drangen. Das Aroma des Truthahns mischte sich mit dem von Vanillepudding, den es zum Dessert geben würde.

»Geh in die Küche und frag Laura«, erwiderte Charlotte. »Sie freut sich bestimmt über Besuch.«

Victor erhob sich ächzend und musste über sich selbst lachen, weil er nur schwerfällig auf die Beine kam. Charlotte umarmte ihn, als er stand, und küsste ihn auf die Wange. »Du musst noch den Wein aus dem Keller holen, alter Mann«, neckte sie ihn dabei.

»Das mache ich schon«, rief Letitia und sprang die Treppe hinab ins Untergeschoss.

Victor drückte seine Lippen auf Charlottes Mund und küsste sie leidenschaftlich. »Möchtest du wissen, was ein alter Mann noch kann?«, flüsterte er ihr ins Ohr.

Sie lachte auf und versuchte sich aus seinem Griff zu befreien. Sie erstarrten beide, als in diesem Moment der eiserne Klopfer an der Haustür dreimal betätigt wurde. Es klang kräftig und bestimmt.

Sie wechselten einen Blick. Wer kam sie zu dieser ungewöhnlichen Zeit besuchen?

Charlotte fuhr sich mit den Fingern durch die Haare, überprüfte, ob sich Strähnen aus ihrer Frisur gelöst hatten, und strich ihr champagnerfarbenes Kleid glatt. »Ich gehe«, sagte sie. Vielleicht die Pächter Margie und Theo mit einem Notfall?

»Ich komme mit.« Victor war vor ihr an der Tür und zog sie mit Schwung auf.

Vor ihnen, gleich auf der obersten Stufe, standen ihnen völlig fremde Menschen. Es regnete, aber sie hielten sich unter dem Vordach im Trockenen. Der Mann, vielleicht Mitte dreißig, war überdurchschnittlich groß mit breiten Schultern. Seine Haare waren an den Seiten kurz geschoren, die Wangenknochen stark ausgeprägt, sein Blick kühl. Er trug eine Tweedhose und eine Lederjacke mit abgewetzten Ärmeln. Die Frisur der Frau neben ihm war wie ein Helm geschnitten, der ihre Ohren bedeckte. Ihre Brauen waren zu zierlichen Bögen gezupft, die grauen Augen dunkel umrandet. Halb hinter ihnen warteten ein vielleicht zehnjähriger Junge mit feisten Wangen, der aussah wie die jüngere Ausgabe des Mannes, und ein nicht weniger gut genährtes, etwas jüngeres Mädchen mit dünnen blonden Zöpfen. Hinter der Familie in der Einfahrt war ein grüner Opel geparkt.

Charlotte und Victor wichen einen Schritt zurück und starrten die vier an. Charlotte fand als Erste die Sprache wieder, denn die Besucher schauten Victor und sie nicht weniger schockiert an als umgekehrt. Mit wem hatten sie denn gerechnet, wenn nicht mit ihnen? »Frohe Weihnachten«, sagte sie mit einem höflichen Lächeln. »Wie können wir Ihnen helfen?«

»Nun«, der Mann räusperte sich. »Wir hatten gehofft, meine Eltern hier anzutreffen. Mein Name ist Julian Summerlight.«

Charlotte klappte der Kiefer herunter, Victor riss die Augen auf. »Was erlauben Sie sich«, hob er an. Charlotte sah den plötzlich aufflammenden Zorn in seinem Gesicht. »Was für ein geschmackloser Scherz ausgerechnet an Weihnachten! Ich rufe die Polizei, wenn Sie nicht auf der Stelle mein Grundstück verlassen.«

Dem dicken Jungen traten Tränen in die Augen. »Ich will endlich meine Oma sehen«, sagte er auf Deutsch.

Victor schüttelte fassungslos den Kopf. »Woher kommen Sie? Was geht hier vor?«

»Wie es aussieht, sollten wir miteinander reden«, sagte die Frau. »Mein Name ist Mira Jannis, mein Mann Julian hat sich Ihnen bereits vorgestellt, und die beiden hier sind unsere Kinder Max und Irma. Meine Schwiegereltern sind oder waren Besitzer dieses Hauses, wie viele Generationen der Summerlights vor ihnen. Wir kommen aus Deutschland, aus Wilhelmshaven.«

Victor stand vor einem weiteren Zornesausbruch, aber Charlotte drückte seinen Arm, um ihn zur Ruhe zu mahnen. »Wir wohnen seit neun Jahren hier«, erklärte sie. »Lady Summerlight hat sich in eine Altersresidenz nach Folkestone zurückgezogen.«

»Mit meinem Vater?« Der Mann wurde blass.

Victor und Charlotte schauten sich an. Charlotte reagierte zuerst. »Wenn ich mich richtig erinnere, ist Lady Summerlights Gatte an einem Schlaganfall gestorben, und ...«

Gleichzeitig antwortete Victor: »Wollen Sie uns für dumm verkaufen? Sie können doch nicht einfach hier anklopfen und behaupten ...«

Vom Esstisch her erklang ein Scheppern, gefolgt von einem erstaunten Ausruf. »Lord Julian! Das kann ich nicht glauben!« Haushälterin Laura hob die metallene Glosche auf, die ihr vom Servierteller gefallen war, stellte alles auf dem Tisch ab und eilte zur Haustür. An ihrem Hals bildeten sich rote Flecken, als sie die Besucher sah. Ihr Blick lag nur auf dem Mann, der ihr Lächeln erwiderte.

»Laura, wie froh bin ich, wenigstens ein vertrautes Gesicht auf Summerlight zu sehen.« Er reichte ihr die Hand, und Laura knickste.

»Das ... das ist wie ein Weihnachtswunder. Nie im Leben hätte ich damit gerechnet, Sie noch einmal wiederzusehen«, sagte sie.

Der Junge in der Mitte begann zu trippeln, als bräuchte er eine Toilette. Der vom Regen kalte Wind zog ins Haus. Charlotte fror. »Kommen Sie doch bitte herein und lassen Sie uns alles in Ruhe besprechen«, schlug sie vor und vergewisserte sich mit einem Seitenblick, dass Victor einverstanden war.

Was für eine bizarre Situation.

Charlotte erinnerte sich gut daran, wie wehmütig die alte Lady Summerlight vor neun Jahren vom Verlust ihrer Söhne gesprochen hatte. Die Namen wusste sie nicht mehr, aber da gab es einen, der auf den Schlachtfeldern von Frankreich gefallen war, und einen anderen, der zur Marine gegangen und dessen Kreuzer vor Helgoland abgeschossen worden war. Die Todesnachrichten waren Lady Summerlight überbracht worden. Ihr Mann hatte das nicht verkraftet und war daraufhin an einem Schlaganfall gestorben. Und nun stand einer der Söhne hier und glaubte nach all den Jahren, in sein Zuhause zurückzukehren? Mit Frau und zwei Kindern?

Lauras Mann Owen hatte offenbar die hitzigen Worte an der Eingangstür gehört und lief nun mit Eliza Rose aus der

Küche heran. Das Mädchen hatte Vanillepudding an der Nasenspitze. Owen traten die Tränen in die Augen, als er den fremden Mann betrachtete. »Lord Julian. Sie waren fast noch ein Kind, als Sie damals in den Krieg gezogen sind. Ist das ... ist das Ihre Familie?«

Sie stellten sich gegenseitig vor. Was hatte das alles zu bedeuten?

Laura berührte Charlotte am Arm, als nun auch Letitia heran war, allen die Hand reichte und ihren Namen nannte. Lauras Stimme war nur ein Flüstern. »Mrs Bromberg, was meinen Sie? Der Truthahn reicht bestimmt für mehrere. Ich könnte noch ein paar Klöße zubereiten und Gemüse blanchieren. Wollen wir die Besucher zum Weihnachtsessen einladen?«

Charlotte biss sich auf die Lippe, spähte zu Victor, dessen Stirn gerunzelt war und der die vier aus Deutschland abschätzig musterte. Aber wie es aussah, würde ihnen nichts anderes übrig bleiben, als die unerwarteten Gäste einzuladen. Sie zogen bereits ihre Jacken aus. Nach Charlottes zustimmendem Nicken beeilte sich Laura, zusätzliche Teller, Gläser und Besteck auf den Tisch zu stellen.

»Wer seid ihr?«, fragte Eliza Rose die beiden Kinder geradeheraus, als sie sich mit den Händen in den Seiten vor ihnen aufbaute.

»Wir sind die neuen Besitzer von Summerlight House«, antwortete Max auf Englisch. Vermutlich waren die Kinder zweisprachig aufgewachsen. »Wir haben das Haus nämlich von unserer Oma geerbt.«

Charlotte lief es kalt den Rücken herunter, und Victor

wurde kalkweiß. Das Weihnachtsfest schien anders zu verlaufen, als sie es sich ausgemalt hatten.

Dass es sich bei dem Fremden tatsächlich um Julian Summerlight handelte und nicht um einen Betrüger, der eine Chance witterte, konnten Laura und Owen bezeugen. Laura lief in ihre Privaträume und kam kurz darauf mit zwei Fotos zurück, die Julian als Kind und als Jugendlichen zeigten.

Charlotte verging der Appetit, obwohl die Stiltonsuppe, die Laura als Vorspeise servierte, köstlich würzig roch. Es irritierte sie, wie selbstbewusst die vier aus Deutschland hier auftraten. Sie schienen es fast selbstverständlich zu finden, dass sie sie bewirteten. Die Kinder aßen gebutterten Toast, die Käsesuppe war nicht nach ihrem Geschmack. Dafür griffen sie beim knusprigen Truthahn kräftig zu.

»Aber, Lord Summerlight, jetzt spannen Sie uns nicht länger auf die Folter. Wie kann es sein, dass Sie nach all der Zeit hier auftauchen?« Charlotte bemühte sich um einen höflichen Ton.

Julian tupfte sich den Mund mit einer Serviette ab, legte das Besteck auf dem Teller ab und lehnte sich zurück. Laura und Owen standen in der Tür zur Küche und warteten darauf, den nächsten Gang zu servieren, hörten jetzt aber aufmerksam zu. Letitia hatte sich ohne viele Worte zu den beiden in die Küche gesetzt, um dort mit ihnen zu essen. Charlotte war ihr dankbar für ihre Feinfühligkeit.

»Sie wissen, dass ich auf einem Kreuzer in deutschen Gewässern unterwegs war. Es war einer der letzten Kriegstage, als wir mitten in der Nacht unter feindlichen Beschuss gerieten. Nur in meiner Unterwäsche eilte ich an Deck, um die wachhabenden Kameraden zu unterstützen. Eine Kugel traf mich mit solcher Wucht an der Schulter, dass ich über Bord ging. Im Wasser konnte ich mich mit letzter Kraft an ein Holzbrett klammern, das von der Schiffswand abgebrochen war. Ich verlor das Bewusstsein, und als ich aufwachte, schaute ich in Miras Augen.« Er lächelte seine Frau an. »Sie hat mich gerettet.«

Mira schüttelte den Kopf. »Du hast dich selbst gerettet.« Sie wandte sich an Charlotte und Victor. »Dass er diese entsetzliche Geschichte heute erzählen kann, hätte ich vor einem Jahr noch nicht für möglich gehalten. Ich war in den letzten Kriegstagen für kurze Zeit zur Vogelbeobachtung auf Wangerooge, ich bin Biologin, müssen Sie wissen, und arbeitete zu der Zeit an einem Forschungsprojekt der Universität Kiel.«

Charlotte betrachtete sie mit neu erwachtem Interesse. Aber auch mit ihrem akademischen Hintergrund wurde ihr die Frau nicht sympathischer. Mira lachte zu wenig und hatte einen verkniffenen Zug um den Mund. Die Farbe ihrer Augen war zwischen all dem grauschwarzen Lidschatten kaum zu erkennen.

»Tja, und dann kam der Tag, als dir ein besonders komischer Vogel sozusagen vor die Füße flog.«

Victor verzog keine Miene, Charlotte lachte bemüht. Die Kinder saßen vor dem Kamin. Eliza Rose hatte all ihre Geschenke um sich herum arrangiert und ließ die beiden Älteren keine Handbreit heran. Sie hatte offenbar begriffen, dass die ersten Worte von Max eine Art Kampfansage gewesen waren, und Eliza Rose war kein Mädchen, das sich einschüchtern ließ. Kinder fochten solcherart Machtkämpfe auf eine direkte Art aus. Zwischen den Erwachsenen würde es subtiler passieren. Charlotte spürte überdeutlich, dass es darauf hinauslief. Wie die beiden sich im Esszimmer umschauten! Fast erschien es, als taxierten sie jedes Möbelstück, jedes Bild nach seinem Wert. Eine lähmende Angst vor einer unbekannten Gefahr begann von ihrem Magen durch ihren Körper zu kriechen.

Mira lächelte gekünstelt. »Du warst mehr tot als lebendig, als dich die Wellen an den Strand spülten. Deine Wunden sahen grauenhaft aus. Du musst dir den Kopf schwer an der Bordkante geprellt haben.«

Julian kratzte sich über der linken Schläfe. »Den Schlag spüre ich heute noch, wenn das Wetter umschlägt, aber zum Glück ist meine Erinnerung zurückgekehrt.«

»Sie hatten Ihr Gedächtnis verloren«, konstatierte Victor. »Und jetzt ist es zurückgekehrt?« Charlotte hörte, dass er nicht davon überzeugt war, es tatsächlich mit Lady Summerlights Sohn zu tun zu haben, obwohl Laura und Owen sich sicherlich nicht irrten.

»Das hört sich unglaubwürdig an, ich weiß«, sagte Julian. »Aber genauso ist es.«

Mira fuhr in der Schilderung der Ereignisse fort: »Ich habe ihn in das Inselkrankenhaus gebracht. Dort wurde er versorgt. Als er nach zwei Tagen zu sprechen begann, mussten wir feststellen, dass er nicht wusste, wie er hieß und woher er stammte. Aber er sprach Englisch, und es war klar, dass er ein englischer Soldat sein musste.«

»Wie entsetzlich«, murmelte Charlotte.

Victor schnalzte mit der Zunge. »Als könnte man das nicht herausfinden.«

Miras Gesicht nahm zornige Züge an. »Glauben Sie nicht, wir hätten das versucht? Es waren unzählige Kriegsschiffe zu der Zeit in den deutschen Gewässern, mit Soldaten aus allen Teilen Englands. Wir wussten gar nicht, in welcher Gegend wir zu suchen anfangen sollten.«

»Für mich war das eine überaus quälende Situation«, erzählte Julian. »Mira war mein einziger Halt. Ich verdrängte die Vorstellung, dass ich vielleicht bereits verheiratet sein könnte oder dass irgendwo in England ein Mädchen auf mich wartete. Mira kam mir vor wie ein Engel, der zu mir herabgestiegen war, um mich zu retten.«

Mira lächelte geschmeichelt. »Sie werden es erraten haben, wir verliebten uns ineinander. Wir dachten uns einen Namen für ihn aus – Chris –, und als wir im Jahr darauf heirateten, nahm er meinen Familiennamen an. Chris Jannis. Wir mieteten uns ein Haus in Wilhelmshaven, und Chris – also Julian – fand Arbeit auf der Werft. Ich konnte mein Forschungsprojekt fortsetzen. So richteten wir uns unser Leben ein. Max ist unser Erstgeborener, er kam 1920 zur Welt, zwei Jahre später wurde Irma geboren.«

»Und wenn sie nicht gestorben sind ...«, bemerkte Victor ätzend.

Charlotte schrak zusammen. Sie selbst war mitgerissen und erschüttert von dieser Geschichte. Warum verhielt sich Victor so misstrauisch? Die beiden waren zwar keine Menschen, die sie Tag für Tag um sich haben wollte, aber sie erschienen ihr ehrlich in der Schilderung ihrer gemeinsamen Jahre. Ein überaus seltsames Schicksal, befand Charlotte, aber der Krieg brachte solche Kuriositäten zutage. Dennoch wusste sie nicht, was die Familie nun in Summerlight House wollte. Das Anwesen hatten Charlotte und Victor vor neun Jahren mit einem hieb- und stichfesten Vertrag von Lady Summerlight gekauft.

Julian warf die Serviette neben seinen Teller. »Sie können sich Ihre spöttischen Bemerkungen sparen, Mr Bromberg«, sagte er. »Ich habe mir ein solches Leben nicht ausgesucht.«

»Bitte verzeihen Sie«, sagte Victor sofort. »Auch für uns ist die Situation absonderlich. Ich wollte Sie keinesfalls brüskieren. Wodurch haben Sie Ihr Gedächtnis wiedererlangt?«

»Merkwürdigerweise waren es die Wildrosen an unserem Haus in Wilhelmshaven. Mira hatte sie vor zwei Jahren gepflanzt, sie rankten sich mit weißen, gelben und rosa Blüten bis zum Dach hoch. An einem Tag im letzten September wehte eine warme Brise vom Land her zu uns, der Duft der Blüten ließ mich schwindelig werden. Die Erinnerung stürzte wie eine Feuerwand auf mich ein. Ich sah Summerlight House mit seiner von Rosen berankten Fassade, die Einfahrt mit dem Brunnen, das Pächterhaus, die Felder und Obstgärten, die sich bis zum Horizont erstrecken. Ich sah meine Mutter in einem ihrer glamourösen Gewänder, sah meinen Bruder Oliver und mich Äpfel und Pflaumen im Garten pflücken, und ich erinnerte mich, dass meine Mutter mir in einem der letzten Briefe, die mich erreichten, von Olivers Tod geschrieben hatte.«

Julian fuhr sich mit beiden Händen übers Gesicht. Charlotte sah ihm an, wie sehr ihn diese Rückkehr seiner Erinnerung überwältigt haben musste. Und wie dringend er seine Familie wiedersehen wollte. »Ich begann in den Wochen darauf, die einzelnen Bilder wie Teile eines Puzzles zusammenzusetzen. Meine Familie hatte mehr als zehn Jahre nichts von mir gehört. Gleichzeitig gab es in meinem neuen Leben inzwischen drei Menschen, die ich mehr als alles auf der Welt liebe.« Er kämpfte sichtlich mit den Tränen. Seine Frau neben ihm drückte seine Hand.

»Wir haben uns nun entschieden«, fuhr Mira fort, »Julians Verhältnisse hier zu klären. Natürlich gehört als Allererstes dazu, seine Mutter zu treffen. Sie lebt jetzt in Folkestone, sagten Sie?«

Charlotte nickte, aber Victor räusperte sich und rieb sich nervös die Finger. »Es tut mir furchtbar leid, aber Ihre Mutter ist in der Zwischenzeit verstorben.«

Charlotte richtete sich kerzengerade auf und starrte ihren Mann an. Ihr lag auf der Zunge zu fragen, warum er ihr das nicht mitgeteilt hatte, aber auf keinen Fall wollte sie vor dem Ehepaar aus Deutschland wirken, als hätten sie Geheimnisse voreinander oder seien sich uneins. Warum hatte Victor ihr verschwiegen, dass Lady Summerlight tot war?

Julian wurde blass, behielt aber seine Fassung. Als er sprach, klang seine Stimme förmlicher als zuvor. »Unser Anwalt Randolph Hollister wird sicher über alle bürokratischen und testamentarischen Angelegenheiten sowie über den Verkauf des Anwesens Buch geführt haben und kann uns Auskunft geben.«

Charlotte sah eine blaue Ader, die an Victors Schläfe anschwoll. Was um Himmels willen brachte ihn dermaßen auf? Julian Summerlight gegenüber hatte er sich unter Kontrolle. Er war ein Geschäftsmann, der sein Leben lang gelernt hatte, sich hinter einer unergründlichen Maske zu verbergen. Aber Charlotte konnte er nichts vormachen. »Das denke ich auch«, sagte er. »Mr Hollister war beim Kauf des Anwesens dabei und hat die Verträge aufgesetzt. Möchten Sie den Kaufvertrag sehen?«

Julian schüttelte den Kopf. »Selbstverständlich glaube ich Ihnen, Mr Bromberg. Mir ist es jedoch lieber, über diese Sache mit Mr Hollister persönlich zu reden. Ich hoffe, Sie haben Verständnis dafür.«

Victor machte nur eine Geste, die ein *Wie Sie wollen* ausdrückte. Charlotte sah von der Seite, dass er mit den Kiefern mahlte. Sie erinnerte sich nur schwach an diesen Anwalt mit den Zahnlücken und den fleischigen Händen.

»Mami, wo können wir schlafen?« Irma trat zu den Eltern und rieb sich die Augen.

Mira zog sie auf ihren Schoß. »Wir fahren gleich und suchen uns eine Unterkunft für die Nacht.«

»Warum können wir nicht in Omas Haus schlafen?«

Mira biss sich auf die Unterlippe. Charlotte erlöste sie aus der peinlichen Situation, obwohl sie ihren eigenen Zorn spürte. Was mochten diese Leute ihren Kindern versprochen haben? »Sie sind selbstverständlich unsere Gäste«, sagte sie und spürte den sanften Tritt, den Victor ihr unter dem Tisch gab. Sie trat zurück. So aberwitzig ihre Zusammenkunft war: Sie würde nicht ihre Pflichten als Gastgeberin vergessen. »Wir haben einen frei stehenden Trakt mit einem Wintergarten. Dort gibt es ein Doppelbett und zwei Sofas, auf denen die Kinder schlafen können.«

Mira und Julian bedankten sich, aber erneut mit diesem unterschwelligen Ton, dass sie mit nichts anderem gerechnet hatten. Als sei es ihr Recht, in diesem Haus zu schlafen.

Charlotte schlug die Stimmung auf den Magen. Sie sehnte die Stunde herbei, in der Randolph Hollister den beiden die Rechtmäßigkeit des Kaufvertrags erklären würde. Julian war nach Kent zurückgekommen, um auf den Pfaden seiner Vergangenheit zu wandeln. Aber die Welt hatte sich weitergedreht, Menschen waren gestorben, in Kent gab es für ihn nichts mehr zu holen. Je früher er das begriff, desto besser für alle.

»Musstest du sie einladen, über Nacht zu bleiben?« Victor hatte die Tür vom Schlafzimmer kaum geschlossen, als er Charlotte schon anfuhr.

Charlotte hatte erst Eliza Rose ins Bett gebracht. Das Mädchen verstand viel mehr von dem, was an diesem Abend passiert war, als sie angenommen hatte. »Ich kann Max und Irma nicht leiden. Die tun so, als wäre das ihr Haus. Ich glaube, die sind ein bisschen verrückt oder so.«

Charlotte hatte sie geküsst. »Sie haben noch nicht begriffen, dass ihre Oma tot ist. Das werden ihnen die Eltern bestimmt bald erzählen. Dann werden sie wissen, dass Summerlight House nun uns gehört.«

»Schon immer!«, behauptete Eliza Rose.

Charlotte musste lächeln. »Ja, schon immer für dich, Liebes.« Mit Eliza Rose zu reden hob stets ihre Laune, umso größer war nun die Verärgerung über Victors Vorwürfe.

»Wie hätten sie denn an Weihnachten mit den beiden Kindern etwas anderes finden sollen?«

»Ist das unser Problem? Ich will diese Leute in ihren Opel verfrachten und nach Dover schicken, wo sie die erste Fähre zurück nehmen.«

»Sie haben sich eben verrechnet. Kein Wunder, finde ich, bei allem, was sie durchgemacht haben. Ich kann verstehen, dass ihr erster Weg in England sie nach Summerlight House führt. Es hätte ja sein können, dass die alte Lady hier tatsächlich noch lebt. Obwohl sie ihren eigenen Sohn vermutlich nicht erkannt hätte. Sie war vor neun Jahren schon dement.«

Charlotte stemmte die Hände in die Seite und starrte auf Victor hinab, der sich auf die Bettkante gesetzt hatte und das Gesicht in den Händen verbarg. »Davon abgesehen«, fuhr sie fort, »kannst du mir bitte mal erklären, warum du mir nicht gesagt hast, dass sie gestorben ist? Meinst du nicht, das hätte mich interessiert?«

Er schwieg zu lange. Auf einmal schlug ihr Puls in einem unregelmäßigen Rhythmus, und Panik stieg in ihr auf. Ihre Knie wurden weich. Dicht neben ihrem Mann ließ sie sich auf die Bettkante fallen. Starrte ihn von der Seite an, wartete. Wie viel lieber als diese abgrundtiefe Verzweiflung wäre ihr, wenn er mit ihr streiten würde. »Ich habe Mist gebaut, Charlotte«, sagte er schließlich. Als er sie ansah, waren seine Augenlider gerötet.

Sie griff nach seiner Hand, drückte sie.

»Du erinnerst dich, dass ich mich damals, als wir das

Haus gekauft haben, gewundert habe, warum der Anwalt ein Anderkonto einrichtet und das Geld nicht sofort auf Lady Summerlights Konto überweist.«

Sie nickte. Die einzelnen Details des Vertrags waren ihr allerdings nicht mehr präsent.

»Auf dieses Anderkonto habe ich ein Viertel des Kaufpreises überwiesen, das übrige Geld ging in monatlichen Raten auf dieses Konto, bis es auf einmal hieß: Das Konto gibt es nicht mehr. Daraufhin habe ich Erkundigungen eingezogen und erfahren, dass Lady Summerlight völlig verarmt verstorben war. Wahrscheinlich war die Lady nicht die Einzige, die dieser verbrecherische Mistkerl um ihre Ersparnisse und Besitztümer gebracht hat.«

Charlotte hatte mit wachsendem Entsetzen zugehört. »Warum um Himmels willen hast du das nicht zur Anzeige gebracht?«

»Weil ich meinen eigenen Vorteil gesehen habe. Unseren Nutzen. Wir haben insgesamt nur einen Bruchteil dessen für Summerlight House bezahlt, was das Anwesen wert war. Das hat uns finanziell einen enormen Aufschwung gegeben, oder meinst du, die Autos, die Möbel, unsere Reisen hätten wir uns sonst leisten können? Mir war es wichtig, dir ein luxuriöses Leben zu bieten, weil du die Liebe meines Lebens bist.« Er wollte ihre Hand an die Lippen führen, aber Charlotte entriss sie ihm.

»Wie konntest du es wagen ...«, brachte sie hervor. Sie rang um Atem. »Unser Leben basiert auf einer Lüge, einem Betrug. Wie konntest du dich in die üblen Machenschaften eines Kriminellen verwickeln lassen?«

»Charlotte, bitte! So war es nicht. Ich habe nichts geplant und war nicht beteiligt. Ich habe es nur stillschweigend geduldet und darauf vertraut, dass es niemals jemandem auffallen würde.«

»Tja, nun wird es jemandem auffallen«, erwiderte sie bissig und zutiefst enttäuscht. Sie hätte heulen können, aber die Wut in ihr war größer. Ein letzter Hoffnungsschimmer blitzte durch ihren Verstand. »Oder meinst du, die Sache ist vielleicht verjährt, Julian Summerlight findet gar nichts heraus und reist dahin zurück, woher er gekommen ist, nachdem er sein Elternhaus ein letztes Mal besucht hat?«

»Das ist die einzige Hoffnung, die uns bleibt«, sagte Victor. Mit seiner grauen Haut und den halb geschlossenen Augen sah er aus, als wollte er sich hinlegen und niemals wieder aufstehen. Charlotte küsste ihn auf die Wange, weil sie spürte, dass er an einem absoluten Tiefpunkt in seinem Leben angekommen war. Aber auch sie selbst fühlte sich, als stünde sie an einem Abgrund und taumelte beim Blick nach unten. Was sollte aus ihnen werden, wenn sich tatsächlich herausstellen sollte, dass ihnen Summerlight House gar nicht gehörte? Und dass sie einen unvergleichlichen Garten auf dem Grund und Boden fremder Menschen angelegt hatte?

Kapitel 16

Zum Frühstück am nächsten Morgen erschienen die vier wie Gäste in einem Hotel. Je selbstbewusster und munterer sie sich verhielten, desto mehr sank Victors Laune. An einem Feiertag hatte er noch nie auf ein üppiges Frühstück mit Pilzen und Bacon verzichtet, aber an diesem Morgen trank er nur seinen Tee. Letitia kündigte an, dass sie in der Küche essen würde, solange die Gäste da waren. Charlotte widersprach nicht und empfahl ihr ein halbes Dutzend Bücher über Pflanzenkunde aus der Bibliothek, die sie in ihrem Zimmer studieren konnte.

»Wie gehen wir weiter vor?«, fragte Victor und setzte die Tasse auf dem Unterteller ab.

Julian tupfte sich mit der Serviette über den Mund. Er hatte zweimal vom Rührei nachgenommen. Die Kinder löffelten schweigend ihren süßen Porridge, Mira bestrich sich einen Toast mit Orangenmarmelade und spreizte den kleinen Finger ab, als sie hineinbiss. Sie wollte bereits in die Rolle der neuen Hausherrin hineinwachsen, dachte Charlotte und spürte ein Würgen im Hals bei der Vorstellung, dass es tatsächlich dazu kommen könnte.

»Noch etwas Tee, Mrs Jannis?« Sie hielt die silberne Kanne hoch.

Mira schaute sie einen Moment lang schweigend an. »Selbstverständlich nehmen wir nun, da die Verwandtschaftsverhältnisse geklärt sind, den Namen meines Mannes an.«

Übelkeit stieg in Charlotte auf. Was für eine Demütigung, diese fremde Person *Mrs Summerlight* zu nennen. Oder sogar aus Höflichkeit *Lady*. Sie würde die Anrede künftig komplett vermeiden.

»Ich würde mir gern einen Überblick darüber verschaffen, in welchem Zustand das Haus ist«, sagte Julian Summerlight.

»Ich würde mir lieber einen Überblick darüber verschaffen, wie sich die Besitzverhältnisse darstellen, damit Sie verstehen, dass Summerlight House sich nicht mehr in Ihrem Familienbesitz befindet«, gab Victor zurück.

Laura Kelly, die das Büfett auffüllte, zuckte bei den harschen Worten zusammen. Die Stimmung am Tisch war unerträglich.

»Was halten Sie davon, wenn wir morgen alle zusammen nach Folkestone fahren und in der Seniorenresidenz Erkundigungen einziehen?«, schlug Mira vor. »Dort müssten sich Unterlagen meiner Schwiegermutter finden lassen. Sicher erfahren wir dort auch die Adresse des Notars.«

Victor brummte zustimmend und erhob sich. »Bitte entschuldigen Sie mich. Ich habe zu arbeiten.« Damit zog er sich in die Bibliothek zurück.

Und sie sollte sich jetzt um die ungebetenen Gäste kümmern? Charlotte verspürte nicht die geringste Lust dazu.

»Mama, darf ich in den Garten? Heute scheint die Sonne. Ich möchte so gern meinen Gewächskasten füllen.« Eliza Rose war an Charlotte herangetreten, in ihren Augen ein Flehen. Charlotte küsste sie auf die Stirn. »Zieh dir ein anderes Kleid und deinen Mantel an. Und feste Schuhe, ja?«

Max und Irma schlossen sich ihr an und rasten ins Foyer.

»Der Garten würde mich auch interessieren«, sagte Mira, die ihren Kindern lächelnd hinterherschaute. »Gestern war es zu dunkel, aber mir scheint, es gehört ein parkähnliches Anwesen zum Haus, ja?«

»Ja, Summerlight Garden hat inzwischen einen ausgezeichneten Ruf bei Botanikern und Gartenliebhabern.«

»Oh, dann haben Sie sicher einen Stab von Gärtnern, die sich um alles kümmern«, bemerkte Julian Summerlight. »Haben Sie etwas dagegen, wenn ich mich an den Kamin setze und eine Pfeife rauche?« Sein Blick ging zu der gemütlichen Sesselgruppe vor dem Feuer.

»Machen Sie es sich gerne bequem«, sagte Charlotte eisig und drückte den Rücken durch. »Im Garten hilft mir zurzeit lediglich Letitia. Ansonsten kümmere ich mich allein um das Anwesen. Ich habe Botanik an der Londoner Universität studiert, in Kew Gardens gearbeitet und Erfahrungen auf zahlreichen Reisen gesammelt. Der Garten ist meine Leidenschaft.«

»Wollen wir einen Spaziergang machen? Wir sind ja sozusagen fast Kolleginnen, obwohl Sie sich für die Botanik entschieden haben, ich mich für die Zoologie.« Beim Lächeln zeigte Mira ihre kleinen Zähne, die an Perlen erinnerten.

»Als Kollegin werden Sie wissen, dass es im Dezember im Garten nicht viel zu sehen gibt«, gab Charlotte zurück, noch bevor sie darüber nachdenken konnte. Diese Frau brachte sie auf. Sie wünschte, sie wäre beherrschter und würde es sich nicht so anmerken lassen.

Mira lachte gekünstelt. »Einen Eindruck von der Anlage bekommt man auch im Winter«, erwiderte sie und stand auf. Es sah aus, als würde sie notfalls ohne Charlotte zu ihrem Rundgang aufbrechen. Wie unverschämt waren diese Leute!

Rasch holte Charlotte ihren Mantel und schlüpfte in Stiefel, während ihr der Duft nach Tabak in die Nase stieg. Julian hatte sich eine der Wirtschaftszeitungen vom Beistelltisch genommen und vertiefte sich mit seiner Pfeife im Mundwinkel darin wie der Hausherr.

Der Garten lag im Winterschlaf. Die Stauden waren gestutzt, die Beete säuberlich geharkt, die frostempfindlichen Pflanzen mit Bastmatten geschützt oder in den Wintergarten gebracht. Ein Ort der Ruhe und des Friedens, dessen Zauber sich in wenigen Wochen entfalten würde, wenn die Frühblüher ihre Spitzen aus der Erde trieben und die ersten zartgrünen Blätter sprossen.

Mira schaute sich mit offenem Mund um. »Was für ein Paradies«, stieß sie ergriffen hervor. »Wohin man auch schaut, sieht man die exakte Planung und Ästhetik.«

»Von April bis November ist der Garten für die Öffentlichkeit geöffnet«, bemerkte Charlotte.

»Daran hat sich Julian nicht erinnert, dass es einen öffentlichen Garten am Haus gab. Das ist wirklich beeindruckend.«

»Diese Anlage gab es noch nicht, als Julian hier gelebt hat. Ich habe ihn geschaffen und für die Öffentlichkeit zugänglich gemacht«, erwiderte Charlotte und bückte sich zu einer Mohnpflanze, um ein paar welke Blätter von der vergangenen Saison abzuzupfen. Sofort stieg ihr der Geruch der feuchten Erde in die Nase und erinnerte sie daran, dass es nicht mehr lange dauern würde, bis hier alles zum Leben erwachte. Von drüben am Obstgarten hörte man das Geschrei der Kinder. Sie stritten offenbar wieder. Eliza Rose verteidigte ihr abgestecktes Gartenstück, von dem sie Erde nehmen durfte.

Mira ging Charlotte voran zum Rosengarten, in dem die meisten Pflanzen gegen winterliche Kälte mit Bast geschützt waren. »Sie müssen dieses Stück Land sehr lieben«, murmelte Mira.

Charlotte hob das Kinn. »Ja«, sagte sie nur. Warum sollte sie dieser Frau erklären, wie viele Stunden Arbeit in diesem Garten steckten, von welchen Reisen sie welche Prachtstücke mitgebracht hatte und wie sie sich darüber freute, ihre schönsten Gewächse auf der *Chelsea Flower Show* auszustellen, eventuell sogar mit einer Medaille ausgezeichnet zu werden. All die Artikel für botanische Magazine, in denen sie Details ihrer Zuchterfolge beschrieben hatte, und die Zeit mit Quinn, als ihre Liebe zwischen all den herrlichen Blumen gewachsen war.

»Als ich mein Studium begann, musste ich mich zwischen der Zoologie und der Botanik entscheiden. Ich habe die Welt der Tiere gewählt und es nicht bereut.« Mira lachte auf. »Bei der Beobachtung der Vögel auf Wangerooge ist mir immerhin die Liebe meines Lebens vor die Füße gespült worden.«

Charlotte blieb ernst, während sie durch den trostlos wirkenden Bauerngarten, zum Teich und zu den Obstbäumen gingen.

»Aber mich interessiert selbstverständlich auch die Flora«, fuhr Mira fort. »An unserem Haus in Wilhelmshaven habe ich mit Kletterpflanzen und einem Küchengarten experimentiert. Aber mir fehlte die Zeit, mich wirklich um das Stück Land zu kümmern.«

»Sind Sie an der Universität angestellt?«

Mira nickte. »Zum Glück kann ich den größten Teil meiner Arbeit von zu Hause aus erledigen. Ich bewerte Arbeiten der Studenten, bereite Vorlesungen vor und schreibe Artikel für Fachzeitschriften. Seit die Kinder da sind, kann ich es mir nicht mehr leisten, wochenlang ein Einsiedlerleben auf den Inseln zu führen.«

Bei den Obstbäumen hockten die Kinder im Kreis und beobachteten einen Regenwurm, der sich auf der gelockerten Erde vorwärtsbewegte. Eliza Rose hielt sich die Lupe vor ein Auge und fauchte Max an, als der nach dem Glas griff. Vor ihr stand der Kasten mit dem Glasdeckel, der schon zur Hälfte gefüllt war.

Der milchig weiße Himmel warf einen Schleier über die Landschaft, die sich hinter dem Obstgarten erstreckte. Bis zum Horizont zogen sich grüne und braune Ackerfelder, rechter Hand lag das Pächterhaus. Mira wies mit dem Zeigefinger dorthin. »Gehört das zu Summerlight House?«

Charlotte beschlich mehr und mehr das Gefühl, dass Mira überprüfte, was demnächst in ihren Besitz übergehen würde. »In dem Haus wohnen inzwischen neue Pächter, Ihr Mann wird sie nicht kennen. Theo und Margie Ferret kümmern sich gut um das Land. Die Vorgänger waren krank und haben den Hof verwahrlosen lassen.«

Mira beschrieb weit ausholend einen Kreis. »All dieses Land gehört zu Summerlight House?«

»Genau. Die Ferrets züchten Schafe und Schweine, halten Milchvieh und bauen in wechselnder Folge Getreide an.«

»Aber von dem Land könnten mindestens zwei weitere Pächter leben!«, rief Mira. »Mehr Pächter bedeuten höhere Einnahmen.«

Charlotte spürte Verärgerung in sich hochsteigen. Glaubte diese Deutsche wirklich, ihr das Pachtwesen erklären zu können? »Die Ferrets müssen schon kämpfen, um von den Einnahmen leben zu können. Weitere Pächter würden den Gewinn nur minimieren. Das wollen wir niemandem antun.«

»Mir scheint, Sie holen aus dem Anwesen nicht das heraus, was es einbringen könnte. Wie hoch sind die Eintrittspreise in den Garten?«

Charlotte ballte die Hände zu Fäusten. »Die werden in diesem Jahr neu kalkuliert. Ich denke nicht, dass ich hier Beratung brauche. Aber besten Dank.«

Mira schürzte die Lippen und musterte Charlotte. In ihrem Blick lag eine Selbstsicherheit, die Charlotte einen Schauer über den Rücken jagte.

Am nächsten Tag kehrten die Köchin und das Küchenmädchen von ihren Weihnachtsfeiern zurück. Mrs Duncan weinte vor Rührung, als sie Julian Summerlight erkannte. Mit ausgebreiteten Armen stürzte sie auf ihn zu, besann sich dann jedoch und stoppte vor ihm. Sie knickste und neigte den Kopf. Mira übernahm es, sie über die Umstände aufzuklären, die dazu geführt hatten, dass der Erbe von Summerlight House so lange verschollen gewesen war.

Als sie von dem »Erben von Summerlight House« sprach, wechselten Charlotte und Victor einen Blick. Charlotte spürte die Anspannung bis in die Fingerspitzen und betete innerlich darum, dass bis zum Nachmittag die Verhältnisse geklärt waren.

Die Kinder blieben bei Laura Kelly, als die vier Erwachsenen nach Folkestone aufbrachen. Keiner wollte im Automobil des anderen mitfahren, und so lenkten sie den Opel und den Rolls-Royce hintereinander auf die Hauptstraße in Richtung Küste.

Charlotte und Victor schwiegen während der Fahrt, beide in ihre Gedanken vertieft. Was erwartete sie in Folkestone? Hatte Lady Summerlight handschriftliche Notizen hinterlassen? Charlotte hoffte inständig, dass es am Ende des Tages keinen Zweifel mehr daran geben würde, dass sie die rechtmäßigen Besitzer des Hauses waren. Sie erinnerte sich daran, wie Victor ihr das Landgut zur Verlobung geschenkt hatte. Damals hatte sie geglaubt, sie würde niemals in die Rolle der Hausherrin hineinpassen. Heute konnte sie sich ein Leben ohne Summerlight House nicht mehr vorstellen. Was würde Quinn dazu sagen, wenn er erführe, dass sie um Haus und Grundstück bangen mussten? Charlotte spürte ein fast schmerzhaftes Verlangen, sich von ihm halten und beruhigen zu lassen. Niemand konnte das besser als er. Rasch verdrängte sie die Gefühle, die in ihr hochwallten. Das anstehende Treffen erforderte ihre volle Konzentration.

Victors Gesicht war kalkweiß und von einem feuchten Schweißfilm überzogen, seine Hände zitterten am Lenkrad. Sie legte ihre Hand auf seine. »Heute Nachmittag lachen wir über unsere Sorge und winken den Deutschen hinterher, wenn sie unser Land verlassen.«

Victor wandte ihr kurz das Gesicht zu und lächelte schief. »Ich wünschte, ich könnte es so sehen«, erwiderte er und räusperte sich, weil seine Stimme belegt klang.

Folkestone präsentierte sich als ein entzückendes Küstenstädtchen mit weißen Jugendstilvillen, die die Straßen säumten. Wenig später parkten sie die Wagen vor einem vierstöckigen sandfarbenen Gebäude mit Stuckverzierungen am Sims und Aussicht über den Hafen. Von den angrenzenden Hotels unterschied sich das Gebäude dadurch, dass es keinen Schriftzug auf dem Dach besaß und wie ein Wohnhaus wirkte. Aber die silberne Tafel rechts vom zweiflügeligen Eingang wies darauf hin, dass es sich um die Altersresidenz *Bayside* handelte.

»Wenigstens lebte meine Mutter in ihren letzten Jahren in einer herrlichen Umgebung«, murmelte Julian Summerlight.

Victor interessierte sich nicht für die Schönheit der Stadt. Er drängte sich durch die Tür vor, um so rasch wie möglich jemanden zu finden, mit dem sie ihr Anliegen besprechen konnten.

Charlotte warf einen Blick zurück auf die malerisch im Hafen schaukelnden Boote und den angrenzenden Sandstrand. Eine baumbestandene Promenade zog sich am Wasser vorbei bis zum Horizont, zahlreiche Passanten, viele Ältere, manche im Rollstuhl, genossen die Seeluft, während Möwen über ihnen kreischten und der Wind vom Meer her die Baumkronen rauschen ließ.

Wenig später saßen sie in einem winzigen Büro in der ersten Etage einer vielleicht vierzigjährigen Frau im weißen Kittel gegenüber, die eine Haube trug. Schwester Wandas Gesicht mit den Pausbacken und den vollen Lippen wirkte gutmütig, die fächerartigen Fältchen an ihren Schläfen wiesen darauf hin, dass sie gerne lachte. Das Zimmer war vollgestellt mit Regalen voller Nachschlagewerke und Kartons, das Fenster ging hinaus auf den Hinterhof, der mit seinen Mülltonnen und Schutthaufen weit weniger spektakulär war als die Aussicht auf den Ärmelkanal auf der anderen Seite. Im Büro roch es genau wie auf den Gängen nach frisch gebohnertem Linoleum.

Charlottes Schultern waren verkrampft. Als sie den Kopf ein wenig bewegte, knackte es an ihrem Hals. Auch Victor saß stockgerade da und starrte die Frau an. Mira hingegen schlug entspannt die Beine übereinander und lächelte auf diese überfreundliche Art. Ihr Mann beugte sich vor, öffnete den Mund, aber Victor kam ihm mit erhobener Stimme zuvor.

»Wie bereits angedeutet, geht es um Lady Summerlight und ihre Besitztümer. Haben Sie sie gekannt?«

Schwester Wanda nickte. »Ich erinnere mich gut an die Lady.« Ein versonnenes Lächeln umspielte ihren Mund. »Sie hat sämtliche Pfleger mit den Namen ihrer beiden Söhne angesprochen. Und wer in ihr Zimmer kam, der musste Sherry mit ihr trinken. Darauf hat sie bestanden. In ihren Kleidern war sie inmitten der alten Herrschaften, die sich kaum noch um ihr Äußeres kümmern, die unumstrittene Königin in den Aufenthaltsräumen.«

Julian lachte auf. »So kannte ich meine Mutter.«

Wanda musterte ihn. »Sie sehen ihr ähnlich, die gleichen Augen, die hohen Wangenknochen ... Wie kommt es, dass Sie nie zu ihren Lebzeiten oder spätestens bei ihrer Beerdigung da waren?«

Mira übernahm die Erklärung, und die Schwester schüttelte fassungslos den Kopf. »Es hätte Lady Summerlight alles bedeutet, Sie wiederzusehen. Wie bedauerlich, dass das nicht mehr möglich ist.«

»Nun ist die Dame bereits vier Jahre tot«, stellte Victor fest. Charlotte spürte, dass ihm viel daran lag, sich nicht in Sentimentalitäten zu verlieren. Aus seiner Sicht fand sie das verständlich, aber sie ahnte auch, dass es für Julian Summerlight schwierig war. Er musste erst noch verarbeiten, dass von seiner Familie niemand mehr lebte. »Wir möchten herausfinden, wie es um ihre finanzielle Situation und ihre Besitzverhältnisse bestellt war«, fuhr Victor fort.

Schwester Wanda presste die Lippen zusammen und schüttelte den Kopf. »Ein Drama war das, wirklich schlimm«, stieß sie hervor. Charlotte spürte ihr Herz heftig gegen die Rippen pochen.

»Sie werden sich denken können, dass der Aufenthalt in unserer exklusiven Residenz kostspielig ist. Ich erinnere mich noch gut daran, dass es nicht den geringsten Zweifel an Lady Summerlights Liquidität gab, als wir sie damals bei uns aufnahmen. Sie bekam die größte Suite mit Panoramablick über die See. Die ersten Monate ging die Miete pünktlich bei uns ein, dann begannen die Unregelmäßigkeiten. Schon damals erhielt sie nie Besuch. Es gab keine Verwandten, mit denen man die finanzielle Situation hätte besprechen können. Nur ein älterer Herr war ein- oder zweimal hier, aber es gab keine Gelegenheit, mit ihm zu sprechen. Mit Lady Summerlight wurde es allein aufgrund ihrer fortschreitenden Demenz immer schwieriger. Ich könnte Ihnen tausend Details dieser Tragödie erzählen, aber am Ende lief es darauf hinaus, dass Lady Summerlight in das kleinste Zimmer mit Aussicht auf den Hinterhof wechselte und all ihren Schmuck und ihre teuren Kleider verkaufen musste, um die Unterbringung hier bezahlen zu können. Bei ihrem Tod blieb gerade noch genug übrig, um ein bescheidenes Begräbnis zu bezahlen. Sie finden ihre letzte Ruhestätte auf dem alten Friedhof an der Cheriton Road.«

Julian wischte sich über die Stirn. Sicher empfand er es als unerträglich, dass seine Mutter allein und unter ärmsten Bedingungen gestorben war.

Auch Mira wirkte bewegt, aber sie fasste sich schnell. »Gibt es Unterlagen, die Sie aus dieser Zeit aufbewahrt haben? Kontoauszüge, Anwaltsschreiben, Tagebücher, Briefe, Verträge? Hat Lady Summerlight Ihnen irgendwann einmal erzählt, dass sie ein herrschaftliches Anwesen in Kent besitzt?«

Die Schwester zog die Brauen hoch. »Von ihrer Vorgeschichte wussten wir nichts. Man konnte sie nichts fragen, weil sie jedem eine andere Geschichte erzählte. Als der Geldfluss ins Stocken geriet, hatten wir Lady Summerlight schon viel zu lieb gewonnen, um sie einfach auf die Straße zu setzen. Das Zimmer zum Hinterhof hinaus war eine barmherzige Alternative aus unserer Sicht.« Sie erhob sich und strich ihren Kittel glatt. »Ich habe einen Karton mit den persönlichen Unterlagen der Lady. Moment, lassen Sie mich suchen.« Sie strich mit dem Finger an den Pappkisten entlang und murmelte vor sich hin.

Charlotte nahm Victors Hand in ihre, während Mira und Julian leise miteinander tuschelten.

»Ah, hier habe ich alles.« Schwester Wanda zog die Kiste zwischen Dutzenden anderer hervor, eine Staubwolke wirbelte auf. Sie stellte den Karton auf ihren Schreibtisch und forderte die Besucher mit einer Geste auf, sich alles anzusehen.

Julian hob den Deckel an. Sofort beugten sich alle darüber. Sie fanden Fotos von Julian und seinem Bruder aus Kindheitstagen, Briefe von der Kriegsfront, unordentlich geführte Auflistungen von Zahlen, ein paar Rechnungen, ein paar Schreiben von Randolph Hollister und tatsächlich Kontoauszüge, aus denen hervorging, dass Lady Summerlight in den frühen Jahren des Jahrzehnts regelmäßig eine Summe von einem fremden Konto erhalten hatte, gerade ausreichend, um die Miete in der Seniorenresidenz zu bezahlen. Dann hörten die Überweisungen schlagartig auf.

Julian sprang auf. »Meine Mutter ist auf übelste Art betrogen worden! Mit dem Erlös aus dem Verkauf von Summerlight House hätte sie fünfzig weitere Jahre hier wohnen können.« Sein Gesicht war wutverzerrt, als er Victor anstarrte. »Sie haben meine Mutter um ihren Besitz gebracht! Sie haben ihren geistigen Zustand rücksichtslos ausgenutzt, um sich an ihr zu bereichern!«

Auch Victor erhob sich. »Was erlauben Sie sich! Ich habe Ihnen angeboten, sich den Vertrag anzuschauen, den wir miteinander abgeschlossen haben und den der Anwalt aufgesetzt hat. Damit hat alles seine Richtigkeit.«

»Was nützt mir der Vertrag, wenn ich sehe, dass meine Mutter ihren letzten persönlichen Besitz veräußern musste, um nicht auf der Straße zu leben?«

Charlotte konnte sich nicht erinnern, jemals in einer unangenehmeren Situation gewesen zu sein. Gleichzeitig wuchs in ihr die Ahnung, dass sie diesen Kampf möglicherweise verlieren würden. Der Gedanke schnürte ihr die Luft ab, trotzdem war der Ton beider Männer in diesem Schwesternzimmer völlig unangebracht und Schwester Wanda offenbar überfordert. Schließlich erhob sie sich. Ihre Stimme übertönte die der Männer. »Bitte nehmen Sie die Unterlagen an sich, und verlassen Sie mein Büro. Es tut mir leid, dass ich nichts dazu beitragen konnte, dass Sie Ihre Auseinandersetzung beilegen.«

Endlich gewann Victor seine Fassung wieder und entschuldigte sich bei der Schwester. Charlotte bedankte sich bei ihr für ihr Entgegenkommen, während Julian und Mira den Karton packten und aus dem Zimmer stürmten. Charlotte hörte sie miteinander reden.

»Was machen wir jetzt, Julian?«

»Wir fahren zu diesem Hollister. Dem Schreiben nach hat er sein Büro in Camden Town. Der wird uns eine Menge zu erklären haben, denke ich.«

Charlotte fühlte sich wie erschlagen, als sie mit Victor die Residenz verließ. »Was können wir tun? Wird dieser Hollister die Lage klären können?«

Victor schüttelte den Kopf. »Sie werden den Mistkerl nicht mehr antreffen. Der ist garantiert abgetaucht.«

Kapitel 17

Die höflichen Fassaden waren gefallen, als sie sich am frühen Nachmittag auf Summerlight House trafen. »Packt eure Sachen zusammen«, wies Julian seine Familie an. »Wir suchen uns für die nächsten Tage eine Pension.«

Er stand im Foyer und warf sich den Mantel über, während Mira und die Kinder Koffer und Taschen füllten.

»Ich wünschte, wir könnten dies alles in Ruhe und wie Erwachsene besprechen«, wandte sich Charlotte an ihn, bevor Victor eine wütende Antwort geben konnte. »Uns ist klar, wie sehr es Sie schmerzen muss, Ihr Elternhaus in fremden Händen zu wissen. Aber Sie müssen auch uns verstehen: Summerlight House ist nun unser Zuhause, wir haben all die Jahre in dem Glauben gelebt, alles bis auf den letzten Penny bezahlt zu haben.«

Das stimmte nicht ganz, denn nur sie war dieser Ansicht gewesen. Victor hatte es besser gewusst und für sich behalten, dass das Anderkonto nicht mehr existierte. Wann immer Charlotte dieser Gedanke kam, stieg die Wut wie Lava in ihr hoch. Sie wären jetzt in einer wesentlich günstigeren Position, wenn Victor von Anfang an mit offenen Karten gespielt und nicht klammheimlich seinen Vorteil genutzt hätte.

»Wohin auch immer Sie die Raten gezahlt haben, bei meiner Mutter jedenfalls sind sie nie angekommen. Und bei der Adresse, unter der wir den Anwalt finden sollten, steht eine Kirche *Zur barmherzigen Mutter*. Was für eine bizarre Laune des Schicksals. Ich nehme Ihnen nicht ab, dass Sie unwissend auf irgendein Konto weitere Beträge eingezahlt haben. Wir werden uns einen Anwalt nehmen, der herausfinden wird, ob von Ihrer Seite aus Geld geflossen ist und wenn ja, wohin. Und ich werde dafür sorgen, dass der Vertrag über den Hausverkauf für null und nichtig erklärt wird. Mit meiner dementen Mutter hätten Sie gar keine Geschäfte machen dürfen!«

Charlotte konnte nicht mehr an sich halten. »Sie reisen aus Deutschland an, basteln sich eine Theorie und gehen rücksichtslos über die Schicksale anderer Menschen hinweg. Sie sind nicht der Einzige, Mr Summerlight, der unter den Auswirkungen des Krieges zu leiden hatte. Wir alle mussten kämpfen, um uns ein Leben aufzubauen. Die Zeiten sind wirtschaftlich schwierig, wir haben Verantwortung hier für unsere Pächter und unsere Angestellten, nicht nur für uns.«

Mira war inzwischen mit dem Koffer heran. Die Kinder trugen Rucksäcke und sahen zu den Erwachsenen auf. Eliza Rose hatte sich hinter ihre Mutter gestellt und klammerte sich an den Saum ihrer Kostümjacke.

»Sorgen Sie sich nicht um das Personal. Wir werden selbstverständlich alle übernehmen, und die Pächter werden sich mit weniger Land zur Bewirtschaftung zufriedengeben müssen. Es ist eine Schande, dass es nur einen Pachthof auf diesem Land gibt.«

Charlotte spürte Schwindel hinter ihrer Stirn und geriet kurz ins Wanken. Sie hielt sich am Knauf des Treppengeländers fest.

»Ihre Hochnäsigkeit und Arroganz werden Sie noch zu Fall bringen«, gab Victor aufgebracht zurück. »Ich möchte Sie auf unserem Grundstück nicht mehr sehen!«

Seine Wut verstärkte Charlottes Furcht. Wo sollte das alles hinführen?

»Mein Anwalt wird Sie über das weitere Vorgehen informieren«, warf Julian Summerlight ihm noch hin. »Wir werden solange in einer Pension in Canterbury unterkommen. Verlassen Sie sich darauf: Wir werden uns wiedersehen. Erst vor Gericht und dann hier, auf dem Grundstück meiner Familie.« Er nickte erst Charlotte, dann Victor zu und schritt seiner Frau und den Kindern voran zum Auto.

Mira wandte sich noch einmal um, in ihrer Miene ein Ausdruck von Mitgefühl und Verzweiflung. »Sie müssen doch einsehen, dass mein Mann der Erbe und Besitzer von Summerlight House ist. Wir haben ein Recht, hier zu wohnen. Sie dagegen haben sich jeden Anspruch darauf verwirkt. Sie haben nur einen Bruchteil des Grundstückswertes bezahlt, noch dazu an einen Betrüger. Sie hätten die Konsequenzen ziehen müssen und nicht stillschweigend darauf vertrauen, dass Ihnen niemand auf die Schliche kommt.«

Victor schloss die Tür von innen und nahm einen tiefen Atemzug. Von draußen drang das Brummen des anspringenden Motors zu ihnen, dann die Reifen auf dem Pflasterweg und das leiser werdende Rattern, als der Wagen sich entfernte. Charlotte lehnte sich an Victor, spürte seine streichelnden Hände in ihrem Haar, aber es war eine mechanische Bewegung. In Gedanken schien er weit weg zu sein. Eliza zupfte an ihrer Jacke. »Müssen wir jetzt ausziehen, Mama?«

Victor nahm sie hoch, sodass sie sich zu dritt umarmen konnten. »Mach dir keine Sorgen, Liebes. Du kannst dich auf deine Eltern verlassen. Du wirst immer das schönste Zuhause haben.«

Den Rest des Nachmittags verbrachte Victor über seiner Buchhaltung, Charlotte zog sich in ihr Studierzimmer zurück. Eliza Rose gesellte sich zu ihr mit einem Buch, Blättern und Malstiften. Auf dem Boden ausgestreckt, zeichnete sie Querschnitte von Blütenkelchen und Wurzeln ab. Wann immer Charlotte zu ihr schaute, wurde es ihr warm ums Herz, aber der Anblick ihrer eigenen Unterlagen und Materialien ließ sie verzweifeln. Sie fertigte ihre Aufzeichnungen zunächst handschriftlich an. Später würde sie alles mit der Schreibmaschine ins Reine bringen. Wie sollte sie in einer Situation, in der sie um ihr Zuhause bangen musste, jemals diesen Berg an Quellen durcharbeiten? Was hatte sie sich da bloß vorgenommen? Sie hatte ihre Kräfte überschätzt und sollte vielleicht alles in den Kamin werfen, damit sie diesen Druck loswurde. Sie griff nach einem Stapel Papiere, den sie mit *Literatur* überschrieben hatte, blätterte ihn durch, las ihre Notizen zu *The Secret Garden* von Frances Hodgson Burnett und zu *Alice's Adventures in Wonderland* von Lewis Carroll, und spürte einen Tränenkloß im Hals. Genau wie in diesen Romanen dargestellt, waren Gärten ein Ort der Sehnsucht, ein Ort, an dem Wunder geschehen konnten. Mehr als alles andere war auch ihr Garten ein magischer Ort. Wie sollte sie es schaffen, ihn Fremden zu überlassen? In diesem Kapitel ihrer Dissertation wollte sie intensiv darauf eingehen, welche Wirkung Gärten auf die Menschen hatten, wie sich ihre Weltsicht verändern konnte, wie ein Rückzugsort und ein Ort der geheimen Wissenschaft entstehen konnte. Sie hatte dazu mehr als zwanzig Romane gelesen und analysiert, in denen Gärten ein Thema waren, obwohl das Kapitel letztendlich das kürzeste in ihrer Dissertation sein sollte. Wofür das alles? Sie hatte noch nicht einmal einen Bruchteil des Pensums geschafft.

Charlotte schob die Papiere zusammen und stapelte die Bücher an einer Ecke ihres Schreibtisches. Überrascht stellte sie fest, dass es mittlerweile draußen stockdunkel war. Wie lange hatte sie hier gesessen und gegrübelt? Sie wandte sich um und sah, dass Eliza mit dem Kopf auf ihrem Buch liegend, den Stift noch in der Hand, eingeschlafen war. Ihr Mund stand leicht offen, die Haare fielen ihr ins Gesicht.

Eine Welle von Liebe durchfloss sie. Sie konnte nicht verhindern, dass Quinn ihr in den Sinn kam, wie so häufig, wenn sie Eliza ansah. Dieser auffallende Kontrast zwischen der hellen Haut und den nussbraunen Haaren, die gebogenen Wimpern. Er hatte nicht mehr versucht, sie anzurufen. Auch Briefe waren nicht mehr eingegangen, weder nach

Maidstone noch direkt nach Summerlight House. Charlotte hatte noch einige Male in der Postfiliale nachgefragt, ob Phoebe Briefe zurückschicken musste, aber die Verkäuferin hatte verneint. Quinn hatte das Ende akzeptiert. Sie hatte es sich gewünscht, doch gleichzeitig war der Gedanke unerträglich, niemals mehr seinen Mund und seine Hände zu spüren, sein Flüstern zu hören, seine Leidenschaft zu erleben, die sie alles andere vergessen ließ.

Charlotte bückte sich und hob Eliza Rose hoch. Instinktiv schmiegte sich Eliza an sie, als Charlotte sie in ihr Kinderzimmer trug. Sie legte sie ins Bett, ließ aber die Tür einen Spaltbreit auf, als sie das Zimmer verließ. Vermutlich würde die Kleine vor dem Nachtschlaf noch einmal aufwachen und Hunger haben.

Im Haus war es ungewöhnlich ruhig. Keine Schritte, kein Geplauder, kein Klappern mit Geschirr. Fast schien es, als hinge ein Fluch über Summerlight House. Charlotte erfrischte sich im Badezimmer, tauschte das blaue Kostüm gegen ein locker geschnittenes Abendkleid, das an der Seite mit einer Brosche gerafft war, und eilte die Treppe hinab ins Foyer. Ein kurzer Blick in den Salon zeigte ihr, dass bereits gedeckt war, aber Victor war noch nicht da. Sie ging in den rechten Trakt und klopfte an die Bibliothek. Als niemand antwortete, öffnete sie die Tür einen Spalt. »Kommst du zum Dinner, Liebling?«

Victor zuckte zusammen, als hätte sie ihn bei etwas Verbotenem ertappt.

Charlotte trat näher. »Alles in Ordnung?«, fragte sie behutsam.

Er versuchte ein Lächeln, aber es missglückte. »Ich kann es drehen und wenden, wie ich will, wir stehen am Ende als die Verlierer da. Ich überlege, ob es sich lohnt, einen Anwalt zu nehmen, der unsere Rechte vertritt.«

Charlotte runzelte die Stirn. »Anwälte sind teuer. Lass uns erst einmal abwarten, bis wir von den Summerlights hören.«

Sie staunte, als sie kurz darauf sah, dass der Tisch nur für zwei Personen gedeckt war. Offenbar nahm Letitia ihre Mahlzeit immer noch in der Küche ein. Sie würde ihr nach dem Dinner Bescheid geben, dass sie sich wieder zu ihnen setzen konnte. Dabei ging es Charlotte nicht nur um die Wertschätzung, die sie ihrer Helferin entgegenbrachte, sondern auch darum, dass die Gespräche zwischen ihr und Victor an manchen Abenden zäh wie Gummi waren. Letitia brachte mit ihrer unkomplizierten Art eine willkommene Leichtigkeit in das Zusammentreffen. Es war angenehmer, sich darüber auszutauschen, welche Pflanzen sie im kommenden März als Erste ins Freie setzen würden, als darüber, was aus ihnen werden sollte, wenn sie Summerlight House verloren.

An diesem Abend gab es kalten Braten und Röstkartoffeln. Charlotte brachte kaum einen Bissen herunter. Ein Blick zu Victor zeigte ihr, dass es ihm ähnlich ging. Sie beendeten die Mahlzeit ungewöhnlich früh. Als Laura Kelly den Tisch abräumte, staunte sie, wie viel übrig geblieben war. »Soll ich Mrs Duncan etwas ausrichten?«, erkundigte sie sich vorsichtig.

Charlotte schüttelte den Kopf. »Nein, nein, der Braten war köstlich. Alles bestens, Laura.«

Die Haushälterin lächelte, während sie die Teller aufnahm. »Das wird sie freuen.«

Charlotte hielt sie auf, bevor sie sich zur Küche wandte. »Ach, Laura, sagen Sie bitte Letitia, dass sie künftig wieder mit uns dinieren kann.«

Laura zog beide Brauen hoch. »Ich weiß nicht, wo sie ist«, antwortete sie. »Bei uns in der Küche jedenfalls nicht. Soll ich sie suchen, Mrs Bromberg?«

»Nein, ich schaue gleich selbst nach ihr.«

Victor gab ihr einen Gutenachtkuss. »Ich gehe heute früh ins Bett. Vielleicht ist morgen alles weniger bedrückend.«

Charlotte streichelte seine Wange. »Schlaf wird dir guttun, Liebling. Das war alles zu viel in den letzten beiden Tagen.«

Sie eilte in den Flügel, in dem sich Letitias Zimmer befand. Es blieb still hinter der Tür, als Charlotte leise daran pochte. Sie klopfte stärker. »Letitia?« Vorsichtig öffnete sie die Tür und beugte sich vor. »Kann ich reinkommen?«

Schließlich öffnete sie ganz und erstarrte. Das Bett war abgezogen, auf der Matratze stapelten sich fein gefaltet die meisten Kleider, die Debbie Letitia geschenkt hatte. Charlotte trat ein und entdeckte, dass im Badezimmer Zahnbürste, Kamm und Seife fehlten, alle anderen Lotionen und Badezusätze standen fein aufgereiht auf den Regalen. Was war hier passiert? Auf dem Tisch fand Charlotte ein gefaltetes Papier. Mit einer dunklen Vorahnung nahm sie es und las.

Kapitel 18

Wirtschaftlich schwierige Zeiten ... Verantwortung für unsere Angestellten ... Letitia brauchte am Nachmittag nicht zu lauschen, um die Auseinandersetzung zwischen den Brombergs und diesen komischen Leuten mitzubekommen. Sie fühlte sich, als würde sie sich innerlich auflösen, während sie zuhörte und sich ihren eigenen Reim auf die Geschehnisse machte. Da war also eine Familie aus Deutschland angereist und behauptete, ihnen gehöre Summerlight House. Letitia wünschte, die Brombergs würden in normaler Lautstärke mit ihnen reden, aber sie hoben die Stimmen, und das verängstigte sie mehr als alles andere.

Die Furcht in Letitia verdichtete sich, ihr Herzschlag raste, die Luft zum Atmen wurde knapp. Panik breitete sich wie eine Flutwelle in ihr aus, stieg in ihrem Hals hinauf. Sie ließ sich auf das Bett sinken, zwang sich, ruhig und langsam zu atmen, und versuchte mit aller Kraft, den Anfall niederzuringen. Endlich spürte sie, wie sie sich entspannte.

Sie kannte dieses Gefühl zu ersticken von früher, wenn

die Älteren im Waisenhaus die Jüngeren drangsaliert hatten. Obwohl diese Panikattacken wirklich beängstigend waren, hatten sie damals zumindest ihre Angreifer vertrieben, denn ein Mädchen, das mit aufgerissenen Augen nach Luft rang, wollte keiner mehr ärgern.

In ihrem Zimmer in Summerlight House musste sie niemanden vertreiben, aber es verstörte sie, dass sie diese Anfälle noch nicht überwunden hatte.

Als ihr Atem wieder gleichmäßig ging, drangen die Stimmen der anderen erneut in ihr Bewusstsein. In ihrem Verstand formte sich ein Gedanke. War sie nicht eine Last für die Brombergs? Sie fütterten sie mit durch, zahlten ihr Lohn, stellten ihr eine Unterkunft zur Verfügung, die sie sonst vermieten könnten. Mrs Bromberg war viel zu gutmütig, um sie nach London zurückzuschicken. Aber Letitia würde ihr diese Verantwortung abnehmen: Sie würde selbst dahin zurückkehren, wo sie hergekommen war.

Sie stand auf und ging zu ihrem Kleiderschrank. Im obersten Fach unter den Strümpfen bewahrte sie die lederne Geldbörse auf, die sie sich zusammen mit einer gebrauchten Reisetasche beim Wochenmarkt im Dorf Summerlight von ihrem ersten Geld gekauft hatte. Sie öffnete sie und bewegte die Münzen mit einem Finger. Es war nicht viel, aber davon würde sie eine Fahrkarte nach London kaufen und, wenn sie wieder vor dem *Royal Oak* schlafen konnte, ein paar Monate keinen Hunger leiden. Keine grandiose Perspektive, aber besser, als hier wie die Maus am Speck zu sitzen und zum Unglück der wunderbaren Mrs Bromberg beizutragen.

Ihr Schrank war voll von den Kleidern, die Debbie ihr überlassen hatte. Auf keinen Fall konnte und wollte sie alle mitnehmen. Sie wählte einen unauffälligen grün-braunen Pullover und einen passenden Faltenrock. Dazu besaß sie einen gerade geschnittenen Mantel, einen Glockenhut und ein Paar Stiefel. Die perfekte Reisegarderobe. Dann holte sie die Tasche mit den zwei Henkeln hervor und legte ein Kleid mit Spitzenkragen zum Wechseln hinein, Unterwäsche, Strümpfe, ihre Pflanzenbücher, ein Paar Schnallenschuhe, Toilettenartikel und ihre Geldbörse.

Schließlich begann sie, Ordnung in dem Zimmer zu schaffen, bevor sie aus der Schublade des zierlichen Sekretärs am Fenster ein Blatt Papier nahm. Sie war es nicht gewohnt, mit Worten umzugehen, und geschrieben hatte sie lange Zeit nicht mehr. Dafür konnte sie fließend lesen, ungewöhnlich für ein Mädchen aus ihren Verhältnissen. Aber Mrs Bromberg würde sie verstehen, egal, wie sie sich ausdrückte. Während sie nachdenklich auf dem Stift herumbiss, spürte sie, dass ihr die Tränen die Wangen hinabrollten. Sie war so mit all diesen notwendigen Dingen beschäftigt gewesen, dass sie nicht gemerkt hatte, wie nah es ihr ging, dieses Haus zu verlassen. Zum ersten Mal in ihrem Leben hatte sie sich angenommen und behütet gefühlt, aber für Menschen wie sie gab es kein beständiges Glück. Das Unglück klebte seit ihrer Geburt wie Pech an ihr. Ihre Aufgabe war es, die wenigen guten Menschen in ihrem Leben nicht mit hineinzuziehen.

Endlich setzte sie den Stift an.

Verehrte Mrs Bromberg, ich danke Ihnen hundert und tausend Mal für alles, was Sie für mich getan haben. Ich habe so viel von Ihnen gelernt, aber nun will ich Ihnen nicht länger zur Last fallen und mithelfen, dass Sie Ihr Haus und den schönen Garten behalten können. Machen Sie sich keine Sorgen um mich, ich kann für mich aufkommen.

In Liebe, Ihre Letitia

PS: Geben Sie Eliza Rose einen Kuss von mir und sagen Sie Mr Bromberg, dass mir alles leidtut.

Es war still im Haus, als sich Letitia auf Zehenspitzen aus ihrem Zimmer schlich. Ihre Haut kribbelte vor Anspannung, die Härchen an ihren Armen richteten sich auf. Gleichzeitig hatte sie das Gefühl, zu wenig Luft zu bekommen. Im Foyer drangen Geräusche aus der Küche zu ihr. Mrs Duncan bereitete mit Sophie das Abendessen zu. Letitia würde sich von niemandem verabschieden, würde keinen Zweifel daran aufkommen lassen, wie ernst es ihr war, sich aus diesem geliehenen Leben zu verbschieden. Das Quietschen der Eingangstür jagte ihr einen Schauer über den Rücken. Durch einen Spalt quetschte sie sich nach draußen und hastete dann mit schlotternden Knien zum Garten. Ein letztes Mal durch dieses Stück Land spazieren und sich vorstellen, wie hier im März, April und Mai die Natur explodierte. Die einzigartigen Rosen mit ihren braunen Trieben, die Obstbäume, die ihre nackten Äste in den Himmel streckten. Die Dämmerung brach bereits über das Land herein. Letitia beschleunigte ihre Schritte, verließ das Grundstück an den Hainbuchenhecken und wählte den Pfad an den Wiesen und

Äckern vorbei, der direkt hinab ins Dorf führte. An vielen Stellen hatten sich von den vergangenen Regentagen Pfützen gebildet, die Erde war feucht und matschig und klebte an ihren Absätzen, aber ihre Stiefel waren dicht.

Im Dorf Summerlight erwischte sie, wie sie es sich vorab ausgerechnet hatte, den Bus nach Maidstone. Vom dortigen Bahnhof aus nahm sie den Zug der Southern Railway direkt nach London. Später würde sie mit der U-Bahn bis Piccadilly Circus fahren. Das war die Gegend, in der sie sich am besten auskannte und in der sie noch aus ihrer Londoner Zeit einige Bekannte hatte.

Das Ticket, das sie sich am Bahnhofsschalter von Maidstone gekauft hatte, hielt sie umklammert, als sie sich einen Fensterplatz suchte und die Reisetasche eng neben sich stellte. Darin befand sich ihr gesamtes Hab und Gut. Das Fahrkartenpapier wurde feucht. Sie glättete es auf ihrem Knie und merkte, dass ihre Beine zitterten.

In ihrem Kopf wirbelten die Gedanken, ohne dass sie einen zu fassen bekam, während sie auf die vorbeirauschende Landschaft von Kent starrte und die Aussicht verschwamm. Je dunkler es wurde, desto deutlicher trat ihr eigenes Gesicht in der Fensterscheibe hervor, eine blasse Frau mit Augen voller Angst und zusammengepressten Lippen. Im Abteil saßen außer ihr nur zwei ältere Herren mit ledernen Aktentaschen, miteinander ins Gespräch vertieft. Letitia war froh, dass sie sie nicht beachteten.

Eine Stunde später, nach einer kurzen Fahrt mit der Londoner Tube, erreichte sie Piccadilly Circus und schaute sich, als sie den Untergrund verließ, verwirrt um, als wäre sie auf einem anderen Planeten gelandet. Leichter Nieselregen hatte eingesetzt und durchnässte ihren Hut. So lange war es nicht her, dass sie hier gelebt hatte, aber sie hatte tatsächlich vergessen, wie laut die Stadt war und welche Gerüche sich aus Autoabgasen, Gerbereien und Schornsteinen mischten. Wie anders war es auf dem Land, wo es selbst im Winter nach Natur roch: nach Harz und Moos, Gras und sattem Mutterboden.

Als sie von mehreren Passanten angerempelt wurde, die sich sofort entschuldigten, merkte sie, dass sie mitten auf dem Bürgersteig stand. Sie reihte sich in den Strom der Menschen ein, bis sie die glänzend schwarze Fassade mit dem goldenen Schriftzug des *Royal Oak* vor sich sah, verlangsamte ihre Schritte, auf einmal verunsichert und verzagt. Gäste gingen in dem Wirtshaus ein und aus. Bis zur Sperrstunde würde sie noch warten müssen, bevor sie sich in den Eingang kauern durfte. Hoffentlich war ihr Platz dann noch frei, und der Wirt Frankie Hall ließ sie aus alter Freundschaft dort übernachten.

Schüttelfrost überkam sie bei der Vorstellung, die Nacht unter freiem Himmel zu verbringen. Himmel, was war mit ihr los? Den größten Teil ihres Erwachsenenlebens hatte sie auf der Straße gelebt.

Letitia zog den Hut tiefer ins Gesicht und schlich an der Gaststätte vorbei. Unauffällig lugte sie in die Seitenstraße und sah eng beieinanderstehende Männer mit Schieberkappen, über deren Köpfen eine Rauchwolke wallte. Die waren neu, aber die beiden Jungen, die an einer Mauer ihre Schuhputzdienste anpriesen, kannte sie und auch den

Orgelspieler, der den Hut auf sein Musikinstrument gelegt hatte. Darin lagen nicht mehr als zwei Penny, wie Letitia im Vorbeigehen sah. Neu waren auch die beiden Mädchen in den fadenscheinigen Mänteln mit den rot geschminkten Lippen, die an einer Mauer lehnten und lächelten, als sich ihnen einer der Kerle näherte.

Niemand beachtete sie. Als gehörte sie nicht mehr dazu. Sie ging einfach immer weiter, ohne zu wissen, wohin ihre Füße sie trugen. Schließlich erreichte sie die Regent Street. Weil der Regen stärker wurde, stellte sie sich unter die gestreifte Markise einer Buchhandlung. Sie holte ein paarmal tief Luft und wischte sich die Regentropfen aus dem Gesicht. Das *Royal Oak* war ihre einzige Anlaufstelle. Aber sich einfach zu den Arbeitslosen und Bettlern stellen? Sie überlegte, dass sie in den Pub gehen und sich von ihrem kostbaren Geld eine Limonade kaufen könnte. So könnte sie die Bekanntschaft mit Frankie Hall auffrischen, er würde sich daran erinnern, dass sie bis vor neun Monaten im Eingang hatte schlafen und die Toilette benutzen dürfen, und möglicherweise würde er sie beschützen, falls ihr jemand den Schlafplatz streitig machen würde. Er verlangte nicht viel als Gegenleistung, zog sie nur manchmal auf den Schoß, streichelte ihr Gesicht, küsste ihre Wange, murmelte etwas, das sie nicht verstand, und nannte sie bei einem fremden Namen. Letitia ahnte, dass sie ihn an irgendein Mädchen oder eine Frau erinnerte, aber sie hatte nie nachgefragt und es immer geschehen lassen, solange er nicht mehr von ihr wollte.

Sie drehte sich um und starrte auf das Schaufenster der

Buchhandlung. Zauberhaft illustrierte Kinderbücher standen in der Auslage neben Lexika, politischen Sachbüchern und Romanen von D.H. Lawrence, Katherine Mansfield und Virginia Woolf. Jemand hatte sich viel Mühe gegeben, alle Bücher ins rechte Licht zu rücken. Dahinter erspähte sie einen Verkaufsraum, vollgestopft mit Regalen und von einem Kronleuchter erhellt. Zwei Kundinnen in feinen Mänteln unterhielten sich mit der Dame hinter der Theke, die eine Brille mit runden Gläsern trug und mit ihrer Körperfülle den Raum hinter dem Verkaufstresen ausfüllte.

Letitias Blick glitt weiter an der Scheibe entlang, zur gläsernen Eingangstür, die vollgeklebt war mit Plakaten für Theatervorstellungen, Kinovorführungen und Märkten. Zwischen all den Zetteln fiel das Blatt kaum auf, das mit »Zur Untermiete« betitelt war. Letitia ging näher heran und las: *Zwei Zimmer zur Untermiete an anständige Person zu vermieten für Gegenleistungen im Haushalt, Garten und bei der Pflege der Hunde. Zwei Monatsmieten im Voraus. Betteln zwecklos! Anfragen im Buchladen.*

Ihre Fingerspitzen kribbelten, während sie die Anzeige studierte. Wie viel mochten zwei Monatsmieten sein? Ob ihr Erspartes dafür ausreichte? Und die wichtigste Frage: War sie eine anständige Person? Ihr lief es kalt und heiß den Rücken hinunter, während sie zwischen dem *Royal Oak*, vor dem sich immer mehr Obdachlose einfanden, und dem Buchladen hin- und herschaute. Dort drüben hatte sie ihr Leben lang hingehört, Leute ihres Schlages, die Tag für Tag um etwas zu essen und einen Schlafplatz kämpften. Ein paar Monate lang hatte sie das feine Leben genießen dürfen mit

Badewanne, geröstetem Truthahn und Fünf-Uhr-Tee. Gab ihr das das Recht, sich für etwas Besseres, eine *anständige Person*, zu halten?

Letitia trat von einem Fuß auf den anderen, um sich warm zu halten, während sie das Für und Wider abwog und zu einer Lösung zu kommen versuchte. Kunden verließen die Buchhandlung, andere gingen hinein. Niemand beachtete sie.

Sie würden sie mit einem Tritt hinausbefördern. Solche Anzeigen richteten sich nicht an Leute wie sie.

Letitia holte tief Luft. Was konnte ihr Schlimmeres passieren, als dass sie nach einer Minute wieder obdachlos vor dem *Royal Oak* stand? Sie fasste die Türklinke und drückte sie hinunter. Ein schrilles Klingeln empfing sie.

Kapitel 19

Das Jahr 1930 begann nicht weniger deprimierend, als das vergangene geendet hatte. In Dartford standen die Maschinen still. Victor schleppte sich dennoch in seine Firma. In der Halle erwarteten ihn nur noch zwei seiner Angestellten: Mrs Williams, ihm ohnehin treu ergeben, und Gregory Pearson, der zwar Schwächen im Rechnen zeigte, aber mit seiner Loyalität überraschte. Die beiden sahen Victor entgegen. Drüben bei den Papierrollen, vom Auftraggeber in letzter Minute abbestellt, gab es einen Wasserschaden. Der Regen war durch das Dach getropft, die Feuchtigkeit sog sich an den Rollen hinauf. Auf dem Boden schwammen Papierfetzen in Öllachen, Verpackungsschnüre flogen herum, und zwei Mäuse trippelten in einen Hohlraum der Maschine. Müde nickte Victor den beiden Angestellten zu. »Sie sehen es selbst, Mrs Williams, Mr Pearson. Hier gibt es nichts mehr zu tun. Ich werde die Halle später verriegeln.«

Mrs Williams' Augen schwammen in Tränen. »Ich wünschte, es wäre anders gekommen, Mr Bromberg. Es tut mir furchtbar leid. Melden Sie sich jederzeit bei mir, wenn Sie Unterstützung brauchen. Mein Herz schlägt für *Dartford Papers.*«

Pearson zog den Schlüssel für die Fabrikhalle aus seiner Hosentasche und übergab ihn Victor. »Mr Bromberg.« Er tippte sich an die Schirmkappe und wollte an Victor vorbei zum Ausgang, aber der hielt ihn auf, nahm zwei Pfundnoten aus der Hosentasche und reichte ihm eine davon. »Für den Übergang. Sie sind zuverlässig und klug. Sie werden schnell neue Arbeit finden. Ich danke Ihnen, Mr Pearson.«

Pearson steckte sich den Schein gefaltet in die Hemdtasche. Dann nickte er Victor zu und verschwand ohne ein weiteres Wort. Mrs Williams jedoch trat einen Schritt zurück und hob abwehrend beide Hände, als hätte Victor ihr ein unsittliches Angebot gemacht. »Bestimmt nehme ich in diesem tragischen Moment kein Geld von Ihnen, Mr Bromberg.« Sie trat vor, küsste ihn auf die Wange, wobei sie bis zum Haaransatz errötete, richtete ihren Hut. »Auf Wiedersehen, Mr Bromberg. Danke für alles.«

Damit eilte sie davon, und Victor stand allein und ratlos in der Halle, die viele Jahre lang den Lebensunterhalt zahlreicher Menschen gesichert hatte. Mit schweren Schritten ging er die Treppe hinauf in sein Büro und kam atemlos oben an. Er fühlte sich schwach wie ein Greis.

Auf seinem Schreibtisch stapelten sich mehrere Briefe. An den Absendern erkannte er, dass es sich vornehmlich um Gläubiger handelte, die auf Zahlungen bestanden, die er nicht mehr leisten konnte. Ein Anwalt drohte ihm mit Kontopfändung. Victor stützte den Kopf auf die Hände und raufte sich die Haare. Vielleicht ließ sich mit dem Haus auf dem Fabrikgelände noch ein Geschäft machen? Dort wohnte Alberts Witwe Maud, die sich auf diesem Geistergelände vermutlich schon lange nicht mehr wohlfühlte.

Er hatte bereits versucht, als Teilhaber in andere Firmen einzusteigen. Zwar besaß er kein Bargeld für Investitionen, aber ihm gehörte diese gigantische Maschine, die vor wenigen Wochen erst gewartet worden war. Zudem verfügte er über Erfahrung, Wissen und Kontakte. Es konnte nicht sein, dass ein Mann wie er, der jahrelang erfolgreich eine große Fabrik geleitet hatte, am Ende auf der Straße landete. Um alle Forderungen begleichen zu können, müsste er das gesamte Firmengelände verkaufen, aber wer würde sich in dieser Krise dafür interessieren?

Victor stand auf, verließ die Halle und verschloss die Flügeltür der Halle gewissenhaft, bevor er zum benachbarten Wohnhaus eilte. Dort hatte er in den Anfangsjahren, als er von Berlin nach Dartford gezogen war, mit seiner Cousine Aurora gelebt. Nach ihrem Umzug nach Summerlight House war dort Albert mit seiner Frau Maud eingezogen.

Er traf Maud, dünn wie ein Kind und auch nicht viel größer, beim Kofferpacken an.

»Es ist unheimlich auf diesem Gelände, Mr Bromberg!«, teilte sie ihm mit, nachdem sie ihn hereingebeten hatte. Im Salon verteilt lagen Kleider und Schuhe. »Ich habe meine Schwester aus Manchester gebeten, mich abzuholen. Ihr Mann führt eine gut gehende Fleischerei, dort werde ich nicht vereinsamen oder verhungern. Ich hoffe, Sie haben Verständnis für meine Entscheidung, und finden schnell neue Mieter.«

»Das Haus wird vorläufig nicht mehr vermietet«, entgegnete Victor. »Ich freue mich für Sie, dass Sie etwas Neues gefunden haben, und wünsche Ihnen nur das Beste für die Zukunft.«

Ihr Blick war traurig. »Das Beste gibt es nicht mehr für mich, seit Albert gestorben ist.«

Victor drückte ihre Hand.

Kurz darauf saß er in seinem Wagen und ließ ihn langsam durch die Straßen Dartfords rollen, vorbei an den Industriegebieten mit ihren Schornsteinen und Kränen. Die Gelände waren gespenstisch leer, überall standen Lastwagen und Förderbänder still, Tore waren mit Brettern verriegelt. Am anderen Ende der Straße schließlich fuhr er an einem Betriebsgelände vorbei, auf dem mehrere Menschen geschäftig hin und her hasteten. *Mason Papers.* Ein Pritschenwagen wartete hoch bepackt mit Rollen von Papier. Stanley Mason, ein Emporkömmling aus ärmsten Verhältnissen mit einem eisenharten Willen, hatte einen der dicksten Fische in London an der Angel: Er belieferte die Druckerei der *Evening News*, der Zeitung mit der größten Auflage. Selbst wenn den Londonern das Brot knapp wurde, auf ihre Nachrichten am Morgen und Abend verzichteten sie nie. Ein krisensicheres Geschäft.

Victor stoppte das Automobil in einiger Entfernung, legte den Kopf aufs Lenkrad und rang mit sich. Stanley war ein überheblicher Mistkerl, aber möglicherweise witterte er eine Chance zu expandieren, wenn Victor seine Papiermaschine ins Verhandlungsgespräch brachte.

Er musste es versuchen.

Er wendete den Wagen und fuhr kurz darauf auf das Gelände von *Mason Papers*. Kaum war er ausgestiegen, stapfte ihm Stanley schon breitbeinig entgegen, die Daumen in die Ärmel der Weste gehakt. Sein weißes Haar trug er akkurat seitlich gescheitelt, dazu einen krausen Backenbart. Ein Urgestein der Dartforder Papierindustrie, dem das Gefühl für die eigene Wichtigkeit ins Gesicht geschrieben stand.

»Ah, der feine Herr aus Berlin«, rief Stanley und stieß ein dröhnendes Lachen aus. Als er heran war, klopfte er Victor auf die Schulter, während er ihm gleichzeitig die Hand reichte.

»Hallo, Stanley, wie ich sehe, laufen deine Maschinen noch. Du hältst die Fahnen hoch, was?«, ging Victor auf den Tonfall seines Gegenübers ein.

»Ich kann nicht klagen, obwohl ich einige Männer nach Hause schicken musste. Das Geschäft mit den Zeitungsdruckereien ist eine sichere Bank. Alles andere bricht uns weg.«

»Wir könnten gemeinsam das Geschäft ankurbeln. Du weißt, meine Papiermaschine ist die modernste in Dartford. Und ich habe exzellente Kontakte.«

Stanley schnaufte. »Offenbar nicht exzellent genug, um dich vor dem Bankrott zu bewahren.«

Victor spürte einen Stich in der Brust. Die Demütigung schmerzte höllisch und ließ sein Gesicht glühen. Aber er zwang sich zu einem Grinsen. »Mit einem tüchtigen Partner an meiner Seite würde ich höhere Gewinne herausholen als zuvor. Was meinst du, Stanley, wollen wir es miteinander versuchen? Wir alten Papiermacher müssen zusammenhalten in diesen Mistzeiten, nicht wahr? Ich habe noch ein paar

Aufträge offen, die eine Menge einbringen würden. Aber ich kann sie nicht abarbeiten, weil mir die Zulieferer abspringen und ich keine Leute mehr habe.«

Stanley schüttelte lachend den Kopf. »Ich bin froh, wenn wir selbst über die Runden kommen, Bromberg. Wie ist die Lage in Berlin? Lohnt es sich nicht, zurückzugehen?«

Victor unterdrückte ein Schnauben. Wie ein Makel haftete ihm seine Staatsangehörigkeit an, obwohl er seit zwölf Jahren in England lebte. Er fühlte sich schon lange wie ein Engländer mit seinem Landhaus, seiner englischen Frau, seiner Tochter und seiner britischen Art zu denken und zu leben. Er winkte ab. »Schon gut, Stanley. Vergiss, dass ich gefragt habe. Ich drücke die Daumen, dass *Mason Papers* die Krise überwindet. Halt die Ohren steif.«

Er wollte sich abwenden und zu seinem Automobil zurückkehren, aber Stanley hielt ihn auf. »Was ist mit dem Wohnhaus auf deinem Gelände? Willst du das behalten?«

Victor drehte sich um, musterte den anderen skeptisch. »Wer sollte mir das abkaufen? Es liegt mitten in einem sterbenden Industriegebiet.«

»Ich.« Stanley grinste breit. »Sofern wir ins Geschäft kommen.«

Es stellte sich heraus, dass Stanley für einen kürzlich eingestellten Vorarbeiter eine Unterkunft suchte. Der Mann hatte seine Schwierigkeiten, mit Frau und fünf Kindern irgendwo unterzukommen.

Victor zögerte nicht lange, folgte Stanley in sein Büro und setzte eine Viertelstunde später seine Unterschrift unter den Kaufvertrag. Die Summe war so lächerlich gering, dass

Victor Magenschmerzen bekam, als er zum Abschluss dem Papiermacher die Hand drückte. Aber immerhin konnte er mit dem Geld mehrere Gläubiger auszahlen.

Auf dem Weg Richtung Maidstone und Summerlight House lenkte er den Wagen durch die Innenstadt von Dartford, wo es fast kein Durchkommen gab. Überall lungerten Menschen herum, standen zusammen, hielten Plakate in die Luft oder schwangen die Fäuste. Männer und Frauen mit ihren hohlwangigen Kindern marschierten durch die Stadt und skandierten wütende Sprüche. Victor fühlte Erleichterung, als er die Stadt hinter sich ließ und über die Landstraße nach Hause fahren konnte. Er drückte aufs Gaspedal. Heute brauchte er die Nähe und Wärme seiner Familie mehr denn je zuvor. Seine Verzweiflung aber würde nicht geringer werden.

Beatrice Godwins war eine der Ersten, die den Brombergs telefonisch ein gutes neues Jahr wünschten. Es hatte sich nicht verhindern lassen, dass sich in den höheren Kreisen herumsprach, in welch brenzliger Situation die Familie war. Charlotte mochte gar nicht an das Getratsche denken.

»Ich freue mich auf unser Treffen am Samstag bei den McLarens«, schloss Beatrice, nachdem sie ihre Wünsche ausgetauscht hatten. »Wir sorgen dafür, dass wir nebeneinandersitzen, ja?«

Charlotte stutzte und suchte in ihrer Erinnerung nach einer Einladung, die sie vergessen haben könnte. Aber da war nichts. »Ich weiß nichts von einem Nachbarschaftstreffen.«

Ein paar Sekunden herrschte betretenes Schweigen am

anderen Ende der Leitung. »Das ... das tut mir leid, das wusste ich nicht. Entschuldige bitte, Charlotte.«

»Kein Grund für eine Entschuldigung«, gab Charlotte forsch zurück. Diese versnobten McLarens! Das passte zu ihnen, sie in der Krise fallen zu lassen. Charlotte wollte diese Herabwürdigung mit einem Schulterzucken abtun, aber innerlich stachen Nadeln in ihr Herz.

Am gleichen Tag rief Debbie an. »Stell dir vor, Charlotte, Alex hat für uns eine Reise in die USA gebucht. Ende Februar geht es los! Wir werden mehrere Wochen durch das Land reisen, Kontakte zu Künstlern knüpfen und natürlich Robert und Aurora in Stanford besuchen. Ist das nicht fabelhaft?« Ihre Stimme überschlug sich vor Begeisterung.

Wie selbstverständlich sie *mehrere Wochen* reisen konnte, aber für einen Besuch auf Summerlight House fehlte die Zeit. Charlotte fühlte sich wie betäubt, aber sie ließ sich nichts anmerken. »Genießt die Zeit«, sagte sie, »und bestellt Robert und Aurora liebe Grüße!« Ihre Stimme schwankte ein bisschen vor Enttäuschung, aber Debbie in ihrer Euphorie bekam das anscheinend nicht mit. »Das machen wir! Ich melde mich danach wieder, ja? Dann sehen auch wir uns bald. Ich vermisse dich, Lottie!«

In der ersten Januarwoche traf das Schreiben eines Anwalts aus Canterbury ein, der Victor und Charlotte zu einem Gespräch mit der Familie Summerlight in sein Büro einbestellte.

Charlotte fühlte sich inzwischen innerlich wie erfroren. Victor teilte seine Sorgen um die Firma mit ihr und erzählte ihr Abend für Abend von seinen vergeblichen Versuchen, als

Teilhaber in andere Firmen einzusteigen oder eine Anstellung bei einer der internationalen Banken zu bekommen. Gleichzeitig meldeten die Pächter erhebliche Einbußen in ihrer Landwirtschaft, keiner wollte mehr die Wolle der Schafe kaufen, und die Milch der Kühe bekam man auf den größeren Betrieben preiswerter als bei ihnen.

Täglich flatterten neue Schreckensnachrichten ins Haus, aber die Einladung in das Anwaltsbüro nach Canterbury stellte einen vorläufigen Höhepunkt dar. Eliza Rose ließen sie bei Laura Kelly, die eigentlich den Großputz nach den Feiertagen geplant hatte und diesen nun verschieben musste. Einmal mehr vermisste Charlotte Letitia, die ohne weitere Umstände auf das Mädchen aufgepasst hätte, vielleicht mit ihr in den Garten gegangen wäre, um im Gewächshaus Sommerblumen vorzuziehen. Letitia hatte sich seit ihrem Weggang nicht mehr gemeldet. Zweimal war Charlotte nach London gefahren, hatte am Piccadilly Circus nach dem Mädchen gefragt, den Männern, die am *Royal Oak* herumlungerten, einen Penny zugesteckt, damit sie ihr erzählten, ob sie Letitia Hancock gesehen hatten. Aber alle hatten nur den Kopf geschüttelt.

Kurz hatte Charlotte in Erwägung gezogen, die Polizei einzuschalten und nach ihr suchen zu lassen. Aber Victor hatte ihr das ausgeredet. »Letitia ist eine erwachsene Frau. Sie hat aus eigenem Antrieb die Entscheidung getroffen, uns zu verlassen. Das ist ihr gutes Recht.«

Victor und Charlotte betraten pünktlich die Anwaltskanzlei Connor, aber Julian und Mira Summerlight waren vor ihnen da und schauten ihnen entgegen, als sie den Raum betraten. Charlotte hatte sich für ein dunkelblaues Kostüm mit hüftlanger Jacke und passendem Kragentuch entschieden. Mira sah extravagant aus in ihrem schwarz-weiß gemusterten Kleid mit der Schleife am spitzen Ausschnitt. Die Brombergs und die Summerlights reichten sich förmlich die Hände. In den Augen der beiden erkannte Charlotte ein beunruhigendes Mitleid, gepaart mit Selbstsicherheit und Zuversicht. Hatten sie Grund dazu, sich so siegessicher zu fühlen?

Der Anwalt Mr Connor war nicht viel älter als Charlotte. Die schwarz gerahmte Brille, der maßgeschneiderte Anzug und die sorgfältig mit Pomade gebändigten Haare gaben ihm ein seriöses Auftreten. Als er mit dunkler Stimme zu sprechen begann, hatte er die Aufmerksamkeit aller Beteiligten.

»Meine Herren, meine Damen, ich begrüße Sie zu dieser Sitzung in der Angelegenheit der Erbschaft von Summerlight House, in der es uns hoffentlich gelingt, eine einvernehmliche Lösung zu finden, sodass wir uns die Kosten und Mühen einer Gerichtsverhandlung sparen können.«

Mr Connors Monolog dauerte fast zwanzig Minuten. Er führte aus, dass die Eheleute Bromberg ohne jeden Zweifel einem Betrüger aufgesessen seien. Nach Randolph Hollister werde international gefahndet, zumal Lady Summerlight und die Brombergs nicht die Einzigen seien, die der Mann in seine kriminellen Machenschaften verwickelt habe. Es wäre die Pflicht der Familie Bromberg gewesen, sich nach dem Verbleib des Geldes zu erkundigen, nachdem das Konto erloschen sei. Lady Summerlight sei aufgrund ihres geistigen Zustands nicht geschäftsfähig gewesen. Ihr Erbe fiel komplett an ihren einzig noch lebenden Sohn, Julian Summerlight, dem für das unwürdige Ende seiner Mutter zudem eine Entschädigung zustehe, die von der Familie Bromberg zu leisten sei.

An Charlotte rauschten Mr Connors Worte vorbei. Auch wenn die Details verschwammen, wurde ihr klar: Sie würden alles verlieren. Sprachlos starrte sie den Anwalt an, während Victor ein gefaltetes Tuch aus seiner Hosentasche zog und sich damit die Stirn trocken tupfte. Die Summerlights hingegen senkten verlegen die Blicke und kneteten ihre Hände. Es tröstete Charlotte nicht, dass sie trotz der vorangegangenen Dispute keine Schadenfreude zeigten.

»Sie können selbstverständlich in aller Ruhe Ihre Koffer packen«, sagte Mira. »Wir werden Sie nicht zur Eile drängen. Wir sind gut untergebracht hier in Canterbury. Es reicht, wenn Sie die Schlüssel für Summerlight House Ende Februar an uns übergeben.«

»Um das Personal brauchen Sie sich nicht zu sorgen«, fügte Julian Summerlight hinzu. »Wir werden alle übernehmen. Mit den Pächtern muss ich noch reden. Da wird sich einiges ändern müssen, damit wir mit Gewinn arbeiten können.«

Victor saß wie eine Statue auf seinem Stuhl. Charlotte hatte ihn noch nie so erschüttert gesehen. Sie betrachtete ihn besorgt und überlegte, ob er mit dem Gedanken spielte, die Angelegenheit vor Gericht zu bringen. Es ging um ihre Existenz! Aber alles, was er hervorbrachte, war: »Geben Sie mir Bescheid, wenn diesem Mistkerl Hollister der Prozess gemacht wird.«

Auf dem Weg nach Hause hakte Charlotte vorsichtig nach. »Connor ist der Anwalt der Summerlights. Natürlich stellt er es so dar, dass Summerlight House ihnen gehört.«

Victor schüttelte den Kopf. »Glaub mir, Liebling, ich habe das alles selbst hundertmal durchdacht und bin zu keiner anderen Lösung gekommen. Es war Pech, dass wir an einen solchen Windhund geraten sind, aber ich habe meinen Teil beigetragen, indem ich den Kopf in den Sand gesteckt habe. Eine Gerichtsverhandlung würde unser Budget weit überschreiten. Ich möchte den Erlös, den wir aus dem Verkauf des Rolls-Royce erwarten können, dafür nutzen, für uns ein neues Zuhause zu suchen. Etwas Hübsches, Behagliches, vielleicht mit reetgedecktem Dach und überschaubarem Garten. Wir fangen noch einmal klein an, Liebling, und beweisen der Welt, dass wir immer auf die Füße fallen.«

Sein Optimismus klang bemüht und zeigte keine Wirkung bei Charlotte. Sie würde ihren einzigartigen Garten in fremde Hände übergeben müssen. All das, wofür sie in den letzten Jahren gelebt hatte, war verloren. Ein *überschaubarer Garten* schwebte ihm vor. Wie sollte sie da all den Prunkstücken, die sie gesammelt und gezüchtet hatte, die besten Bedingungen geben? Hatte sie überhaupt die Kraft, noch einmal von vorn anzufangen? Charlotte schlug die Hände vors Gesicht.

»Bitte nicht weinen, Darling.« Sie hörte, dass Victor schluckte, und spürte seine Hand auf ihrem Knie. »Vertrau mir.«

Kapitel 20

In den nächsten Tagen strömten Interessierte nach Summerlight House, die den von Owen Kelly gewaschenen und polierten Rolls-Royce begutachten wollten. Das teure Stück glänzte im Licht der Januarsonne, die sich durch eine milchige Wolkenschicht hindurchkämpfte. Die meisten Männer schienen sich ein Schnäppchen zu erhoffen. Da hatte sich offenbar jemand verhoben und brauchte dringend Geld. Ihre Angebote waren so lächerlich gering, dass Victor sie, wie er Charlotte zuflüsterte, am liebsten mit einem rechten Haken vom Grundstück befördert hätte, aber er bewahrte die Contenance und ließ sich am Ende auf einen Geschäftsmann aus Maidstone ein, der ihm zwar weniger bot, als der Wagen wert war, aber mehr als alle anderen.

Charlotte spürte den Schmerz ihres Mannes, als sie im Hauseingang neben ihm stand und der Chauffeur des neuen Besitzers den Rolls-Royce aus der Einfahrt lenkte.

Wenig später fuhren sie in Charlottes Ford Richtung Brentwood. Victor hatte sich hinter das Steuer gesetzt,

Charlotte ließ ihm den Platz ohne Widerworte. Es war demütigend genug für ihn, das eigene Automobil verkaufen zu müssen.

»Ich glaube, das Haus wird uns gefallen«, bemerkte Victor, als er auf die Landstraße Richtung London abbog. »Brentwood gilt als der grüne Gürtel Londons, wir haben dort gute Anbindungen an die Hauptstadt. Das Haus ist mit Summerlight House nicht zu vergleichen, es hat nur drei Zimmer, steht aber frei in einer Wiesenlandschaft und ist von einem idyllischen Garten umgeben.«

Charlotte schwieg. Es widerstrebte ihr zutiefst, sich nach einem neuen Heim umzusehen. Summerlight House war ihr Zuhause! Es konnte nicht sein, dass sie tatsächlich von dort vertrieben wurden.

»Eine Schule ist direkt in der Nachbarschaft, auch alle Geschäfte, die man braucht, und samstags findet ein Wochenmarkt statt. Von Brentwood aus könnte ich mich um eine Anstellung bei einer Bank bemühen, und du könntest dein Glück in Kew Gardens versuchen. Gut, das ist mehr als eine Stunde Fahrt entfernt, aber ...«

»Es hat keinen Zweck, mich in Kew Gardens zu bewerben«, gab Charlotte zurück. Sie wünschte, er hätte sie ermuntert, ihre Dissertation fertigzustellen. Aber die Zeit blieb ihnen offenbar nicht. »Ich bin nicht qualifiziert genug.«

Victor mahlte mit den Kiefern. »Einen Versuch wäre es wert. Wir müssen irgendwie Geld verdienen, um unseren Lebensunterhalt zu finanzieren. Die Reserven werden bald aufgebraucht sein.«

Charlotte starrte aus dem Fenster auf die vorbeirauschende Landschaft. Sie fühlte sich ausgebrannt und leer, ohne Antrieb und Mut. Sie wollte dieses Haus nicht sehen, wollte sich nicht ausmalen, wie sich ein Leben ohne Summerlight House und ihren Garten anfühlte.

Das Cottage, das die Besitzer in den *Evening News* inseriert hatten, stand schon eine Weile leer, wie Charlotte und Victor bemerkten, als sie den Wagen am Straßenrand parkten. Der Garten wirkte verwildert, die Farbe bröckelte von den Wänden ab, der Zaun benötigte einen neuen Anstrich. Hier hatte sich niemals jemand Gedanken um die Bepflanzung gemacht. Ein verholzter Apfelbaum reckte die schwarzen Finger in den Himmel, Efeu breitete sich, durchsetzt von Brombeeren und Brennnesseln, am Zaun entlang aus. Die Wiese reichte ihnen bis zu den Knien.

Das Zauntor knarzte in den Scharnieren, als Victor und Charlotte das Grundstück zu einem Rundgang betraten.

Von außen machte alles einen verwahrlosten Eindruck, aber gut, so hatten sie auch Summerlight House bei der ersten Besichtigung erlebt. Damals aber waren sie von Optimismus getragen und hatten der gemeinsamen Zukunft voller Zuversicht entgegengefiebert.

»Es wäre nur für den Übergang«, sagte Victor, weil er offenbar Charlottes Skepsis bemerkte. Er zog einen Schlüssel aus seiner Aktentasche und öffnete die Eingangstür. Die Vermieter selbst wohnten in der Innenstadt von London.

Ein klammer, moderiger Geruch schlug ihnen entgegen. Im Wohnzimmer standen ein Sofa und ein Ohrensessel, die mit weißen Laken abgedeckt waren. Schlafzimmer und Kinderzimmer schlossen sich direkt an, die Küche war nicht mehr als ein paar Schränke und ein Gasherd im hinteren Teil des Wohnbereichs.

»Ich weiß nicht, Victor. Mir erscheint der Preis zu hoch. Wir müssten so viel investieren.« Charlottes Stimme hallte von den nackten Wänden wider.

Victor fuhr zu ihr herum. »Aber es muss doch irgendwie weitergehen!«, rief er verzweifelt. »Wenn wir uns jetzt keine neue Unterkunft suchen, stehen wir Ende Februar auf der Straße.« Seine Stimme überschlug sich. Obwohl Charlotte selbst der Verzweiflung nahe war, spürte sie, dass er ihren Trost brauchte. Sie ging auf ihn zu und nahm ihn in die Arme, hielt ihn, streichelte seinen Rücken. Aufmunternde Worte fielen ihr nicht ein.

Ein paar Tage später begrüßte Charlotte Julian und Mira am Gartentor. Das Brummen des Opelmotors hatte ihren Besuch angekündigt. Sie trug weite Hosen, Stiefel und eine doppelreihig geknöpfte Jacke mit Stehkragen. »Wir hoffen, es ist Ihnen recht, wenn wir uns auf dem Grundstück umsehen. Wir wollen Ende Februar einen reibungslosen Übergang und bis dahin alles Organisatorische geregelt haben.«

Obwohl es im Haus genug zu tun gab, Briefe verschickt und Termine vereinbart werden mussten, zum Beispiel bei Beatrice Godwins, weil Eliza Rose die Schule Ende Februar verlassen würde, hatte sich Charlotte an diesem kühlen Januartag für die Gartenarbeit entschieden. Diese Jahreszeit steckte voller Vorfreude auf den Frühling. Nichts ließ die Sorgen ihres Alltags mehr in den Hintergrund rücken als die Arbeit an der frischen Luft. Die Zeit war günstig, um Köder für Wühlmäuse auszulegen, die den Rasen unterhöhlten. Außerdem gab sie den Obstbaumstämmen einen Kalkanstrich, der dafür sorgen würde, dass sie, falls es noch einmal richtig kalt werden sollte, keine Frostrisse davontrugen. Von Eisenhut, Enzian und Trollblume hatte sie Saatgut gezogen, das im feuchten kühlen Sand ausgesät werden konnte. Diese sogenannten Kaltkeimer benötigten einen Kältereiz, um zu gedeihen. Charlottes Herz wurde schwer, als sie die Körner säuberlich in Linien verteilte und die Schilder mit Kreide beschriftete. Sie würde diese Stauden nicht mehr blühen sehen. Alles, was sie jetzt in diesem Garten vollbrachte, das tat sie für die neuen Besitzer.

Während Julian den Kopf drehte und die Einfahrt und Fassade von Summerlight House einer kritischen Musterung unterzog, versuchte Mira, über Charlottes Schulter einen Blick in den Garten zu erhaschen. »Würden Sie mir bitte die Besonderheiten Ihres Gartens zeigen und mir erläutern, worauf ich im Lauf der Jahreszeiten achten muss?« Sie sprach zwar von oben herab, machte aber Augen wie ein Kalb, als wüsste sie nicht, dass sie Charlotte ein Messer in die Brust stach. Was dachte sich diese Frau! Glaubte sie, eine halbstündige Einführung würde genügen, um einen solchen Garten angemessen pflegen zu können?

Als sie Mira Summerlight das letzte Mal durch den Garten geführt hatte, war sie nicht mehr als ein ungebetener Gast gewesen, der sich umschauen wollte. Jetzt war sie diejenige, die sie vertreiben und alles übernehmen würde. Charlotte wollte sie nicht hier haben! Sie wollte ihren Garten die letzten Tage ganz für sich allein. Aber sie wahrte die Fassung.

»Wir können uns umschauen, aber ich würde Ihnen empfehlen, einen versierten Gärtner einzustellen. Was ich hier in vielen Jahren geschaffen habe, lässt sich nicht mit einem Fingerschnipsen weiterführen. Nach und nach würden Ihnen die empfindlichsten Pflanzen eingehen.«

Mira wandte sich an ihren Mann. »Gehst du schon einmal ins Haus? Mich interessiert vor allem der obere Trakt und ob man ihn für die Kinder ausbauen kann. Schau dir auch die Dienstbotenwohnungen an. Zu den Pächtern gehen wir dann später gemeinsam, ja?«

Kurz darauf folgte Mira Charlotte über die gepflasterten Wege. Charlotte erklärte ihr die Aufteilung des Gartens in Räume, die mit Buchsbäumen und bewachsenen Mauerresten voneinander abgetrennt waren. Sie spazierten durch den Lindengang, den Bauerngarten, den Obstgarten und den Steingarten, und Charlotte erzählte, aus welchen Gegenden sie welche Pflanzen mitgebracht hatte und wie es ihr gelungen war, sie in England zu kultivieren. Viele Gewächse konnte man noch nicht erkennen, die persischen Tulpen hatten noch nicht einmal die Spitzen an die Luft gereckt, die Begleiter der Rosen wie Katzenminze und Glockenblumen waren zu dieser Jahreszeit noch überhaupt nicht zu erkennen, die Clematis befand sich noch in der Winterruhe. Wie beeindruckend die Rosen blühen würden, konnte man nur anhand der Dichte und Vielfalt der Büsche erahnen.

Mira wurde immer stiller, während Charlotte fast vergaß, dass sie eine Zuhörerin hatte. Sie erzählte von all den botanischen Züchtungen, die ihr in den vergangenen Jahren geglückt waren, von der Kultivierung wilder Pflanzen und wie sie durch Versuch und Irrtum herausgefunden hatte, welche Stauden am besten miteinander harmonierten und sich gegenseitig Kraft gaben.

Schließlich, als Charlotte ihre berühmten eigenen Rosenzüchtungen präsentierte, räusperte sich Mira etwas verlegen. »Es ist unfassbar, was Sie hier geschaffen haben, Mrs Bromberg. Ich muss mich entschuldigen, ich hatte keine Ahnung, wie viel Arbeit und Kunstverständnis in diesem Garten stecken.«

Charlotte fühlte keinen Triumph, sondern nickte nur als Zeichen, dass sie die Entschuldigung annahm.

»Ich glaube, dass ich hier kläglich versagen würde bei dem Versuch, alle Pflanzen am Leben zu erhalten«, fuhr Mira fort. »Selbst ein Gärtner würde es nicht schaffen, dieses Werk in Ihrem Sinne fortzuführen. Das wäre wirklich eine Schande. Sie sind eine Meisterin Ihres Fachs, Mrs Bromberg, und Summerlight Garden gehört zu Ihnen.«

»Ich danke Ihnen, Mrs Summerlight, aber die Umstände sprechen für Sie, nicht für mich.«

Mira musterte Charlotte nachdenklich. »Was würden Sie davon halten, wenn Sie weiterhin hier als Gärtnerin arbeiteten? Ich habe auch schon ein paar Ideen, was wir verändern könnten: Wir könnten uns gemeinsam über eine Ausdünnung der Obstwiese unterhalten, über eine Vergrößerung des Nutzgartens, und dieses Gewächshaus sollten wir an einer weniger sichtbaren Stelle aufstellen. Der Schuppen ist kein Schmuckstück, vielleicht reißen wir ihn ab.« Mira war auf einmal Feuer und Flamme. Ihre Augen leuchteten.

Einen kurzen Moment lang war Charlottes Herz gestolpert bei der Aussicht, ihren geliebten Garten nicht verlassen zu müssen. Aber unter der Oberaufsicht von Mira Summerlight? Sich ihren Wünschen beugen und ausführen, was sie anregte? Niemand kannte ihren Garten so gut wie sie. Obwohl Mira ihr schmeichelte, spürte Charlotte instinktiv, dass der Garten später ihre Handschrift tragen würde.

»Das ist ein wirklich nobles Angebot, besten Dank«, sagte sie. »Aber nein. Ich habe meine Fühler bereits nach anderen Parks und Gärtnereien ausgestreckt. Ich werde in diesem Winter mit Summerlight Garden abschließen. Nur um einen Gefallen möchte ich Sie noch bitten. Mit der *Eliza Rose*, der *Irish Love* und einigen anderen Züchtungen und Begleitgewächsen bin ich im Mai auf die *Chelsea Flower Show* eingeladen. Ich würde die Pflanzen gerne solange hier an ihrem angestammten Platz wachsen lassen, bis ich über ein Stück Land verfüge, das ich zu einem Garten gestalten kann. Ich würde sie, wenn alles gut geht, Anfang Mai ausgraben und verpflanzen. Wäre Ihnen das recht?«

Miras Gesicht nahm wieder einen hochmütigen Zug an. Charlotte schoss durch den Kopf, dass sie notfalls ihre ureigenen Züchtungen bei Nacht und Nebel hier rauben würde, falls Mira ihren Wunsch ablehnte. Aber das tat sie nicht. Hoheitsvoll neigte sie den Kopf. »Selbstverständlich können Sie die Pflanzen abholen. Ich werde mich bis dahin redlich darum bemühen, ihnen beste Pflege angedeihen zu lassen.«

Charlotte lächelte sie dankbar an. »Einen Ratschlag hätte ich noch für Sie: Wenn Sie es einrichten können, dann besuchen Sie Sissinghurst auf halber Strecke zwischen Maidstone und Hastings. Sie bekommen da viele Anregungen für künftige Projekte. Meine Freundin Vita Sackville-West, die vermutlich im Mai aus Paris heimkehren wird, ist eine Kennerin der Pflanzenwelt und besitzt einen ausgesprochenen Sinn für Ästhetik. Schauen Sie ihr über die Schulter, wenn sie ihren Garten ausbaut. Und vielleicht gelingt es Ihnen, Freundschaft mit ihr zu schließen. Sie könnten sich keine bessere Ratgeberin in Gartenangelegenheiten wünschen.«

»Ich habe schon von ihr gehört. Sie schreibt Bücher, nicht wahr?«

»Ja, die sollten Sie sich besorgen. Sie hat viele Sachbücher veröffentlicht, die Ihnen helfen werden.« Es fühlte sich gut an, Mira an Vita zu verweisen. Es würde Charlotte beruhigen, wenn sie wüsste, dass ihre Freundin auf Summerlight Garden achtete.

»Dann gibt es noch die junge Frau, die wir an Weihnachten bei Ihnen angetroffen haben. Sie erzählte, dass sie sich hauptsächlich mit Ihnen um den Garten kümmert.«

Charlotte spürte einen Stich, als sie an Letitia dachte. Wenn sie wenigstens ein Lebenszeichen schicken würde! »Letitia wohnt nicht mehr bei uns«, erwiderte sie in nüchternem Tonfall. »Es war ein Glücksfall, dass wir sie gefunden haben. Leider hat sie uns verlassen. Ich kann Ihnen aber gerne die Adresse von der *Glynde School for Lady Gardeners* geben, wenn Sie Gärtnerinnen suchen.«

»Das bespreche ich noch mit meinem Mann«, erwiderte Mira, »aber vielen Dank für das Angebot.«

»Was ist mit den übrigen Angestellten, Laura und Owen Kelly und die Köchin Mrs Duncan? Das Küchenmädchen Sophie hat angekündigt zu heiraten. Danach wird sie zu ihrem Ehemann ziehen. Werden Sie die anderen drei übernehmen?«

Mira schlug den Weg zurück ein und schlang den Fuchspelzkragen enger um ihren Hals. Offenbar fröstelte es sie an der frischen Luft. Charlotte hingegen hatte ihre Jacke aufgeknöpft. »Ja, ich denke schon. Oder gibt es irgendwelche Beanstandungen?«

»Absolut nicht. Ihr Verhalten war immer tadellos.« Das galt besonders für die Kellys. Mrs Duncan hatte sich manchmal zu spitzen Bemerkungen ihr gegenüber hinreißen lassen.

Sie ging Mira voran die Treppen hinauf zum Hauseingang. Julian lief im Erdgeschoss mit Maßband und Notizbuch herum, den Bleistift hatte er sich hinters Ohr geklemmt. Er bewegte sich so selbstsicher im Haus, als lebte er hier bereits wieder. Charlotte hätte ihn gerne zurechtgewiesen, aber sie schwieg. Sie war diejenige, die sich auf Zehenspitzen zwischen diesen Wänden bewegen sollte, nicht er. Der Anwalt hatte keinen Zweifel daran gelassen. Charlotte und Victor hatten es zwar nicht auf eine Gerichtsverhandlung ankommen lassen, aber Victor hatte eine zweite Meinung eingeholt. Er hatte einem Juristen aus Dartford, den er über einen Kunden kennengelernt hatte, alle Unterlagen gegeben und die Situation wahrheitsgemäß und ohne Beschönigungen geschildert. Es gab nichts daran zu rütteln: Summerlight House gehörte Julian Summerlight. Sie verdankten es nur seinem guten Willen, dass sie nicht jetzt schon auf der Straße saßen. Er gab ihnen die Zeit, sich neu zu orientieren.

Während Julian an Wänden und Leisten Maß nahm, saß

Victor gebückt auf einem Stuhl am Esstisch, verloren und ausgelaugt. In Charlotte stieg das Mitleid hoch. Als er sie sah, bemühte er sich um ein Lächeln, das aber kläglich misslang.

»Mrs Bromberg, ich habe mit Ihrem Mann bereits besprochen, dass wir Ihnen einen Abschlag für die Möbelstücke bezahlen, die Sie nicht mitnehmen können«, wandte sich Julian an sie.

Charlotte starrte ihn mit erhobenen Brauen an. War es nicht selbstverständlich, dass die Summerlights für alles bezahlten, was sie behielten? »Ach so?«, bemerkte sie unterkühlt.

»Ja, unser Anwalt hat uns ausgerechnet, wie viel wir von Ihnen verlangen können für die vergangenen Jahre, in denen Sie unentgeltlich hier gewohnt haben. Aber wir sind keine Unmenschen, Sie konnten genauso wenig wie wir ahnen, dass das Schicksal eine solche Wende nimmt. Deswegen werden wir den Wert Ihrer Möbel nicht mit einer möglichen Mietnachzahlung verrechnen, sondern Ihnen ausbezahlen, natürlich unter Berücksichtigung der angespannten wirtschaftlichen Lage.«

Charlotte nickte Victor zu. Er würde den beiden weiter auf die Finger schauen. Ihr dagegen wurde die Luft im Haus zu knapp. Sie wollte allein sein in ihrem Garten, ohne die Frau, die ihr alles raubte. Sie nahm die Post, die auf dem Tisch neben dem Telefon lag, stürzte zurück in den Garten und setzte sich auf die hölzerne Bank am Teich. Hier war sie ganz für sich und konnte alles ausblenden.

Sie konnte sich gut vorstellen, wie hier bald die Frösche

zwischen dem Schilf quaken und über die Blätter der Seerosen springen würden.

In den vergangenen sechs Jahren hatten Victor und Charlotte Gärten in England, Frankreich und Deutschland besucht, aber ihr Anwesen war einzigartig. Jedes Jahr entwickelte es eine andere Art von Magie. Ob Mira den Garten in dieser Saison für Besucher öffnen würde? Das wäre ein Wagnis und würde viel Arbeit bedeuten.

Hier saß sie und dachte über die Zukunft von Summerlight Garden nach, die nicht mehr mit ihrer eigenen Zukunft verwoben sein würde. Der Schmerz in ihrer Brust wurde fast unerträglich. Würde sie jemals in ihrem Leben etwas Vergleichbares erschaffen können?

Und was sollte aus ihrer Promotion werden? Würde sie nach dem Auszug aus Summerlight House überhaupt noch die Kraft und Zeit haben, die Schrift fertigzustellen? Sie würde um ihren Lebensunterhalt bangen und nicht darum, ob sie in der akademischen Welt Anerkennung fand oder nicht.

Sie blätterte die wenigen Briefe durch, Reklame und Mahnungen, aber auch ein Umschlag von Aurora aus Stanford war dabei. Ein Lächeln glitt über ihr Gesicht, als sie ihn aufriss.

Liebevoll schilderte Aurora ihren Alltag in Stanford und wie sich Claire entwickelte. Sie erzählte von den Wohltätigkeitsveranstaltungen und von Roberts Arbeit in der Universität. Außerdem hatte sie eine Zeichnung ihrer Tochter beigelegt, auf der ein Strand mit Palmen und eine lachende Sonne zu sehen waren. Ein Bilderbuchleben jenseits des Atlantiks.

Charlottes Antwortschreiben würde wesentlich kürzer ausfallen, weil sie über das, was sie quälte, nicht schreiben wollte. Aurora würde das nächste Schiff nach England nehmen, um ihnen beizustehen, wenn sie wüsste, mit welchen existenziellen Nöten Victor und sie zu kämpfen hatten. Aber was sollte das nützen? Aurora würde nichts gegen die Rechtslage ausrichten können. Charlotte würde ihr irgendwann alles persönlich erzählen, wenn sich entschieden hatte, wie es mit ihr und Victor und Eliza Rose weiterging. Irgendwann, wenn alles wieder gut war.

Mit Debbie hielt sie vor allem telefonischen Kontakt. In den ersten Wochen nach ihrem Auszug hatte Charlotte sie alle paar Tage angerufen und gefragt, wie sich die Galerie entwickelte und wie Debbie in der neuen Umgebung zurechtkam. Das letzte Mal hatten sie im Januar telefoniert. Seit sie wussten, dass Summerlight House für sie verloren war, hatte Charlotte nicht mehr das Bedürfnis verspürt, mit ihrer Schwester zu plaudern. Sie wollte sie auf keinen Fall in ihre Situation einweihen und sie beunruhigen. Die Zukunft lag strahlend vor Debbie.

Charlotte lehnte sich auf der Bank zurück, legte den Kopf in den Nacken, sog den erdigen Geruch ein, der ihr so vertraut war. Ihr Blick fiel auf den Steingarten. Klippen-Leimkraut, Rosenwurz, Strandrauke und Salzkraut waren in den vergangenen Jahren gewachsen und flossen üppig über die Steinlandschaft, für immer eine Erinnerung an die Leidenschaft, die sie auf den Hebriden erlebt hatte. Gefunden an jenem Tag, an dem sie zum ersten Mal mit Quinn geschlafen hatte. Die Bilder und Gefühle von damals stiegen in ihr hoch, wie sie sich am Strand geliebt hatten, als hätte das Schicksal sie auf eine einsame Insel geschwemmt.

Sie wandte den Kopf und sah den Lindengang, die miteinander verflochtenen Baumkronen. Dort hatte Quinn auf einer Leiter stehend die Äste miteinander verwoben. Sie erinnerte sich, wie sich seine Rückenmuskeln abgezeichnet hatten und ihm das Hemd aus der Hose gerutscht war, sodass sie ein wenig nackte Haut sehen konnte. Schon damals hatte sie sich gefragt, wie sie jemals dieser sinnlichen Anziehungskraft widerstehen sollte. Wann immer sie ihn ansah, wollte sie ihn berühren, küssen, seinen Duft einsaugen.

Drüben im Schuppen hatten sie ihre leidenschaftlichsten Stunden verbracht, waren von Caitlin entdeckt worden. Was wäre passiert, wenn Caitlin sie damals nicht erwischt und Quinn nicht gezwungen hätte, mit ihr nach Irland zu gehen? Hätten Charlotte und Quinn über all die Jahre ihre Liebe im Verborgenen gelebt? Oder wären ihre Gefühle füreinander irgendwann erloschen?

Dass sie den Garten, den sie gemeinsam erschaffen hatten, verlassen musste, machte sie untröstlich. Die Erinnerungen, die sie mit Summerlight Garden verband, würden zurückbleiben und verdorren wie Pflanzen, um die sich keiner mehr kümmerte. Der Garten würde seinen Zauber verlieren.

Eine Träne löste sich und lief über ihre Wange. Unwillig wischte Charlotte sie weg. Sie wollte nicht selbstmitleidig werden. Ein Kapitel in ihrem Leben ging zu Ende. Möglicherweise würde es dabei helfen, Quinn endgültig zu vergessen.

Aus dem Augenwinkel entdeckte sie Schneeglöckchen, die im feuchten Schatten der Buchsbaumhecke ihre Knospen austrieben. Ein Lächeln breitete sich auf ihrem Gesicht aus. Doch noch ein Blumengruß vor dem Abschied. Wie wunderschön. *Galanthus nivalis.* Hinter ihnen breiteten sich Winterlinge wie gelbe Sterne aus. *Eranthis hyemalis.* Am Nachmittag würde sie sie Eliza Rose zeigen. Sie fühlte in ihrer Hosentasche nach dem Medaillon, zog es hervor und ließ es aufschnappen. Die Lobelie war immer noch einsam. War jetzt der richtige Zeitpunkt, den Kreis zu schließen und genau einen von diesen zarten Vorfrühlingsboten aufzuheben, zu trocknen und auf der zweiten, bislang leeren Seite in dem Schmuckstück zu verewigen?

Charlotte stand auf, beugte sich zu den Pflänzchen, streichelte die Knospen und Blätter. Die Erinnerung stieg in ihr auf, wie Quinn in ihren Liebesstunden auf den Hebriden vorgeschlagen hatte, eine der Strandblumen zu verewigen. Damals hatte sich Charlotte aus dem Bauch heraus dagegen entschieden. Sie hatte gespürt, wie zerbrechlich ihr Glück war, und es hatte sich bestätigt. Nun stand sie vor dem Scherbenhaufen ihrer Existenz. Wollte sie dieses Ende besiegeln, indem sie sich ein Schneeglöckchen als Andenken nahm?

Sie richtete sich auf. Nein, es fühlte sich immer noch falsch an. Sie klappte das Medaillon zu, verstaute es in ihrer Tasche und trat den Rückweg an, als sie in diesem Moment mit Erleichterung vernahm, wie sich der Opel vom Grundstück entfernte. Sie hatte wirklich keinen Wert darauf gelegt, dem Ehepaar noch einmal an diesem Tag zu begegnen.

Jetzt zog es sie zu Victor. Ihr Herz verkrampfte sich, als sie daran dachte, wie verloren er am Esstisch gesessen hatte. Ihr liebenswerter Mann. Sollte sie ihm wirklich vorwerfen, dass er einmal in seinem Leben einen Fehler begangen hatte, als er die Zahlungen stillschweigend ausfallen ließ? Hätte nicht jeder in seiner Situation die Chance genutzt? Er hatte sich nicht persönlich bereichert, sondern ihr und Eliza Rose jeden Wunsch erfüllt. Sie würde zu ihm halten und Hand in Hand mit ihm diese Krise überstehen. Was bedeuteten schon die körperliche Anziehungskraft und Leidenschaft, die sie für Quinn empfand, gegen all die Zuneigung und den Respekt, den sie ihrem Mann entgegenbrachte? Sie hob das Kinn. Gemeinsam waren sie in diese Katastrophe hineingeschliddert, gemeinsam würden sie sich daraus befreien. Zum ersten Mal seit langer Zeit spürte Charlotte einen Hoffnungsschimmer.

Kapitel 21

»Was ist das für ein unangenehmer Geruch?« Victor zog die Nase kraus, als er an diesem späten Nachmittag Mitte Februar aus London heimkehrte.

Charlotte nahm ihm den Mantel ab und hängte ihn an die Garderobe. »Mrs Duncan kocht heute Bohnen, Speck und Birnen.« Sie verzog den Mund. »Mira Summerlight hat es ihr beigebracht. Es ist ihr Lieblingsgericht. Die Norddeutschen haben wirklich einen seltsamen Geschmack, findest du nicht?«

»Ich werde mich mit ein paar Sandwiches zufriedengeben heute. Das Gericht möchte ich niemals auf einem Teller sehen müssen.« Victor schüttelte seinen linken Arm und drehte den Kopf, offenbar um Verspannungen zu lösen.

»Hast du Schmerzen?«

»Nicht so schlimm.« Er schloss und öffnete ein paarmal seine Hand und winkelte den Arm an. »Vermutlich habe ich zu viel Zugluft abbekommen. Ich bin zwischendurch mit offenem Fenster gefahren.«

»Hast du in London etwas erreichen können?«

Seine Gesichtshaut wurde, wenn möglich, noch einen Stich fahler. Charlotte musterte ihn voller Sorge. Er sollte Dr. McKinley im Dorf aufsuchen und sich einmal gründlich untersuchen lassen. Kein Wunder, wenn seine Gesundheit gerade litt. »Die Banken stellen keine neuen Mitarbeiter ein. Die meisten sind froh, wenn sie ihre Belegschaft halten können.«

Charlotte ließ die Schultern sinken und den Kopf hängen. Es wäre so wichtig für ihn gewesen, eine Aufgabe zu finden und Geld zu verdienen! Stattdessen musste sie ihm gleich die Briefe zeigen, die heute angekommen waren und die allesamt aussahen wie Mahnungen und gerichtliche Forderungen. Auch für sie und Eliza war es wichtig, dass Victor wieder seinen Platz im Leben fand. Wovon sollten sie leben, wenn die Reserven aufgebraucht waren?

Über Victors Gesicht flog ein schwaches Lächeln. »Dafür aber habe ich den Mietvertrag für das Haus in Brentwood mitgebracht. Ich habe den Vermieter davon überzeugt, dass er renovieren muss, bevor wir unterschreiben. Wenn wir möchten, können wir gleich nach unserem Auszug dorthin. Wir müssen den Vertrag nur noch unterschreiben.«

Charlotte nickte, auch wenn ihr nicht wohl war bei dem Gedanken, die hohe monatliche Miete für das Cottage aufbringen zu müssen. Sie hätte sich, solange ihre Existenz auf dem Spiel stand, mit einem noch kleineren Haus oder einer Wohnung zufriedengegeben. Aber sie wusste, wie wichtig es Victor war, seinen Stil zu bewahren und an seiner Klassenzugehörigkeit keinen Zweifel aufkommen zu lassen. Ein frei stehendes Haus, selbst ein kleines, war respektabler als ein Reihenhaus in den von grauer Industrie geprägten Vororten oder gar ein Apartment.

»Guten Abend, Mr Bromberg.« Mira kam im unpassend schimmernden Kleid mit schräg geschnittenem Rocksaum auf sie zu. *Overdressed*, fand Charlotte. »Ich habe mit Mrs Duncan besprochen, dass wir um halb sieben zusammen dinieren können. Ist Ihnen das recht?«

»Besten Dank, Mrs Summerlight, meine Frau und ich nehmen heute nur ein kaltes Abendessen. Wir werden der Köchin Bescheid geben.«

Charlotte beschloss, darüber hinwegzusehen, dass Victor über ihren Kopf entschied. Die Situation war schwer genug erträglich, da brauchten sie nicht noch privaten Zwist.

Seit drei Tagen lebten die Summerlights im Haus. Sie hatten sich darauf geeinigt, dass Victor, Charlotte und Eliza bis Ende Februar in ihrem eigenen Flügel wohnen konnten. Elizas Kinderzimmer hatten sie bereits aufgelöst und alle Möbel, Kleider, Bilder und Bücher in den elterlichen Trakt gebracht. Mira und Julian wohnten im linken Flügel, der früher Charlottes Mutter gehört hatte, und für die Kinder hatten sie bereits den Trakt im Erdgeschoss mit dem Wintergarten hergerichtet. Die Bibliothek würde Julian, sobald die Brombergs ausgezogen waren, für seine eigene Büroarbeit nutzen.

Als sie die Treppe nach oben stiegen, wartete an der obersten Stufe Eliza Rose mit ernster Miene auf sie. Charlotte beeilte sich, zu ihr zu gelangen und sie in den Arm zu nehmen. In letzter Zeit war sie auffallend blass und still. Es schnitt Charlotte ins Herz, dass das sensible Mädchen die unangenehmen Schwingungen im Haus mitbekam, die Gespräche und Auseinandersetzungen, die Vorwürfe und die Verzweiflung.

»Wann müssen wir denn ausziehen, Mama?«, fragte sie nun, als Charlotte sie auf die Wangen küsste und sie an sich drückte. »Ich habe meinen Koffer schon gepackt.«

Victor wuschelte ihr durch die Haare. »Das ist klug von dir, Eliza«, sagte er. »Und eine gute Idee. Wir sollten heute auch die Koffer packen, Charlotte, was meinst du?«

»Ja gern, wir drei zusammen. Und nachher essen wir Sandwiches und trinken heiße Schokolade, die uns Mrs Duncan hochbringt, einverstanden?«

Ein Lächeln erhellte das Gesicht des Mädchens. »Ich hasse es, mit dem blöden Max und der Irma zu essen. Die schmatzen beide so ekelhaft. Ich bin viel lieber mit euch alleine.«

»Das werden wir in unserem neuen Zuhause immer sein«, versprach ihr Charlotte, als sie durch das Studierzimmer ins Schlafzimmer gingen.

»Was ist, wenn mich die Kinder und Lehrer auf der neuen Schule nicht mögen?«, wollte Eliza wissen.

Victor schnappte sich seine Tochter und wirbelte sie einmal im Kreis, sodass sie vor Vergnügen kreischte. »Es gibt keinen Menschen auf diesem Planeten, der meine Prinzessin nicht mag!«, behauptete er. »Du wirst im Nu neue Freunde finden.«

»Dreh mich noch mal!«, verlangte Eliza, als er sie absetzte.

Charlotte warf einen Blick auf Victor und erschrak. Seine

Züge waren schmerzverzerrt, er war totenbleich. Er ließ sich aufs Bett sinken und beugte den Oberkörper nach vorn.

Sofort sprang Charlotte an seine Seite, kniete sich neben ihn. Panisch drückte er sich die rechte Hand auf die Brust. Mit fliegenden Fingern öffnete sie seinen Hemdkragen und wandte sich zu Eliza um, die sie erschrocken beobachtete. »Lauf nach unten zu Mrs Duncan und hilf ihr, unsere Sandwiches und den Kakao zu machen. Beeil dich, Eliza, lauf!« Ihre Stimme überschlug sich. Bevor Eliza nach unten raste, hörte Charlotte noch ihr Schluchzen.

»Ich ... ich kriege keine Luft mehr. Ich habe das Gefühl, mein Brustkorb wird zusammengequetscht«, presste Victor zwischen den Zähnen hervor und ließ sich nach hinten fallen. In der nächsten Sekunde warf er sich zur Seite, krümmte sich und schrie heiser auf.

Charlotte sprang auf. Sie stürzte aus dem Schlafzimmer und die Treppe ins Erdgeschoss hinunter zum Telefon. Die Nummer von Dr. McKinley aus dem Dorf kannte sie auswendig. Gehetzt schilderte sie dem Arzt, was passiert war. »Was soll ich tun?«, schloss sie mit einem Schluchzer.

»Gehen Sie sofort wieder zu ihm, öffnen Sie alle Fenster, damit Luft in den Raum kommt. Lagern Sie seinen Brustkorb erhöht, ziehen Sie ihm das Hemd aus und lockern Sie den Gürtel. Vor allem: Bleiben Sie ruhig! Sagen Sie ihm, dass alles gut werden wird, ich bin in fünf Minuten bei Ihnen!« Damit legte der Arzt auf.

Mira und Julian hatten das Telefonat gehört und traten heran. »Können wir helfen?«

Charlotte schüttelte den Kopf. »Mein Mann hat einen Anfall, vielleicht einen Infarkt. Der Doktor ist unterwegs«, antwortete sie, schon wieder auf dem Weg nach oben. »Bitte passen Sie auf Eliza auf.«

Schon stürmte Charlotte, immer zwei Stufen auf einmal nehmend, in die obere Etage. Ihr Herz machte einen Satz, als sie sah, dass Victor sich nicht bewegt hatte. Er lag immer noch quer über dem Bett, sein Brustkorb hob sich ruckartig, röchelnd.

Charlotte riss die Balkontür und das Fenster auf. Die kühle Februarluft wehte ins Schlafzimmer. Sie setzte sich zu Victor und hob seinen Kopf an, sodass sie ihm ein Kissen darunterschieben konnte und er leicht erhöht lag. Seine Hand fühlte sich eiskalt und feucht an, als sie sie in ihre nahm und streichelte. »Victor, Liebling, der Doktor ist gleich da. Du musst dich beruhigen. Alles wird gut.« Sie hörte, wie sein Atem langsamer ging. Gleichzeitig nahm seine Gesichtshaut einen bläulichen Ton an.

»Charlotte, ich ... liebe dich«, brachte er unter größter Anstrengung hervor.

»Pst«, machte sie, den Tränen nahe. »Schone deine Kraft, du wirst wieder gesund. Dr. McKinley ist unterwegs.«

»Ich ... ich schaffe es nicht, Charlotte.« Sein Atem war jetzt von pfeifenden Lungengeräuschen begleitet.

Sie berührte sein Gesicht und erschrak zu Tode, weil er sich wächsern und kalt anfühlte. »Verlass mich nicht, Victor, bitte, bleib bei mir.« Jetzt liefen ihr die Tränen, sie legte ihre Wange an seine, wollte ihm von ihrer Kraft geben, damit er dies hier durchstand, aber sie fühlte, wie sein Körper erschlaffte, wie er nur noch unregelmäßig Luft holte. Er sah sie an. »Sag Eliza, sie ist … ein wunderbares Mädchen.« Dann brach sein Blick. Sein letzter Atemzug entwich mit einem Seufzen, das sich fast erleichtert anhörte.

Charlotte sank auf seiner Brust zusammen, umklammerte ihn und weinte laut. »Komm zurück, Victor, komm zurück.« Sie hielt ihn fest, als könnte sie dadurch verhindern, dass er ihr entglitt. Doch sein Körper war nur noch eine Hülle, sein Herz hatte den letzten Schlag getan.

Die Panik drohte Charlotte zu überwältigen. Sie fuhr herum, als sich die Schlafzimmertür öffnete. Dass der Doktor angekommen war, hatte sie nicht bemerkt. Jetzt eilte er mit seiner Tasche heran, die Stirn gefurcht.

»Sie kommen zu spät, Dr. McKinley«, sagte Charlotte und erhob sich, um ihm Platz zu machen. Der Arzt brauchte nicht Victors Puls zu fühlen oder das Stethoskop auf seine Brust zu setzen. Charlotte wusste, dass nichts auf der Welt ihren Ehemann zurückbringen würde. Sein Gesichtsausdruck wirkte fast friedlich, nachdem Dr. McKinley seine Lider geschlossen hatte. Als würde er nur schlafen und bald wieder mit Eliza toben und Schokoladenmilch trinken.

»Es tut mir leid, Mrs Bromberg. Mein aufrichtiges Beileid.« Der Arzt ließ sein Stethoskop in die Tasche gleiten und verschloss sie.

»Wie kann das sein?« Charlotte wischte sich mit dem Unterarm unter der Nase entlang. Sie fühlte sich, als liefen Insekten durch ihre Blutbahnen. »Er war gerade noch munter und fällt von einer Sekunde auf die andere tot um?« Ungläubig schüttelte sie den Kopf. »Hätte ich irgendwas tun können?«

Der Arzt erhob sich. »Sie haben alles richtig gemacht,

Mrs Bromberg. Quälen Sie sich nicht. Sie hätten den Tod Ihres Mannes nicht verhindern können. So ein Herzinfarkt kündigt sich nicht immer Tage zuvor an, sondern kommt manchmal wie aus heiterem Himmel.«

»Was soll ich jetzt tun? Meine Tochter wartet unten …« Sie war nicht fähig, einen klaren Gedanken zu fassen. Innerhalb weniger Sekunden war alles anders geworden, war sie auf sich allein gestellt und hatte nicht die geringste Ahnung, wie sie das schaffen sollte.

»Sie haben doch Mitbewohner, nicht wahr? Lassen Sie sich unterstützen bei allen organisatorischen Fragen. Ich werde jetzt den Totenschein ausstellen und den Bestatter aus dem Dorf benachrichtigen.«

»Sie nehmen Victor mit?« Charlotte fühlte sich wie im freien Fall.

Dr. McKinley entnahm seiner Tasche ein Schraubglas und schüttete zwei Tabletten in seine Handfläche. Damit trat er auf Charlotte zu. »Nehmen Sie die. Ein leichtes Beruhigungsmittel, das Ihnen helfen wird. Ich lasse Ihnen das Glas da für den Notfall.«

Charlotte konnte nicht aufhören, auf Victor zu starren, nahm die Tabletten entgegen und behielt sie in der Hand. »Sie müssen sie einnehmen, Mrs Bromberg«, erinnerte der Arzt sie.

Charlotte gehorchte und schluckte sie trocken. Schon jetzt wusste sie nicht mehr, wofür sie sie bekommen hatte.

»Ich lasse Sie nun allein und telefoniere gleich mit dem Bestattungsunternehmen. Ich denke, in ein, zwei Stunden sind die Männer da.«

Charlotte antwortete nicht, sondern legte sich aufs Bett zu ihrem toten Mann, schmiegte sich an seine Seite, einen Arm über seinen Brustkorb gelegt. So blieb sie, hörte das Klappen der Tür, als der Doktor ging, und von unten die aufgeregten Stimmen der übrigen Hausbewohner. Irgendwo zwischen ihnen musste Eliza Rose sein. Charlotte drehte sich der Magen um bei der Vorstellung, wie sie ihrer Tochter erklären sollte, dass ihr Vater nicht mehr wiederkehrte.

Nach einer Ewigkeit, wie es ihr schien, richtete sie sich auf. Das Türklopfen von unten hatte sie aufgeschreckt. Das mussten die Männer des Bestatters sein, die Victor mitnehmen und ihn herrichten würden, damit alle ihn ein letztes Mal sehen und sich verabschieden konnten. Für sie würde die letzte Erinnerung an ihn immer der schmerzverzerrte Gesichtsausdruck sein, wie er gelitten und um sein Leben gekämpft hatte. Trotz ihrer Existenznöte hatte Victor nie Todessehnsucht gehabt. Er hatte gern gelebt, das wusste sie, und er hatte sich für sie und Eliza Rose verantwortlich gefühlt.

Sie hörte die Männer Schritt für Schritt die Treppe hochsteigen und starrte zur Tür, als sie oben angekommen waren und sie begrüßten. Sie trugen einen Sarg zwischen sich.

Charlotte fühlte sich wie eine Statistin in einem Film, als sie zur Seite trat und beobachtete, wie die vier in ihren schwarzen Anzügen Victor umbetteten. Sie nickten ihr zu, als sie den Raum wie Geister verließen.

Charlotte starrte vor sich hin, für ein paar Minuten unfähig, sich zu bewegen. In ihr schien alles leer zu sein, durch die geöffneten Fenster wehte der Wind herein. Sie schlang die Arme um ihren Oberkörper, aber die Kälte kam nicht nur von außen. Sie warf sich die Strickjacke über, die über einem Stuhl hing. Dennoch begannen ihre Zähne zu klappern.

Mit hölzernen Schritten verließ sie den Raum und stieg die Treppe hinab. Aus dem Fenster im Erdgeschoss sah sie den schwarz lackierten Wagen mit dem Schriftzug des Bestattungsunternehmens. Langsam setzte er sich in Bewegung.

Es roch inzwischen noch intensiver nach Birnen, Bohnen und Speck, und Charlotte fühlte eine völlig irrationale Wut auf dieses Gericht. Das hätte nicht der Geruch sein sollen, den Victor als letzten wahrnahm. Mira und Julian, gefolgt von Laura und Owen Kelly und Köchin Mrs Duncan mit Sophie, kamen wie in einer Prozession auf sie zu, die Mienen voller Neugier und Mitgefühl.

»Mein aufrichtiges Mitgefühl, Mrs Bromberg.« Mira sprach sie als Erste an, die anderen folgten murmelnd mit ihren Beileidsbekundungen.

Charlotte bedankte sich mechanisch und fragte sich gleichzeitig, was diese Leute von ihr wollten. Sie sollten nicht hier sein. Ihre Mutter, Debbie, Robert und Aurora sollten jetzt an ihrer Seite stehen, sie halten und trösten und ihr erklären, wie es weitergehen würde. Wie war sie nur in eine Lage geraten, bei der sie im Angesicht des Todes ihres Mannes von Menschen umringt war, die ihr völlig gleichgültig waren? Nie zuvor in ihrem Leben hatte Charlotte ein stärkeres Gefühl von Einsamkeit und Verlassenheit gespürt.

Zwischen den Beinen der Erwachsenen drängelte sich Eliza Rose mit hochroten Wangen und zerzausten Haaren hindurch. Offenbar war sie auf der Ofenbank in der Küche eingeschlafen. In ihren Augen lag die angstvolle Frage, was hier nicht stimmte. Vielleicht hatte sie von all der Aufregung nichts mitbekommen, aber sie spürte bestimmt das Unglück, das über ihr Zuhause hereingebrochen war. Sie warf sich in einem zu langen weißen Nachthemd, das Laura ihr offenbar geliehen hatte, Charlotte in die Arme, die sie sofort aufnahm und an sich drückte. Eliza legte ihre Wange an Charlottes, glühend warm. Sie umschlang den Hals ihrer Mutter, als befürchtete sie, sie könnte sie verlassen.

»Ich habe den Kakao gerührt und Mrs Duncan mit den Sandwiches geholfen. Eines habe ich schon gegessen, aber es sind noch genug für Papa und dich übrig. Geht es Papa besser?«

Obwohl Charlotte selbst noch unter Schock stand, wusste sie instinktiv, dass sie diejenige war, die ihrer Tochter von Victors Tod erzählen musste. Niemand konnte ihr diese Aufgabe abnehmen, verschieben konnte sie es auch nicht. Ihre Tochter brauchte jetzt Antworten auf all die Fragen, die auf sie einstürmten. Sie nahm Eliza Rose an die Hand und ging mit ihr ins Wohnzimmer.

»Ich werde in Ihrem Schlafzimmer alles zurechtmachen«, flüsterte Haushälterin Laura ihr zu. Charlotte schenkte ihr ein dankbares Lächeln.

»Warum gehen wir nicht nach oben?«, fragte das Mädchen, als Charlotte den Kamin ansteuerte, in dem die Flammen hell loderten.

»Oben ist es kalt, und Papa ist nicht mehr da.«

Eliza schwieg einen Moment, bis Charlotte sich in den

geblümten Ohrensessel fallen ließ. Eliza kletterte auf ihren Schoß und machte es sich dort gemütlich.

»Die Männer haben Papa mitgenommen«, stellte sie fest. »Bringen sie ihn ins Krankenhaus nach Canterbury? Wann kommt er zurück?«

Charlotte schluckte. »Mein Schatz, Papa kommt nicht mehr zurück.« Eine Flut von Tränen wollte sich lösen, aber sie hielt sie mit aller Kraft zurück. Nicht, weil das Kind ihre Trauer nicht sehen sollte, sondern weil sie es dann nicht schaffen würde weiterzusprechen. »Weißt du, mit unserem Leben ist es ähnlich wie bei den Pflanzen im Lauf der Jahreszeiten. Im Frühling erwacht alles neu, im Sommer zeigen alle Pflanzen ihr schönstes Gesicht, im Herbst tanken sie Kraft, und im Winter verwelken sie und vergehen wie alle Lebewesen.«

Eliza lauschte aufmerksam. »Ich bin der Frühling«, stellte sie fest.

Trotz ihres Kummers musste Charlotte lächeln. »Ja, das bist du.«

»Und du bist der Sommer«, führte Eliza ihre Gedanken weiter aus.

»Vielleicht, ja.« Charlotte war sich nicht sicher, ob sie nach all den Strapazen der vergangenen Wochen noch in der Blüte ihres Lebens stand. Sie fühlte sich angeschlagen.

»Aber Papa ist noch nicht alt und welk. Er ist stark wie der Walnussbaum im Obstgarten.«

»Manchmal haben Menschen wie Pflanzen oder Tiere Krankheiten, sind geschwächt, dann können sie sterben.«

»Was hat Papa denn?«

»Sein Herz hat einfach aufgehört zu schlagen.« Eine einzelne Träne löste sich und lief ihr über die Wange bis zu den Lippen. Eliza streichelte sie weg.

»Ich bin auch traurig, Mama«, sagte sie, »aber ich kann nicht weinen.«

»Das musst du nicht. Jeder trauert so, wie es für ihn richtig ist.«

»Wo ist Papa jetzt?«

Charlotte dachte über die Frage nach, bevor sie antwortete. »Sein Körper ist jetzt bei dem Bestatter, der ihn für die Beerdigung zurechtmachen wird. Aber wo seine Seele ist ... Das weiß niemand, denn niemand ist je von den Toten zurückgekehrt und hat uns erzählen können, was dann passiert. Manche Menschen glauben, die Toten kommen in den Himmel.«

Eliza unterdrückte ein Kichern. »Und sitzen da dann auf einer Wolke und schauen auf uns herab? Das ist eine lustige Vorstellung, oder?«

Charlotte zuckte mit den Schultern. »Andere glauben, dass die Seele weiterlebt, in einem Tier oder einer Pflanze, dass man also wiedergeboren wird.«

Eliza starrte in die Flammen und schwieg eine Weile. »Das würde gut zu Papa passen. Ich werde achtgeben, ob ich ihn in irgendeiner Pflanze oder einem Tier wiedertreffe.«

Charlotte drückte ihr einen Kuss auf die Stirn. Das Gespräch mit Eliza hatte irgendetwas in ihr gelöst und zum Fließen gebracht. Die Trauer war nach wie vor überwältigend, aber die Schockstarre war vorüber.

Als sie kurz darauf das Schlafzimmer in ihrem Flügel

betraten, dankte Charlotte dem Himmel für eine umsichtige Haushälterin wie Laura Kelly. Sie hatte die Fenster geschlossen und die Vorhänge zugezogen, im Kamin brannten Buchenscheite, das Bett war frisch bezogen und aufgeschüttelt, zum Hineinschlüpfen bereit. Einander zugewandt, legten sich Mutter und Tochter hinein. »Soll ich die Nachttischlampe anlassen?«, flüsterte Charlotte.

Eliza nickte. Auf einmal zitterte ihre Unterlippe. Tränen lösten sich aus ihren Augen und liefen über ihre Wangen. Ihr Körper bebte, als all der Schmerz aus ihr herausdrang und ihr Verstand begriff, dass ihr Papa nicht mehr heimkehren würde. Dass sie sich nicht mehr zwischen zwei Erwachsene drängen musste, wenn sie ins Elternbett stieg, sondern dass eine Seite für immer frei bleiben würde.

Charlotte wollte mitweinen, biss sich aber auf die Zähne und nahm Eliza in die Arme, hielt und wiegte sie sanft, bis der Tränenfluss verebbte.

»Werden wir auch krank und müssen sterben?«

Charlotte streichelte ihren Rücken, küsste ihre Stirn. »Sterben müssen wir alle irgendwann, aber noch nicht jetzt, Liebes. Jetzt werden wir kämpfen.«

Völlig erschöpft schlief Eliza ein. Charlotte hielt sie noch einen Moment, dann drehte sie sich auf den Bauch, barg das Gesicht in den Kissen und weinte, bis in den frühen Morgenstunden der Gesang der Vögel von draußen zu ihr hineindrang und Sonnenlicht durch eine Lücke zwischen den Vorhängen direkt auf ihr Gesicht fiel. Ein wunderschöner Vorfrühlingstag brach an, ein Tag, den Victor nicht mehr erleben durfte.

Charlotte hatte gerade zwei Stunden geschlafen, als Eliza sie weckte. »Mama, es ist schon hell draußen. Ich muss in die Schule!«

Charlottes Kopf fühlte sich an, als würde er jeden Moment platzen. Qualvoller Schmerz hämmerte hinter ihrer Stirn.

Irgendwie musste sie den Alltag bewältigen. Auf eine nicht fassbare Art erschien es ihr unmöglich, dass sich die Erde weiterdrehte, obwohl Victor nicht mehr lebte. Die Welt sollte stillstehen und den Atem anhalten, statt vorzugeben, dass sich nichts geändert hatte.

Eliza klang, als hätte sie ihre Trauer weggeschlafen. Wahrscheinlicher aber war, dass sie sie in den hintersten Teil ihres Herzens vergraben hatte, damit sie sie nicht lähmte. Charlotte hatte vorgehabt, Eliza die nächsten Tage aus der Schule abzumelden, aber vielleicht tat es der Kleinen gut, wenn alles so weiterlief, wie sie es gewohnt war. Sie würde sie heute selbst in die Schule bringen und mit Beatrice Godwins reden.

Am Frühstückstisch herrschte betretenes Schweigen. Hilflos wandte sich Mira an Charlotte. »Wenn Sie irgendwelche Hilfe brauchen, wir sind für Sie da.«

»Selbstverständlich können Sie hier so lange wohnen bleiben, wie Sie möchten. Ein solcher Unglücksfall ändert alles«, fügte Julian hinzu.

Charlottes Magen fühlte sich an, als lägen Wackersteine darin. Sie glaubte, in ihrem Leben keinen einzigen Bissen mehr essen zu können. »Ich danke Ihnen, aber ich werde mich an unsere Vereinbarung halten.«

Schon mit Victor gemeinsam war ihr das Leben unter

einem Dach mit den Leuten, die ihre Existenz vernichtet hatten, ein Graus gewesen. Die Hoffnung hatte sie getragen, dass sie als Familie zusammenhielten und sich etwas Neues aufbauen würden. Jetzt gab es überhaupt keine Hoffnung mehr, und das von den Summerlights übernommene Haus wirkte nur noch bedrohlich auf Charlotte. Sie wollte hier raus. So schnell wie möglich. Das war nicht mehr das Zuhause, das ihr Schutz bot. »Ich bringe Eliza heute selbst zur Schule«, wandte sie sich an Laura, nachdem sie ein paar Schlucke Tee getrunken hatte.

Eine halbe Stunde später erklärte sie Beatrice Godwins, was in der Nacht geschehen war. »Eliza wollte aber unbedingt in die Schule, deswegen habe ich sie gebracht.«

Beatrice streichelte ihre Schulter. »Ich denke, das war richtig so, Charlotte. Mein aufrichtiges Mitgefühl zum Verlust deines Mannes. Ich bin für Eliza und dich da, wenn ihr mich braucht.«

Charlotte versuchte ein Lächeln. »Ich danke dir. Es sind ohnehin nur noch wenige Tage, die sie in deiner Klasse verbringt. Gleich nach der Beerdigung werde ich ausziehen.«

»Weißt du schon, wohin?«

»Victor hat ein Haus für uns gemietet. Ich weiß noch nicht genau, ob es passend ist. Aber irgendwie geht es immer weiter, oder?«

Einem Impuls folgend, trat Beatrice einen Schritt vor und zog Charlotte an sich. »Du bist eine Kämpferin, Charlotte, und deine Tochter ist ein kluges Mädchen. Ihr werdet euch ein neues Leben aufbauen und irgendwann mit der Trauer zu leben lernen.«

Charlotte wünschte, sie könnte Beatrices Optimismus teilen. In diesen Stunden lag die Zukunft wie ein schwarzer Abgrund vor ihr.

Am Vormittag rief der Bestatter an und bat um einen Termin für die Auswahl des Sarges. Himmel, einen Sarg für Victor aussuchen zu müssen! Sie wollte das nicht, aber wer sollte es ihr abnehmen?

Das Schlimmste aber war, dass sie Aurora, Robert und Debbie informieren musste. Debbie und Alex waren inzwischen in den USA, ein günstiger Zufall. Aus Schottland wären sie sofort angereist. Sie musste ihnen sagen, dass Victor gestorben war, ihr Cousin und Schwager. Aber sie sollten auf keinen Fall erfahren, in welch bestürzender Situation er gegangen war und dass sie Summerlight House verloren hatte. Sie wusste, dass ihre Familie jenseits des Atlantiks keine ruhige Minute mehr haben würde, wenn sie davon wüssten. Wie sollte sie es schaffen, ihnen dies alles vorzuenthalten? Nicht nur aus Kostengründen, sondern auch, weil es weniger belastend für sie war, entschied sich Charlotte, ein Telegramm nach Stanford zu schicken, statt zu telefonieren. Als sie am frühen Nachmittag mit ihrem Automobil Eliza in der Schule abholte, fuhr sie gleich weiter mit ihr nach Maidstone, um im dortigen Telegrafenamt die Nachricht zu diktieren.

Victor in der Nacht gestorben Stopp Herzinfarkt Stopp Beerdigung in einer Woche Stopp Bitte nicht kommen Stopp Eliza und ich trauern aber kommen zurecht Stopp In Liebe Stopp

Sie hätte es sich denken können, dass vier Stunden später, als ein Bote offenbar die Nachricht überbracht hatte, das Telefon klingelte. Zum Glück waren Mira, Julian und die beiden Kinder zu einer Einkaufstour nach London aufgebrochen.

»Was für eine Tragödie, Charlotte.« Ihr Bruder Robert war der Erste, der sich meldete. Charlotte wusste, dass Debbie und Aurora neben ihm am Telefonhörer klebten. »Wir denken an dich und fühlen mit dir. Hat es sich denn irgendwie angekündigt? War Victor in ärztlicher Behandlung?«

»Du kennst ihn. Er hat sich immer für unbesiegbar gehalten und wäre nie nur aus Vorsorge zu einem Arzt gegangen. Für mich kam es völlig unerwartet. Falls er vorher Schmerzen hatte, hat er es mit sich allein abgemacht. Er fehlt mir so, Robert.« Sie schniefte und wischte sich mit dem Handrücken über die Augen.

»Wir versuchen, so schnell wie möglich zu kommen. Ich arbeite hier gerade an einem Projekt, das eigentlich keinen Aufschub verträgt, aber so ein Todesfall ist natürlich eine außergewöhnliche Situation. Ich ...«

»Bitte nicht, Robert. Kommt nicht. Bis zur Beerdigung schafft ihr es sowieso nicht. Und danach habe ich so viel mit organisatorischen Dingen zu tun, dass ich überhaupt keine Zeit für euch hätte. Ich muss die Firma verkaufen. Mir wird schlecht, wenn ich nur daran denke. Das alles braucht meine volle Konzentration.«

Am anderen Ende der Leitung gab es ein Gerangel. »Lottie? Mein Gott, du Ärmste!« Debbie schrie und schluchzte gleichzeitig. »Ich möchte fliegen, um so schnell wie möglich bei dir zu sein. Das verdammte Schiff braucht Ewigkeiten. Mir tut das so leid. Victor war ein wunderbarer Mann. Ich liebe dich, Lottie, und ich schicke dir tausend Küsse und mein Mitgefühl.«

Jetzt eroberte Aurora den Telefonhörer. »Wie schwer es für dich sein muss, für Eliza stark zu sein. Aber du schaffst das, Charlotte. Ich habe dich für deine Kraft immer bewundert, nun wirst du sie brauchen. Ich wäre gern so schnell wie möglich bei dir, aber ich verstehe, dass du Zeit für dich brauchst. Sollen wir es so einrichten, dass wir im Sommer zu Besuch kommen?«

In Charlotte rasten die Gedanken. Was würde im Sommer sein? Wo würde sie leben und ihre Familie in Empfang nehmen? Was auch passieren mochte: Sie konnte die für sie wichtigsten Menschen nicht für immer aus ihrem Leben ausschließen. Irgendwann würde sie ihnen die Wahrheit sagen müssen.

»Ja, es wird das Beste sein, wenn ihr im Sommer kommt«, erwiderte sie schließlich.

Aurora schluchzte am anderen Ende. »Ich hätte Victor gern auf seinem letzten Weg begleitet. Ich werde mich mit dem Bestatter in Verbindung setzen und einen Kranz mit einem Trauerspruch bestellen.«

»Das hätte ihn gefreut«, sagte Charlotte. »Ich melde mich, wenn ich wieder klar denken kann«, fügte sie noch an. »Ich liebe euch.« Dann legte sie den Hörer auf und ließ den Tränen freien Lauf. Ihre Lider schmerzten inzwischen und waren rot geschwollen vom vielen Weinen.

»Nehmen Sie heute am Dinner teil, Mrs Bromberg?« Laura war unbemerkt aus dem Esszimmer ins Foyer getreten.

Charlotte hob den Kopf und fühlte sich, als tauche sie aus

trübem Wasser auf. »Hm? Ja, nein.« Sie schüttelte den Kopf. »Ich habe keinen Hunger. Sorgen Sie bitte dafür, dass Eliza Rose etwas isst? Wenn sie möchte, in der Küche.«

»Verzeihen Sie, Mrs Bromberg, es geht mich nichts an, aber Sie müssen etwas essen, um bei Kräften zu bleiben. Soll ich Ihnen etwas Kartoffelbrei und kalten Braten hochbringen?«

»Nur eine Kanne Tee, bitte.« Wie konnte sie jemals wieder eine Mahlzeit genießen? Es erschien ihr ungehörig, wenn Victor nicht mehr mitaß.

Die Essensgerüche drangen zu ihr hoch, das Plaudern der neuen Hausbesitzer, das Klappern des Geschirrs und des Bestecks, die hellen Stimmen der Kinder. Charlotte hatte sich in ihr Studierzimmer gesetzt und sich die Tagespost von gestern und heute herangeholt. Es waren ungewöhnlich viele Briefe, und die meisten erweckten einen offiziellen Eindruck.

Das Zimmer wirkte leer, seit Charlotte ihre Unterlagen zusammengepackt und in einem Koffer verstaut hatte. Mira Summerlight wartete bereits ungeduldig darauf, dass Charlotte sich zurückzog. Sie würde hier künftig selbst an ihren Forschungsprojekten für die Universität Kiel arbeiten und Fachartikel für Zeitschriften verfassen.

Der Koffer war schwer wie mit Steinen beladen, aber Charlotte wusste nicht, von welchen Büchern, Zeitschriften und Manuskripten sie sich trennen sollte. Das Inhaltsverzeichnis ihrer Doktorarbeit hatte sie inzwischen verfasst, aber möglicherweise würde es Jahre dauern, bis sie die Konzentration und Kraft aufbrachte, sich damit in der Universität vorzustellen. Ihre Liebe zur Wissenschaft war in den letzten Monaten zerfasert, als sie um ihre Existenz ringen musste. Ein so wichtiger Teil ihres Selbst und das Brennen für die Botanik waren zu einem Glimmen verkommen. Vielleicht hatte Eliza recht mit ihrer Idee, dass auch sie krank waren und verwelken würden. Sie erschrak über sich selbst. Alles würde sie schaffen, wenn nur der Mut sie nicht verließ. Sie durfte sich nicht in diesen Gedankenschlaufen verlieren.

Mit dem Brieföffner schlitzte sie den ersten Umschlag auf, ein Anwaltsschreiben, beauftragt von der Firma, die teure Ersatzteile für die Papiermaschine geliefert hatte. Es war überschrieben mit *Kontopfändung*. Charlotte fühlte Schwindel hinter ihrer Stirn, ihre Fingerspitzen waren taub, als sie die nächsten Briefe öffnete. Es waren ausschließlich Forderungen von Gläubigern, von Zulieferern, denen Victor noch Geld schuldete, und eine Sammelklage von ehemaligen Mitarbeitern, deren Löhne noch ausstanden.

Charlotte kreuzte die Arme auf der Schreibtischplatte und legte den Kopf darauf. Im Geiste überflog sie die geforderte Summe und kam zu dem Schluss, dass sie dies alles irgendwie noch aufbringen konnte, hauptsächlich durch den Erlös aus dem Verkauf des Rolls-Royce und durch das Geld, das die Summerlights für die Möbel zahlten. Sie war die Erbin ihres Mannes und haftbar zu machen – wenn sie die Summen schuldig blieb, musste sie möglicherweise mit einer Gefängnisstrafe rechnen. Um Himmels willen, nur das nicht. Was sollte dann aus Eliza werden?

Zwei Stunden später saß Charlotte dem Bestattungsunternehmer in seinem Büro in Maidstone gegenüber. Sie hatte den grauen Anzug mit den Nadelstreifen mitgebracht, den Victor besonders gern getragen hatte, und musste sich für einen Sarg entscheiden. Nichts war ihr gleichgültiger. Sie wollte Victor neben sich und lebendig und nicht tot in einer mit Seide ausgeschlagenen Eichenkiste. Schließlich entschied sie sich für einen besonders schön gemaserten Sarg. »Mir ist es wichtig, dass mein Mann auf dem Highgate Cemetery begraben wird«, sagte sie zum Abschluss. Dort lagen ihre Eltern, dort würde irgendwann sie liegen. Victor besaß keine Familie, und Charlotte fand es richtig, dass er bei ihren Eltern begraben wurde. So hätte er es gewollt.

Der Bestatter wiegte mit zusammengepressten Lippen den Kopf. »Das können wir gerne so regeln, aber ich sage Ihnen gleich, dass dies mit höheren Kosten verbunden ist. Sie haben bereits einen besonders exklusiven Sarg gewählt.«

Charlotte hatte nicht auf den Preis geachtet, allein aus dem Grund, weil sie es nicht mehr gewohnt war. Vermutlich sollte sie schnellstens damit anfangen, beim Bestellen und Kaufen aufmerksamer zu sein. Sie würde ihren Auftrag aber nicht mehr verändern. Ihre Reserve schmolz stetig dahin. Aber Victor sollte kein schäbiges Begräbnis bekommen. Stets war ihm sein Ansehen wichtig gewesen, sie würde dies auf seinem letzten Weg respektieren, obwohl vermutlich nur wenige Menschen zur Beerdigung erscheinen würden. Ihre Angestellten, die Summerlights, die Pächter, vermutlich seine Sekretärin Mrs Williams, die McLarens aus der Nachbarschaft, ein paar wenige Kunden und ehemalige Angestellte … Auf jeden Fall würde sie ein Traueressen organisieren müssen. Die Kosten stiegen und stiegen. Sie würde ihren Schmuck verkaufen, und einen weiteren Trumpf hatte sie in der Hinterhand: Wie viel würde sie wohl für den königsblauen Ford bekommen?

Kapitel 22

Es war ein Samstagvormittag Ende Februar, als Charlotte nach dem Frühstück zunächst den Weg zu den Pächtern Margie und Theo Ferret ging, die sie am Küchentisch erwarteten.

Charlotte bemühte sich um einen festen Händedruck, obwohl sie sich schwach fühlte wie nie zuvor. »Ich wünsche Ihnen für die Zukunft nur das Beste und hoffe, Sie werden mit den Summerlights genauso gut zusammenarbeiten wie mit meinem Mann und mir.«

Theo winkte ab und machte ein abschätziges Geräusch. »Ach, die. Sie wollen das Land aufteilen und weitere Pachthöfe hier errichten, um die Einnahmen zu steigern. Wo wir dabei bleiben, interessiert die nicht.«

»Ich habe davon gehört, ja, und ich habe leider keinen Einfluss darauf. Aber wie ich Sie einschätze, werden Sie auch unter den neuen Bedingungen ertragreich wirtschaften.« Wie leicht es war, anderen Mut zuzusprechen, während sie selbst in ihren Grundfesten erschüttert war. Seit Victors Beerdigung fühlte sie sich wie unter einer Glasglocke.

Theo zuckte mit den Schultern und nahm schlürfend einen Schluck Tee aus seinem Becher. Margie erhob sich und drückte kurz Charlottes Oberarme, eine hilflose Geste, aber Charlotte spürte den guten Willen dahinter und das Mitgefühl. »Lassen Sie sich nicht unterkriegen, Mrs Bromberg. Ich wünsche Ihnen und Ihrer Tochter alles Gute für die Zukunft.«

Von den McLarens hatte sie sich bereits am Abend zuvor verabschiedet. So überheblich die McLarens waren – sie hatten viele Jahre in enger Nachbarschaft verbracht, und ihre Familien waren durch Debbies und Alex' Heirat miteinander verbunden. Also gebot es der Anstand, ihnen einen letzten Besuch abzustatten. Außerdem musste Lady McLaren ihr etwas versprechen.

»Wo zieht es Sie hin, meine Liebe?«, hatte Lady McLaren scheinheilig nachgefragt.

Charlotte hatte sich um ein Lächeln bemüht. »Victor hat glänzend für uns vorgesorgt. Es gibt ein Haus in Brentwood, in dem ich mit Eliza unterkommen werde. Ich möchte Sie um einen Gefallen bitten: Bitte erzählen Sie Alex vorerst nicht, dass ich Summerlight House verlassen habe. Ich möchte vor allem meine Schwester und meinen Bruder nicht beunruhigen und werde mich mit all meinen Verwandten in Verbindung setzen, sobald ich weiß, wie es weitergeht. Habe ich Ihr Wort?«

Lady McLaren schürzte die Lippen zu einem Lächeln. »Aber selbstverständlich, Mrs Bromberg. Tatsächlich ist es so, dass wir seit der Hochzeit keinen Kontakt mehr zu Alex hatten.« Sie zog ein Taschentuch aus ihrem Ärmel und tupfte sich die Augen. »Mein Mann nimmt es ihm äußerst übel, dass er ihn vor allen Verwandten dermaßen brüskiert hat und nach Schottland gegangen ist, statt mit seinem Bruder unser Gut zu führen. Er hat mir untersagt, ihn anzurufen oder ihm Briefe zu schreiben.«

So bedauerlich Charlotte den Familienstreit fand, für sie selbst war es von Vorteil, wenn es keinen Kontakt zu Alex gab. Das verringerte die Gefahr, dass Gerüchte zu Debbie drangen.

Der Abschied von Laura und Owen Kelly war herzlich und voller guter Wünsche, aber mit der Köchin tauschte Charlotte nur einen kühlen Händedruck. In all den Jahren war sie nie warm geworden mit Mrs Duncan. Wie vorauseilend sie sich auf die neue Hausherrin und ihre Ansprüche eingelassen hatte, zeigte einmal mehr, dass sie Charlotte keine Träne nachweinen würde.

Charlotte fühlte sich, als wären ihre Gliedmaßen verdrahtet. Jede Bewegung erschien ihr unnatürlich und steif. In ihrem Gesicht schien sich kein Muskel mehr zu bewegen. Neben ihrem Koffer und ihrer Reisetasche im Foyer stand Eliza mit ihrem Rucksack, aus dem ein Stoffhund herauslugte. Das Mädchen hatte sich bereits von allen verabschiedet, ihre Taschen mit Biskuits und Toffees gefüllt und wartete auf ihre Mutter.

»Bewahren Sie die Schönheit dieses Hauses«, sagte Charlotte zum Abschluss zu Mira. Und an Julian gewandt: »Ich wünsche Ihnen, dass Sie Ihren Platz in der Gesellschaft von Kent finden werden.« Sie wusste, dass das nicht leicht für ihn werden würde. Zehn Jahre lang hatte er ein Arbeiterleben geführt. Die Upper Class, zu der er standesgemäß gehörte, hieß solche Eskapaden nicht gut, selbst wenn sie alles andere als freiwillig waren.

Sie hängte sich die Reisetasche über die Schulter, nahm den Koffer in die Linke und Eliza Roses Hand in ihre Rechte, spürte die Wärme und den tröstenden Druck. Owen Kellys Augen schimmerten feucht, als er ihr die Tür aufhielt. Er hätte sie gerne im Opel der neuen Hausbesitzer gefahren, aber Charlotte wollte einen messerscharfen Schlussstrich. In dieser Stunde ging ein Lebensabschnitt zu Ende.

Sie hatte dem Vermieter des Cottages in Brentwood am Telefon mitgeteilt, dass sie an diesem Tag mit ihrer Tochter vorbeikommen würde, und ihn gebeten, am Haus auf sie zu warten. Er ging davon aus, dass sie die unterschriebenen Mietverträge mitbrachte und er die Schlüsselübergabe vorbereiten sollte. Sie hatte ihn in diesem Glauben gelassen, obwohl sie immer stärker schwankte, ob sie sich das Haus leisten konnten.

Sie drehte sich nicht um, als sie mit ihrer Tochter den Weg rechts ums Haus durch den Garteneingang nahm. Das Verkaufshäuschen, in dem es in den Sommermonaten die Tickets für Besucher gab, hatten die Summerlights bereits abreißen lassen. Wie lange mochte so ein Garten seine Schönheit behalten, wenn sich niemand um ihn kümmerte? Vielleicht wäre im Herbst bereits alles von Unkraut überwuchert.

Charlotte fühlte sich, als sei jedes Gefühl in ihr gestorben. Nur die warme Kinderhand schien lebendig zu sein und Elizas Trippeln neben ihr.

»Schau, Mama, die Narzissen sind schon weit ausgetrieben. Wenn es in der nächsten Woche warm wird, gehen die Blüten auf, oder?«

»Ja, da hast du recht, Liebes.« Ihre Stimme klang in ihren eigenen Ohren fremd. Ihr Blick glitt hierhin und dorthin, sie sah die gelben Kätzchen der Korkenzieherhasel, die Farbtupfer in den vorfrühlingshaften Garten brachten, und die Stiefmütterchen auf dem nährstoffreichen Boden am Übergang zum Bauerngarten, die sich der Sonne entgegenreckten. Als sie zum Obstgarten kamen, erstreckte sich vor ihnen ein Teppich aus Krokussen, als hätten die Frühlingsboten nur darauf gewartet, zum Abschied für sie zu erblühen. An der Mauer neben den Bäumen rankte sich der gelbe Winter-Jasmin. Es erfüllte Charlotte mit einem Glücksgefühl, dass sie die Schönheiten ihres Gartens an ihrem letzten Tag noch einmal erleben durfte. Bilder zogen vor ihrem inneren Auge vorbei von Quinn und ihr und all den heimlichen Zärtlichkeiten. Sie vermisste ihn mit jedem Teil ihres Seins, aber dennoch war sie genau an diesem Tag froh, dass sie den Kontakt abgebrochen hatte. Er hätte sich nicht aufhalten lassen, sie zu unterstützen, ihr beizustehen, und was hätte das für Caitlin und seine Söhne bedeutet?

Ich gebe dich nicht auf, Charlotte, niemals.

Sie stockte kurz, sah sich um, aber nein, es konnte nicht sein, dass Quinn hier war. Sie hatte seine Stimme in ihrem Inneren gehört, so real, dass ein Schauder ihren Rücken hinablief.

In diesem Garten waren ihre Träume in den Himmel gewachsen. Er war nach der Zeit in Kew Gardens und der

Geringschätzung, die sie als Frau in der Wissenschaft erfahren musste, zu ihrem Ort der Befreiung geworden. Hier hatte sie gelernt, an sich selbst zu glauben. All ihre Gefühle waren mit diesem Stück Land verbunden – die Dankbarkeit Victor gegenüber, die Leidenschaft, die sie mit Quinn erlebt hatte, die Verbundenheit mit Harriet, die Verantwortung für Letitia, der Stolz auf ihre aufgeweckte Tochter und nun die Trauer, weil sie gehen musste.

»Nicht weinen, Mama.«

Charlotte hatte nicht bemerkt, dass ihr Tränen über das Gesicht liefen, als sie den Obstgarten verließen und durch den Gang zwischen den sorgfältig gestutzten Hainbuchen hindurch den Pfad ins Dorf erreichten.

»Schon gut, Liebes, es macht mich traurig, meinen Garten zurückzulassen.«

»Mich macht das auch traurig, aber wir besorgen uns Samen und Setzlinge und legen zusammen einen neuen Garten an, der doppelt so schön wird.«

Charlotte beugte sich hinab und küsste Eliza auf die Wange. »Das ist eine wunderbare Idee.« Nichts löste ihre Anspannung zuverlässiger als Elizas Stimme und ihre kindliche Sicht in die Zukunft. In ihrem hellblauen Mantel, mit dem passenden Glockenhut und den Schnürstiefeln sah Eliza aus wie eine junge Dame. Ihre Locken quollen unter dem Saum des Hutes hervor. Charlotte trug ihr bestes graues Kostüm, darüber einen schwarzen Mantel und den passenden Hut. Die Trauerkleidung trübte ihre Stimmung zusätzlich. In ihre Reisetasche hatte sie vor allem praktische Kleider gepackt und eines für besondere Anlässe. Den größten Teil ihrer Garderobe hatte sie im Haus gelassen. Sobald sie eine dauerhafte Bleibe gefunden hatte, würde sie die Kleidung und einige wenige Dekorationsartikel sowie Teile der Bibliothek nachholen.

Plötzlich blieb Eliza an ihrer Hand stehen. Charlotte sah zu ihr hinab. »Ich habe den Bauchladen vergessen, mein Weihnachtsgeschenk von Letitia«, brachte das Mädchen mit einem Schluchzer hervor. »Ich muss zurück und ihn holen.«

»Das geht nicht, Liebes. Der passt nicht mehr in unser Gepäck. Wir holen ihn bald ab, ja? Versprochen.«

»Aber die Kräuter kann man bald ernten! Die sind schon hoch gewachsen!«

»Sicher wird Laura sie der Köchin geben. Die lässt sie nicht verdorren.« Niemand konnte besser als Charlotte verstehen, was es bedeutete, selbst gezüchtete Pflanzen zurückzulassen, einerlei, ob Kräuter oder kostbare Rosen.

Eliza schniefte ein letztes Mal, bevor sie wieder in ihren Trab fiel.

Charlottes Herz schlug gleichmäßig pochend, als wolle es ihr den Takt vorgeben und triebe sie voran. Mit jedem Schritt entfernte sie sich mehr von ihrem Zuhause, eine Reise ins Ungewisse.

Die Häuser von Summerlight zogen sich entlang der Dorfstraße. Manche Gardine bewegte sich, als Charlotte mit Eliza vorbeiging. Ihr Ziel war die Bushaltestation in der Dorfmitte.

Sie passierten das Reihenhaus, in dem Quinn mit Caitlin und den beiden Jungen gewohnt hatte. Fremde Leute hatten es bezogen. Die Straßen waren leer, aber die Läden in der Dorfmitte hatten geöffnet. Der Metzger, der Bäcker, die Apotheke, neben der sich Dr. McKinleys Praxis befand. Der Arzt eilte auf die Straße, als er Charlotte und ihre Tochter vom Fenster aus sah.

»Meine liebe Mrs Bromberg.« Sein Gesicht war eine einzige Maske der Verzweiflung und des Mitgefühls. »Ist es so weit? Verlassen Sie Summerlight?«

Charlotte nickte. »Es gibt kein Zurück mehr«, sagte sie und lächelte wehmütig. »Alles hat seine Zeit.«

»Ich werde Sie vermissen«, erwiderte der Arzt. »Mit Ihrem Garten haben Sie Summerlights Ansehen im ganzen Land gesteigert. Ich bezweifle, dass die neuen Hausbesitzer Ihr Werk fortsetzen werden.«

Charlotte seufzte. »Ich hoffe, dass sie ihr Bestes geben.«

An der Busstation am Rande des Marktplatzes begegnete ihr Beatrice Godwins, die mit einem Korb voller Obst und Gemüse aus dem Einkaufsladen trat. »So traurig, dass ihr gehen müsst.« Sie blickte Eliza voller Liebe an. »Um dich mache ich mir keine Sorgen. Du wirst in jeder Schule zu den Besten gehören. Du musst nur aufpassen, dass du nicht ständig deine Stifte verlierst und die Bücher vergisst, nicht wahr?«

Eliza grinste sie an. »Ich freue mich schon darauf, neue Freunde zu finden«, behauptete sie, und Charlotte erkannte entsetzt, dass ihre Tochter versuchte, ihr Mut zu machen. Sie wusste, dass Eliza Angst vor der neuen Schule hatte, aber sie verhielt sich unauffällig, um ihr keine Sorgen zu bereiten.

»So ein Neuanfang ist immer schwer. Aber auch eine Chance«, sagte Charlotte mit vorgetäuschtem Optimismus.

Beatrice küsste links und rechts neben ihre Wangen. »Melde dich, wenn du weißt, wie es weitergeht.« Der Omnibus bog von der Landstraße kommend auf den Marktplatz ein. »Alles Liebe für euch beide«, sagte sie zum Abschied, während Charlotte und Eliza einstiegen.

Von ihrem Fensterplatz aus winkte Eliza nach draußen, bis der Bus anfuhr und sie das Dorf Summerlight hinter sich ließen.

»Wohin fahren wir jetzt, Mama? In das Haus, das Papa für uns ausgesucht hat?«

Charlotte schwieg ein paar Sekunden lang, während sie das Für und Wider abwog. Das Cottage wäre eine Anlaufstelle, ja, aber schon nach zwei Monaten wäre ein Großteil ihrer Ersparnisse aufgebraucht, und wo sollte sie in Brentwood eine Arbeit finden? Alle Menschen zog es nach London in der Hoffnung, sich in der Metropole irgendwie den Lebensunterhalt verdienen zu können. »Wir fahren nach Brentwood, aber wir bleiben nicht da. Das Haus kostet viel Geld, das können wir uns jetzt nicht leisten.«

»Sind wir jetzt arm, Mama?«

Charlotte wandte den Kopf und sah aus dem Fenster auf die vorbeiziehenden Wiesen und Felder und die reetgedeckten Cottages, die in den Dörfern die Straße säumten. Hin und wieder musste der Bus ein Pferdefuhrwerk überholen, beladen mit Holz oder Fässern, aber die meiste Zeit hatten sie die gut ausgebaute Straße für sich allein.

In ihrer Reisetasche lagen ihre Habseligkeiten, dazu wichtige Unterlagen und Briefe von Anwälten und Gerichten. Alles, was Victors Firma betraf, hatte sie Gregory Pearson übergeben. Sie wusste, dass Victor nicht viel von seinen Fähigkeiten gehalten hatte, aber letzten Endes hatte er sich als loyal herausgestellt. Sie hatte ihn gebeten, sich um die Firma mit allen Gerätschaften zu kümmern. Er würde ihr Bescheid geben, wenn sich wider Erwarten Geschäftsleute meldeten, die an einer Weiterführung des Betriebs Interesse hatten und investieren wollten. Das Wohnhaus war inzwischen im Besitz von *Mason Papers*, die Summe, die Victor dafür erhalten hatte, war sofort an Gläubiger gegangen. Inzwischen hatte sie alle Firmen und Arbeiter, denen sie Geld schuldeten, ausbezahlt, ein beruhigendes Gefühl, dass keiner der ehemaligen Kunden und Zulieferer sie noch verfolgen würde. Das hatte sie eine erhebliche Summe des Bargeldes, des Erlöses aus dem Verkauf ihres Schmucks und ihres Autos gekostet. In einem Umschlag bewahrte sie den Rest der Banknoten. Ihre eiserne Reserve.

»Wir werden zurechtkommen«, wich sie einer Antwort aus. Zum Glück gab sich Eliza damit zufrieden.

Im Koffer waren ihre Unterlagen für die Promotionsschrift. Vollgepackt mit allen Blättern und Büchern platzte er fast aus den Nähten, dabei hatte sie noch nicht einmal die Schreibmaschine mitgenommen, einfach, weil sie zu schwer und unhandlich war. Sie würde den Koffer hüten wie einen Schatz.

Elizas Kopf sackte auf Charlottes Schulter, nachdem sie in Maidstone die Bahn nach Brentwood bestiegen hatten. »Sind wir bald da?«, murmelte das Mädchen noch, dann war sie eingeschlafen. Ihre Haare kitzelten Charlotte am Hals, aber sie würde sich um keine Handbreit bewegen, um Eliza nicht aufzuwecken. Charlotte wusste nicht, wo sie die Nacht verbringen sollten, wie lange es dauern würde, bis sie eine Unterkunft gefunden hatten. Gut möglich, dass ihre Tochter bis dahin all ihre Kraft brauchte. Solange sie im Zug saßen, konnte sie sich ausruhen.

Der Vermieter des Cottages in Brentwood stand wartend vor der Haustür, als sie in den Vorgarten traten. Ihre Arme schmerzten höllisch von dem Gepäck. Eliza jammerte, weil ihre Füße brannten. »Wir können uns in dem Haus ausruhen, oder?«, fragte sie und schniefte.

Charlotte presste die Lippen aufeinander. »Ich weiß, dass es anstrengend für dich ist, Liebes. Aber heute musst du das aushalten. Morgen kaufen wir uns ein großes Eis in einer Waffel beim italienischen Verkäufer, ja? Davon gibt es viele in London.« Dann versuchte sie ein Lächeln, als sie den grauhaarigen Mann mit dem Schnauzbart erreichten. Er trug eine braune Strickjacke über seinem Hemd. »Hallo, Mr Edwards, danke, dass Sie gekommen sind.«

»Das ist selbstverständlich, Mrs Bromberg. Ich freue mich, dass Sie trotz Ihres ... Trauerfalls in das Cottage einziehen wollen. Aber haben Sie bitte Verständnis dafür, dass ich gerne Einblick in Ihre finanzielle Situation hätte. Ich bin sicher, Ihr Mann hat Sie bestens versorgt, ich möchte mich lediglich vergewissern.«

Charlotte hob das Kinn. »Ich brauche Ihnen keinen Einblick zu gewähren, denn ich habe nicht vor, das Cottage zu mieten.« Sie stellte ihre Reisetasche ab, zog den Mietvertrag hervor, den sie nicht unterschrieben hatte, und reichte ihn

Edwards. »Ich wünsche Ihnen viel Glück bei der Suche nach solventen Mietern.« Damit machte sie auf dem Absatz kehrt und zog Eliza hinter sich her, die sich schwer an ihren Arm hängte. Edwards rief ihr noch etwas hinterher, was Charlotte nicht verstand, aber es klang nicht nach guten Wünschen für die Zukunft.

»Aber, Mama, ich bin so müde ...«

Es war erst früher Nachmittag, aber die Reise hatte das Kind erschöpft. »Wir können uns gleich ausruhen. Jetzt nehmen wir den Zug nach London.«

»Sehen wir uns Big Ben und den Buckingham Palace an?«

»Die sind in einem anderen Stadtteil. Wir werden vorläufig im East End unterkommen. Dort kannst du die Tower Bridge sehen.«

London war ein teures Pflaster. In der Innenstadt würde sie kaum eine Wohnung finden, die sie sich leisten konnte. Bessere Chancen hatte sie im East End, dem Arbeiterviertel der Stadt, in dem die Docks lagen. Keine attraktive Wohngegend, aber erst einmal ging es nur darum, für sie und Eliza ein Dach über dem Kopf zu haben, das sie sich leisten konnten.

Als sie den Zug im Bahnhof Liverpool Street verließen, fühlte Charlotte sich schier erschlagen von den Menschenmassen und dem Lärm, den die ein- und ausfahrenden Züge verursachten. Es roch nach feuchter Wolle und verbranntem Eisen, die Menschen hielten die Köpfe gesenkt, jeder schien diesen Hexenkessel so schnell wie möglich hinter sich lassen zu wollen. Monotone Durchsagen hallten unter der mit Streben verstärkten Dachkuppel, Schaffner stießen schrille

Pfiffe aus, Bremsen quietschten. Eine Gruppe von Demonstranten nahm einen Großteil des Platzes ein. Sie hielten Plakate hoch, schwiegen und waren mit verzerrten Gesichtern in ihrem Hungermarsch vereint. Charlotte packte Elizas Hand fester und strebte auf den Ausgang zur Liverpool Street zu. *Bloß raus hier*, dachte sie und rang die Panik nieder.

Draußen empfing sie der beißende Geruch nach Industrieabgasen. Der Westwind sorgte dafür, dass sich in dieser Gegend der Gestank sammelte. In unzähligen Gassen und Straßen reihten sich enge graubraune Häuser aneinander, dahinter ragten Schornsteine mit grauen Fahnen neben Kränen in den wolkenverhangenen Himmel. Von den Docks wehten Möwengeschrei und der Geruch nach Fisch und Moder zu ihnen. Die Menschen hier hatten ausgehöhlte Wangen und trugen geflickte Mäntel. Manche hatten sich ihre Schuhe mit Stoff umwickelt, damit sie nicht aufplatzten. Die Häuser präsentierten sich schmucklos hinter halbhohen Eisenzäunen, an den wenigsten Fenstern hingen Gardinen. Kinder spielten in den Ecken in Pfützen und spähten Charlotte und Eliza hinterher, während sie immer tiefer in das Wohnviertel gingen. Charlotte wusste, dass es hier günstige Pensionen gab, die *Bed & Breakfast* anboten. Es wäre nur für den Übergang, aber allmählich wurde es Zeit, dass sie irgendwo ankamen. Elizas Schritte wurden immer schleppender. Nun fing sie an, leise zu weinen. Verzweiflung durchdrang Charlotte, während sie ihre Arme kaum noch spürte und sich Blasen an ihren Fersen bildeten, die wie Nadelspitzen stachen. Immer wieder schaute sie nach rechts und links, begegnete den Blicken von anderen Passanten, die ihnen hinterherstarrten. Sie waren eine ungewöhnliche Erscheinung in dieser Gegend mit ihren teuren Mänteln und dem Gepäck. Hier fuhren kaum Automobile, Menschen zogen Karren oder saßen auf Kutschböcken und trieben die Pferde an. In einer lang gezogenen Seitenstraße entdeckte Charlotte eine Schafherde, deren Blöken für ein paar Minuten alle anderen Geräusche übertönte. Der Schäfer trieb sie mit seinen Hunden voran in Richtung der Wiesen an der Themse.

Obwohl Charlotte in London aufgewachsen war, fühlte sie sich im East End wie in einem anderen Land gestrandet.

Ein Obsthändler stellte seine Waren in Körben vor seinem Laden aus. Eine Frau nahm Wäsche von einer quer über die Straße gespannten Leine. Eine Gruppe von Kindern in schmutzigen Hosen und Hemden kickte einen aus Stoffresten zusammengedrehten Ball hin und her.

Charlotte stockte, als ihr ein vergilbtes Blatt auffiel, das jemand in ein Fenster geklebt hatte. *Bed & Breakfast.* Daneben welkte eine Christrose in einem Topf.

»Können wir da schlafen, Mama?« Eliza hatte das Schild ebenfalls gelesen.

Charlotte schaute an der rissigen, von Ruß überzogenen Fassade hoch. Im ersten Stock bewegte sich ein Schatten. Aus dem Schornstein drang grauer Rauch. Hier sollten sie wohnen? Sie spürte eine nie gekannte Verzagtheit. Aber ihre Tochter war zutiefst entkräftet, sie selbst an ihre Grenzen gelangt. Für ein oder zwei Nächte würde es gehen. »Ja, Eliza, wir fragen mal nach, ob sie ein freies Zimmer haben.«

Sie fand keine Klingel und betätigte daher den Türklopfer

aus rostigem Eisen. Wenig später hörte sie ein Schlurfen. Eine alte Frau öffnete die Tür einen Spaltbreit und lugte heraus. Ihr Gesicht bestand nur aus Falten. »Ja?« Im Hintergrund lief leise Tanzmusik. Der Geruch nach gebratenem Fisch und Essig strömte Charlotte entgegen.

»Entschuldigen Sie bitte, Madam. Wir suchen eine Unterkunft für eine oder zwei Nächte. Haben Sie etwas frei?«

Die Frau musterte Charlotte. »Wir vermieten nur wochenweise.« Jemand rief aus dem Inneren des Hauses etwas. Die Frau drehte den Kopf. »Was?« Dann wandte sie sich wieder Charlotte zu. »Genau. Und gegen Vorkasse.«

Sie musterte Charlotte misstrauisch. Lediglich als sie einen Blick auf Eliza warf, schlich sich flüchtig etwas Mildes in ihre Züge.

Charlotte wich einen Schritt zurück. Aber als sie in Elizas bittende Augen sah, wusste sie, dass sie keine Wahl hatte. Die Frau hielt ihnen die Tür auf, sodass Charlotte und Eliza eintreten konnten.

Die Vermieter stellten sich als Edith und Taylor Brick vor, die seit fünfundzwanzig Jahren diese Pension betrieben. Die Frau war so fettleibig, dass sie sich kaum bewegen konnte und beim Gehen watschelte. Das Esszimmer im Erdgeschoss war plüschig mit verschlissenen Samtstühlen, einer gelblichen Spitzendecke auf dem runden Tisch und allerlei kitschigen Figuren und Bildern eingerichtet. Mit den schlimmsten Befürchtungen spähte Charlotte in die Küche, aber sie war aufgeräumt und recht sauber.

»Frühstück gibt es bis neun Uhr«, sagte Mrs Brick, während sie Charlottes Geld für eine Woche in ihre Schürzentasche gleiten ließ. Ihr Mann trommelte in einem Ohrensessel vor dem Radio im Takt der Tanzmusik auf die Stuhllehne, ohne Charlotte und Eliza zu beachten.

Die Vermieterin ächzte, als sie die Stiege hinauf nahm. »Ihr Zimmer ist oben unter dem Dach. Im ersten Stock haben mein Mann und ich unser Schlafzimmer.« Mit einem warnenden Blick wandte sie sich halb um, während sie sich gleichzeitig am Geländer festhielt und eine Verschnaufpause einlegte. »Wir gehen früh zu Bett, und das Haus ist hellhörig.«

Geh einfach weiter, dachte Charlotte, bis ins Mark erschöpft von der Last ihres Gepäcks und vor Sorge um Eliza, die wieder lautlos weinte. »Gleich kannst du dich hinlegen, Liebes«, flüsterte Charlotte ihr zu. Hoffentlich waren das Zimmer und die Betten sauber!

Endlich öffnete Mrs Brick die Dachwohnung mit einem Schlüssel und reichte ihn Charlotte, bevor sie die Tür aufstieß. »Bitte schön.«

Zögernd trat Charlotte ein und spähte in alle Winkel des Zimmers. Die Dachschräge war so niedrig, dass man nur in der Mitte des Zimmers aufrecht stehen konnte. Es gab einen Schrank, einen Tisch mit zwei Stühlen und ein schmales Doppelbett. Für Eliza und sie würde es reichen. Unter dem einzigen Fenster stand eine Waschschüssel mit Handtüchern und einer Kanne. Charlotte schaute Mrs Brick mit hochgezogenen Brauen an. Die zuckte mit den Schultern. »Wasser gibt es in der Küche im Erdgeschoss, das Klo ist im Hinterhof.«

Charlotte setzte ihre Reisetasche neben dem Koffer ab und massierte sich die Schulter. Eliza tapste auf das Bett zu, aber Charlotte hielt sie zurück und führte sie zum Stuhl. Kraftlos plumpste das Mädchen darauf.

»Gibt es jetzt noch die Möglichkeit, etwas bei Ihnen zu essen?«, erkundigte sich Charlotte.

Mrs Brick war schon an der Tür. »Dies ist ein Bed & Breakfast, das steht gut lesbar unten im Fenster, oder?«

Charlotte hob beide Hände und seufzte auf, als die Frau endlich die Tür von außen zuzog. In Elizas Rucksack waren noch ein paar Kekse.

»Warum darf ich nicht ins Bett?« Eliza wischte sich unter der Nase entlang.

»Gleich, mein Liebes.« Charlotte trat auf das Bett zu, hob die Decken und roch daran. Ein leichter Geruch nach billiger Seife stieg ihr in die Nase. Sie hob das Laken und klopfte auf die Matratze, um zu überprüfen, ob Wanzen darin waren, aber es war alles in Ordnung, und wenige Sekunden später lag Eliza bis zur Nase zugedeckt im Bett. Sie hielt die Augen geschlossen, als würde sie sofort einschlafen. »Endlich sind wir da«, murmelte das Mädchen.

Charlotte küsste ihre Wange – und schrak zurück. Sie legte ihre Hand auf Elizas Stirn. Die Angst schnürte ihren Magen zu. Eliza hatte hohes Fieber.

Kapitel 23

Eliza brauchte frische Luft. Im Zimmer roch es ungesund nach feuchten Wänden. Aber als Charlotte die Fensterscheibe hochschob, drangen die Gerüche des Hinterhofs hinein. Dort gab es mehrere Plumpsklos und undurchdringliches Gestrüpp, Berge von Holzabfällen schimmelten im Nieselregen. Rasch zog sie das Fenster hinunter.

Der Krug auf dem Waschtisch war zum Glück mit frischem, kühlem Wasser gefüllt. Charlotte goss die Schüssel damit halb voll und durchtränkte mit zitternden Händen zwei Tücher. Immer wieder schaute sie zu Eliza, die jetzt eingeschlafen war und mit halb geöffnetem Mund atmete. Ein beunruhigendes Pfeifen drang aus ihren Bronchien. Ob sie in der Nacht noch nach einem Arzt suchen sollte? Oder würden Wadenwickel ausreichen, um das Fieber zu senken?

Sie hob das Laken am Fußende an und umwickelte die Unterschenkel des Mädchens erst mit den zwei nassen Tüchern, dann mit zwei trockenen. Eliza wachte nicht auf, auch nicht, nachdem Charlotte sie mit allen Decken eingepackt hatte, sich neben sie legte und ihr Ohr auf Elizas Brust drückte. Bei jedem Luftholen rasselte es beängstigend unter ihren Rippen.

Sie sah ihr ins Gesicht, musterte ihre feinen Züge, und wie so oft, wenn sie Eliza anschaute, kam ihr Quinn ins Gedächtnis. Das Mädchen hatte nicht nur seine markante Augenfarbe und die nussbraunen Locken geerbt, sie hatte die gleichen hohen Wangenknochen und die geschwungenen Lippen. Würde sie ihr irgendwann die Wahrheit sagen? Ihr von der Liebe ihres Lebens erzählen? Vielleicht, wenn Eliza erwachsen war und verstand, was zwei Menschen miteinander verbinden konnte. Würde ihre Tochter ihr dann vorwerfen, sie ein Leben lang betrogen zu haben? Und was war mit Quinn? Hatte er ein Recht darauf zu erfahren, dass er eine Tochter hatte, gerade jetzt, da sie krank war? Das Geheimnis um diese Vaterschaft trug Charlotte in ihrem Inneren verborgen. Manchmal schmerzte es so sehr, dass sie hätte schreien können, und manchmal dankte sie dem Schicksal, dass ein Teil von Quinn auf ewig mit ihr verbunden sein würde.

Ich bin bei dir, Charlotte.

Charlotte fasste unter den Kopf ihrer Tochter und zog sie an sich heran. Sie wünschte, sie könnte nach diesem zermürbenden Tag entspannen, aber die Sorge um ihre Tochter ließ sie nicht zur Ruhe kommen. Wie spät mochte es sein? Draußen war es noch hell, die Vermieter würden vermutlich noch nicht in ihren Betten liegen. Sie verspürte nicht die geringste Lust, aber sie würde die Bricks um Hilfe bitten müssen. Vielleicht konnte sie ihnen einen Tee für Eliza abkaufen. Und bestimmt wussten sie, wo sie einen Arzt fand, falls sich Elizas Zustand in der Nacht verschlechtern sollte.

Hier lag sie mit ihrer kranken Tochter in dieser jämmerlichen Unterkunft und wusste nicht, wie es weitergehen sollte. Charlotte hatte sich stets auf ihren Optimismus verlassen können, immer hatte sie daran geglaubt, dass das Glück auf ihrer Seite war, und meistens war sie gut damit gefahren. Aber in dieser Stunde in diesem Haus verzweifelte sie, wenn sie sich vorzustellen versuchte, was ihr die Zukunft bringen würde. Sie warf einen Blick auf ihren Koffer mit ihrer wissenschaftlichen Arbeit. Wie sollte sie unter diesen Bedingungen die Zeit und Konzentration aufbringen, weiter daran zu arbeiten?

Mit müden Beinen und brennenden Schmerzen im Nacken erhob sich Charlotte.

Im Erdgeschoss saß Taylor Brick immer noch in seinem Sessel und wandte nur kurz den Kopf, als sie an die offene Tür klopfte. Edith Brick sah von der Tageszeitung auf, in der sie am Tisch sitzend gelesen hatte. Ihre Miene zeigte, dass sie sich belästigt fühlte. »Irgendwas nicht in Ordnung mit dem Zimmer?«

»Nein, Mrs Brick, alles gut. Es geht um meine Tochter. Sie fiebert. Ich müsste wissen, wo ich im Notfall einen Arzt erreiche.«

Taylor Brick stieß ein Lachen aus, seine Frau machte eine wegwerfende Handbewegung. »Das können Sie vergessen. Hier gibt es nur Dr. Hawkin, der schläft ab dem frühen Nachmittag seinen Rausch aus.« Sie erhob sich, klappte die Zeitung zu und forderte Charlotte mit einer Geste auf, ihr in die Küche zu folgen. »Was hat denn das Kindchen? Nur Fieber?«

»Es scheint eine Erkältung zu sein mit Rasseln in der Brust. Möglicherweise eine Bronchitis.«

»Ich hab noch ein paar Pellkartoffeln vom Lunch übrig. Die mache ich Ihnen warm, dann packen Sie sie auf die Brust der Kleinen. Ich kann Ihnen eine Kanne Kamillentee mit Honig mitgeben. Der wirkt besser als das Zeug von den Quacksalbern.«

Eine Viertelstunde später stieg Charlotte mit einem Korb voller Tücher und den Hausmitteln nach oben und konnte sich über Mrs Bricks Hilfsbereitschaft nur wundern. Vielleicht war sie eigentlich eine warmherzige Frau, die das Leben gelehrt hatte, dass Gutmütigkeit zu nichts führte? Auf jeden Fall war Charlotte dankbar für die Kartoffeln und den Tee, auch wenn sie notfalls allein nach einem kompetenten Arzt suchen würde, wenn sich Elizas Zustand nicht besserte.

»Wo sind wir, Mama?« Elizas Lider flackerten, als Charlotte ihr kurz darauf die in ein Tuch eingeschlagene warme Kartoffelmasse auf die Brust packte und mit einem trockenen Tuch fixierte. Sie hielt Elizas Hinterkopf hoch und setzte ihr einen Becher Honigtee an die Lippen. Das Mädchen nahm ein paar Schlucke. Ihre Augen wirkten glasig, die Wangen glühten. Charlotte würde in der Nacht stündlich die Wadenwickel wechseln.

»Wir sind erst einmal an einem sicheren Ort, mein Liebes. Hier bleiben wir, bis du gesund bist.«

»Muss ich morgen wieder laufen und mit der Bahn fahren?«

»Nein, du kannst so lange im Bett liegen, bis du dich wieder kräftig fühlst.«

Ein Lächeln huschte über Elizas Gesicht, bevor sie einschlief.

Charlotte zog sich die Reisekleidung aus und ihr Nachthemd an. Sie wusch sich mit wenig Wasser notdürftig und schlüpfte dann unter die Decke zu Eliza.

Mit offenen Augen lag sie in der Dunkelheit. Von draußen drang das Fauchen zweier kämpfender Katzen herein, irgendwo stritt sich ein Paar lautstark, ein Betrunkener sang auf der Straße Lieder, und drüben von der Themse erklang ein Schiffshorn.

In Charlottes Verstand wirbelten die Gedanken, aber sie spürte, wie sie schläfrig wurde. Sie überlegte, wie lange sie mit ihrer Geldreserve überleben konnte und was sie tun könnte, um etwas dazuzuverdienen. Kew Gardens kam ihr in den Sinn, aber sie verwarf die Idee sofort. Sie würde dort nicht wie eine Bettlerin auftreten, das ließ ihr Stolz nicht zu, und falls es ihr gelänge, eine Anstellung als Gärtnerin zu bekommen, wie sollte sie dann Eliza betreuen? Am besten wäre es, wenn sie etwas von zu Hause erledigen konnte. Vielleicht Schreibarbeiten. Sie konnte versuchen, weitere Artikel für botanische Fachmagazine zu verfassen, Material besaß sie hinreichend, aber es dauerte oft monatelang, bis die Berichte erschienen, und erst dann gab es das Honorar. Vom Fachjournalismus allein zu leben, das schaffte kein Experte. Die meisten gaben zusätzlich Kurse an der Uni, aber dafür brauchte man den Doktortitel.

Sie stöhnte auf, drehte sich auf die Seite, und einen Herzschlag später stand sie mit Quinn auf einer Klippe von Mizen Head und schaute auf die Bucht hinunter, in der sich blau das Meer kräuselte. Der Duft von Wildkräutern und Jasmin stieg ihr in die Nase. Sie fühlte seine Lippen auf ihren und schloss die Augen, um dieses wohlige Gefühl auszukosten. »Ich bin immer für dich da, Charlotte«, flüsterte er in ihr Ohr.

»Mir kann niemand helfen«, erwiderte sie an seinen Lippen. »Halt mich, streichle mich, küss mich. Ich brauche dich wie die Luft zum Atmen.«

»Sei nicht so stolz, diesen Kampf alleine zu führen. Es gibt genügend Menschen, die dir beistehen würden, wenn sie nur wüssten, in was du da hineingeraten bist.«

Charlotte warf sich im Schlaf hin und her. Bilder von Debbie, Aurora und Robert blitzten auf, von Harriet und Letitia, wie sie gemeinsam in Summerlight Garden arbeiteten, von Eliza und Toby, die durch den Garten sprangen und Maikäfer fangen wollten. In ihrem Traum bestand die Welt aus regenbogenbunten Farben, ihre Realität war ein verwaschener Film in Grau und Braun.

Charlottes Schlaf war so leicht, dass sie keinen Wecker brauchte, um stündlich die Wadenwickel zu wechseln. Zwischendurch musste sie im Erdgeschoss frisches Wasser holen, aber sie schlich so leise barfuß die Stiege hinunter, dass sie die Vermieter in ihrem Schlaf nicht störte.

In den frühen Stunden des Tages fühlte Charlotte, dass das Fieber sank. Ihr kamen vor Erleichterung die Tränen, die schlimmste Gefahr war gebannt, auch wenn das Mädchen nun zu husten begann.

Am Morgen knurrte Charlottes Magen. Seit dem letzten Frühstück hatte sie nichts gegessen. Sie ließ Eliza schlafen und eilte hinab ins Erdgeschoss, als der Duft nach Tee durchs Haus zog. Das Frühstück bestand aus Porridge und einem klein geschnittenen Apfel. Mrs Brick hatte es ihr bereits an den Platz gestellt und hantierte in der Küche herum. Charlotte nahm vorsichtig ein paar Löffel vom Haferbrei, er war süß und sahnig, und innerhalb kürzester Zeit hatte sie die Schüssel geleert.

»Geht es dem Kindchen besser?« Mrs Brick brachte eine Tasse Tee und stellte sie vor Charlotte ab.

»Ja, zum Glück, das Fieber ist gesunken.« Charlotte lächelte die Frau an, die heute einen mit Blumen gemusterten Kittel trug. »Ich danke Ihnen für Ihre Unterstützung. Die Kartoffeln haben die Erkältung in Elizas Brust gelöst.«

Mrs Brick winkte ab. »Ach, nicht der Rede wert. Ich gebe Ihnen gleich noch einen Topf Hühnerbrühe mit. Die wirkt Wunder.«

In den nächsten Tagen schlief sich das Mädchen gesund. Sie war immer nur stundenweise wach, dann las sie in ihren Kinderbüchern oder malte. Charlotte flößte ihr mit einem Löffel Hühnerbrühe ein und nahm dankend den Tee und den Toast, den Mrs Brick für Eliza brachte. Und den Nachttopf, damit sie nicht ständig in den Hinterhof laufen mussten.

Bei der Erkundung der Gegend fand Charlotte einen preiswerten Einkaufsladen und eine Apotheke, doch niemals hatte sie sich irgendwo fremder gefühlt. Sie spürte die Blicke der Menschen, die wussten, dass sie keine von ihnen war. Wenn es nicht regnete, standen Männer rauchend auf den Straßen zusammen, Frauen hockten auf den Bänken vor ihren Häusern, Kinder sprangen zwischen den Kisten und Körben der Lebensmittelhändler. Viele halbwilde Hunde streiften herum und wühlten mit den Schnauzen in Müllresten. Niemals würde sie hier heimisch werden, aber sie erkannte, dass sie mit der Unterkunft bei den Bricks Glück gehabt hatte. Sie boten ihr zu einem fairen Preis eine Unterkunft und sorgten sich um ihre Tochter. Mehr konnte sie nicht verlangen.

An diesem Vormittag, als die Sonne durch das rußige Fenster der Dachluke fiel, öffnete Charlotte zum ersten Mal ihren Koffer mit ihren wissenschaftlichen Unterlagen. *Die Schönheit öffentlicher Gärten.* Es kam ihr fast paradox vor, in diesem schmucklosen grauen Zimmer mit Ausblick auf einen trostlosen Hinterhof über die Schönheit irgendeines Gartens zu schreiben. Gleichzeitig war es ihre Verbindung zu einem Leben nach ihren Träumen und Wünschen. Das letzte Band. Nichts inspirierte sie hier, aber aus dem Koffer stiegen Bilder und Erinnerungen auf. Sie brauchte sich nur hineinfallen zu lassen in die Zeiten, als noch alles blühte und gedieh. Wenig später flossen ihr die Worte aus der Feder. Das Inhaltsverzeichnis mit den kurzen Zusammenfassungen der einzelnen Kapitel nahm Formen an. An diesem Vormittag schaffte sie es, die Analyse von Gartentypen zu strukturieren. Hierzu hatte sie mehrere wissenschaftliche Abhandlungen, die sie später auswerten würde, aber jetzt plante sie erst einmal ihr Vorgehen. Sie würde häusliche Gärten beschreiben, Parks, botanische Anlagen, Vorgärten,

Grünanlagen von Institutionen und welche Funktion ihnen jeweils zukam. In dem Zusammenhang würde sie sich mit der Frage auseinandersetzen, was ein *guter Garten* war und von welchen Gegebenheiten das abhing.

»Liest du da etwas Lustiges? Du hast so lange nicht gelächelt.«

Charlotte schrak aus ihrer Versunkenheit. Eliza tapste auf nackten Füßen in ihrem Nachthemd zu ihr und krabbelte auf ihren Schoß. Charlotte zog sie an sich und legte ihre Wange an die des Kindes. Sie hatte nicht gemerkt, dass sie gelächelt hatte. »Ich freue mich, dass ich so gut vorankomme mit meiner Arbeit. Du weißt ja, dass ich die an der Universität von London abgeben will. Wenn alles gut geht, können wir bald wieder ausziehen.«

»Ich finde es hier gemütlich«, widersprach Eliza. »So lange waren wir beide noch nie zusammen.«

Charlotte drückte sie gerührt.

»Aber du hast mir ein italienisches Eis versprochen«, fuhr Eliza fort. »Wann bekomme ich das?«

Charlotte fühlte Elizas Stirn. Leicht erhöht war die Temperatur noch, aber der Husten hörte sich an, als seien die Bronchien bald frei. »Lass uns warten, bis du richtig gesund bist. Dann fahren wir in den Hyde Park und kaufen uns das größte Eis, ja?«

Eliza strahlte, sprang vom Schoß und kroch unter die Decke.

All die vergangenen Wochen und Monate hatte Charlotte das Gewissen gequält, weil sie es zu selten schaffte, sich mit der Wissenschaft zu beschäftigen. Nun stürzte sie sich auf die Arbeit, brannte innerlich lichterloh. Seite um Seite füllte sich mit Ideen, von denen sie nicht gewusst hatte, dass sie in ihr schlummerten, und mit Analysen, die sie selbst überraschten. Sie fühlte sich, als hinge Elizas und ihr Leben davon ab, dass sie diese Dissertation fertigstellte. Wenn sie promovierte, konnte sie sich danach erhobenen Hauptes in Kew Gardens bewerben. Mit ihrer Tochter an ihrer Seite würde sie allerdings nicht mehr von abenteuerlichen Forschungsreisen rund um den Globus träumen, sondern ... von einer leitenden Position? Vielleicht eine, in der sie in Kontakt mit Kollegen auf der ganzen Welt stand? Charlotte spürte ein Prickeln auf ihrer Haut und wie ihr Herz zu rasen begann. Endlich nahmen neue Ziele in ihrem Kopf Gestalt an. Sie beugte sich über ihre Arbeit und schrieb wie im Fieber weiter.

Zwei Wochen, nachdem Charlotte mit Eliza ins East End gezogen war, heftete Charlotte das Exposé zu ihrer Doktorarbeit sorgfältig in einen Ordner aus Leder und steckte ihn in ihre Tasche. Stolz erfüllte sie, dass sie ihre Arbeit präsentieren konnte. Für sie gab es keinen Zweifel daran, an wen in der *University of London* sie sich wenden würde, um sich über das weitere Vorgehen beraten zu lassen: Helen Gwynne-Vaughan gehörte immer noch zu den berühmtesten Dozenten an der Universität. Sie hatte inzwischen mehrere Bücher über Pilze veröffentlicht und war mit Auszeichnungen für ihr soziales Engagement überhäuft worden. Vielleicht würde sie sich nicht an die tollpatschige Studentin erinnern, der sie vor fast zehn Jahren abgeraten hatte, sich in Kew Gardens zu bewerben. Aber Charlotte würde ihr schon auf die Sprünge helfen. Sie hatte damals ihre Anerkennung gespürt.

Eliza war inzwischen fieberfrei und hüpfte auf dem Bett herum. Sie hatte abgenommen in den letzten beiden Wochen, aber an der frischen Luft würde ihr Appetit zurückkehren. In den letzten Tagen hatte es durchgehend geregnet, sodass Charlotte einen guten Grund hatte, sie im Zimmer zu behalten, um keinen Rückfall zu riskieren. Eliza hatte sich mit ihren Malstiften und ihren Büchern beschäftigt, aber an diesem Montag konnte sie es nicht erwarten, endlich das Haus verlassen zu dürfen.

»Schauen wir uns den Buckingham-Palast an?«

»Wir machen einen langen Spaziergang und sehen uns alles an, was dich interessiert.«

»Ob wir König George sehen?« Eliza hielt mit dem Springen inne und drückte sich bei der Vorstellung die Hände vor den Mund. »Wäre das nicht wunderbar, Mama?«

Charlotte lachte. »Der König geht seinen Geschäften nach. Wir sehen nur seine Wachleute, und vielleicht bewegt sich eine Gardine, wenn wir genau hinschauen.«

Eliza klatschte in die Hände und machte einen Satz auf den Boden, um sich Mantel und Schuhe anzuziehen.

Sie nahmen die U-Bahn, um zunächst zur Universität zu gelangen. Die Menschen standen dicht gedrängt auf dem Bahnsteig und in der Bahn. Charlotte hielt Eliza fest an der Hand, mit der anderen umklammerte sie ihre Tasche. Sie war früher schon, als sie noch in London gelebt hatte, mit der *Tube* gefahren, aber die Menschenmenge hatte sich seitdem mindestens verzehnfacht. Ständig stieß sie gegen eine Schulter, ständig wehten sie die Gerüche fremder Menschen an. Eliza wirkte vollkommen verloren zwischen den vielen Beinen, sie legte den Kopf in den Nacken und sah sich ängstlich um. Charlotte nickte ihr aufmunternd zu. »Die Fahrt dauert nicht lange.«

Eine halbe Stunde später erreichten sie die altehrwürdige Universität. Es waren mehrere Gebäude hinzugekommen, seit Charlotte hier studiert hatte. Auf dem Campus tummelten sich zwischen all den Studenten überraschend viele Studentinnen, die mit ihren Büchern auf den Knien auf Mauern und Bänken saßen. Alles war bunter, lauter, voller, als Charlotte es in Erinnerung hatte.

»Hier will ich später studieren«, sagte Eliza neben ihr. Ihr Rucksack wippte im Takt ihrer Schritte.

Charlotte lachte auf, als sie sie zum Haupteingang führte. »Erst einmal musst du die Schule mit einem guten Abschluss beenden.« Was sie gleich daran erinnerte, dass sie Eliza in einer *Elementary School* anmelden musste. Es widerstrebte ihr, dies im East End zu tun, aber lange würde sie es nicht mehr hinauszögern können.

Jetzt galt es, sich zu konzentrieren und all ihre Gedanken auf das vor ihr Liegende zu lenken. Viel hing davon ab, welchen Eindruck sie in der nächsten halben Stunde bei der berühmten Professorin hinterlassen würde. Auf einmal erschien ihr nichts wichtiger, als diese Doktorarbeit zu schreiben, um alles wieder in die richtigen Bahnen zu lenken. Fast schien es, als hinge ihr Leben davon ab, ob sie die Zustimmung der Universität erhielt.

Eliza schwieg, als sie durch die hohen Hallen des Hauptgebäudes und die Treppen hinauf zu den Büros der Professoren gingen. Junge Frauen und Männer strömten in Gruppen an ihnen vorbei, im Erdgeschoss waren die Türen eines Vorlesungssaals weit geöffnet.

Charlottes Herz pochte hart gegen ihre Rippen, als sie das Büro der Professorin erreichte. Davor standen ein halbes Dutzend unbesetzte Wartestühle. Charlotte hockte sich vor Eliza hin und sah ihr eindringlich in die Augen. »Du musst dich jetzt hier hinsetzen und auf mich warten, während ich mit der berühmten Professorin spreche. Es ist ganz wichtig, dass ich mich auf dich verlassen kann. Verstehst du das?«

Eliza nickte mit ernster Miene, nahm ihr Pflanzenbuch aus dem Rucksack und vertiefte sich darin.

Im Vorzimmer der Professorin stand Charlotte kurz darauf vor der Sekretärin, die auf eine Schreibmaschine einhämmerte. Jetzt ärgerte sich Charlotte, dass sie keinen Termin vereinbart hatte. Sie hätte in eine dieser glänzend roten Telefonzellen gehen können, die überall in London wie Pilze aus dem Boden schossen.

»Was kann ich für Sie tun?« Die Sekretärin musterte sie mit einem höflichen Lächeln.

»Ich würde gerne mit Mrs Professor Dr. Gwynne-Vaughan sprechen. Wäre das möglich?«

»Grundsätzlich ja, aber heute nicht. Sie ist auf einer Besprechung mit dem Rektor der Universität. Danach hält sie eine Vorlesung.«

»Oh, wie bedauerlich.« Sollte sie ihre Unterlagen abgeben? Nein, sie musste persönlich vorsprechen, um eine Chance zu haben, gehört zu werden. »Können wir einen Termin vereinbaren?«

Die Frau zog einen Kalender heran, leckte den Zeigefinger an und wischte durch die Blätter. »Frühestens im Sommer, denke ich. Worum handelt es sich denn?«

Charlotte hob das Kinn. Sie spürte genau, dass diese Frau sie als unwichtig eingestuft hatte, als jemanden, den man möglichst lang vertrösten sollte. »Das würde ich gern mit Mrs Professor Dr. Gwynne-Vaughan selbst besprechen. Ich werde mich in den nächsten Tagen telefonisch melden.«

Die Frau zuckte die Achseln und wandte sich wieder ihrer Schreibarbeit zu.

Wut stieg in Charlotte hoch, aber sie verkniff sich jedes weitere Wort. Diese Vorzimmerdame hielt sich offenbar für die persönliche Leibgarde der Professorin.

Als sie das Zimmer verließ und zum Wartebereich ging, schrak sie zusammen. Eliza saß nicht mehr da! Sofort begann ihr Puls zu rasen, Bilder von den Menschenmassen in den Londoner Straßen und U-Bahnen quollen in ihr hoch, und ihr Kind mittendrin. Aber die Panik währte nur kurz, denn als sie sich umwandte, sah sie, dass das Mädchen an dem die Empore umgebenden Geländer stand, offenbar, weil es da mehr Licht gab. Sie hielt ihr Buch hoch. Mit ihr gemeinsam betrachtete eine Frau die Zeichnungen. Sie trug eine Ballonmütze und ein männlich wirkendes Hemd zu ihrem langen Rock. Als sie hochsah, machte Charlottes Herz einen Satz. Was für ein glücklicher Zufall!

Sie eilte auf die beiden zu und hörte ihre Tochter erklären: »Und das hier sind die Wurzeln einer Tulpenzwiebel, die bald austreiben wird und …«

»Eliza, Liebes, das weiß die Dame alles, nicht wahr, Mrs

Professor Dr. Gwynne-Vaughan?« Charlotte strahlte sie an und schob in der für sie typischen Bewegung die Brille auf dem Nasenrücken hoch.

Die Professorin hob den Kopf und musterte Charlotte mit unbewegter Miene. Es dauerte einige Sekunden, bis ein Lächeln über ihr Gesicht flog. »Miss Windley, ich erinnere mich an Sie. Neigen Sie immer noch zur Vergesslichkeit?«, fragte sie mit einem Zwinkern. »Haben Sie Ihr Kind verloren?«

Charlotte lachte auf, erfreut darüber, dass die berühmte Gelehrte sie erkannte. »Eliza hüte ich wie meinen Augapfel, für Regenschirme, Unterlagen und Brillen kann ich weiterhin nicht garantieren.«

Die Professorin lachte und drückte Charlottes Rechte. »Wie ist es Ihnen ergangen? Ich habe noch mitbekommen, dass Sie tatsächlich eine Anstellung in Kew Gardens bekommen haben, diese jedoch irgendwann aufgaben, und danach verlor sich für mich Ihre Spur.«

Eliza schaute zwischen beiden hin und her, und Charlotte bat sie, sich auf einen der Stühle zu setzen. »Ich habe geheiratet und bin auf einen Landsitz gezogen, der meine Zeit in Anspruch nahm. Sie haben vielleicht von Summerlight Garden gehört?«

Die Professorin hob die Brauen. »Sie haben diesen Garten mit der einmaligen Rosenzucht erschaffen? Ich habe Bilder gesehen und wollte ihn in diesem Frühjahr unbedingt besuchen. Aber ich habe ihn nie mit Ihnen in Verbindung gebracht!«

»Ich habe geheiratet … und bin inzwischen verwitwet. Ich

heiße jetzt Bromberg und lebe nicht mehr auf Summerlight House.«

»Mein Beileid.« Die Professorin räusperte sich.

»Ich wollte heute zu Ihnen«, wechselte Charlotte rasch das Thema. »Aber Ihre Sekretärin hat mir erklärt, Ihr Terminkalender sei voll.«

Die Professorin winkte ab. »Das ist er immer. Meine Mitarbeiterin achtet darauf, dass ich meine Gesundheit nicht ruiniere. Aber selbstverständlich habe ich Zeit für einen Plausch. Kommen Sie bitte mit in mein Büro.« Sie schaute zu Eliza. »Komm mit, kleine Miss. Bei mir gibt es viele Bücher, die du dir anschauen kannst.«

Charlotte bezweifelte, dass sich zwischen den Lexika und wissenschaftlichen Sachbüchern für ein Kind geeignete Bücher befanden, aber sie folgte der Professorin eilig mit Eliza. Die Sekretärin warf ihr einen bösen Blick zu, Charlotte zuckte mit den Schultern.

Eliza durfte auf dem Sessel am Fenster Platz nehmen, auf den Beistelltisch legte ihr die Professorin ein halbes Dutzend bunter Bücher über Pflanzen, die hauptsächlich aus Bildern und Zeichnungen bestanden, in die sich das Mädchen sofort vertiefte. »Danke, Mrs Professor«, sagte sie, und Helen Gwynne-Vaughan lächelte.

»Was für ein aufgewecktes Kind. Die Kleine macht Ihnen bestimmt viel Freude.«

Charlotte erwiderte das Lächeln. »Sie ist das Beste in meinem Leben.« Sie zog den Ordner aus ihrer Tasche hervor. »Dennoch brenne ich weiterhin für die Botanik. Sie wissen, dass ich vor zehn Jahren in Kew Gardens gearbeitet habe. Das Anlegen von Gärten war schon immer mein Traum, aber man ließ mich in Kew Gardens spüren, dass man mir weniger Achtung als meinen männlichen Kollegen entgegenbrachte.« Sie verzog das Gesicht. »Ich glaube, es ist mehr als ein Funken Wahrheit daran, dass wir Frauen doppelt so gut sein müssen wie Männer, um den gleichen Respekt zu erhalten.«

Die Professorin schürzte die Lippen und nickte gedankenversunken. »Es ist nicht leichter für uns geworden, daran hat das allgemeine Wahlrecht auch nichts geändert.«

»Summerlight Garden wurde von den bekannten Experten der Branche in den höchsten Tönen gelobt, aber wenn es um Medaillen und Preise ging, gab man sich zurückhaltend. Ich sei mit meinen Artikeln zu populär und müsste den Fokus mehr auf die wissenschaftlichen Aspekte legen. Man ließ durchscheinen, dass ich mit einem Doktortitel bessere Aussichten auf Erfolg hätte.«

»Und deswegen wollen Sie promovieren.«

»Ich habe bereits ein Thema gewählt und eine Kurzzusammenfassung erstellt, die eine erste Übersicht über meine Dissertation vermittelt.«

»Lassen Sie mich raten: Sie haben noch immer nicht Ihre Begeisterung für Pilze entdeckt. Oder ist Ihr Thema eines aus der Mykologie?«

Charlotte gefiel der Ton, in dem die Professorin mit ihr sprach. Vor zehn Jahren hatte sie wie ein Schützling vor ihr gestanden und sich fast gemaßregelt gefühlt. Heute sprach sie mit ihr auf Augenhöhe. Sie lächelte. »Tatsächlich habe ich mich in Anbetracht meiner Reisen, bei denen ich die verschiedensten Arten von Gärten erkunden durfte, auf den sozialen und gesellschaftswissenschaftlichen Aspekt des Gartenbaus konzentriert. Ich will mich anhand von Fallbeispielen und Analysen an einer Definition der Schönheit von öffentlichen Gärten versuchen.«

Die Professorin griff nach dem Ordner und vertiefte sich für einige Minuten darin. Charlotte saß mit geradem Rücken auf dem Stuhl und umklammerte ihre Tasche. Hinter sich hörte sie, wie Eliza die Seiten knisternd umblätterte und ab und zu ein »Oh!« ausstieß, wenn sie etwas besonders Spannendes entdeckte.

Schließlich klappte die Professorin den ledernen Hefter zu und musterte Charlotte über den Rand ihrer Brille. »Das scheint mir alles Hand und Fuß zu haben. Aber Sie wissen, dass ich die falsche Ansprechpartnerin bin, nicht wahr?«

Charlotte nickte. »Zu Ihnen habe ich das größte Vertrauen. Ich hatte gehofft, dass Sie sich an mich erinnern und eventuell auch daran, dass Sie mir damals eine Assistentenstelle in Ihrer Fakultät angeboten haben.«

»Das werde ich sicher nie vergessen, dass es eine meiner Studentinnen gewagt hat, ein solches Angebot auszuschlagen.« Die Professorin grinste. »Aber wie es aussieht, haben Sie damals richtig entschieden und besondere Erfahrungen in den botanischen Anlagen und Gärten Englands gemacht, die Sie befähigen, zu promovieren.« Sie reichte ihr den Ordner über den Schreibtisch. Charlotte verstaute ihn in ihrer Tasche. Sie spürte eine Ader an ihrem Hals schlagen und hoffte, dass die Professorin es nicht bemerkte. Den Übermut ihrer jungen Jahre mochte sie abgelegt haben, aber das

Brennen für ihre Arbeit war geblieben. »Wie soll ich vorgehen?«

»Sie brauchen einen Betreuer an der Universität, mit dem Sie die Arbeit vorab besprechen, der sie am Ende bewertet und Sie in einem Examen prüft.« Sie griff nach einem Notizzettel und schrieb etwas darauf. Als sie ihn Charlotte reichte, las sie: *Professor Dr. Henry Wilson*. Dazu hatte sie eine Telefonnummer notiert und in welchem Büro er zu finden war.

Ein Anflug von Enttäuschung ließ Charlotte in sich zusammensinken. »Ein Mann.«

Die Professorin hob eine Braue. »Sie kennen ihn?«

Charlotte schüttelte den Kopf. »Ich hatte die Hoffnung, ich könnte mit einer Frau arbeiten.« Die Geringschätzung der Männer auf ihrem Gebiet war ihr inzwischen wirklich zuwider. Sie hatte keine Lust, Kraft und Zeit darauf zu verschwenden, sich gegen Vorurteile und Klischees zu wehren. Sie wollte ernst genommen werden.

Du wirst ernst genommen, Charlotte. Hast du wirklich schon vergessen, wie sehr ich dich bewundere?

Wie tröstend es war, Quinns Stimme in ihrem Kopf zu hören. Fast meinte sie, seinen warmen Atem an ihrem Ohr zu spüren. Ein Hauch von Leichtigkeit ließ sie lächeln.

»Warten Sie es ab. Ich denke, Sie werden sich mit Professor Wilson wohlfühlen.« Die Professorin erhob sich, kam um den Schreibtisch herum und reichte Charlotte die Hand. »Ich wünsche Ihnen viel Glück, Mrs Bromberg.«

Charlotte bedankte sich, steckte den Zettel in die Tasche und wandte sich an Eliza. »Jetzt ist es Zeit für ein Eis im Hyde Park, oder?«

Das Mädchen sprang auf. »Das größte Eis Londons!«, korrigierte sie, und alle lachten. Drei der Bücher, in denen sie geblättert hatte, durfte sie mitnehmen. »Das sind ältere Ausgaben, ich habe inzwischen die neuen. Viel Spaß damit, kleine Miss, und immer neugierig bleiben, ja?«

Kapitel 24

Als Charlotte das Universitätsgebäude mit Eliza verließ, sprang sie mit Schwung die Treppen hinab. Hoffnung hatte sich in ihr Herz geschlichen. Sie hatte die Professorin auf ihrer Seite. Wenn Helen Gwynne-Vaughan diesen Henry Wilson empfahl, dann sollte Charlotte sich am besten darauf verlassen, statt sich vorher schon den Kopf darüber zu zerbrechen, mit welchen Ressentiments er ihr begegnete. Auf dem Weg zur U-Bahn, die sie ins Zentrum bringen sollte, entdeckte sie eine Telefonzelle, rot wie Klatschmohn zwischen dem Grau der Häuser leuchtend. Sie beschloss, sofort einen Termin bei Professor Wilson zu vereinbaren, um nicht wieder kalt abgewiesen zu werden.

Kurz darauf zog sie ihren Kalender aus der Tasche und notierte die Besprechung mit einem Bleistift für den Mittwoch nächster Woche, elf Uhr. Was für ein Erfolg! Sie konnte es kaum erwarten und fühlte sich so beflügelt wie lange Zeit nicht mehr.

Sollte sie auch gleich bei den Summerlights anrufen, um

zu hören, ob sich jemand nach ihr erkundigt hatte? Aber sie hatte Angst vor der Antwort. Was, wenn Quinn nach ihr gefragt hatte? Was, wenn Mira Debbie erzählt hatte, dass Charlotte Bromberg unbekannt verzogen war?

Sie überwand sich und wählte die Nummer, die sie auswendig kannte. Nach viermaligem Klingeln meldete sich Mira Summerlight.

»Charlotte Bromberg hier, entschuldigen Sie bitte die Störung. Ich würde gern wissen, ob es Anrufe für mich gab oder ob Post eingegangen ist.«

»Guten Tag, Mrs Bromberg, wie geht es Ihnen?« Miras Stimme klang distanziert. Sie hatte offenbar abgeschlossen mit den Vorbesitzern. »Es gab ein paar Anrufe, bei denen nur ein Klicken in der Leitung zu hören war, nachdem ich mich gemeldet habe. Aber keiner, der konkret nach Ihnen gefragt hätte. Wo erreicht man Sie denn?«

Debbie und Aurora hätten niemals aufgelegt, die hätten nachgehakt, wer sich denn da meldete. Quinn? Was mochte er gedacht haben, als er die fremde Frau in der Leitung hatte? Aber vielleicht war es ein belangloser Anruf gewesen, und sie interpretierte zu viel hinein.

Kurz überlegte sie, ob sie Mira Summerlight ihren neuen Wohnort mitteilen sollte, aber sie entschied sich dagegen. Ihren Verwandten würde sie die neue Adresse selbst mitteilen, und auf unangenehme Überraschungen, wie etwa Besuche von Gläubigern, die den Hals nicht vollkriegten, konnte sie gut verzichten.

»Sobald ich eine endgültige Adresse habe, teile ich sie Ihnen mit. Im Moment ist alles noch vage.«

»Das tut mir leid«, erwiderte Mira kühl. »Persönliche Briefe sind übrigens nicht eingegangen. Ein paar Zeitungen, ein paar Broschüren.«

»Die würde ich dann bei Gelegenheit abholen.«

»Gerne.« Es klang nach dem Gegenteil, aber davon ließ sich Charlotte nicht einschüchtern.

»Am besten, wenn ich, wie angekündigt, meine Rosen ausgrabe, die ich auf der *Chelsea Flower Show* zeigen will.« Sie hatte noch keine Ahnung, wie sie das bewerkstelligen sollte.

»Wann wäre das etwa?«

»Ich kündige mich vorher an.« Sie schwieg einen Moment, dann räusperte sie sich.

»Kann ich Ihnen sonst noch helfen, Mrs Bromberg?« Es war klar, dass Mira das Gespräch gern beendet hätte. Aber Charlotte hatte noch nicht alles erfahren, was sie interessierte. »Blüht die Zierkirsche am Rand des Bauerngartens? Sind die Tulpen schon aufgegangen? Wie entwickeln sich die Schlüsselblumen, die ich im vergangenen Herbst im Lindengang gepflanzt habe?«

Mira Summerlight antwortete nicht sofort. »Äh, also ein paar Tulpen habe ich gesehen, ja. Aber es ist unmöglich, sich um sämtliche Pflanzen gleichermaßen zu kümmern! Ich bin immer noch auf der Suche nach einer Hilfskraft. Allein ist das überhaupt nicht zu schaffen, und ich habe noch tausend andere Dinge zu tun. Die McLarens haben uns zum Dinner eingeladen, um uns kennenzulernen. Und in der Schule organisieren wir gerade eine Wohltätigkeitsveranstaltung.« Sie lachte geziert. »Sie wissen ja, wie umfangreich die Aufgaben sind.«

Charlotte war froh, als sie das Gespräch beenden konnte. Es hatte sich angefühlt wie ein Blick zurück in das Vergangene, und sie hatte sich doch vorgenommen, nach vorn zu schauen.

An diesem Nachmittag riss die bleierne Wolkendecke auf, die seit Tagen Regen gebracht hatte. Die Sonne spitzte hervor und ließ die Vögel zwitschern, die Farben leuchten und die Menschen lächeln.

»Da ist ein Eiswagen!« Eliza spurtete los, als sie auf dem Spazierweg durch den Hyde Park einen Mann mit einer Schirmkappe entdeckte, der neben einem Karren stehend den Passanten Waffelhörnchen mit der kühlen Creme reichte.

Charlotte beschloss, selbst zu verzichten, um Geld zu sparen. Kurz darauf schleckte Eliza ihr Schokoladen- und Erdbeereis, während Charlotte eine freie Bank mit Sicht auf den Serpentine Lake ansteuerte. Menschen auf Fahrrädern fuhren an ihnen vorbei, Passanten spazierten zu zweit und zu dritt, auf dem See trainierte eine Gruppe Ruderer. Zum Picknicken war es noch zu frisch, die Wiesen noch zu feucht, aber ein paar Leute spielten Fußball auf einer der Grünflächen, eine Gruppe von Kindern tanzte im Kreis.

»Es ist so schön hier, Mama«, sagte Eliza. »Viel schöner als bei uns.«

Charlotte erkannte bestürzt, dass Eliza bereits begann, das East End als ihr Zuhause anzusehen. Das wollte sie auf jeden Fall vermeiden. Es sollte nur für den Übergang sein. Ihre gute Laune verflog so schnell, wie sie gekommen war. Es gab noch so viel zu organisieren und zu regeln, und sie hatte keine Ahnung, wie sie das alles schaffen sollte. Eliza rieb sich den Bauch und wischte sich mit dem Handrücken über den Mund, als sie den letzten Krümel der Waffel verputzt hatte. Dann sprang sie auf und zog Charlotte mit sich, weil sie an der Weggabelung einen Marionettenspieler entdeckt hatte, den Kinder und Erwachsene umringten.

Wie gut es Eliza tat, die Schönheiten dieses Vorfrühlingstages zu genießen! Nach der Vorführung drängte sie weiter in Richtung See zu einer Schwanenfamilie. Als sie sich hinhockte, um sie zu beobachten, trippelten Grauhörnchen zu ihr, Spatzen flogen heran. Eliza zog ihren Rucksack ab und wühlte darin herum, bis sie einen zerdrückten Biskuit in einer Papiertüte fand. Charlotte beobachtete, wie Eliza die Krümel auf ihre Hand schüttete und sich die Tiere näherten. Sie waren Menschen gewohnt und handzahm. Den Rest des Kekses warf Eliza den Schwänen zu, die auf einmal alarmiert davonflatterten. In der nächsten Sekunde starrte Eliza zu einer Frau mit Glockenhut, die zwei Hundeleinen hielt. Die beiden Beagle strebten in unterschiedliche Richtungen, die Frau führte einen ulkigen Tanz auf, und Eliza lachte hell auf. Charlotte folgte ihrem Blick und schob sich die Brille hoch, aber es war Eliza, die die Frau zuerst erkannte. »Das ist Letitia!«, rief sie mit sich überschlagender Stimme und stürzte los. »Was für süße Hunde sie hat!«

Charlotte wollte ihren Augen kaum trauen. Gleichzeitig ließ die Wiedersehensfreude ihr Herz hüpfen. Und die Erleichterung, dass Letitia offenbar nicht zu den Bettlern der Stadt gehörte. Sie war ordentlich gekleidet und sah nicht aus, als wüsste sie nicht, wo sie die Nacht verbringen würde.

»Letitia!« Ihrem ersten Impuls folgend, umarmte Charlotte sie und drückte sie an sich. Eliza nahm ihr die Hunde ab und versuchte ihrerseits, die beiden zu zähmen.

»Wie konntest du uns so einen Schrecken einjagen und Summerlight House einfach verlassen. Ich bin fast verrückt geworden vor Sorge um dich!«

»Mrs Bromberg ...« Letitia strahlte sie an, dann wurde sie blass. »Das ... das habe ich nicht gewollt. Ich wollte Ihnen die Last nehmen, sich um mich kümmern zu müssen. Ich bin es mein Leben lang gewohnt, alleine zurechtzukommen.«

Offenbar hatte Letitia sich nicht vorstellen können, dass jemand sie ins Herz schloss. Charlotte warf einen Blick zu Eliza, die laut lachend mit den beiden Hunden auf der Wiese um die Wette lief. »Sind das deine Beagle? Wie ist es dir ergangen, seit du uns verlassen hast?«

Über Letitias Gesicht flog ein Lächeln. »Ich hatte Glück, und nein, Barney und Chester gehören nicht mir, sondern meinen Vermieterinnen. Ich führe sie nur aus, am liebsten hier im Park. Wollen Sie meine Wohnung sehen?«

Charlotte befürchtete das Schlimmste, aber sie stimmte zu und wunderte sich, als Letitia erklärte, sie müssten mit der U-Bahn bis zum Piccadilly Circus fahren. Das war eine teure Wohngegend.

Eine halbe Stunde später standen sie vor der Buchhandlung Parker am Anfang der Regent Street. Eliza hielt Barney an der Leine und schien glücklich mit dieser Aufgabe. Letitia führte Chester und ging die Stufen hinauf voran. Ein unmelodisches Bimmeln erklang, als sie die Tür aufdrückte.

Charlotte schaute sich staunend um. Ein halbes Dutzend Kunden stöberte in dem Laden, offenbar ein gut gehendes Geschäft trotz der Krise. Für manche Menschen bedeuteten Bücher nach wie vor eine Flucht aus der Realität, ein paar Stunden Geschichten lesen, bis der triste Alltag einen wieder im Würgegriff hielt. Das Haus war gepflegt, die Buchhandlung mit viel Liebe eingerichtet, die Regale und Auslegetische quollen über vor Romanen, Bilderbüchern und Sachbüchern. In einem Drehregal entdeckte sie Gartenbücher, nach denen jetzt im Frühjahr offenbar viel gefragt wurde, mittendrin mehrere Werke von Vita. Ein warmes Gefühl von Vertrautheit kroch in ihr hoch.

»Darf ich vorstellen? Das sind Miss Linda und Miss Marcy Parker.« Letitia wies auf zwei Damen, die hinter dem Tresen standen. Eine schlug gerade Bücher in Papier ein, die andere bediente die Kasse. Miss Marcy nickte Charlotte lächelnd zu, Miss Linda musterte sie abschätzend vom Kopf bis zu den Füßen. »Und das ist Mrs Bromberg, die den Garten von Summerlight House gestaltet hat, in dem ich eine Zeit lang arbeiten durfte.«

Die beiden Beagle bellten und wedelten mit den Schwänzen, als die Schwestern um den Tresen herumkamen, beide klein gewachsen. In ihren dichten grauen Haaren sah man den Kupferton durchschimmern, den sie früher gehabt haben mussten. Miss Marcy hatte ein paar Pfunde zu viel auf den Rippen, Miss Linda hingegen war klapperdürr. »Sie sind die Besitzerin von Summerlight Garden? Du liebe Zeit, was für eine Ehre!« Miss Marcy hielt sich die Hand vor den Mund. »Im vergangenen Herbst waren wir mehrere Male dort und haben uns an der herrlichen Anlage erfreut. Ihre Rosen sind ein Gedicht, Mrs Bromberg, ich habe nie etwas Schöneres gesehen. Und wie sie duften!«

»Ich ...« Charlotte hob an, eine Erklärung zu geben, aber Letitia unterbrach sie. »Ich würde Mrs Bromberg gerne zeigen, wie schön ich hier bei Ihnen wohne. Darf ich?«

»Aber ja!«, rief Miss Marcy. Miss Linda hatte bislang noch keinmal gelächelt. »Sie sind hier jederzeit ein gern gesehener Gast, Mrs Bromberg. Und die kleine Lady hier ebenfalls. Ihre Tochter? Wie heißt du denn?«

Eliza hatte sich schweigend umgeschaut und sich dann zu den Hunden auf den Boden gehockt, um sie zu streicheln. »Ich bin Eliza Rose.«

Miss Marcy stieß einen Schrei des Entzückens aus. »Was für eine wunderbare Idee, die Tochter nach den eigenen Rosen zu benennen!«

Redefluss und Begeisterungssturm der einen waren Charlotte nicht weniger unangenehm als die Neugier und der Argwohn im Gesicht der anderen.

Kurz darauf betraten sie Letitias Wohnung im zweiten Stock. Die Schwestern wohnten in der Etage darunter, wie Letitia erklärte. Sie öffnete die Tür in einen lichtdurchfluteten Flur, von dem links und rechts je ein Zimmer abging. Charlotte setzte zögernd ein paar Schritte hinein, wandte sich nach links zum Schlafzimmer, das ein Fenster zum Hinterhof hinaus besaß. Sie trat näher an die Scheibe, spähte hinab auf einen von Mauern begrenzten rechteckigen Garten, in dem Efeu, Kletterrosen, wilde Wiese und ein paar Krokusse um das Sonnenlicht kämpften. In der Mitte wuchs ein Kirschbaum, der bereits ausgetrieben hatte und schon bald blühen würde. Unter seinem Geäst standen zwei verwitterte Metallstühle.

An den Garten grenzte ein Unterstand, in dem Charlotte einen Bentley entdeckte. »Gehört das Automobil den Schwestern?«, fragte sie.

Letitia lachte. »Eigentlich schon. Aber sie benutzen es immer nur am Sonntagnachmittag und drehen eine Runde um den Block. Ich glaube, sie wollen nur zeigen, dass sie sich so ein Auto leisten können. Sie sind ein bisschen eigenartig, aber gutmütig.«

»Wie kannst du dir diese feine Wohnung leisten? Wo arbeitest du?« Charlotte ging weiter in das andere Zimmer, das gemütlich mit einer Sitzgruppe und einer Couch eingerichtet war. Seitlich davon befand sich eine Küchenzeile, und gleich daneben ging eine weitere Tür ab. Vom Fenster aus konnte man das geschäftige Treiben auf der Regent Street beobachten. In Sichtweite lag das Brautmodengeschäft, in dem Debbie ihr Hochzeitskleid gekauft hatte zu der Zeit, als sie noch in finanzieller Sorglosigkeit gelebt hatte. Es kam ihr vor wie die Erinnerung aus einem anderen Leben.

»Ich arbeite hier als Mädchen für alles.« Letitia strahlte. »Ich führe die Hunde aus, putze die Wohnungen und den Laden, manchmal, wenn viel Kundschaft da ist, helfe ich beim Verkaufen, und zweimal in der Woche mache ich Besorgungen für die Ladys, gehe auf den Markt und in Geschäfte. Ich habe ihnen versprochen, dass ich den Garten neu gestalte, sobald es wärmer wird. Mit Kräutern und Gemüse.« Sie senkte den Kopf. »Natürlich kann so etwas niemand so gut wie Sie, aber ich habe viel bei Ihnen gelernt, Mrs Bromberg. Es macht mich stolz, wenn ich das zeigen darf. Für all das darf ich hier umsonst wohnen und bekomme ein paar Pfund im Monat. Die spare ich meistens, weil mich die Ladys immer zum Essen zu sich holen. Von dem Ersparten will ich irgendwann von vorn anfangen und versuchen, in einer Gärtnerei eine Anstellung zu finden und eine Wohnung, in der ich niemandem zu Diensten sein muss.«

Charlotte lächelte sie an. »Das hört sich nach einem guten Plan an.«

»Hier ist es viel schöner und heller als bei uns!«, rief Eliza und lief von dem Fenster, das auf die Regent Street hinausging, zur anderen Seite, um in den Garten zu schauen. »Oh, da ist ein Nest im Baum!«

»Nirgendwo ist es schöner als in Summerlight House«, erwiderte Letitia und setzte einen Wasserkessel auf die Gasflamme des Herdes.

»Dort wohnen wir gar nicht mehr! Wir wohnen in der Nähe von den Kränen am Fluss«, erzählte Eliza, ehe Charlotte sie daran hindern konnte.

Letitia fuhr herum, und Charlotte spürte, dass sie errötete. »Die Summerlights haben wirklich recht bekommen, und Sie mussten umziehen?«

Charlotte ließ sich auf einen der Sessel nieder und klopfte auf den zweiten, damit sich Letitia zu ihr setzte. Letitia goss das kochende Wasser in eine Kanne mit Teeblättern, stellte sie auf ein Tablett und drei Tassen dazu.

»Bei uns ist viel passiert«, begann Charlotte, während sich Eliza auf ihren Schoß kuschelte.

Eine halbe Stunde später weinte Letitia. Charlotte tröstete sie, streichelte ihre Schulter und versicherte ihr, dass sie irgendwie zurechtkommen würde. Was für eine bemerkenswerte Situation, ging es ihr dabei durch den Kopf. *Möchten Sie Bohnensprösslinge kaufen, Madam?* Vor einem Jahr hatte sie diesem Mädchen aus dem Luxus heraus helfen können, ihr ein Bad und etwas zu essen, später ein Bett und Arbeit geben können. Und nun saß sie in Letitias Wohnung, die dreimal so komfortabel wie ihre eigene war, und schilderte ihr die eigene Not.

»Musste es unbedingt das East End sein?« Letitia nahm das Taschentuch, das Charlotte ihr reichte, und schnäuzte sich lautstark. »Dort kann man nach Einbruch der Dunkelheit keinen Fuß mehr vor die Tür setzen, und die Häuser sind feucht und schimmelig.«

Charlotte schluckte. »Die Vermieter sind sehr fürsorglich Eliza gegenüber. Das ist viel wert.«

»Aber Sie gehören da nicht hin! Glauben Sie mir, ich kenne die Wohnungen dort. Ich habe da manches Mal bei Freunden, die ich von der Straße kannte, übernachtet. Und Eliza muss in die Schule. Schicken Sie sie bloß dort nicht in die Schule!«

»Wir werden uns bald etwas Neues suchen, nicht wahr, Eliza? Ich habe im Moment nicht die Ruhe, nach einer anderen Wohnung zu suchen. Ich habe einen Termin in der Universität, um meine geplante Doktorarbeit vorzustellen.«

Da sprang Letitia auf, ein Strahlen im Gesicht. »Sie können hier wohnen, bei mir. Mit Eliza.« Sie breitete die Arme aus. »Die Wohnung ist groß genug für drei, und wir könnten uns gegenseitig unterstützen. Ich könnte mich um Eliza kümmern, während Sie an Ihrer Arbeit schreiben. Wir könnten zusammen den Garten der Schwestern gestalten wie früher Summerlight Garden, obwohl das natürlich kein Vergleich ist, aber trotzdem ...«

Charlotte unterbrach sie. »Das ist lieb von dir, Letitia, aber das werden die Vermieterinnen nicht erlauben. Wie sollte das überhaupt gehen? Es gibt nur ein Schlafzimmer.«

Letitia war nicht zu bremsen. Im Nu war sie bei der Couch und klappte die Rückenlehne um. »Tadaa! Das wäre mein Bett. Und Sie könnten mit Eliza im Schlafzimmer wohnen.«

Ein freudiges Pochen breitete sich in Charlottes Brust aus, während sie sich umschaute und sich vorzustellen versuchte, wie es wäre, hier mit Letitia zu leben. Allein die Helligkeit und Größe der Wohnung waren reizvoll, und natürlich hatte Letitia recht: Sie könnten sich gegenseitig unterstützen. Eliza rutschte von ihrem Schoß und sprang durch die Wohnung wie ein Frosch. »Bitte, Mama! Lass uns hier bei Letitia wohnen! Hier können wir auf das Vogelnest im Kirschbaum gucken statt auf die stinkenden Pupsklos. Wo ist deine Toilette, Letitia?«

Das Mädchen lief zu der Tür hinter der Küchenzeile und öffnete sie. Eine Toilette, eine frei stehende Badewanne auf Füßen, fließendes Wasser an einem Waschbecken. Charlotte betrachtete fassungslos dieses Paradies. Nach der Erfahrung mit den Plumpsklos würde sie niemals mehr ein Bad betreten können, ohne Dankbarkeit für diesen Luxus zu verspüren. »Es ist herrlich«, flüsterte sie.

»Ach, bitte, Mrs Bromberg, ziehen Sie hier ein! Ich würde

mich so über Ihre Gesellschaft freuen. Die Schwestern allein sind auf Dauer etwas anstrengend.« Letitia kicherte.

Charlotte spürte ein Zupfen an ihrer Jacke. »Bitte, Mama! Ich will hier bei Letitia und dem Kirschbaum sein.«

Charlotte stieß ein Seufzen aus. Es widerstrebte ihr, die Schwestern um die Unterkunft zu bitten. Es fühlte sich nach einer Demütigung an, aber andererseits gab es keine größere Herabwürdigung, als in einem Dachzimmer im East End wohnen und für die Notdurft in den Hinterhof eilen zu müssen. Eine allzu vertraute Stimme meldete sich in ihrem Inneren. *Nutze die Chance, Charlotte. Es kann nur aufwärtsgehen. Ich denke an dich.* Jedes Mal durchfloss sie ein Schauer, wenn sie Quinn hörte, wie er in ihren Gedanken zu ihr sprach. Sein Gesicht tauchte vor ihr auf, und seine Augen wechselten die Farbe von Braun zu Grün. Manchmal schien seine Nähe so real, dass sie glaubte, nur die Hand ausstrecken zu müssen, um ihn zu berühren. Aber wenn sie es tat, griff sie ins Leere.

Miss Marcy kreischte auf und trippelte auf der Stelle, als Charlotte sie kurz darauf im Laden ansprach. »Was für eine Ehre für uns, Mrs Bromberg! Selbstverständlich können Sie mit Letitia zusammen die Wohnung mieten. An welchen Zeitraum dachten Sie?«

Miss Linda blieb ungerührt. »Was ist mit Ihrem Garten? Wer kümmert sich um den?«

Charlotte fand zwar, dass sie das nichts anging, aber es war eindeutig unklug, in dieser Situation Misstöne anzuschlagen. »Der ist inzwischen in anderen Händen.«

Einen Moment lang herrschte Schweigen. Offenbar

warteten die Schwestern, dass Charlotte sie mit weiteren Informationen versorgte, aber das tat sie nicht. Schließlich ergriff Miss Linda das Wort: »Sie werden Verständnis dafür haben, dass wir in Ihrem Fall nicht auf die anteilige Miete verzichten können.«

Charlotte spürte, dass ihre Wangen heiß wurden. »Selbstverständlich nicht.«

Die Summe, die Miss Linda nannte, entsprach in etwa der, die sie für die Dachwohnung im East End bezahlte. Charlotte unterdrückte einen Seufzer der Erleichterung. Sie hatte mit dem Schlimmsten gerechnet.

»Wann werden Sie einziehen?« Miss Marcys Augen leuchteten. Charlotte war sich sicher, dass sie jedem einzelnen Kunden im Laden erzählen würde, dass die berühmte Gärtnerin von Summerlight Garden schon bald über der Buchhandlung Parker wohnen würde.

»Wenn es Ihnen recht ist, Ende der Woche.« Bis dahin hatte sie den Bricks die Miete im Voraus bezahlt.

Letitia klatschte in die Hände und sprang auf der Stelle. »Ach, ich kann es kaum erwarten!«

»Ich auch nicht!« Eliza drehte sich im Kreis, sodass ihr Rock flog.

Auch Charlotte spürte einen Hauch von Vorfreude. Von allen lieben Menschen war ihr tatsächlich nur Letitia geblieben. Sie hatte sie stets als ihren Schützling betrachtet, das vom Schicksal benachteiligte Mädchen, dem sie das Leben erleichtern konnte. Nun schien es fast so, als hätten sich ihre Rollen umgekehrt und als würde Letitia ihr das zurückgeben, was sie vor einem Jahr für sie getan hatte.

Der Abschied von den Bricks drei Tage später war kurz und sachlich. »Hat es Ihnen bei uns nicht gefallen?«, erkundigte sich die Vermieterin. Charlotte und Eliza standen mit gepacktem Koffer, Reisetasche und Rucksack an der offenen Haustür.

»Doch, Sie waren sehr freundlich«, erwiderte Charlotte und griff hinter sich an die Treppenstufe zum Haus, wo sie einen länglichen Pflanzkasten mit Narzissen, Hyazinthen und Blausternen abgestellt hatte. Sie nahm den Topf, ging an Mrs Brick vorbei in die Küche und zum Fenster. Mit einer energischen Bewegung zog sie die verdorrte Christrose aus ihrem Topf und warf sie in den unter dem Fensterbrett stehenden Mülleimer. Dann platzierte sie das frühlingshafte Arrangement auf der Fensterbank und drehte sich mit einem Lächeln um. Mrs Bricks Grinsen ging tatsächlich bis zu den Ohren.

Zwei Stunden später trugen sie ihr Gepäck durch den Buchladen, in dem gerade zahlreiche Kunden stöberten. Die Beagle trabten schwanzwedelnd zu ihnen, Eliza streichelte sie. Miss Marcy winkte ihnen. Mehrere Kunden warfen Charlotte neugierige Blicke zu und steckten danach die Köpfe zusammen. Das war zu erwarten, dass es nicht ohne Getuschel abging, wenn die berühmte Gartenexpertin in der Regent Street zur Untermiete wohnte. Im East End hatte sich zumindest niemand für ihr Vorleben interessiert.

Auf der obersten Treppenstufe angekommen, warf Charlotte einen Blick hinab und sah, dass Miss Linda ihnen hinterherschaute. »Passen Sie mit dem Gepäck auf. Ich will da keine Risse in den Tapeten haben.«

»Selbstverständlich.«

Letitia hatte alles so liebevoll hergerichtet, dass Charlotte vor Rührung fast die Tränen kamen. Im Schlafzimmer hatte sie das Bett verschoben und Platz für einen Sekretär und einen Holzstuhl geschaffen, außerdem für eine Spielecke voller Kissen für Eliza. Die Sonne schien durch das Fenster. Ihre Strahlen malten Muster auf das Parkett und den Bettüberwurf.

»Das hast du wundervoll gemacht, Letitia.« Auf einmal spürte Charlotte eine bleierne Müdigkeit. Sie war froh, als Letitia Eliza fragte, ob sie mit ihr zusammen die Hunde ausführen wollte.

Charlotte schloss die Tür und ließ sich der Länge nach auf das Bett fallen, starrte an die Decke, an der ein glitzernder Kronleuchter zwischen Stuckverzierungen hing.

Ja, vielleicht hatte sie an dieser Stelle den tiefsten Punkt ihres Lebens überwunden. Sie hatte einen Termin bei einem Professor, mit dem sie über ihre Doktorarbeit beratschlagen konnte, und sie lebte mit ihrer Tochter in einer guten Wohngegend in einem Zimmer mit einem Kirschbaum vor dem Fenster und Sonnenstrahlen, die durch blitzsaubere Scheiben fielen. Es gab Hoffnung, aber viel mehr Platz in ihrem Inneren nahm der Schmerz ein über all das, was sie verloren hatte. Wo wäre sie jetzt, wenn Victor noch lebte? Welche Pläne würde er schmieden? Wie sah es in Summerlight Garden aus? Wie erging es all ihren Lieblingspflanzen, den selbst gezüchteten Rosen? Wann und wie sollte sie es schaffen, die wertvollsten und schönsten Blumen zu sich zu holen?

Gib nicht auf, Charlotte, geh deinen Weg. Du schaffst alles. Vergiss nie, wie sehr ich dich liebe.

»Eine Liebe, die nicht sein darf«, flüsterte sie und ließ die Tränen laufen, wälzte sich auf den Bauch und drückte das Gesicht ins Kopfkissen.

Ihr graute vor dem Tag, an dem sie ihrer Familie erzählen musste, dass sie Summerlight House verloren hatte. Lange würde sie es nicht mehr geheim halten können. Vielleicht wussten sie es sogar schon. Aurora und Robert würden sie sofort nach Stanford holen wollen, und für Debbie wäre klar, dass sie zu ihr nach Schottland umsiedelte. In der Not musste die Familie zusammenhalten, nicht wahr? Aber Charlottes Platz war weder in den Staaten noch in den Highlands. Sie gehörte mit ihrer Tochter nach London, ins Herz der Insel.

In den nächsten Tagen spielte sich das Leben in der Wohnung über der Buchhandlung Parker an der Regent Street ein. Gleich nach dem Wochenende meldete Charlotte Eliza Rose in der nur zwei Straßen entfernten *Elementary School* an. Nach einem kurzen Test war klar, dass das Mädchen sämtliche Anforderungen erfüllte. Charlotte würde sie morgens hinbringen, Letitia würde sie am Nachmittag abholen. In der Zwischenzeit hätte Charlotte viel Zeit, an ihrer Dissertation zu feilen. Sie hatte so viele Quellen studiert, dass sie es gar nicht erwarten konnte, die einzelnen Kapitel auszuformulieren. Aber es war sinnvoller, erst die Einschätzung ihres Betreuers abzuwarten.

Am Mittwoch, als Charlotte Professor Wilson treffen sollte, konnte sie schon beim Frühstück vor Aufregung nicht ruhig sitzen. Sie wählte ein Kostüm, in dem sie gleichzeitig elegant und seriös aussah. »Du bist wunderschön, Mama.« Eliza umarmte ihre Beine. Charlotte ging in die Hocke und küsste sie auf die Wangen. »Heute ist ein wichtiger Tag, und an wichtigen Tagen sollte man so gut wie möglich aussehen.«

»Du triffst dich heute mit dem Professor«, erwiderte das Mädchen mit ernster Miene. Einmal mehr staunte Charlotte, wie viel Eliza mitbekam. »Hoffentlich mag er, was du geschrieben hast.«

Charlotte lächelte sie an. »Ja, hoffentlich mag er es.«

Eine halbe Stunde später klopfte sie an die Tür zum Büro von Professor Wilson. Seine Sekretärin begrüßte sie mit einem Lächeln und wies auf sein Arbeitszimmer. »Bitte sehr, Mrs Bromberg, er erwartet Sie bereits.«

Aus dem Raum drangen ein Poltern und ein Kichern, dann eine tiefe Stimme. »Nicht so wild, nicht so wild!«

Charlotte hob die Brauen und warf einen verunsicherten Blick zur Sekretärin. Die grinste nur. »Gehen Sie einfach hinein.«

Behutsam pochte Charlotte gegen die Tür, der Duft nach Kakao, Hefegebäck und alten Büchern wehte ihr entgegen. In der Fensterecke hockten drei Kinder: ein vielleicht vierjähriges Mädchen und ein Zwillingspaar, zwei Jungen, alle mit weizenblonden Haaren und vor Eifer geröteten Wangen. Sie spielten mit Eisenbahnschienen und Bauklötzen.

Das Büro war ein einziges Chaos. Der Boden war komplett mit Manuskripten und Büchern bedeckt, in den Regalen stapelten sich die Bücher, der Schreibtisch quoll über vor Ordnern und Heften, und dahinter lugte ein weizenblonder Kopf mit geröteten Wangen und einer schwarz geränderten Brille hervor. »Hallo?«

»Hallo.« Charlotte strahlte den Professor an, als er sich erhob. Er war fast einen halben Kopf größer als sie und etwa Ende dreißig. Seine Haare standen strubbelig zu allen Seiten ab.

»Was kann ich für Sie tun?«

»Nun, wir haben einen Termin. Ich bin Charlotte Bromberg, Mrs Professor Dr. Gwynne-Vaughan schickt mich zu Ihnen.«

»Oh, Mrs Bromberg, natürlich.« Er raufte sich die Haare, sodass sie noch unordentlicher abstanden, und schaute sich panisch um.

Charlotte konnte sich ein Grinsen nicht verkneifen. Was für ein Chaot! Sie mochte ihn von der ersten Sekunde an.

»Sie müssen entschuldigen, bei mir geht gerade alles ein bisschen drunter und drüber.«

Charlotte kannte diesen Menschenschlag: Sie gehörte selbst dazu. »Das macht überhaupt nichts, ich liebe das kreative Durcheinander.«

Ein Lächeln ließ sein Gesicht aufleuchten. Er wies auf die Kinder. »Die Besucherecke ist zurzeit besetzt. Meine Frau ist heute Morgen überraschend mit Blutungen ins Krankenhaus gekommen. Wir erwarten unser viertes Kind.« Beim Lächeln zeigte er ein tadelloses Gebiss. »So schnell haben wir keine Betreuung für die drei gefunden, aber sie lieben es, mich in die Universität zu begleiten.«

Die Kinder musterten Charlotte und widmeten sich dann wieder ihrem Spiel. Professor Wilson nahm aus der Ecke einen der Besucherstühle und stellte ihn seitlich von seinem Schreibtisch auf. Dann schob er seinen eigenen Stuhl heran und bat Charlotte, vor ihm Platz zu nehmen. »So wird es gehen, nicht wahr?«

»Aber bestimmt«, erwiderte Charlotte, obwohl sie gern ihre Unterlagen auf einem Tisch ausgebreitet hätte. Hauptsache, der Professor nahm sie ernst und hörte ihr zu. Er hob den Kopf, und auf einmal war alles Hektische in seinen Bewegungen verschwunden. Sein Gesicht drückte volle Konzentration aus. Charlotte bemerkte amüsiert, dass sie in derselben Sekunde mit dem Zeigefinger ihre Brillen hochschoben.

»Sie wollen also promovieren. Möchten Sie mir das Thema erläutern, Mrs Bromberg?«

Charlotte richtete sich auf, reichte ihm das Exposé und begann zu erzählen: Von ihren Recherchen in den schönsten Gärten, der Reise nach Persien, ihrer Rosenzucht, den Artikeln in den Fachzeitungen, ihrer Arbeit in Summerlight Garden. Sie schilderte, dass sie all ihre Erkenntnisse über die Schönheit von öffentlichen Gärten darlegen und literarische Vorbilder einarbeiten wollte. Im besten Fall sollte ihre Doktorschrift ein Standardwerk für alle werden, die sich für ihren Garten das Besondere wünschten – seien es botanische Anlagen, Institutionen, Experten oder Privatleute.

Während sie sprach, blätterte der Professor durch die Inhaltsangabe, ließ sich jedoch nicht anmerken, was er von ihren Plänen hielt. Er unterbrach sie kein einziges Mal. Ab und zu hörte man die Kinder lachen oder Fahrgeräusche einer Eisenbahn nachmachen.

»Ich hatte in meinem Leben schon einige Herzenswünsche, die ich mir erkämpft habe. Ich wollte an die Uni und durfte tatsächlich studieren, ich wollte nach Kew Gardens und bekam eine Anstellung, und ich wollte den originellsten Garten Englands. Jetzt will ich die wissenschaftliche Anerkennung, die mich befähigt, in Kew Gardens in einer leitenden Position zu arbeiten. Ich habe immer davon geträumt, auf Expeditionen gehen zu dürfen. Das war früher leider nicht möglich und wird jetzt, da ich alleine mit meiner Tochter bin, nicht einfacher. Aber ich will die Kontakte zu Experten aus aller Welt, will den Finger am Puls der Zeit haben und der internationalen Botanik meinen Dienst erweisen. Dafür brauche ich den Doktortitel.«

Professor Wilson fasste sich an die Stirn und lehnte sich zurück. »Was für ein Leben, was für Ziele. Verehrte Mrs Bromberg, ich bin beeindruckt. Habe ich es richtig verstanden, dass Sie nicht mehr in Summerlight House leben und der Garten unter anderer Führung ist? Meine Frau und ich haben ihn im Sommer besucht. Wir waren begeistert!«

»Aus familiären Gründen kann ich dort nicht mehr leben. Mein Mann ist vor Kurzem verstorben, und ich bin mit meiner Tochter nach London gezogen.«

»Mein Beileid.« Er musterte sie eine Weile. Charlotte spürte, dass ihm viele Fragen auf der Zunge lagen, er aber nicht zu persönlich werden wollte. »Ihre geplante Dissertation macht Ihnen alle Ehre. Aber, du lieber Himmel, wie wollen Sie das schaffen?«

»Meine Tochter geht zur Schule, ich habe mehrere Stunden am Tag für mich allein, die ich nutzen kann. Ich habe mein Leben der Wissenschaft gewidmet, werde aber, seit ich Summerlight Garden erschaffen habe, eher als engagierte Hobbygärtnerin wahrgenommen. Die *Linnean Society* jedenfalls wollte mir keinen Preis verleihen, weil mir der wissenschaftliche Hintergrund fehlte.«

»Das passt zu denen«, erwiderte er und verzog den Mund. »Sind Sie finanziell abgesichert?« Er räusperte sich, und seine Stirn rötete sich. »Verzeihen Sie, das geht mich selbstverständlich nichts an. Ich habe mich nur gefragt, ob Sie zusätzlich einer Beschäftigung nachgehen.«

»Ich kann mich auf das Recherchieren und Schreiben konzentrieren.«

»Bis wann wollen Sie fertig sein?«

»Nach Möglichkeit noch vor dem Sommer.«

Er stieß ein Lachen aus und schüttelte den Kopf. »Ich sage es Ihnen offen: Ich bin skeptisch. Innerhalb dieser kurzen Zeit ist das kaum auf dem Niveau zu schaffen, das ich an Dissertationen anlege.«

Ich kann es mir nicht länger leisten, kein Geld zu verdienen, dachte Charlotte, aber sie schwieg. »Werden Sie mich mit meiner Dissertation betreuen und mir am Ende das Examen abnehmen?« Ihr Magen zog sich vor Anspannung zusammen. Hatte sie den Professor mit den strubbeligen Haaren überzeugt? Sie wünschte es sich so sehr. Er war nicht von der verknöcherten Sorte wie Sir Hill und die Herren der *Garden Societies*. Er war ein moderner Mann mit fortschrittlichen Ansichten. Sie hätte ihn gern als ihren Mentor.

Als er sie anlächelte, flog ihr Herz ihm zu. »Aber natürlich, Mrs Bromberg. Wer wäre ich, wenn ich eine Frau wie Sie aufhalten würde? Formulieren Sie die ersten Kapitel aus, und melden Sie sich in zwei Wochen. Dann besprechen wir, ob die Arbeit meinen Ansprüchen genügt. Jetzt würde ich gerne ein paar Unterpunkte mit Ihnen durchgehen, auf die ich Ihre Aufmerksamkeit lenken möchte. Haben Sie Zeit?«

Charlotte strahlte ihn an. Dann beugten sie sich gemeinsam über ihre Zusammenfassung und vergaßen die Welt um sich herum.

Kapitel 25

Ende März

Es war genug. Quinns Leben bestand nur noch aus einer Abfolge trostloser Tage. Die Arbeit in der Parkanlage von Ballyseede Castle entwickelte sich immer unbefriedigender. Mehr als Rasenmähen, das Schneiden von Bäumen und Pflegen der Beete trauten die Besitzer ihm nicht zu, belanglose Arbeiten, die seine Kreativität verkümmern ließen.

Abends kehrte er in eine leere Wohnung heim. Caitlin war vor einigen Wochen ins Haus ihrer Mutter gezogen, die Jungen liefen zwischen den Wohnungen hin und her, hielten sich aber nach wie vor am liebsten bei Dora und Billy auf. Oft nahm Quinn seine Mahlzeiten alleine ein. Meistens hatte er keine Lust, sich etwas zu kochen, aß nur ein paar Sandwiches und trank einen Tee dazu.

Was tat er hier noch? Wann hatte sein Leben den Sinn verloren? Als sich seine Familie aufgelöst hatte? Oder früher, als Charlotte auf seine Briefe nicht mehr geantwortet hatte? In seinen Gedanken sah er sie in einem Frühlingskleid durch Summerlight Garden spazieren. Er sah sie in ihrer Arbeitshose, mit Stiefeln und Handschuhen, wie sie die Rosen beschnitt und das Schilf am Teich ausdünnte. Wie sie im Gewächshaus die Sommerblumen und Stauden vorzog und wie sie Schubkarre und Harke aus dem Schuppen holte. Erinnerungen stürmten auf ihn ein, wie sie sich in dem Holzhaus geliebt hatten. Ihre heimlichen Berührungen und Küsse, ihre Blicke, die geflüsterten Liebesworte.

Hatte sie sich wirklich endgültig für ihren Mann entschieden? Wie konnte das sein, nachdem sie die größte Liebe miteinander erlebt hatten, die zwei Menschen teilen konnten? Eine Zeit lang war er täglich zu Cillian gefahren, um nach Briefen zu fragen. Diese Enttäuschung, wenn der alte Mann nur mitfühlend den Kopf schüttelte. Manchmal hatte ihn der Jähzorn gepackt, und er hatte auf der Rückfahrt nach Tralee das Gaspedal so tief durchgedrückt, dass das Automobil an seine Grenzen geriet und in den Kurven gefährlich schlingerte. Manches Mal hatte er in diesen Stunden gedacht, dass es das Beste wäre, wenn er gegen einen Baum fuhr und alldem ein Ende setzte. Aber sein Überlebenswille wog schwerer und die Hoffnung, dass es irgendwann ein Wiedersehen mit Charlotte gab. Würde sie ihm wirklich ins Gesicht sagen, dass sie ihn nicht mehr liebte? Quinn war unfähig, sich das vorzustellen. Wie sie am Telefon geweint hatte. Er hatte jede Meile verflucht, die ihn von ihr trennte. So gern hätte er sie umarmt und gehalten, bis sie sich beruhigt hatte. Wie passte ihr verzweifelter Gefühlsausbruch zu einer Trennung? Sie waren füreinander bestimmt!

An diesem Tag Ende März war seit den frühen Morgenstunden, als er im Regen nach Ballyseede Castle aufgebrochen war, der Entschluss in ihm gereift, etwas zu ändern. Etwas musste passieren, etwas, das sein Leben wieder lebenswert machte. Niemand hier auf dem Hof in Tralee würde ihn vermissen. Seine Söhne waren bei Dora und Billy gut aufgehoben. Warum sich also gebunden fühlen? Die Welt stand ihm offen.

Das Haus war kalt, es roch nach der Asche im Kaminofen. Quinn hängte seine Jacke auf, deren Schultern vom Regen durchnässt waren, und strich sich durch die Haare, während er sich umschaute. Die leeren Regale in der Küche, das benutzte Geschirr an der Spüle, die fadenscheinige Sitzgarnitur am Kamin. Er trat ins Schlafzimmer, wo seine Decke faltig über dem Bett lag. An der oberen linken Ecke des Zimmers löste sich die Tapete, offenbar eine feuchte Stelle. Wen scherte das? Gegen das Fenster prasselten Regentropfen, als wollten sie einen schnelleren Takt vorgeben.

Beim Luftholen weitete sich sein Brustkorb. Dann öffnete er den Kleiderschrank und zog aus dem hinteren Bereich den einzigen Koffer hervor, den er besaß. Aufgeklappt legte er ihn aufs Bett, packte seine Hosen, Hemden und Pullover hinein. Aus den Schubladen zog er Wäsche und Socken und stopfte damit die Ecken des Koffers aus. Er nahm den Stapel von Gartenbüchern, der sich neben seiner Bettseite türmte, und verstaute alle Bände gleichmäßig. Probeweise klappte er den Deckel zu, viel mehr passte nicht hinein, aber es fehlten noch seine Arbeitskleidung und der Ordner mit den Dokumenten seiner beruflichen Qualifikation, die man auf Ballyseede Castle gar nicht hatte sehen wollen: die Urkunden und Briefe, die ihn als Gartenmeister auszeichneten, und die Zeichnungen, die er für Summerlight Garden erstellt hatte. Als sein Blick auf die Pläne mit all den bunten Beeten, Bäumen, Büschen und Wegen fiel, breitete sich ein Glücksgefühl in ihm aus. Wie Charlotte und er gemeinsam für diesen Garten gekämpft hatten, ihre Vorfreude auf all das, was irgendwann blühen würde, ihre nie versiegende Energie und die sinnliche Verbundenheit.

Wo auch immer sein Weg ihn hinführen würde, er wusste, dass er sich unbewusst längst für sein erstes Ziel entschieden hatte. Alle Komplikationen, alle Missverständnisse, alle Konflikte würde er in Kauf nehmen dafür, dass er noch einmal Charlotte in Summerlight Garden sehen durfte. Er würde Abstand halten, ihr nur die Hand reichen, er würde sie nicht bedrängen. Aber er würde ihr ansehen, ob die Gefühle für ihn erloschen waren. Mit Worten mochte sie die Wahrheit vertuschen, mit ihren Augen schaffte sie das nicht.

Auf einmal begann sein Puls zu rasen. Mit beiden Unterarmen presste er sich auf den Kofferdeckel, stopfte herausquellenden Stoff zurück und bemühte sich, die Schnallen zu schließen, konzentrierte sich auf diese Aufgabe, als packe er nicht nur ein bisschen Kleidung und Unterlagen ein, sondern als erobere er sein Leben zurück. Aufbruchsstimmung durchflutete ihn.

»Was tust du da, Papa?«

Quinn fuhr herum. Die Kofferschnalle sprang wieder auf. Ian stand in der Tür. Er hatte die Arme um seine Brust geschlungen, das Gesicht eine bleiche Maske des Trotzes und der Ablehnung. Die Sommersprossen traten deutlich auf seinen Wangen hervor. Hinter ihm stand Kenny. »Verreist du, Papa?«, fragte er. Quinn hörte die Hoffnung in seiner Stimme, dass es vielleicht wirklich nur eine kurze Reise sein würde. Beide Jungen waren ungewöhnlich sensibel. Aber während Kenny mit seinen zehn Jahren seinen Gefühlen oft freien Lauf ließ, verbarg Ian, der fast schon ein Jugendlicher war, sein Innerstes hinter einem trotzigen Schutzschild.

Quinn schob den Koffer weiter hoch, setzte sich auf die Bettkante und klopfte neben sich. Kenny lief sofort auf ihn zu und drückte sich an ihn. Ian kam näher und blieb mit weiterhin verschränkten Armen vor ihm stehen. Quinn sah, dass seine Unterlippe zitterte, und ihm brach es fast das Herz. Seine Söhne mussten geahnt haben, dass er sich hier nicht mehr zu Hause fühlte.

»Ihr wisst, dass eure Mutter und ich … dass wir uns nicht mehr lieben. Das hat nichts mit euch zu tun, euch beide werden wir unser Leben lang lieben. Aber für mich ist es jetzt an der Zeit, einen Neuanfang zu versuchen.«

»Nimmst du uns mit?« Kenny sah ihn fragend an.

Quinn erwiderte den Blick nachdenklich. »Willst du das denn?«

»Ich will dich nicht verlieren. Aber ich will auch bei Tante Dora und Onkel Billy bleiben. Und bei Mama und Oma.«

»Du verlierst mich nicht.« Er sah zu Ian. »Ihr beide verliert mich niemals. Aber ich muss erst einmal alleine losziehen und schauen, wo ich unterkomme und wo ich mir ein neues Leben aufbauen kann.«

»Wohin willst du fahren?« Ians Stimme klang belegt.

»Zurück nach England, vielleicht nach London.«

»Auch nach Summerlight in unser Haus?«, fragte Kenny.

Quinn schüttelte den Kopf. »Das ist vorbei, dort wohnen jetzt andere Leute. Ich werde etwas Neues aufbauen, und wenn ich eine Arbeitsstelle und eine Wohnung habe, werde ich mich bei euch melden und euch fragen, ob ihr bei mir leben wollt.«

»Schwörst du das?«, fragte Kenny.

Quinn schaute erst ihn, dann Ian an. In den angespannten Zügen seines älteren Sohns erkannte er, dass auch er sich nach einem Versprechen sehnte. »Das schwöre ich euch.« Er küsste Kenny auf den Haarschopf. Dann stand er auf, zog Ian an sich, klopfte ihm auf den Rücken. Der Junge ließ es unbewegt über sich ergehen.

»Dürfen wir es Tante Dora und Onkel Billy erzählen?«, wollte Kenny wissen.

»In einer halben Stunde wissen es sowieso alle. Ich bin hier gleich fertig mit dem Packen.«

Die Jungen rannten ins Nachbarhaus, und Quinn gelang es endlich, den Koffer zu schließen. Durch den Regen trug er ihn nach draußen und legte ihn auf die Rückbank des Fords. Dann eilte er noch einmal zurück, holte seine Decke und ein Kissen, um darauf vorbereitet zu sein, eventuell im Auto zu übernachten. Zum Schluss ging er in die Küche und öffnete die Teedose auf dem Schrank, die ihr Haushaltsgeld enthielt. Er zählte die Scheine und Münzen durch und legte noch die Hälfte des Wochenlohns hinein, den er heute erhalten hatte. Den Rest des Geldes stopfte er in seine Hosentasche.

Dora umarmte ihn, als er sich, bereits mit Jacke und Kappe, verabschiedete. »Ich habe mich schon gefragt, wann du es wahr machst«, sagte sie dabei.

Billy klopfte ihm auf die Schulter. »Mach dir um deine Jungs keine Sorgen. Sie haben hier alles, was sie brauchen.«

»Ich melde mich. Und sobald ich eine Anstellung habe, schicke ich regelmäßig Geld für ihren Unterhalt.«

Billy nickte. »Bleib gesund.«

Den Abschied von seiner Frau und deren Mutter hätte Quinn sich gern erspart, aber der Anstand gebot es ihm. Caitlin lag auf dem Sofa, ihre Mutter hockte im Sessel. Im Raum hing der Geruch nach der ranzigen Salbe, mit der sich die alte Frau regelmäßig die Beine einrieb.

»Mach, dass du fortkommst, ich kann dich nicht mehr ertragen«, zischte Caitlin ihm zu. Offenbar hatten ihr die Jungs die Neuigkeit bereits erzählt. Wie sie dalag mit ihren zerzausten, halb ergrauten Haaren, das Gesicht faltig vom Liegen, die Lippen bleich. Eine unglückliche Frau, deren Träume sich nicht erfüllt hatten. Fast fühlte Quinn Mitleid mit ihr.

»Bilde dir bloß nicht ein, ich ließe dich ungeschoren davonkommen. Sobald es mir besser geht, rufe ich auf Summerlight House an und erzähle Mr Bromberg, wie ihr ihn hintergangen habt.«

Quinn presste die Lippen zu einem schmalen Strich zusammen. Von Mizen Head wusste Caitlin nichts, und was damals auf Summerlight House passiert war ... Alles war so lange her und schien wie aus einem anderen Leben. Selbst wenn Caitlin ihre Drohung wahr machte, würde es Charlotte nicht den Boden unter den Füßen wegreißen. »Ich hoffe nur, dass du nicht eines Tages an deiner Boshaftigkeit erstickst, Caitlin. Vergiss unsere Söhne nicht. Sie werden sich irgendwann entscheiden dürfen, ob sie bei dir oder bei mir leben wollen.«

»Scher dich zum Teufel!«, fuhr seine Schwiegermutter ihn an und erhob sich halb mit zu Fäusten geballten Händen, als wollte sie auf den doppelt so schweren Quinn losgehen.

Eine Last löste sich von Quinns Seele. Sie hatten ihm den Abschied leicht gemacht.

In langen Sätzen sprang er über die Pfützen im Hof und zu seinem Wagen. Er schüttelte sich, als er hinter dem Steuer saß. Dann startete er den Wagen. Sein Blick fiel nach draußen auf Billys Haus. Im Türrahmen standen Ian und Kenny. Kenny liefen die Tränen über das Gesicht, er winkte mit dem ganzen Arm. Ian hob zögernd die Hand, in seinen Augen erkannte Quinn die Angst, ihn nie mehr wiederzusehen. Er nickte den Jungen zu und hob im Wegfahren drei Finger zum Schwur.

Kapitel 26

»Mrs Bromberg? Es ist nach Mitternacht. Werden Sie denn gar nicht müde?«

Charlotte fuhr herum, als Letitia in der Tür zu ihrem Schlafzimmer auftauchte und sie im Flüsterton ansprach. Offenbar war sie so versunken in ihre Unterlagen gewesen, dass sie das Klopfen nicht gehört hatte. Nur die Schreibtischlampe warf einen kreisrunden gelben Schein auf den Sekretär und Charlotte, der Rest des Raums lag im Dämmerlicht. Eliza schlief in dem Doppelbett, eingekuschelt in ihre Decke.

Charlotte rieb sich die Augen und merkte erst jetzt, wie ausgelaugt sie war. Sie verbrachte Tag für Tag mehr als zehn Stunden an ihrer Dissertation. Allmählich verkrampfte sich ihre Schreibhand. Sie ärgerte sich, dass sie die Schreibmaschine in Summerlight House gelassen hatte. Die hätte ihr nun gute Dienste erwiesen. »Lieb, dass du fragst, Letitia, aber ich komme zurecht. Je eher ich meine Arbeit fertigstellen kann, desto besser.«

»Aber Sie werden krank, wenn Sie sich so verausgaben. Dann schaffen Sie die Arbeit nicht.«

»Alles gut, Letitia.« Charlotte gähnte demonstrativ. Das Zusammenleben mit Letitia war meistens komplikationslos, aber manchmal empfand Charlotte sie als zu besorgt. »Ich mache gleich Schluss.«

Letitia zog die Tür geräuschlos zu.

Die junge Frau war unbezahlbar. Sie kümmerte sich um den Haushalt und Eliza und verrichtete weiterhin ihre Dienste für die Parker-Schwestern. Mit den beiden Buchhändlerinnen wurde Charlotte nicht warm, obwohl sie sich die größte Mühe gab. Miss Marcy war immer eine Spur zu nett, sodass man sich unweigerlich fragte, ob die Freundlichkeit echt oder aufgesetzt war. Und Miss Linda schien voller Misstrauen zu sein.

Sie bekam nicht mit, was die Schwestern ihren Stammkunden erzählten, aber sie fürchtete, dass sie als die ehemalige Landhausbesitzerin mit dem berühmten Garten, die ohne Mann, aber mit ihrem Kind hier zur Untermiete wohnte, viel Raum für Spekulationen bot. Wie auch immer, diese Wohnung in der Regent Street würde nur eine weitere Etappe auf ihrem Weg sein. Sobald es sich ergab und sie es sich leisten konnte, würde sie sich nach einer anderen Unterkunft umschauen. Hoffentlich würde Letitia sie begleiten.

Zehn in ihrer gleichmäßigen Handschrift beschriebene Seiten lagen vor ihr, als sie den letzten Punkt setzte, die Blätter zusammenschob und im Ordner abheftete. Das sollte reichen, um Professor Wilson einen ersten Überblick zu vermitteln, auf welcher Grundlage und in welchem Stil sie die

Arbeit zu verfassen gedachte. Sie nahm sich die Zeit, noch ein letztes Mal alles durchzulesen. Bilder tauchten in ihrem Inneren auf aus den Zeiten, als sie sich über die gelungene Züchtung der Rosen in Summerlight Garden gefreut hatte, als im Palmenhaus von Kew Gardens die feuchtwarme Atmosphäre im Sommerlicht wie ein Schleier schimmerte, als sie sich auf den Hebriden auf allen vieren den Steingartenpflanzen genähert und im Zagros-Gebirge die Stecklinge von Granatapfelbäumen und Maulbeerbäumen geschnitten hatte. All diese Erlebnisse flossen nun, wissenschaftlich aufbereitet, in ihre Arbeit ein. Es fühlte sich an, als habe sie ihr berufliches Leben bis hierher nur für diese Arbeit geführt. Hoffentlich würde es den Professor überzeugen!

Beim Frühstück am nächsten Morgen trug Charlotte bereits ihr gutes Kostüm. Zur Sicherheit hatte sie sich das Medaillon in die Jackentasche gesteckt. Sie fühlte die angenehme Schwere des Schmuckstücks. Eliza war mit Rock, Pullover und kurzer Jacke fertig für die Schule. »Wenn ich Eliza heute Nachmittag abhole, will ich gleich weiter mit den Hunden und ein paar Besorgungen machen«, sagte Letitia zwischen zwei Löffeln Porridge. »Ist es Ihnen recht, wenn ich Eliza mitnehme?«

»Aber ja, das passt mir prima. Ich fahre gleich in die Universität. Ich habe einen wichtigen Termin und weiß nicht genau, wie lange er dauert. Lasst euch also gerne Zeit.«

Eliza hüpfte, als sie kurz darauf die Regent Street entlanggingen und in die Seitenstraße abbogen, in der sich die Schule befand. »Du siehst so glücklich aus, mein Schatz«, stellte Charlotte fest. »Freust du dich auf die Schule?«

Elizas Gesicht verfinsterte sich. »Ich vermisse Papa ganz furchtbar. Meinst du, er sieht es, wenn ich lächele?«

Charlotte brach fast das Herz. Sie zog ihre Tochter an die Häuserwand, ging in die Hocke und umfasste ihre Schultern. »Er sieht es, und er liebt es, wenn du lächelst. Papa hätte niemals gewollt, dass du seinetwegen traurig bist. Deine Trauer lebt in deinem Innersten, aber das heißt nicht, dass deine Schultage nicht wieder fröhlich sein können. Das ist eine wunderbare Nachricht, weißt du? Schlimmer wäre es, wenn du keine Freunde finden oder die Lehrerin nicht mögen würdest.«

Eliza seufzte. »Da bin ich aber froh. Doch, Mama, die Schule macht Spaß, und die Lehrerin nimmt mich besonders oft dran, weil sie weiß, dass ich das alles schon kann.« Sie stutzte kurz. »Oh, ich glaube, ich habe mein Malheft vergessen. Kannst du es mir holen, Mama?«

Charlotte lächelte. »Bestimmt nicht, Miss Bromberg. An so etwas musst du selbst denken, das nimmt dir keiner ab.« Wer wüsste das besser als sie. Charlotte küsste Eliza auf die Wange, und sie setzten den Weg fort.

Sie erinnerte sich daran, dass ihre Mutter über sie selbst immer gesagt hatte, sie hätte schon als Kleinkind einen Sturkopf gehabt und wäre nicht immer leicht zu führen gewesen. Eliza war anpassungsfähiger. Vielleicht die Gene ihres Vaters. Als ihre Gedanken bei Quinn landeten, fühlte sie ein Kribbeln auf der Haut, als liefen Ameisen darüber. Der Mai rückte näher und damit die Zeit, in der sie sich stets auf Mizen Head getroffen hatten. Diese himmlischen Tage voller Sinnlichkeit und Verbundenheit, in denen sie Kraft für ein

Jahr getankt hatte. Die Trauer um das Verlorene ließ sie nach Luft schnappen. Sie blieb stehen, fasste sich an die Rippen.

»Bist du krank, Mama?«

Charlotte schüttelte den Kopf. »Alles gut, mein Schatz. Läufst du den Rest allein?« Das Tor zum Schulgebäude stand weit offen, Kinder strömten in Gruppen oder allein mit ihren Schulranzen hinein. Eliza drückte Charlotte einen Schmatzer auf die Wange, dann lief sie zu ihren Freundinnen, die ihr zuwinkten.

Charlotte richtete sich auf und straffte die Schultern, bevor sie den Weg zur Untergrundbahn in Richtung Universität einschlug. Die Verunsicherung machte ihre Glieder schwach. Immer wieder gingen ihr die Worte der *Linnean Society* durch den Sinn. *Um Sie mit der Linnean Medal auszuzeichnen, sind die Voraussetzungen nicht gegeben.*

Diesmal hockte keine Schar von Kindern in der Spielecke, aber das Büro war, wenn möglich, noch unordentlicher. Charlotte musste über Berge von Manuskripten, Büchern und Aktenordnern hinwegsteigen, um zu den Besuchersesseln zu gelangen.

Professor Wilson sprang um sie herum, räumte die Stapel von links nach rechts und zurück und entschuldigte sich in einem fort. Auf seinen Wangen bildeten sich kreisrunde Flecken. »Mich stört das überhaupt nicht«, versicherte Charlotte lachend. »Im Gegenteil, ich bin es gewohnt, so zu arbeiten. Die Welt um mich herum kann im Chaos versinken, aber innerlich bin ich aufgeräumt.«

Er hob den Kopf und strahlte sie an. »So hat das noch niemand für mich auf den Punkt gebracht«, sagte er.

»Geht es Ihrer Frau besser?«

Der Professor nahm einen Stapel Fachzeitschriften von einem Stuhl und setzte sich. Charlotte bot er den Platz ihm gegenüber an. Zwischen ihnen stand ein halbhoher Tisch mit verschiedenen Zetteln, Notizbüchern und Stiften, den er mit einer rigorosen Bewegung freiwischte.

»Ja, zum Glück. Das Baby sollte sich noch zwei Monate Zeit lassen, kurz sah es so aus, als wollte es jetzt schon auf die Welt. Aber jetzt zeigen Sie mir mal *Ihr* Baby.« Er grinste und griff nach dem Ordner, den sie bereits auf den Tisch gelegt hatte.

Kurz darauf war er so in Charlottes Text vertieft, dass er ihre Anwesenheit völlig zu vergessen schien. Sie beobachtete ihn, wie er zwischendurch die Brauen hochzog, mit der Nase näher an die Zeilen heranging, lächelte, nickte und zustimmende Geräusche machte. Charlotte griff nach einer Ausgabe des *Curtis' Botanical Magazine* und schlug sie auf, aber nur zum Schein, denn sie wollte keine Regung in seinem Gesicht verpassen.

Er ließ sich Zeit.

Erst nach einer Viertelstunde, in der er konzentriert gelesen hatte, legte er die Blätter auf Kante und heftete sie ab. Er schien sich seine Worte zurechtzulegen. Charlotte hielt es kaum noch aus vor Anspannung, beugte sich vor und versuchte, in seiner Miene zu lesen.

»Nun, das ist das Beste, was ich je über Gartengestaltung gelesen habe. Nicht nur verfügen Sie über einen breiten wissenschaftlichen Hintergrund, Sie haben eine Art, schwierige Sachverhalte höchst anschaulich zu beschreiben, etwa in dem Kapitel, in dem Sie auf Höhe, Farbe und Blattbeschaffenheit der Pflanzen eingehen, die in einem Beet harmonieren.«

Ein Strahlen glitt über Charlottes Gesicht. Sie knetete die Hände vor Aufregung. »Heißt das, ich bin auf dem richtigen Weg?«

»Das sind Sie absolut. Abgesehen davon, dass …«

Charlottes Herz sackte herab. »Ja?«

»… dass Sie sich eine Schreibmaschine zulegen sollten. Ihre Handschrift ist zwar erfreulich leserlich, aber die Dissertation sollte professionell angefertigt werden. Über die endgültige Abnahme entscheide nicht ich allein.«

Charlotte spürte, wie ihr Gesicht rot anlief. Im Geiste ging sie ihre Möglichkeiten durch. Nach Summerlight House fahren und die altmodische Remington mit den kreisrunden gelben Taste holen, die ihrer Mutter gehört hatte? Oder einen Teil ihres Bargeldes aufwenden, um sich eine gebrauchte Maschine zu kaufen? »Ich …«, begann sie.

Professor Wilson unterbrach sie. Während sie nachgedacht hatte, hatte er sie beobachtet. Charlotte spürte, dass er rein instinktiv mehr über sie wusste, als sie ihm erzählt hatte. »Ich habe eine bessere Idee«, fiel er ihr ins Wort, obwohl sie noch gar keine Idee geäußert hatte. Sie lächelten sich an. »Was würden Sie davon halten, als meine Assistentin hier an der Universität zu arbeiten? Ich hatte bis im vergangenen Sommer einen Mitarbeiter, den es am Ende mit seinem Bachelor-Abschluss nach Neuseeland gezogen hat. Die anfallende Arbeit ist überschaubar. Sie müssten für mich Recherchearbeiten übernehmen, sobald ich eine neue Vorlesung plane, dafür sorgen, dass meine Unterlagen komplett sind, wenn ich Seminare anbiete, und mich bei der Korrektur der Seminararbeiten unterstützen. Sie hätten hinreichend Zeit, um sich zwischendurch mit Ihrer Dissertation zu beschäftigen. Zusätzlich hätte ein solches Arrangement den Vorteil, dass wir uns jederzeit austauschen könnten.« Er wies mit dem Kinn auf eine Tür, die von seinem Büro abging. »Dahinter wäre Ihr Arbeitsplatz. Beengt, aber ordentlich.« Er grinste.

Charlotte hörte ihm fassungslos zu und hatte das Gefühl, ein Sturm hätte sie ergriffen und wirbelte sie durcheinander. Was tat sich ihr hier für eine einmalige Chance auf! Sie würde an der Dissertation schreiben und gleichzeitig Geld verdienen. Gab es überhaupt eine bessere Lösung? Sie konnte sich kaum auf dem Stuhl halten, weil sie den Professor am liebsten umarmt hätte. Aber das verkniff sie sich selbstverständlich. »Das ... das ist das liebenswerteste Angebot, das ich je bekommen habe«, sagte sie.

Der Professor hielt an seinem Lächeln fest, das Rot seiner Wangen vertiefte sich. »Sie haben ja gesehen, dass zur Not auch Kinder in den heiligen Hallen willkommen sind. Eventuell kommt Ihnen das gelegen?«

Charlotte wusste nicht, wann ihr zum letzten Mal Freudentränen gekommen waren. Zitternd holte sie Luft. »Ich habe das Gefühl, ich träume, Professor Wilson. Danke für Ihre Großherzigkeit. Es ist mir eine Ehre, mir unter Ihrer Anleitung den Doktortitel zu erarbeiten. Meine Tochter ist zum Glück bestens versorgt durch die Schule und durch eine Freundin, die bei uns wohnt.«

Die Sekretärin steckte den Kopf zur Tür herein. »Denken Sie an Ihre Vorlesung um halb zwölf, Professor Wilson?«

Charlotte und ihr Mentor erhoben sich gleichzeitig. Ein bisschen ungelenk streckte er ihr die Rechte entgegen. Voller Vertrauen legte Charlotte ihre Hand in seine. »Also abgemacht?«, fragte er, als ringe sie noch um eine Entscheidung. »Wollen Sie gleich am Montag anfangen? Dann gebe ich meiner Sekretärin Bescheid, dass sie den Vertrag aufsetzt und das Büro herrichtet. Das Honorar ist nicht weltbewegend, aber Sie werden Ihr Auskommen haben, denke ich.«

»Ich freue mich auf meine neue Aufgabe.« Charlotte bemühte sich, ihrer Tonlage eine offizielle Note zu geben, obwohl sie am liebsten geschrien hätte vor Glück. »Wir sehen uns am Montag.«

Auf dem Rückweg hätte Charlotte es nicht ausgehalten, bewegungslos an der Station und später in der U-Bahn zu stehen. Sie musste laufen, laufen, laufen, um diese hochkochenden Gefühle in sich irgendwie zu bewältigen. Gerade noch hatte sie um ihre Existenz gebangt, da tat sich ihr eine solch fabelhafte Chance auf! Als Honorarkraft wäre sie in der Lage, Letitia eine Entschädigung dafür zu zahlen, dass sie sich so verlässlich um Eliza kümmerte.

Ach, es ging bergauf! War jetzt der Moment, ihre Familie über alles, was geschehen war, zu unterrichten? Wenn sie nicht zwischendurch in Summerlight House angerufen und mit den neuen Besitzern telefoniert hatten, mussten sie nach wie vor davon ausgehen, dass Charlotte mit Eliza im Landhaus lebte und sich um ihren Garten kümmerte. Vermutlich waren Briefe eingetroffen, die sie bald abholen würde. Schlimmer wäre es, wenn sie angerufen und von Mira oder Julian erfahren hätten, dass man nicht wusste, wohin es Charlotte Bromberg verschlagen hatte. Debbie, Aurora und Robert wären in heller Aufregung, ohne die Möglichkeit, Kontakt zu ihr aufnehmen zu können.

Doch, es war an der Zeit. Jetzt, wo sie bessere Nachrichten als den Verlust ihres Zuhauses hatte, sollte sie ihrer Familie ein Zeichen geben. Je länger sie diesen Gedanken abwog, desto mehr freute sie sich darauf, ihnen berichten zu können, dass ihre Doktorarbeit Gestalt annahm und sie außerdem eine Stelle als Assistentin an der Universität gefunden hatte. Aber nach Amerika zu telefonieren kostete ein Vermögen, außerdem musste man das Gespräch einen Tag vorher anmelden. Nein, sie würde ihren Lieben einen langen Brief schreiben, heute Abend noch, nachdem sie sich auf Summerlight zur Sicherheit ein letztes Mal erkundigt hatte, ob es Briefe oder Anrufe für sie gegeben hatte.

Das vertraute schräge Bimmeln erklang, als sie die Buchhandlung betrat. Miss Linda stand an einem Regal voller Sachbücher im Gespräch mit einem älteren Kunden. Sie nickte ihr ohne Gesichtsregung zu, Charlotte erwiderte den Gruß lächelnd. Die schlechte Laune ihrer Vermieterin konnte ihr diesen Tag bestimmt nicht verderben.

Als sie im hinteren Bereich die Treppe hochstieg, kam ihr von oben Miss Marcy entgegen. Sie schloss die Tür zu Letitias Wohnung hinter sich, das Gesicht feuerrot, als sie Charlotte bemerkte, in den Augen eine Art Trotz. Zum Lächeln schien sie sich zu zwingen. »Ich dachte, ich hätte Gasgeruch wahrgenommen, und wollte nachsehen, ob der Ofen eingeschaltet ist«, gab sie übereifrig eine Erklärung ab, nach der Charlotte gar nicht gefragt hatte.

Irritiert trat Charlotte zur Seite, um ihr Platz zu machen. »Danke für Ihre Umsicht«, sagte sie.

Miss Marcy schürzte die Lippen und neigte hoheitsvoll den Kopf. Sie hatte sich schnell gefangen.

In der Wohnung dann aber fiel Charlotte gleich auf, dass sich einiges verändert hatte: Die Kleiderschranktür stand halb offen, die Blätter auf ihrem Schreibtisch lagen ordentlicher da als zuvor ... Kein Wunder, dass sich die alte Dame ertappt gefühlt hatte! Charlotte spürte Wut in sich aufsteigen, am liebsten hätte sie Miss Marcy zur Rede gestellt, aber damit riskierte sie dieses für sie so nützliche Arrangement.

Ihr blieben noch ein paar Stunden, bevor Letitia und Eliza zurückkehren würden. Sie beschloss, die Zeit zu nutzen und weiter an ihrer Arbeit zu schreiben.

Kurz schoss ihr der Gedanke durch den Sinn, ihre Vermieterinnen zu fragen, ob sie das Telefon im Hinterzimmer des Verkaufsladens für ein Gespräch mit Summerlight House benutzen durfte. Aber sie verwarf den Einfall sofort. Die beiden würden bestimmt lauschen. Charlotte lag nichts daran, sie mit weiterem Stoff zum Tratschen zu versorgen. Nein, sie würde es in einer Telefonzelle versuchen.

Sie vertiefte sich in ihre Arbeit und vergaß, wie so häufig, wenn sie in ihre Welt der Botanik abtauchte, Raum und Zeit.

Lachen und Poltern erklangen an der Wohnungstür. Schon so spät? Sie hörte, wie Letitia und Eliza sich Jacken und Schuhe ausziehen wollten, ließ den Stift fallen und eilte in den Flur. »Das könnt ihr alles gleich anlassen«, empfing Charlotte sie und zog beide an sich. Letitia küsste sie aufs Haar, Eliza auf die Wange. »Es gibt Grund zu feiern. Wie wäre es mit der besten Portion *Fish & Chips*, die man in London bekommen kann?«

Eliza hüpfte auf der Stelle und klatschte in die Hände. »Mein Lieblingsessen! Das hatte ich schon so lange nicht mehr!«

Auch Letitia stand die Freude ins Gesicht geschrieben, gleichzeitig aber auch die Frage, was es denn zu feiern gab.

»Wir reden gleich beim Essen, ja?«, sagte Charlotte.

Sie nahmen den Bus die Regent Street entlang bis zum Regent's Park. Die Busstation lag direkt vor dem *White Swan*, einem Pub, den Charlotte früher gern besucht hatte. Sie verband viele Erinnerungen mit der Bar, die direkt an den Park angrenzte. Hier hatte sie mit ihrer Jugendliebe Dennis ihren Bachelor-Abschluss gefeiert. Dennis mit den hochfliegenden Träumen, der von seiner Expedition in die Mandschurei nicht zurückgekehrt war. Sie spürte immer noch den Schmerz über den Verlust und darüber, dass sie nicht hatte bei ihm sein können, als er starb. So viel war seitdem geschehen. Heute fragte sie sich, ob sie Dennis überhaupt je geliebt hatte, heute, wo sie wusste, wie sich die Liebe anfühlen konnte. Zwei Männer, die ihr viel bedeutet hatten, waren nun schon gestorben. Jeden betrauerte sie auf eine andere Weise, doch der Schmerz um Victor war wie eine Entzündung. Wie damals bei Dennis bezweifelte sie, dass die Zeit alles heilen würde. Man lernte nur, mit seinen Gefühlen zu leben.

Im *White Swan* hatte sich nichts verändert, seit sie das letzte Mal hier gewesen war. An der polierten Theke hockten einige Männer vor ihren Biergläsern, die Tische waren gut besetzt, aber sie fanden einen für drei direkt am Fenster, von dem aus sie die blühenden Birken, den Ahorn und die Erlen im Park sehen konnten. Trauben von Menschen spazierten über die Wege zwischen dem frisch gemähten Rasen.

Charlotte bestellte Limonade für alle und zwei Portionen *Fish & Chips*, denn obwohl Eliza beteuerte, am Verhungern zu sein, wusste Charlotte, dass sie nicht mehr als eine Handvoll Fritten und ein paar Stücke vom Fisch schaffte. An allen Tischen aßen die Leute das traditionelle Gericht, das hier auf Tellern und nicht, wie sonst üblich, in Zeitungspapier gewickelt serviert wurde. Der Duft nach dem Backfisch überlagerte alle anderen Gerüche im Pub und ließ Charlotte das Wasser im Mund zusammenlaufen.

Sie stießen mit den Limonadengläsern an. »Darauf, dass bald alles besser wird«, sagte Charlotte und fuhr dann fort: »Ich war heute in der Universität bei Professor Wilson. Die erste gute Nachricht ist, dass er mag, was ich geschrieben habe, und dass er sich auf die komplette Arbeit freut.«

»Bravo!«, rief Letitia. »Dann haben sich die Nachtschichten ja gelohnt!« Sie strahlte Charlotte an.

Charlotte hob die Schultern. »Es geht leider nicht anders, ich kann mir nicht zu viel Zeit lassen, wie du weißt. Meine finanziellen Reserven sind begrenzt.«

»Dann bist du bald eine Frau Doktor?« Eliza griff als Erste zu, als der Wirt die beiden Teller in der Tischmitte platzierte. Letitia schüttete reichlich Essig über ihre Portion.

»Das hoffe ich, mein Schatz. Aber es gibt noch eine zweite gute Nachricht«, fuhr Charlotte fort und hatte sofort wieder die Aufmerksamkeit der beiden. »Der Professor hat mir angeboten, für die Zeit, in der ich an der Arbeit schreibe, seine Assistentin zu sein. Das würde bedeuten, ich wäre etwa dreißig Stunden in der Woche in der Universität und könnte dort meine Dissertation auf einer Schreibmaschine tippen. Das wäre überaus praktisch. Ich könnte mich jederzeit mit dem Professor besprechen, wenn ich Fragen habe.« Sie runzelte die Stirn und blickte zwischen Eliza und Letitia, die ihr atemlos zuhörten, hin und her. »Hier kommt es natürlich besonders auf euch an. Meinst du, Eliza, du kannst ein paar Stunden mehr in der Woche auf mich verzichten? Und du, Letitia, kann ich mich auf dich als Betreuerin für Eliza verlassen?«

»Aber natürlich!«, sagte Letitia und strahlte. »Ich kann Eliza bei den meisten Aufgaben, die ich für die Vermieterinnen erledige, mitnehmen.«

»Ich könnte dir dann ein Honorar zahlen«, fügte Charlotte mit einem Lächeln an.

»Das … das ist aber nicht nötig.«

»Doch, das ist absolut nötig. Du sollst dir auch mal wieder etwas Schönes leisten können und nicht alles, was du verdienst, für deine Zukunft zurücklegen.«

Am Lächeln in Letitias Gesicht erkannte Charlotte, wie sehr sie sich darüber freute. Sie langte über den Tisch und drückte kurz Letitias Hand.

Eliza hatte eine nachdenkliche Miene aufgesetzt. »Wann sind diese Stunden, in denen du weg bist? Nicht am Abend, wenn du mich ins Bett bringst, oder morgens, wenn du mich zur Schule begleitest, oder? Werden wir noch Zeit haben, auf den Spielplatz im Hyde Park zu gehen?« Ihre glatte Stirn lag in Furchen.

Charlotte beugte sich vor, um das Mädchen zu umarmen. »Das bleibt alles wie zuvor, das verspreche ich dir. Abends werden wir uns extra lange erzählen, wie unser Tag war, und gemeinsam Bücher anschauen und lesen, ja?«

Elizas Stirn glättete sich. »Dann ist es gut.«

Als sie das Lokal verließen, fragte Charlotte die beiden, ob sie Lust auf einen Spaziergang nach Hause hätten. Vielleicht fanden sie ja einen dieser tollen Süßwarenläden, in denen man sich die Tüten selbst zusammenstellen konnte.

Beim Bezahlen hatte sich Charlotte als Rückgeld ausschließlich Münzen geben lassen, die der Wirt aus seiner Kasse fischte. Kurz darauf schritt sie kräftig aus, an den exklusiven Geschäften entlang der Regent Street vorbei und an den hoch aufragenden weißen Prachtbauten. Letitia und Eliza liefen voran und spähten in die Schaufenster von Spielzeugläden und Bäckereien.

Die Straße war hier so breit, dass Automobile dreispurig fahren konnten. In die Blechlawine reihten sich aber nach wie vor von zockelnden Pferden gezogene Kutschen ein, und die roten Doppeldeckerbusse überragten alles. Charlotte ließ die Gedanken fließen, während sie auf dem Bürgersteig den entgegenkommenden Menschenströmen auswich.

Nach ihrem Anruf auf Summerlight House wüsste sie, wie sie den langen Brief an Debbie, Aurora und Robert beginnen würde, wie sie die drei über ihre jetzige Situation unterrichten konnte, ohne dass in Stanford wilde Panik ausbrach. Sie war jetzt auf einem guten Weg, sie konnte den anderen schreiben, ohne befürchten zu müssen, von Hysterie und blindem Aktionismus erschlagen zu werden.

Wenn sie den Brief morgen in der Royal Mail aufgab, konnte er mit etwas Glück in acht, neun Tagen in Stanford sein. Die Überfahrt mit dem Schiff nach New York dauerte eine knappe Woche, dann noch mit der Post quer durchs Land bis an die Westküste.

Zwischen einem Modegeschäft und einem Schuhladen entdeckte sie eine Telefonzelle, in der ein Mann mit Anzug und Melone sich den Hörer ans Ohr hielt. Gleich gegenüber lockte das kunterbunte Schaufenster eines Süßwarenladens. Charlotte drückte Letitia und Charlotte ein paar Pennys in die Hand. »Sucht euch etwas Leckeres aus. Und bringt für mich ein paar Anisbällchen mit. Ich muss ein kurzes Telefonat führen.«

Während die beiden die Straße überquerten, blieb Charlotte wartend stehen und betrachtete den Mann in der Telefonkabine von hinten. Männer mit Melone waren inzwischen ein seltenes Bild geworden, die jungen Leute bevorzugten lässigere Hüte und Kappen. Unweigerlich fühlte sie sich an Victor erinnert, sein Lächeln und sein strafender Blick, wenn er mit einer ihrer Ideen nicht einverstanden war. Was hätte er zu ihren Plänen gesagt? Hätte er es begrüßt, dass sie als Assistentin in der Universität arbeitete, und hätte er sie dabei unterstützt, wenn sie sich irgendwann erneut in Kew Gardens vorstellte? Nein, vermutlich wären sie in Brentwood geblieben, er hätte es als seine Aufgabe angesehen, die Familie zu ernähren, und von ihr hätte er erwartet, dass sie den Garten gestaltete und sich um Eliza kümmerte. Bei aller Liebe, die er für sie empfunden hatte, hatte er sie stets in eine Richtung drängen wollen. Charlotte gestand sich ein, dass ihr verstorbener Mann sie in ihrer Entwicklung zu bremsen versucht hatte. Das Wichtigste war für ihn immer gewesen, die Regeln und Etikette der Upper Class einzuhalten. Er hätte sich nach ihrem Verlust von Summerlight House und dem Bankrott seiner Firma vermutlich ein Bein ausgerissen, um gesellschaftlich wieder aufzusteigen.

Durch die Straße wehte ein frischer Wind, der Charlotte frösteln ließ. Sie verschloss die oberen Knöpfe ihrer Jacke, klappte den Kragen hoch und verschränkte die Arme vor der Brust, während der Feierabendverkehr pulsierte.

Wie lange telefonierte der Mann noch? Er sah doch, dass jemand wartete!

Endlich öffnete sich die Tür der Telefonzelle. Der Mann hob die Melone zum Gruß an und reihte sich in die Menschenmassen auf dem Bürgersteig ein.

Charlotte stieß einen Seufzer aus, als sie in der Enge der Kabine die Nummer von Summerlight House zu wählen begann. Eliza und Letitia klopften lachend von außen gegen die Scheiben, drückten die Nasen daran und zogen Fratzen.

Charlotte hielt das Gespräch diesmal bewusst kurz, fragte nur, ob sich irgendwer nach ihr erkundigt habe oder ob Briefe eingetroffen seien.

»Zwei Briefe aus den Staaten sind eingetroffen. Aber angerufen hat niemand«, antwortete Julian Summerlight kurz angebunden.

Aurora oder Debbie. Sie wunderten sich vielleicht schon, warum sie nicht geantwortet hatte, und würden schon bald zum Telefon greifen. Charlotte verzichtete darauf, nach dem Wachsen und Gedeihen in ihrem Garten zu fragen. Sie hatte inzwischen den übelsten Wildwuchs vor Augen, wenn sie an ihr ehemaliges Paradies dachte.

Als sie heimkehrten, stand ein Korb mit Äpfeln auf dem Wohnzimmertisch, als fürsorgliche Geste gedacht, und dennoch schürte es Charlottes Ärger auf die Wohnsituation. Es ging nicht an, dass die Vermieterinnen kamen und gingen, wie es ihnen beliebte.

Sie suchte im Radio, das auf der Kommode im Wohnzimmer stand, nach dem Sender, der um diese Uhrzeit amüsante Hörspiele brachte. Letitia und Eliza kuschelten sich mit ihrer Süßigkeitentüte auf die Couch, Charlotte nahm sich Federhalter und ein Blatt und spürte ein Flattern in ihrer Brust, als sie das Wasserzeichen sah, mit dem *Dartford Papers* die hochwertigen Papiere gekennzeichnet hatte.

Dann begann sie zu schreiben.

Liebe Debbie und Aurora, lieber Robert und Alex, liebe kleine Claire,
nun haben wir schon eine Weile nichts mehr voneinander gehört. Ihr habt mir Briefe geschickt, aber ich konnte sie bislang nicht lesen. Es ist so viel geschehen, dass ich nicht weiß, wo ich anfangen soll.
Ich erzähle euch zuerst die guten Nachrichten, um euch zu zeigen, dass es Eliza und mir gut geht. Wir beide vermissen Victor jeden Tag, aber wir haben uns unser eigenes Leben aufgebaut.

Das Beste daran ist, dass ich einen Betreuer für meine schon lange geplante Doktorarbeit gefunden habe. Professor Wilson lehrt an der Botanischen Fakultät der Universität von London und findet meine Vorarbeit exzellent. Ist das nicht wunderbar? Er ist nicht nur bereit, mir seine Unterstützung beim Schreiben und Recherchieren zu geben, er hat mir außerdem eine Assistenzstelle an der Uni angeboten. Darüber freue ich mich so sehr!
Wie ihr wisst, hat Victor die Weltwirtschaftskrise mit voller Wucht zu spüren bekommen. Ich bewundere ihn dafür, wie er sich bemüht hat, die Firma zu retten oder Partnerschaften einzugehen, aber letzten Endes war alles sinnlos. Nach seinem Tod häuften sich in Summerlight House die Briefe von Anwälten und Gläubigern mit ihren Forderungen, unser Barvermögen war rasch aufgebraucht.
Das Schlimmste stand uns dann aber an Weihnachten bevor. Im Geiste höre ich euch aufschreien, wenn ich euch jetzt schreibe, dass wir Summerlight House verloren haben.

Das letzte Wort verschwamm, als eine Träne darauf fiel. Charlotte hatte nicht gespürt, wie sehr sie das Schreiben aufwühlte. Mit einem Tuch drückte sie die Stelle trocken und korrigierte das halbe Wort.

Stellt euch vor, auf einmal stand der angeblich im Krieg gefallene Sohn von Lady Summerlight vor uns – wie sich herausstellte, ist er der rechtmäßige Erbe des Anwesens, zumal der verbrecherische Notar der Familie mit dem Geld, das Victor ihm gezahlt hatte, verschwunden war und Lady Summerlight kaum einen Penny davon gesehen hatte.

Ihr könnt euch denken, wie schwer es mir fiel, unser Zuhause zu verlassen, aber mir blieb nichts anderes übrig. Eine Zeit lang hatte ich Schwierigkeiten, eine geeignete Unterkunft für Eliza und mich zu finden, aber dann hat sich alles wunderbar geregelt. Wir wohnen jetzt mit Letitia zusammen in der Regent Street, in der Wohnung über der Buchhandlung Parker. Wir haben es hier gut getroffen, aber bestimmt will ich irgendwann etwas Komfortableres, und mein beruflicher Ehrgeiz und mein Herz wollen Größeres. Ich hoffe, dass ich mich schon bald mit meinem Doktortitel dem Direktor von Kew Gardens vorstellen kann. Er fand die Vorstellung amüsant, dass ich meine jahrelange Expertise im Gartenbau wissenschaftlich aufbereite, und hat mir keine guten Chancen prophezeit. Ich freue mich darauf, ihm zu beweisen, dass er sich geirrt hat.
Ihr merkt, das Leben geht weiter, auch wenn nun in anderen Bahnen. Ich hoffe, euch in diesem Jahr wiederzusehen. Ich melde mich, sobald ich weiß, wo ich endgültig mit Eliza wohnen werde. Bitte kommt mich nicht vorher besuchen, ich muss erst einmal mit mir selbst ins Reine kommen und fühle mich darüber hinaus nicht in der Lage, Gäste zu bewirten. Aber, um Himmels willen, glaubt mir: Wir kommen fabelhaft zurecht, verstehen uns gut mit Letitia und sehen voller Zuversicht in die Zukunft! Eliza entwickelt sich weiterhin prächtig, sie liebt ihre neue Schule und hat schnell neue Freunde gefunden.
Ich habe euch alle furchtbar lieb und vermisse euch. Ich hoffe, ihr genießt die gemeinsame Zeit und erfreut euch bester Gesundheit. Ich melde mich.
Eure
Charlotte mit Eliza Rose

Am nächsten Tag gab sie den Brief bei der Royal Mail auf.

Drei Wochen später – sie musste sich noch in der Stunde, da sie den Brief erhalten hatte, auf den Weg gemacht haben – stand Debbie mit in die Hüfte gestemmten Fäusten vor der Wohnungstür in der Regent Street. »Was hast du dir dabei gedacht, uns nicht zu erzählen, in welch schlimmer Lage du bist?«

Kapitel 27

Das Dorf Summerlight mit seiner lang gezogenen Hauptstraße, dem Marktplatz und der Kirche weckte die verschiedensten Gefühle in Quinn. Den größten Teil der Zeit, die er hier verbracht hatte, hatte er in düsterer Erinnerung. Höhepunkte waren die Geburten seiner Söhne gewesen und dann natürlich die Jahre, die er im Garten von Summerlight House Seite an Seite mit Charlotte gearbeitet hatte. Er erinnerte sich an ihr Blinzeln, wenn die Sonne sie blendete, und an die Schmutzspuren, die auf ihren Wangen entstanden, wenn sie sich Haarsträhnen hinter die Ohren steckte. An ihre Versunkenheit, wenn sie Setzlinge auspflanzte, und an das Lächeln, wenn sie ihre Rosen betrachtete. Er erinnerte sich an das Seufzen, wenn er sie berührte, und an die unbändige Leidenschaft in ihren Augen, wenn sie sich liebten.

All diese Szenen waren in den vergangenen Monaten, da Charlotte sich nicht mehr gemeldet hatte, in seinem Inneren lebendiger denn je zuvor geworden, und er hatte sie mit aller Macht verdrängt, weil sie ihn quälten. Aber nun, da er an den Ort zurückgekehrt war, wo ihre Liebe begonnen hatte, überwältigte ihn die Flut von Sinneseindrücken.

Er parkte den Wagen am Straßenrand des Dorfes und ging zu Fuß den Weg über die Felder, den er früher immer genommen hatte, morgens, wenn die Gartenarbeit begann.

Die Felder hatten eine andere Aufteilung, bemerkte er. Ihm kam es vor, als wären sie zum Teil halbiert worden, die Zäune versetzt. Und rechts und links des Pachthauses, in dem die Familie Ferret lebte, entstanden offenbar zwei weitere Cottages. Mit der Pachtwirtschaft kannte sich Quinn nicht gut aus, er vermutete aber, dass Victor Bromberg die Erträge erhöhen wollte. Zweifellos ging das auf Kosten der Pächter, aber in diesen Zeiten war sich wohl jeder selbst der Nächste.

In der Ferne ragte Summerlight House mit seiner hellen Fassade auf, majestätisch von der Sonne zum Leuchten gebracht. Aus dem Garten drangen Motorengeräusche, Benzingestank wehte zu ihm herüber. Beim Näherkommen sah er entsetzt, dass einer der Apfelbäume krachend umfiel. Er erinnerte sich, wie er das Pflanzloch für diesen Baum ausgehoben, wie er ihn fast andächtig mit Dünger und Wasser versorgt und wie er sein Gedeihen und die erste Blüte beobachtet hatte.

Du lieber Himmel, der Obstgarten! Wie viel Zeit und Mühe hatten sie verwandt, um die Mittelachse frei zu halten, den Lichteinfall optimal zu leiten, die Frühblüher perfekt zwischen den Stämmen zu arrangieren! Er beschleunigte seine Schritte, wappnete sich dafür, Charlotte zu treffen und gleich in eine Diskussion darüber zu verstricken, warum sie Bäume fällte, die den Charakter von Summerlight Garden von jeher geprägt hatten. Er wunderte sich über sich selbst, er hatte nicht geahnt, dass ihn der Garten nach all den Jahren noch so bewegte. Konnte es ihm nicht egal sein, wie Charlotte die Anlage gestaltete?

Er fiel in den Laufschritt, bis er die Hainbuchenhecke erreichte, die ihm inzwischen bis zu den Schultern reichte. Die Lücke, durch die er den Garten stets betreten hatte, war fast zugewachsen, von einem Formschnitt konnte keine Rede mehr sein. Der Garten hatte sich im Lauf der Jahre verändert, er wusste das aus Charlottes Erzählungen, aber einen solch ungepflegten Zustand hätte er nicht erwartet. Er zwängte sich durch die Hecke und stand unvermittelt vor zwei Männern, die eine der neumodischen Motorsägen hielten, die man nur zu zweit bedienen konnte. Sie setzten gerade das Sägeblatt an den nächsten Baum.

»Halt, was tun Sie da?«, schrie Quinn sie impulsiv an. »Wer hat Ihnen aufgetragen, die Bäume zu fällen? Die sind doch kerngesund!«

Die Männer hoben nur kurz die Köpfe, verzogen keine Mienen und widmeten sich wieder ihrer Arbeit. Vom Schuppen her kam eine Frau auf ihn zu, zu elegant für die Gartenarbeit, mit einem entschlossenen Ausdruck im Gesicht. »Was fällt Ihnen ein, hier einfach einzudringen!«, fuhr sie ihn mit deutlich deutschem Akzent an. »Ich rufe die Polizei, wenn Sie das Grundstück nicht sofort verlassen.«

Quinn starrte sie an. Er versuchte sich vorzustellen, was hier passiert war. »Ich … ich wollte zu Familie Bromberg.«

»Da muss ich Sie leider enttäuschen. Victor Bromberg ist verstorben, und seine Frau wohnt hier nicht mehr.«

Sie stieß die Worte so herzlos hervor, dass Quinn sich fühlte, als hätte sie ihm unvermittelt einen Faustschlag in den Magen verpasst. Ein paar Sekunden lang starrte er sie an, sah das Flackern in ihren Augen, das darauf hindeutete, dass sie keineswegs so selbstsicher war, wie sie sich gab. Vermutlich sah er in seiner schwarzen Lederjacke, mit der ins Gesicht gezogenen Kappe und den unrasierten Wangen nicht sehr vertrauenswürdig aus.

»Wie ... wie lange ist das her?«

Wo mochte Charlotte sein? Wie ging es ihr? Wie sehr litt sie unter dem Tod ihres Mannes? Warum nur hatte sie sich nicht bei ihm gemeldet! Er wäre sofort an ihrer Seite gewesen.

»Wollen Sie mir nicht erst einmal verraten, wer Sie sind und was Sie das angeht?«

Endlich löste sich Quinn aus seiner Starre. Er nahm die Kappe ab, strich sich durch die Haare und trat einen Schritt auf die Frau zu. »Entschuldigen Sie bitte, ich bin Quinn Mitchell, ich habe vor mehreren Jahren auf diesem Grundstück hier als Gärtner gearbeitet und wundere mich, wie er sich entwickelt und dass Sie die Obstbäume fällen lassen, die immer eine besondere Attraktion waren.«

Ein Hauch von Interesse leuchtete im Gesicht der Frau auf. Den Männern an der Säge gab sie ein Zeichen, die Arbeit zu unterbrechen. Bei dem Lärm war keine Unterhaltung möglich. »Ich bin Mira Summerlight. Mein Mann Julian ist Erbe dieses Hauses, das mussten im Februar leider auch die

Brombergs einsehen. Ich fürchte, Mr Bromberg hat das alles nicht gut verkraftet, zumal seine Firma der Wirtschaftskrise zum Opfer gefallen ist. Er ist an einem Herzinfarkt gestorben.«

Das war noch nicht allzu lange her. Warum hatte er nicht gefühlt, wie schlecht es Charlotte ging? »Können Sie mir sagen, wo ich Mrs Bromberg jetzt finde?«

Mira Summerlight hob die Nase. »Sie hat es nicht für nötig gehalten, uns ihre neue Adresse mitzuteilen. Der letzte Anruf, den wir von ihr erhielten, kam aus London, mehr weiß ich nicht.«

Victor wurde schwindelig bei der Vorstellung, dass Charlotte mit ihrer Tochter allein und verarmt irgendwo in der Metropole lebte. Unter Umständen hatte sie London längst verlassen und woanders eine Anstellung angenommen. Oder konnte es sein, dass sie zu ihren Wurzeln zurückgekehrt war und wieder in Kew Gardens arbeitete? Sein Puls beschleunigte sich bei der Vorstellung. So musste es sein. Das würde zu ihr passen. Er musterte Mira Summerlight und machte dann eine weit ausholende Geste. »Sie haben also auch den Garten übernommen.«

Mira seufzte. »Mehr schlecht als recht, wie Sie sehen. Tatsächlich hatte ich es mir einfacher vorgestellt. Ich hatte darauf gesetzt, schnell ein paar Aushilfen zu finden. Aber es ist nicht leicht, Gärtnerinnen aufs Land zu locken. Die beiden Männer mit der Säge sind nur Tagelöhner aus dem Dorf.«

»Warum um Himmels willen fällen Sie die Bäume? Das ist ein Vergehen an der Natur!«

Mira zog die Brauen zusammen. »Das Beschneiden der

Bäume braucht Kenntnisse, die ich nicht habe. Ich will den Garten an mehreren Stellen einebnen und Rasen säen. Wissen Sie, mir wächst das alles über den Kopf. Da schaffe ich lieber Platz für die Kinder, damit sie Krocket spielen können, und ebene Flächen, auf denen man Gesellschaften empfangen kann.«

Quinn rieb sich die Stirn. Charlotte würde schreien vor Entsetzen, wenn sie wüsste, was aus ihrem Märchengarten wurde. All die leidenschaftliche Arbeit am Ende für nichts. Aber die neuen Besitzer hatten jedes Recht, das Anwesen so zu gestalten, wie es ihnen gefiel.

»Andererseits ...« Mira kam noch ein bisschen näher, und Quinn konnte ihr Veilchenparfum riechen. Sie bewegte sich, als sei sie von ihrer positiven Ausstrahlung überzeugt. Quinn fand sie eher abstoßend. In diesem Garten sollte es nach Obstbaumblüten duften, nicht nach teuren Duftwässerchen. »... wenn wir einen Gärtner hätten, der sich auskennt, dann ließe sich hier sicher einiges bewahren. Vielleicht könnte man Summerlight Garden dann wieder für Besucher öffnen. In diesen Zeiten kommt einem jede Einnahmemöglichkeit gelegen, nicht wahr? Sind Sie hier, weil Sie eine Anstellung suchen?« In ihren Augen blitzte Hoffnung auf.

Quinn schüttelte energisch den Kopf. »Die Zeiten sind für mich vorbei. Danke für das Angebot, aber ich habe andere Pläne.«

Die waren ihm erst im Gespräch mit dieser Frau eingefallen. Als er sich verabschiedete und über die Felder zurück zu seinem Auto lief, nahmen sie Gestalt an. Er wusste jetzt, wohin ihn seine Reise führte.

Kapitel 28

»Auf keinen Fall wirst du die Parker-Ladys fragen, ob wir den Bentley benutzen können!«, fuhr Charlotte Letitia an diesem verregneten Sonntag an. »Ich habe wirklich keine Lust, mich noch mehr in ihre Abhängigkeit zu begeben. Stell dir vor, wir verschmutzen etwas im Inneren des Automobils mit unseren Rosenstöcken!«

»Aber sie leihen uns das Auto bestimmt gerne! Sie sind froh, wenn der Wagen mal bewegt wird. Der rostet sonst vor sich hin.«

»Das ist nicht unser Problem.«

»Unser Problem ist, dass wir sonst die Pflanzen nicht hierherschaffen können.« Im Lauf der Zeit war Letitias Ton Charlotte gegenüber flapsiger geworden. Charlotte störte das nicht, immerhin lebten sie hier wie Freundinnen auf engstem Raum. Schlimmer für sie war die Sensationslust der Parker-Schwestern. Sie um ihr Automobil zu bitten ließ ihr Stolz nicht zu. Auf keinen Fall wollte sie die Klatschgeschichten über sie, ihre Tochter und Letitia um eine weitere Nuance bereichern, indem sie sich den Bentley auslieh. Es hatte sie bereits Überwindung gekostet, die beiden älteren Damen darum zu bitten, ein Stück des Gartens nutzen zu dürfen. Sie hatten gleich vorgeschlagen, Charlotte könnte das komplette Grundstück bepflanzen, dann hätten sie von der berühmten Charlotte Bromberg einen Stadtgarten, um den sie die Leute beneideten. Charlotte hatte sich geweigert, die Pflanzen sollten hier nur in Töpfen stehen und jederzeit beweglich sein. So konnte sie sie zur *Chelsea Flower Show* mitnehmen und später, wenn sie ein richtiges Zuhause besaß, in ihren eigenen Garten pflanzen.

»Es gibt Jugendliche in der Nachbarschaft. Die kann man fragen, ob sie für ein Taschengeld beim Tragen helfen«, wandte sich Charlotte an Letitia.

»Ich kann auch helfen!«, meldete sich Eliza Rose, die in einem Buch aus dem Fundus von Helen Gwynne-Vaughan blätterte.

»Du bist fest eingeplant«, wandte sich Charlotte an ihre Tochter und eilte in die Küche, aus der ein Duft nach frisch gebackenen Biskuits wehte. Sie öffnete den Ofen und nahm mit zwei Topflappen das Blech heraus, auf dem runde Kekse dampften.

Sie lauschte, als von unten Stimmen und ein Poltern zu ihr hinaufdrangen. Die Buchhandlung war sonntags geschlossen, Besucher mussten an der Ladentür klingeln, damit eine der Parker-Schwestern sie einließ. Die beiden Ladys bekamen sonst nie Besuch, wer mochte das sein? Charlotte starrte aus dem Küchenfenster auf die Straße, konnte aber niemanden sehen. Nur einen dunkelroten Austin Seven mit einem cremefarbenen Verdeck, der hier noch nie geparkt hatte. Eine Minute später hämmerte jemand gegen ihre Wohnungstür. Charlotte und Letitia sahen sich erschrocken an, Eliza sprang auf, um gleich zu öffnen. Charlotte hielt sie nach der ersten Schrecksekunde zurück. »Du bleibst schön sitzen, Miss Bromberg.«

Drei Herzschläge später fielen sich Debbie und Charlotte gleichzeitig lachend und weinend um den Hals. Über ihre Schulter sah Charlotte Alex und unten am Treppenabsatz die Vermieterinnen, die die Hälse reckten.

»Du dummes Mädchen«, schalt Charlotte ihre Schwester liebevoll. »Du solltest doch nicht kommen! Mir geht es gut hier, und ich habe keinen Platz für Gäste.«

»Du glaubst doch nicht ernsthaft, dass ich dich hier sitzen lassen könnte, nachdem du mir geschrieben hast, was passiert ist.« In ihrem elegant geschnittenen Mantel mit dem Seidentuch und dem wie ein Turban geschnittenen Hut brachte Debbie den Glanz der weiten Welt in die bescheidene Wohnung. Alex in seinem maßgeschneiderten Anzug und mit dem breitkrempigen Filzhut sah nicht minder weltmännisch aus. Charlottes Freude über das Wiedersehen überlagerte zunächst alle Befürchtungen, aber dann, nachdem die beiden Eliza und Letitia begrüßt und umarmt hatten, begann sie zu ahnen, dass genau das passieren würde, was sie zu verhindern versucht hatte. Debbie durchschritt die beiden Zimmer, wackelte hier an einem Tisch, wischte da mit den Handschuhen über ein Regal und befühlte einen Teppich. »Alles billiges Zeug hier. Ich vermute, das gehört nicht euch?«

Letitia antwortete mit vor Verlegenheit roten Wangen. »Die Wohnung war möbliert. Charlotte und mir gehören nur wenige Teile.«

»Das ist gut«, stellte Debbie fest.

Letitia hatte inzwischen Tee gekocht. Alex saß mit Eliza am Tisch, beobachtete seine Frau und teilte sich mit dem Mädchen die noch warmen Biskuits. Charlotte musste grinsen, als sie erkannte, wie sich die Ehe der beiden entwickelt hatte. Es war abzusehen gewesen, dass Debbie den Ton angeben würde. Aber Alex schien nicht unglücklich in seiner passiven Rolle zu sein.

»Den ganzen Krempel können wir hierlassen. Packt einfach nur eure Koffer. Um den Rest kümmern wir uns schon. In Summerlight House gibt es noch einiges abzuholen, denke ich. Vielleicht beauftragen wir damit später ein Umzugsunternehmen.«

Charlotte hörte ihrer Schwester entgeistert zu und wechselte einen kurzen Blick mit Letitia, die Augen wie eine Eule machte. »Debbie, was geht in deinem Kopf vor?«, fragte sie schließlich.

Debbic hob die fein gezupften Brauen. »Willst du ernsthaft noch einen Tag länger hier hausen? Bei diesen garstigen alten Weibern?«

Letitia schlug sich die Hand vor den Mund, Charlotte schnappte nach Luft, Eliza Rose kicherte.

»Im Ernst, Schwesterherz, das hier ist deiner nicht würdig. Eine winzige Wohnung mit Aussicht in einen Hinterhofgarten oder auf die belebteste Straße Londons. Wie eng und schäbig hier alles ist! Ihr kommt natürlich alle mit nach

Schottland auf unseren Landsitz. Wir haben genügend freie Zimmer, die wir euch zur Verfügung stellen können. Alles andere wird sich ergeben.«

»Bestimmt kommen wir *nicht* mit nach Schottland.«

Debbie tat, als hätte sie nichts gehört. »Es wird euch gefallen. Auf unserem Grundstück kannst du einen neuen Garten nach deinen Träumen errichten.« Wie eine Tigerin lief sie durch die Wohnung und gestikulierte.

»Ich will keinen neuen Garten in Schottland.«

Debbie stockte. »Du musst mitkommen! Es ist deine einzige Möglichkeit, nicht unterzugehen. Was willst du Eliza Rose irgendwann antworten, wenn sie dir vorwirft, du hättest ihr Leben zerstört?«

Charlotte hob den Kopf. »Maße dir nicht an, über mein Leben oder das von Eliza zu urteilen. Ich habe eigene Pläne.« Sie hasste es, in dieser Situation, in der die Wiedersehensfreude überwiegen sollte, so streng mit Debbie reden zu müssen. Alex, Letitia und Eliza lauschten, ohne sich einzumischen. Debbie schoss eindeutig über das Ziel hinaus, wenn sie glaubte, über das Leben der älteren Schwester bestimmen zu können. Genau diese Art von hektischer Betriebsamkeit hatte Charlotte befürchtet, deswegen hatte sie ihre Verwandten fernhalten wollen, aber eine Debbie ließ das nicht zu.

Als Charlotte sie mit harter Stimme zurechtwies, brach Debbie auf der Stelle zusammen und ließ sich auf das Sofa plumpsen. Sie verbarg ihr Gesicht in den Händen, ihre Schultern bebten. Zwischen ihren Fingern quollen die Tränen hervor. Sie schluchzte. »Es ist alles so entsetzlich,

Charlotte. Warum habt ihr Summerlight House nicht halten können? Habt ihr wirklich alles versucht? Und Victor ... Ich hätte ihn so gern noch einmal gesehen. Niemand wird mich je wieder *Flapper* nennen. Jetzt lebst du hier so erbärmlich, und ich kann dir nicht helfen.«

Charlotte setzte sich dicht neben sie und legte den Arm um ihre Schultern. »Liebes, ich weiß doch, wie sehr dich das alles belasten muss. Ich hatte viel Zeit, um mich auf all das Neue einzulassen, für dich kam es aus heiterem Himmel.«

Alex nahm auf Debbies anderer Seite Platz, reichte ihr ein Taschentuch und küsste ihre Schläfe. »Schon gut, mein Schatz, vertrau deiner Schwester. Sie ist eine starke Frau.«

Debbie nahm die Hände vom Gesicht und starrte ihren Mann an. »Ja, das war sie immer schon, und nun ist sie zu stolz, um meine Hilfe anzunehmen.«

»Es geht nicht um Stolz, Debbie. Ich habe dir geschrieben, dass ich meine Doktorarbeit fertigstelle. Ich will versuchen, in eine leitende Position in Kew Gardens zu kommen. Das ist mir wichtiger als jeder Luxus und jedes gesellschaftliche Upper-Class-Leben.«

Debbie tupfte sich die Augen. »Ja, ja, ich weiß«, murmelte sie ein bisschen abschätzig, und Charlotte musste grinsen. Auch als erwachsene Frauen hatten sich die beiden Schwestern in ihren Ansichten über das Leben nicht einander angenähert. Aber ihre Zuneigung hielt wie eine Brücke über alle Unterschiede hinweg. »Gibt es nichts, was ich tun kann, um dir zu helfen?«, fragte sie schließlich fast kleinlaut.

Charlotte lächelte, als ihr eine Idee kam. »Auf jeden Fall kannst du etwas für mich tun, Liebes.«

Hoffnung leuchtete in Debbies Gesicht. »Ja?«

»Ich habe mich mit meinen eigenen Rosenzüchtungen zur *Chelsea Flower Show* angemeldet. Die Pflanzen sind noch in Summerlight House. Gerade heute noch haben Letitia und ich darüber diskutiert, wie wir sie abholen können. Ihr kommt mit eurem Austin wie gerufen. Wie kommt es überhaupt, dass ihr ihn hier habt?«

»Wir hatten den Wagen in einer Garage in Southampton geparkt, von wo aus wir nach Amerika aufgebrochen sind. Jetzt haben wir ihn für die Stippvisite nach London und den Rückweg nach Inverness abgeholt«, erklärte Alex. Er lächelte. »Natürlich stelle ich ihn euch zur Verfügung.«

Charlotte wusste, dass nicht einmal Baxter im Auto mitfahren durfte, weil er haarte. Dass Alex ihr jetzt den Austin lieh, damit sie darin Pflanzen transportierte, musste ihn viel Überwindung kosten. Charlotte hatte ihn schon immer gemocht, aber in diesem Moment stieg er hoch in ihrer Achtung.

Debbie fiel ihm um den Hals. »Das wäre wunderbar, Liebling!« Sie wandte sich an Charlotte. »Ich kann Summerlight House noch einmal wiedersehen!« In derselben Sekunde verdüsterte sich ihr Gesicht. »Und den neuen Besitzern sagen, was ich von ihnen halte.«

»Ich will keine Konflikte mehr, Debbie. Die haben lange genug mein Leben zermürbt. Ich möchte nur die Pflanzen holen und verschwinden.« Sie wandte sich an Alex. »Du willst vielleicht deine Familie besuchen?« Ob sich der Streit gelegt hatte? Sie dachte nicht gern an die McLarens, die sich so schmählich abgewandt hatten, aber es waren seine Eltern, sein Bruder.

Alex schüttelte den Kopf. Seine Miene verdüsterte sich. »Meine Familie sind Debbie und Onkel Angus. Mit meinen Eltern und meinem Bruder habe ich nichts mehr zu tun.«

Charlotte drückte seine Hand. »Das tut mir leid.« Aber verstehen konnte sie Alex besser, als er vermutlich ahnte.

Zwei Stunden später führte Alex Letitia und Eliza erst zum Buckingham Palace und zu Big Ben, dann in die Marylebone Road, um *Madame Tussauds* einen Besuch abzustatten, während die Parker-Ladys Charlotte und Debbie mehrere Kartons zur Verfügung stellten. Darin würden sie die Rosenstöcke transportieren.

»Überlegen Sie es sich noch einmal, ob Sie nicht doch unseren Garten gestalten wollen, Mrs Bromberg.« Miss Marcy zeigte ihr süßestes Lächeln und wandte sich an Debbie. »Und Sie sind wohl die Schwester unserer berühmten Gartenexpertin. Sind Sie auch Gärtnerin? Verzeihen Sie, wenn ich Sie bei Ihrer Ankunft nicht mit dem nötigen Respekt behandelt habe. Ich hatte ja keine Ahnung …«

»Ich hätte mich gleich vorstellen sollen«, erwiderte Debbie ungewohnt diplomatisch. »Und nein, ich betreibe eine Galerie auf unserem Landgut in Schottland.«

Miss Marcy stieß einen überraschten Laut aus. »Eine Kunstexpertin, wie spannend!«

Charlotte sehnte sich danach, endlich losfahren zu können. »Miss Marcy, der Lichteinfall in Ihrem Garten ist ungünstig, das Stück Land ist zu klein. Da gedeihen Ihnen auf Dauer neben dem Kirschbaum nur immergrüne Sträucher.«

Sie atmete auf, als sie am Steuer des Austin saß, Debbie

neben sich, und nach Summerlight House fuhr. »Vergiss nicht, es geht mir vor allem um die Rosen. Brich keinen Streit vom Zaun, das kann mir nur schaden.«

Schon in der Einfahrt zu Summerlight House begann Debbie zu weinen. Auch Charlotte spürte ein Würgen im Hals, als sie über den seitlichen Eingang einen Teil des Gartens sehen konnte. Niemand hatte ihr Werk mit Liebe fortgeführt. In den ersten warmen Tagen des Jahres war vor allem das Unkraut gediehen, zwischen den Pflastersteinen hatte sich überall Löwenzahn durchgekämpft, dessen Samen der Wind im Juni in jede Ecke des Gartens pusten würde.

»Ich kann nicht glauben, dass wir das alles hier verloren haben«, schluchzte Debbie.

»Erinnerungen gehen nicht verloren, Liebes, du kannst sie in dir bewahren.« Charlotte stutzte und staunte über ihre eigenen Worte. Noch vor wenigen Wochen hatte sie ihre Erinnerungen selbst mit vertrocknenden Pflanzen verglichen. Es machte Mut, wie sich ihr Denken veränderte. »Es ist nur ein Gebäude, mehr nicht. Unser Zuhause ist da, wo unser Herz ist, nicht wahr? Bist du nicht in Schottland glücklich geworden?«

Debbie beruhigte sich, wischte sich die Tränen ab und stieg dann mit energischen Bewegungen aus dem Auto. Charlotte folgte ihr langsamer. Ihr Herz geriet in einen unruhigen Rhythmus. Der Blick in die Vergangenheit schmerzte wie eine offene Wunde.

Nachdem Debbie den Türklopfer kräftig betätigt hatte, öffnete ihnen Julian Summerlight. Er trug einen Pullunder über seinem Hemd und eine bequeme Hose aus Cord. Seine Brauen gingen bis zum Haaransatz hoch, als er Charlotte erkannte. »Mrs Bromberg? Was kann ich für Sie tun?«

Charlotte stellte ihm Debbie vor und erklärte ihm, dass sie die Rosen abholen wollte. »Die Gelegenheit ist heute günstig, weil meine Schwester mit einem Automobil unterwegs ist«, fügte sie hinzu. »Entschuldigen Sie, dass ich mich vorher nicht ankündigen konnte, es war eine spontane Idee.«

»Nun, Mira ist mit den Kindern nach Canterbury gefahren, die Bediensteten haben heute ihren freien Tag, ich bin allein hier.« Er machte eine nonchalante Geste. »Aber bitte, bedienen Sie sich im Garten, es ist Ihr Werk. Ich hoffe nur, Mira hat noch nichts entfernt, was Ihnen wichtig ist. Wir planen, eine größere Rasenfläche anzulegen und einen Pferdestall.«

Charlotte zuckte zusammen. Vieles konnte man ersetzen, aber ihre Rosen waren einzigartig!

»Wissen Sie überhaupt, was Sie hier zerstören? Summerlight Garden war in ganz England berühmt!« Debbies Augen schossen Blitze. Charlotte sah, dass sie die Hände zu Fäusten geballt hatte.

»Mrs ... äh, Mrs McLaren, so ein Garten braucht Experten. Unglücklicherweise war Ihre Schwester nicht bereit, für uns als Gärtnerin zu arbeiten. Dann hätte sie alles in ihrem Sinne fortführen können. Aber ... ich will mich nicht mit Ihnen streiten. Sie helfen sich allein?«

Charlotte drückte Debbies Arm, um sie zurückzuhalten, als sie zu einer weiteren Erwiderung ansetzte. »Ja, wir kommen zurecht.«

Julian Summerlight nickte ihnen zu und schloss die Tür.

»Was für ein Snob!« Debbie war außer sich, als sie Charlotte voran zum Garten stapfte.

Charlotte ließ sie schimpfen. Für Debbie war es ein Schock mitzuerleben, dass jemand anderes über Summerlight House verfügte. Sie selbst hatte sich viele Wochen daran gewöhnen können.

Als sie in den Garten trat, fühlte sie sich, als stieße ihr jemand ein Messer in den Bauch. Der Teich, das Auge des Gartens, war zugeschüttet, die Holzbrücke abgerissen, aufgehäufte Erde türmte sich an der Stelle. Der Obstgarten war verschwunden, die Sicht ging frei über die Hainbuchenhecke zu den Feldern. Im Steingarten hatten die ersten Bodendecker ihre Wachstumsphase begonnen, mehrere davon hatte Charlotte von den Hebriden mitgebracht. Sie würde sich Ableger mitnehmen. Die kleinwüchsigen roten Tulpen aus Persien standen kurz vor der Blüte, die Zwiebeln würde sie nicht ausgraben können, ohne ihre Schönheit zu zerstören. Sie hoffte, dass diese widerstandsfähigen Gewächse die Eskapaden der neuen Gartenbesitzer überstehen würden.

Debbie legte den Arm um ihre Schultern. Es fühlte sich gut an, Charlotte lehnte sich an sie.

»Ein ganzes Jahrzehnt lang hattest du Freude an diesem Stück Land. Du hast Menschen glücklich gemacht mit dem, was du erschaffen hast, und es hat deinem Leben Sinn gegeben. Ich glaube, du kannst mit Stolz und Zufriedenheit auf diese Zeit zurückblicken.«

Debbie hatte recht. Die Natur würde sich zurückholen,

was sie ihr auf künstlerische Art abgerungen hatte. Die Schönheit von Gärten zerfiel, wenn sie nicht gepflegt und wertgeschätzt wurde. Aber die Erinnerung an all die Überraschungen und Begegnungen, an all die Leidenschaft und Hoffnung, die sie mit Summerlight Garden verband, würde ihr niemand nehmen können. Sie gab sich einen Ruck und löste sich von Debbie. »Los geht's.«

Wenig später hatten sie sich die Schürzen angezogen, die im Schuppen hingen, und ihre Schnürschuhe gegen die Stiefel ausgetauscht. Mit Hacken und Spaten begannen sie, im Rosengarten Stück für Stück die Büsche und Stöcke großräumig auszuheben, sorgsam darauf bedacht, die Wurzeln nicht zu beschädigen. Debbie holte die Kartons aus dem Auto. Gemeinsam packten sie die *White Killarny*, die *Duchess of Wellington*, die *Laurent Carla*, die *Eliza Rose*, *Irish Love* und all die anderen herrlichen Gewächse ein. An jeder Pflanze ließen sie genug Mutterboden, damit sie den Umzug unbeschadet überstanden. Dazu wählten sie Stauden aus, die die Schönheit der Blumenköniginnen untermalten, wie etwa den Lavendel, den Charlotte mit Quinn kistenweise in Stratford-upon-Avon gekauft hatte. Im Nu bepackten sie Rücksitze und den Boden des Automobils mit den Kartons. Außerdem nahmen sie aus dem Schuppen und dem Gewächshaus mehrere Kübel und Töpfe mit, in die sie die Pflanzen einsetzen würden, sobald sie an ihrem neuen Standort waren. Mit einer Kiste in den Händen machte Charlotte einen letzten Rundgang durch den Garten, um Ableger von den Lieblingspflanzen zu nehmen, mit denen sie besondere Erinnerungen verband. Die Steingartenpflanzen, zu denen sie Sizergh Castle inspiriert hatte, wo Quinn und sie sich verborgen hinter Bäumen voller Verlangen geküsst hatten. Die Wildblumen von den Hebriden, wo Quinn und sie sich zum ersten Mal geliebt hatten. Am Ende nahm sie noch den Bauchladen mit dem Glasdeckel mit, den Letitia Eliza Rose zu Weihnachten geschenkt hatte. Er stand ausgeputzt im Gewächshaus. Ihre Tochter würde sich freuen, ihn neu zu befüllen.

Der Innenraum des Automobils war komplett überladen, selbst zwischen ihren Füßen auf der Beifahrerseite balancierte Debbie Kartons. Es roch intensiv nach würzigem Mutterboden und Frühlingstrieben. Sie verzichteten darauf, sich von Julian Summerlight zu verabschieden. Sie würden die Familie nur noch einmal sehen, wenn sie die wenigen Möbel, die nicht verkauft worden waren, die restliche Garderobe und die Bibliothek abholten. Schon jetzt fühlte es sich nach einem endgültigen Abschied an. Und danach, dass sie das Beste, was sie mit Summerlight Garden verband, gerettet hatte.

»Danke für deine Hilfe, Debbie. Ohne dich hätte ich das nicht geschafft.«

»Ich freue mich, dass ich wenigstens etwas für dich tun konnte. Bist du immer noch sicher, dass du nicht mit uns nach Schottland kommen willst? Die Rosen würden in unserem Garten zu neuer Schönheit erstrahlen, das kann ich dir versprechen.«

Charlotte nahm eine Hand vom Steuer und legte sie auf Debbies Bein. »Ich bin absolut sicher, Schwesterherz. Ich muss diesen Weg allein mit Eliza gehen. Vertraust du mir?«

Debbie wandte sich ab und schaute aus dem Fenster, ohne eine Antwort zu geben. »Niemand ist eine Insel«, sagte sie irgendwann. »Du sollst wissen, dass du nicht allein bist. Wir sind immer für dich da.«

»Das weiß ich, Debbie«, antwortete Charlotte. »Und dafür liebe ich dich.«

Debbie unternahm keine Versuche mehr, Charlotte zum Mitkommen zu überreden. Alex und sie übernachteten in einem nahe gelegenen Hotel und verabschiedeten sich am nächsten Morgen. Für die Reise hinauf nach Schottland würden sie mindestens zwei Tage brauchen.

»Wenn wir wenigstens telefonieren könnten!«, jammerte Debbie. Die Schwestern hielten sich auf der Straße vor dem Austin umarmt, Debbie weinte Charlotte die Schulter nass. Noch am gestrigen Abend hatten sie den Wagen ausgeräumt und alle Pflanzen in Töpfen und Kübeln in Reih und Glied im Hinterhofgarten platziert. Die Muskeln in ihren Armen spürten die Schwestern heute überdeutlich.

»Das wäre wirklich ungünstig«, erwiderte Charlotte. »Die Schwestern bekommen Flügelohren, wenn ich ihren Apparat benutze.«

Eliza kicherte und ließ sich von Debbie hochnehmen und abküssen. »Pass gut auf deine Mama auf, ja? Und wenn sie Dummheiten macht, meldest du dich bei Tante Debbie!«

»Ihr seid jederzeit auf unserem Landsitz willkommen, Charlotte«, fügte Alex an.

»Darauf kommen wir bestimmt später im Jahr zurück, aber in den nächsten Wochen haben wir viel zu tun.«

»Ich wünsche dir Glück«, sagte Debbie noch, bevor sie auf den Beifahrersitz stieg und der Wagen anrollte. Charlotte, Letitia und Eliza winkten, bis der Austin an der nächsten Kreuzung verschwand.

Der April zeigte sich ungewöhnlich mild. Die Bäume entlang der Regent Street trieben bereits kräftig aus, die Menschen trugen ihre Jacken über dem Arm. Wunderbares Wetter für die Pflanzen, die jetzt im Hinterhofgarten auf ihren spektakulären Auftritt warteten. Wenn sich der Sonnenschein hielt, sollten bis Mitte Mai alle in voller Blüte stehen.

In dieser Woche bereitete Charlotte nachts die Kapitel vor, die sie am nächsten Tag in ihrem Büro neben Professor Wilsons Arbeitsräumen auf der Schreibmaschine abtippte. Er brauchte selten ihre Assistenz, gab ihr nur hin und wieder ein paar Anwesenheitslisten, die sie überprüfen sollte, oder eine Handvoll Klausuren. Allem Anschein nach hatte ihr der Professor diesen Posten nur gegeben, damit sie während ihrer Promotion keine Not litt. Sie durfte nicht vergessen, Helen Gwynne-Vaughan für die Vermittlung zu danken.

Einen Nachmittag nahm sie sich frei, um zum *Royal Hospital* nach Chelsea zu fahren, wo die Vorbereitungen für die Blumenschau in vollem Gange waren. Das dreiflügelige Gebäude war von Wiesenflächen umgeben, auf denen Männer bereits erste Zelte aufbauten. Den Ausstellern hatte die *Society* Beete zugewiesen, die sie nach ihren eigenen Vorstellungen gestalten konnten. Charlotte ging den von Linden gesäumten Hauptweg auf das Gebäude zu und sah rechts und links Männer und Frauen graben und planen. Mehrere Helfer transportierten mächtige Kübelpflanzen auf Tragen, andere zogen Karren voller bunter Stauden. Noch sah alles aus wie eine wimmelnde Gartenbaustelle, aber Charlotte wusste, dass hier Mitte Mai jede Pflanze akkurat in Szene gesetzt sein würde. Ihr Herz pochte bei dem Gedanken, dass sie mit ihren eigenen Kreationen teilnahm. Welchen Platz ihr die *Royal Horticultural Society* wohl zugewiesen hatte? Sie wussten, dass sie mit ihren Rosen volles Sonnenlicht brauchte.

»Mrs Bromberg, wie wundervoll, dass Sie es einrichten konnten!« Miss Goldsmith, die sich bei ihrem Besuch in Summerlight Garden so von Charlottes Rosenzüchtungen beeindruckt gezeigt hatte, eilte lächelnd auf sie zu, als Charlotte das Gebäude betrat, und drückte ihre Hände. Der Gesellschaft gehörte in dem Hospital für Kriegsveteranen ein Flügel mit eigenen Büroräumen, um die Blumenschau koordinieren zu können. Miss Goldsmiths Miene verdüsterte sich. »Ich habe gehört, dass Sie Ihren Garten abgeben mussten? Was für ein Verbrechen.«

»Uns blieb keine Wahl. Aber meine Rosen habe ich gerettet.«

»Das ist eine gute Nachricht. Kommen Sie, ich zeige Ihnen, welchen Platz ich für Sie reserviert habe.«

Charlotte folgte ihr nach draußen. Das Zelt mit der eingezäunten Wiesenfläche stand zentral. Jeder, der die Show besuchte, musste daran vorbeigehen. Die Sonne würde hier von morgens bis abends scheinen, sofern das Wetter mitspielte.

»Das ist ideal, ich danke Ihnen, Miss Goldsmith. Ich habe mir überlegt, die Rosen in den Kübeln zu belassen und sie mit Begleitpflanzen zu arrangieren. Aber ich weiß nicht, wie ich den Transport bewerkstelligen soll. Kann ich da mit der Unterstützung der *Society* rechnen?« Charlotte spürte die Blicke der anderen Aussteller. Gut möglich, dass einige sie erkannten.

»Aber selbstverständlich, Mrs Bromberg. Wir schicken Ihnen einen Pritschenwagen und zwei starke Männer, die alles für Sie erledigen.«

Charlotte bedankte sich mit einem Lächeln. »Die Rosen würde ich dann gerne bis auf Weiteres auf diesem Gelände lassen, wenn das möglich ist. Ich weiß noch nicht genau, wann ich wieder einen eigenen Garten haben werde.«

»Die Herren im Hospital freuen sich bestimmt, wenn sie sich noch eine Weile an den Schönheiten erfreuen können.«

Auf dem Heimweg in der U-Bahn gratulierte sich Charlotte selbst dafür, dass sie sich trotz aller Widrigkeiten dazu entschlossen hatte, auf der Blumenschau auszustellen. Zwei Tage lang würde sie in Blüten schwelgen können.

Wie an jedem Abend unternahm Charlotte an diesem Tag einen Kontrollgang in den Hinterhofgarten, um zu überprüfen, wie ihre Pflanzen gediehen. An manchen Trieben hatte sie gestern bereits winzige Knospen entdeckt, aber es würde noch bis Mitte Mai dauern, bis sie wie ein Feuerwerk aufplatzten. Als sie den Buchladen durchschritt, packte Miss Linda gerade einen Karton mit frisch gelieferten Romanen aus. Miss Marcy dagegen traf sie draußen im Garten.

Die beiden Beagle fegten kläffend über die Wiese, auf der Miss Marcy die Kübelpflanzen rund um den Kirschbaum arrangiert hatte. Einer der Hunde hob sein Bein und pinkelte an einen Lavendel.

»Was tun Sie hier, um Himmels willen?« Charlotte bemühte sich angestrengt, ihre Fassung zu wahren. Sie hatte die Töpfe exakt nach dem Sonnenlicht ausgerichtet und eng beieinander und von ein paar Holzkisten geschützt aufgestellt.

Miss Marcy zuckte zusammen und ließ fast einen Tontopf fallen. »Ich wollte nur behilflich sein«, behauptete sie. »Ich dachte, so eng sollten die Blumen nicht stehen. Die nehmen sich doch gegenseitig das Licht.«

»Wäre es möglich, dass Sie solche Entscheidungen künftig mir überlassen?«, erwiderte Charlotte mühsam beherrscht, während die Hunde sie bellend umringten. »Ich wäre Ihnen sehr verbunden.«

Miss Marcy setzte den Topf, den sie in den Händen hielt, vor sich ab, packte die beiden Beagle an ihren Halsbändern und eilte zurück ins Haus, so würdevoll ihr das in der gebückten Haltung möglich war.

Charlotte lief von Pflanze zu Pflanze, entdeckte ein paar abgeknickte Zweige und ein paar beschädigte Wurzeln, die aus der Erde hervorlugten. Vermutlich hatten die Hunde darin gewühlt. Sie konnte das beheben und die Pflanzen retten, aber ärgerlich war es dennoch. Immer stärker sehnte sie den Tag herbei, an dem sie sich der Neugier und der Zudringlichkeit der Parker-Schwestern würde entziehen können.

Übers Wochenende nahm sich Charlotte ihre Promotionsschrift mit nach Hause. Auf fast dreihundert Seiten hatte sie ihre eigenen botanischen Erfahrungen und Recherchen zusammengetragen, Fazite gezogen und neue Fragen aufgeworfen. Das Deckblatt hatte sie zusätzlich mit rotem Farbband gestaltet: *Die Schönheit öffentlicher Gärten. Dissertation zur Erlangung des akademischen Grades Doktor der Botanik in der Botanischen Fakultät der Universität von London, vorgelegt von Charlotte Bromberg, London, 1930.*

Intensiv las sie alles noch einmal durch, entdeckte Fehler auf drei Seiten, die sie am Montag neu tippen musste, aber das war ein Klacks. Ein Hochgefühl erfasste sie, als sie in der Nacht zu Montag im gelben Schein der Lampe an ihrem Schreibtisch im Schlafzimmer saß und auf den eng beschriebenen Packen Papier starrte, der ordentlich gestapelt vor ihr lag. Was jetzt geschehen würde, lag nicht mehr in ihrer Macht. Sie hatte ihr Bestes gegeben. Morgen würde sie die Fehler korrigieren und dann die Schrift Professor Wilson überreichen.

Ein bisschen fürchtete sie die Zeit, in der sie nichts mehr zu tun hatte, nichts, was sie ablenkte. Sie wusste, dass die Gedanken an Quinn und die Gefühle, die sie durch ihre Arbeit verdrängen konnte, wieder hochsteigen würden.

War es wirklich richtig gewesen, den Kontakt zu ihm abzubrechen? Manchmal wusste sie nicht, wie sie ein Leben ertragen sollte, in dem es keine Hoffnung mehr auf ein Wiedersehen mit ihm gab.

Sie wischte sich über die Stirn, zwang ihre Gedanken zu ihrer Promotionsschrift zurück und darauf, welche Bücher sie vor der Examensprüfung ein zweites Mal lesen sollte. Sie rechnete damit, dass sie Anfang Juni stattfinden würde. Bis dahin musste sie ihre Analysen mündlich darstellen und auf die richtigen Quellen verweisen können.

Kapitel 29

Massen von Menschen zwängten sich auf den Wegen zwischen den Ausstellungszelten hindurch. Die laue Luft auf der Wiese vor dem *Royal Hospital* war erfüllt von Blütendüften. Überall summten Bienen und bildeten die Begleitmusik zu dem Gemurmel der Gäste. Die Besucher stießen an manchen Ständen begeisterte Rufe aus, an anderen applaudierten sie. Die Aussteller waren fantasievoll zu Werke gegangen. Es gab Blumenteppiche, die ein Gemälde bildeten, kunterbunt bepflanzte Hügel, zahlreiche Arrangements Ton in Ton, über kunstvoll geschmiedete Gitter rankende Kletterpflanzen. Weder Gartenzwerge noch Ballons, Flaggen, Lampions oder Girlanden lenkten die Aufmerksamkeit von den Gewächsen ab, so verlangten es die Richtlinien der *Society*.

Charlotte fühlte sich von dem Ansturm auf ihre Rosen schier überwältigt. Immer wieder umringten Besucher sie, befragten sie nach ihren Zuchterfahrungen und bestaunten die Kreationen. Auch Letitia ging auf die Fragen der Besucher ein und bewies, wie viel sie in ihrer Ausbildung auf Summerlight House gelernt und behalten hatte. Charlotte warf ihr Seitenblicke zu und nahm sich vor, sie nur so lange, wie es dringend nötig war, als Kindermädchen zu beschäftigen. Das Mädchen musste raus in die Welt der Botanik, sie hatte eindeutig Talent. Charlotte wollte sie gerne fördern.

Eliza hatte sich in ihrem schönsten hellblauen Sonntagskleid mit Rüschen an den Ärmeln und am Saum und einem Strohhut mit einem blauen Band direkt neben die Rose gestellt, die ihren Namen trug. *Eliza Rose.* Jedem, der es wissen wollte, erzählte sie: »Diese Rose heißt wie ich. Meine Mama hat sie gezüchtet.«

Am zweiten Tag der Ausstellung sollten die Medaillen verliehen werden. Charlotte spürte ein Kribbeln unter der Haut. Ihre Rosen waren beeindruckend, daran gab es keinen Zweifel. Aber wie viel Überwältigendes hatten die anderen Gärtner hier angelegt! Alle hatten ihr Können unter Beweis gestellt.

Gegen Mittag ergriff Mr Barnes – der Sprecher der Gesellschaft, der sie gemeinsam mit Miss Goldsmith auf Summerlight House besucht hatte – das Mikrofon. Die Boxen standen auf zwei Gerüsten und trugen seine Stimme über das gesamte Ausstellungsgelände. »Meine sehr verehrten Damen und Herren, kommen wir nun zu den mit Spannung erwarteten Auszeichnungen für die besten Erfolge im Gartenbau.«

Die Aufmerksamkeit aller wandte sich ihm zu, die Menschen tuschelten und mutmaßten, wer geehrt werden würde. Mr Barnes begann mit der Verleihung verschiedener

Ehrenpreise, kürte den Publikumsliebling und den besten Garten der Show. Applaus brandete auf, wenn die Preisträger ihre Urkunden entgegennahmen. Fotografen zückten ihre Apparate, um die Gärtner abzulichten, die sich strahlend den Besuchern präsentierten.

»Aus besonderem Anlass verleihen wir an diesem Tag auch die *Victoria Medal of Honour.*« Ein Raunen ging durch die Menschenreihen. »Wir wollen die Medaille einer Frau überreichen, die sich durch außergewöhnliche Expertise hervorgetan hat.«

Charlotte fasste sich an den Hals. Letitia neben ihr sprang auf der Stelle, und Eliza umarmte ihre Beine.

»Trotz widrigster Umstände ist es ihr gelungen, ihre Rosenzüchtungen *Eliza Rose* und *Irish Love* zu kultivieren und heute hier auszustellen. Beide Rosenarten zeichnen sich durch besondere Schönheit, einzigartige Farbverläufe, Widerstandskraft und eine hohe Blattgesundheit aus. Wir gratulieren Mrs Charlotte Bromberg zum Erhalt der *Victoria Medal of Honour.*«

Er machte eine Geste in Charlottes Richtung, sodass sich alle Köpfe zu ihr wandten. Sie stand würdevoll da, von ihren Rosen umrahmt, mit ihrer zappeligen Helferin an der Seite und ihrer Tochter an den Beinen. Ein heißes Glücksgefühl durchströmte sie, als sich die Menschenmasse teilte, um Mr Barnes, Miss Goldsmith und ein halbes Dutzend weiterer Mitglieder der *Society* zu ihr durchzulassen. Zahllose Reporter und Fotografen drängelten sich an ihrem Stand. »Bitte schauen Sie zu mir, Mrs Bromberg!« – »Stellen Sie sich vor die Rosen!« – »Bitte lächeln, Mrs Bromberg!«

Als Mr Barnes heran war, streckte er ihr die Hand entgegen und drückte ihre kräftig, auf seinem Gesicht ein Ausdruck von Stolz, als wäre er selbst der Geehrte. Die Kameras klickten und blitzten hell, die Menschen applaudierten erneut und stießen Hochrufe aus. Schließlich hängte er Charlotte die Medaille an einem goldfarbenen Band um den Hals. Charlotte zeigte sich den Fotografen mit ihrem schönsten Lächeln. Was für ein Erfolg! Mr Barnes streckte ihr das Mikrofon entgegen.

Würde sie überhaupt ein Wort herausbringen? Sie räusperte sich.

»Verehrte ... Damen und Herren der *Royal Horticultural Society*, liebe Besucher, ich fühle mich mit dieser Auszeichnung zutiefst geehrt und werde bald damit beginnen, meine Rosen mit Stecklingen zu vermehren, sodass sie im nächsten Jahr schon in Ihren Gärten wachsen können.« Sie holte Luft, weil sie das Atmen vergessen hatte. »Ich hätte heute nicht hier sein können, wenn ich nicht die Unterstützung meiner Mitarbeiterin Letitia Hancock gehabt hätte und meiner Tochter«, sie hob das Mädchen hoch, »die der nach Birne duftenden Sorte mit den altrosa Blüten ihren Namen gab.«

Wieder klatschten die Menschen. Kellnerinnen in weißen Schürzen eilten mit Tabletts voller Sektkelche heran und verteilten das Getränk an die Mitglieder der *Society*, Charlotte, Letitia und an ein paar einflussreiche Persönlichkeiten der englischen Gartenkunst in den vorderen Reihen, die sich murmelnd über Charlottes Schöpfungen unterhielten. Viele nickten anerkennend, während sich die Menge in

Bewegung setzte, um die anderen Höhepunkte der Show zu bestaunen. Letitia und Charlotte prosteten sich strahlend zu. Dann nahm das Mädchen Eliza an die Hand, um mit ihr einen Rundgang durch die Ausstellung zu machen.

Da löste sich eine groß gewachsene Frau aus einer Gruppe und kam mit ihrem Sekt auf Charlotte zu. Charlotte riss die Augen auf. »Vita! Wie wunderschön, dich endlich wiederzusehen! Ich wusste nicht, dass du aus Frankreich heimgekehrt bist.«

Sie küssten sich links und rechts neben die Wangen. Auf Vitas Stirn standen Sorgenfalten. »Was ist passiert, Charlotte? Ich hatte schlaflose Nächte, nachdem ich andere Leute auf Summerlight House antraf und sehen musste, wie dein Garten verfällt.«

»Das erzähle ich dir irgendwann einmal ausführlich und in Ruhe bei einem Glas Wein. Ich freue mich gerade so sehr über die Auszeichnung, dass ich nicht an das Vergangene denken möchte. Es war nicht schön, aber ich bin jetzt auf einem guten Weg.«

Vita musterte ihr Gesicht, als wollte sie darin lesen. Schließlich lächelte sie. »Ja, du siehst gut aus.« Sie wandte sich den Rosen zu und streichelte die Blüten behutsam. »Zum Glück konntest du deine Meisterwerke retten.«

»Ich hätte gerne noch so viel mehr gerettet, aber ich musste mich auf das Wichtigste beschränken. Ich wünschte, den Garten hätte jemand übernommen, der sich auskennt und ihn in Ehren hält. Und du hättest ihm beratend zur Seite stehen können.«

Vita machte eine abfällige Handbewegung. »Ich habe nur

zwei Sätze mit diesen Leuten gesprochen und wusste gleich, dass sie ungehobelte Wichtigtuer sind. Nicht unsere Klasse, meine Liebe.«

Charlotte musste grinsen, bevor sie wieder den Schmerz über den Verlust spürte. »Dann ist Summerlight Garden jetzt wohl Geschichte«, stellte sie fest.

»Der Garten war und ist aufs engste mit deinem Namen verknüpft. So, wie ich hoffe, dass Sissinghurst stets mit mir in Verbindung gebracht wird. Ich bin hoffentlich die Erste, für die du Stecklinge deiner Rosen züchtest?«

»Aber natürlich. Ich hoffe, ich kann es im Spätsommer angehen. Bis dahin muss ich mein Promotionsexamen ablegen.«

Vita umfasste ihren Oberarm. »Du hast es wirklich getan? Hast die Dissertation fertiggestellt?«

Charlottes Ohren fühlten sich heiß an, als sie nickte. »Und abgegeben.«

Ein Leuchten wie von Sonnenlicht flog über Vitas Gesicht. »Ich werde so stolz darauf sein, mit Mrs Dr. Charlotte Bromberg befreundet zu sein.«

»Keine Vorschusslorbeeren.« Charlotte erwiderte ihr Lächeln und wackelte mit dem Zeigefinger. »Die Examensprüfung gilt als eine der härtesten an der Universität.«

Anfang Juni war es so weit. Charlotte lief in der leeren Wohnung auf und ab. Heute brachte Letitia Eliza in die Schule. Danach würde sie den Verkaufsraum der Buchhandlung und die Fenster putzen, so war es mit den Vermieterinnen besprochen.

Charlotte war es recht, dass die beiden in dieser Stunde vor ihrer Examensprüfung nicht um sie herumwuselten. Sie verstanden es nämlich mit ihren Fragen und Ängsten ausgezeichnet, ihre Aufregung zu verdoppeln. Sie hatte sich heute gegen ihr seriöses graues Kostüm entschieden und trug stattdessen ein pastellfarbenes Sommerkleid mit einer kurzen Jacke. Die Zeit der gedeckten Töne war vorbei, Victor würde auch ohne Trauerkleidung immer einen Platz in ihrem Herzen haben. Die Farben hoben ihre Laune. Sie legte einen dezenten Lippenstift auf, kontrollierte den Sitz ihrer Haare und schob ihre Brille zurecht, sodass sie perfekt auf der Nasenwurzel saß. All diese Dinge, die nichts mit ihrem Wissen zu tun hatten, schmeichelten ihrer Seele. Sie fühlte sich schön und selbstsicher und würde sich mit geradem Rücken und erhobenem Kopf den Fragen der Herrschaften von der Fakultät stellen.

In einer Stunde war ihr Termin. Sie entschied, lieber zu früh als zu spät da zu sein, nahm ihre Ledertasche mit ihren Unterlagen und hängte sich das Band quer über die Brust. Dann fühlte sie in die Tasche ihrer Jacke und ertastete das Medaillon, spürte die kühle Glätte und einen Hauch von Zuversicht. Sie öffnete die Wohnungstür und sprang mit Schwung die Treppe ins Erdgeschoss hinab. Jetzt gab es kein Zurück mehr.

Im holzgetäfelten Vorlesungssaal stand Charlotte eine Stunde später allein am Rednerpult, der sonst den Professoren vorbehalten war. Hinter sich die dreiflügelige Tafel, vor sich die nach oben hin ansteigenden Sitzreihen, in denen die

Herren und Damen der Prüfungskommission Platz nahmen. Neben den Professoren Wilson und Gwynne-Vaughan gehörten vier weitere Dozenten zu den Experten. Professor Wilson war derjenige, der die Prüfungsfragen stellte, die anderen machten sich Notizen.

So chaotisch Wilson in seinem Büro arbeitete, so konzentriert erlebte Charlotte ihn als Vorsitzenden der Kommission. Er schenkte ihr nichts, ließ sie an die Tafel treten und den Musteraufbau eines öffentlichen Gartens anzeichnen, fragte sie nach diversen neuartigen Züchtungen und fremdländischen Gewächsen, die inzwischen in öffentlichen Parks heimisch geworden waren. Er ließ sie darstellen, welche verschiedenen Arten von Rosenvermehrung es gab, welche die häufigsten Fehler waren, wann und wie der Baumschnitt erfolgen sollte und welche Quellen sie aus welchem Grund genutzt hatte.

Charlotte war aufs äußerste fokussiert. In ihrem Kopf war nichts anderes als all ihr botanisches Wissen und ihre Erfahrungen. Sie antwortete zügig, zeichnete mit Schwung an die Tafel. Wenn sie nachdenken musste, geriet sie nicht ins Straucheln, sondern legte eine sekundenlange Pause ein, um sich zu sammeln. In ihrem Körper breitete sich ein Kribbeln aus, als stünde sie unter Strom, aber nie in ihrem Leben hatte sie sich so klar gefühlt wie an diesem Prüfungstag. Immer wieder sah sie in die Gesichter der Dozenten, einige skeptisch, andere mit einem entspannten Lächeln auf den Zügen. Es gab ihr Auftrieb, dass die Fragen und Aufgaben sie nicht überraschten. Sie hatte sich gut vorbereitet und fühlte weder Verunsicherung noch Erschöpfung.

Schließlich legte Professor Wilson seinen Stift weg und sah Charlotte ins Gesicht. Die anderen lehnten sich in ihren Stühlen zurück. »Zum Schluss noch eine persönliche Frage, Mrs Bromberg. Was bedeutet die Botanik für Sie?«

Charlotte dachte einen Moment nach und hob dann den Kopf. »Gartenbau und Pflanzen sind mein Leben. Ich habe nie etwas anderes gewollt, als die Flora in England und überall auf dem Globus zu untersuchen, zu pflegen, zu kultivieren und den Menschen die Schönheit von Gärten nahezubringen. In unserer Zeit, in der alles höher, schneller, weiter gehen muss, birgt die Botanik die Möglichkeit, zur Ruhe zu kommen, die Sinne zu schärfen und Wunschbilder zu erschaffen. Ich werde niemals etwas anderes tun.«

Die Expertenjury klopfte mit Knöcheln auf die Pulte. Dann bat Professor Wilson Charlotte, draußen zu warten, während die Kommission sich beriet. Charlotte befürchtete, ihre Beine würden sie nicht tragen. In ihrem Kopf schien ein Vakuum zu sein, kein Gedanke war mehr möglich. Die halbe Stunde im Wartebereich zog sich wie eine Ewigkeit, Charlotte konnte nicht still sitzen, und beim Gehen glaubte sie, nach jedem Schritt einzuknicken und zu Boden zu sinken. Sie wusste, sie hatte es gut gemacht, Professor Wilson hatte sie vermutlich zufriedengestellt, aber die anderen Jurymitglieder konnte sie nicht einschätzen, auch nicht Helen Gwynne-Vaughan. Sie hatte zu denjenigen gehört, die kein einziges Mal gelächelt hatten.

Endlich rief eine Sekretärin sie zurück in den Saal. Da standen sie alle am Pult vor der Tafel, die Gesichter ernst und erhaben, nur Professor Wilson strahlte endlich wieder wie ein Junge und trat mit der Doktorschrift und der Urkunde auf sie zu. Er gratulierte ihr und küsste sie sogar auf die Wange.

»Lassen Sie die Dissertation zu einem Buch binden, und stellen Sie der Universitätsbibliothek mehrere zur Verfügung. Und vergessen Sie nicht, der *Linnean Society* ein Exemplar zu schicken. Ich bin sicher, die Verleihung der Medaille wird nicht lange auf sich warten lassen. Im Übrigen wünsche ich Ihnen viel Erfolg bei der Veröffentlichung. Die Verlage werden sich bei Ihrem Werk gegenseitig überbieten, könnte ich mir vorstellen.«

Die anderen drückten ihr kraftvoll die Hand. »Sie sind eine besondere Bereicherung für unser Fach, Mrs Dr. Bromberg«, sagte Helen Gwynne-Vaughan mit einem verschmitzten Lächeln. »Aber das habe ich ja immer schon gewusst.«

Draußen vor dem Universitätsgebäude beschlich Charlotte das Gefühl, in einem Traum gefangen zu sein. Passierte das hier wirklich? Hatte sie soeben den Doktortitel erhalten? Gehörte sie nun offiziell zur wissenschaftlichen Fraktion der *Gartenverrückten*? Es fühlte sich fantastisch an! Von der drittletzten Stufe, die hinab auf den Campus führte, machte Charlotte einen Freudensprung.

Sie hatte es geschafft.

Wie sehr sehnte sie sich danach, diesen Erfolg mit jemandem zu teilen. *Ach, Quinn.* Für einen Moment wuchs die Sehnsucht in ihr und füllte sie mit dem vertrauten Schmerz aus. Aber sie fing sich und drängte die Gefühle zurück.

Es gab keinen Grund mehr zu zögern. Sie eilte zu der Telefonzelle, aus der sie sich vor wenigen Monaten bei Professor

Wilson angemeldet hatte, und ließ sich mit Kew Gardens verbinden, mit dem Sekretariat von Sir Arthur Hill. Wenige Minuten später hatte sie einen Termin Mitte Juni bei dem Direktor, der ihre beruflichen Pläne stets eher amüsant als beeindruckend gefunden hatte. Ein Termin, das spürte sie an dem Brennen in ihrem Herzen, an dem sich ihr Schicksal entscheiden würde.

Kapitel 30

»Ein Brief für Sie, Mrs Bromberg!«

Charlotte hatte Miss Marcy auf ihr Klopfen hin die Tür geöffnet und nahm ihr nun den Umschlag ab. Wer mochte ihr schreiben? Es gab nicht viele Menschen, die ihre neue Adresse kannten.

»Von der *Linnean Society*!«, verkündete die alte Dame. »Was die wohl von Ihnen wollen?« Sie machte keine Anstalten, die Treppe wieder hinabzusteigen.

Charlotte lächelte sie an. »Ich danke Ihnen.«

Endlich merkte Miss Marcy, dass Charlotte sie nicht auf einen Tee hereinbitten würde, um den Brief mit ihr zu besprechen. Sie verzog das Gesicht und wandte sich ab, um die Treppe hinab in die Buchhandlung zu steigen.

Charlottes Herz klopfte, als sie sich an ihren Schreibtisch setzte und den Umschlag öffnete. Keine Broschüre, keine Einladung zu einer Ausstellung, sondern eine Nachricht auf hochwertigem blütenweißem Papier. Das Blatt zitterte in ihrer Hand, als sie es las.

Sehr geehrte Mrs Bromberg,
wir freuen uns, Ihnen heute mitteilen zu können, dass die Linnean Society Ihnen in diesem Jahr die Linnean Medal für Ihre herausragenden Züchtungserfolge und Ihre Dissertation über Die Schönheit öffentlicher Gärten *verleihen möchte. In einem feierlichen Rahmen wollen wir Ihnen die Medaille …*

Charlotte ließ das Papier sinken, kreuzte die Arme auf der Schreibplatte und legte die Stirn darauf. Die *Linnean Society* hatte vor vier Jahren ihren wissenschaftlichen Ehrgeiz wiedererweckt. Mittlerweile hatten sich ihre Ziele und Träume verändert, aber dass man ihr nun die begehrte Medaille verleihen wollte, kam einem krönenden Abschluss gleich. Das Blut rauschte ihr wie perlender Sekt durch die Adern. Sie wünschte, sie könnte diesen Erfolg mit jemandem teilen, doch sie tanzte allein durch die Wohnung. Ein weiterer Trumpf in ihrer Hand, wenn sie sich morgen in Kew Gardens vorstellen würde.

Letitia und Eliza umarmten sie innig, als sie ihnen später von der Auszeichnung erzählte.

Etwas fehlte.

Victor hätte sich mit ihr gefreut, sie im Kreis herumgedreht und gefragt, ob sie eine besondere Flasche Wein öffnen sollten. Aber Quinn … Er hätte als Einziger begriffen, wie zukunftsweisend diese öffentliche Anerkennung nach all den Schicksalsschlägen im vergangenen Jahr war. Ein weiterer Erfolg, der ihre Zuversicht und Lebensfreude befeuerte. Die Zeit der Dunkelheit und der Mutlosigkeit war vorüber.

Am nächsten Tag, dem Tag ihres Termins bei Sir Hill, musste Letitia die Parker-Ladys nach Covent Garden begleiten, um ihnen beim Tragen des Obst und Gemüses zu helfen. In dem Gewirr auf den Markt konnte sie deswegen nicht auf Eliza aufpassen, und Charlotte nahm ihre Tochter mit nach Kew Gardens.

Für Eliza öffnete sich zum allerersten Mal das Tor in den berühmten botanischen Garten. Gleich im Eingangsbereich geriet sie in einen Begeisterungstaumel und rannte mit ihrer Lupe, ihrem Pflanzenbuch und einem Notizblock von einem Beet zum nächsten. »Das ist ein Paradies!«, rief das Mädchen. »Und so groß! Laufen wir durch den ganzen Garten? Ich will gar nichts verpassen!«

Charlotte führte das Mädchen zu einer Bank und ließ sie darauf sitzen. Wie vertraut ihr hier alles noch war. Die Gewächshäuser, die hoch zwischen den Wiesen und Bäumen aufragten, der von blühender Pracht umgebene Hauptweg durch die Anlage, die Pagode, Kew Palace mit der Sonnenuhr davor …

»Wir schauen uns alles genau an, versprochen. Aber jetzt musst du erst einmal hier sitzen bleiben.« Charlotte wies auf das Bürogebäude. »Du weißt, ich habe einen wichtigen Termin, und ich möchte, dass du genau hier auf mich wartest. Schaffst du das?«

Eliza umschlang Charlottes Hals und rückte sich den Strohhut gerade. »Ja, das schaffe ich.«

Charlotte küsste sie und eilte dann zu dem Gebäude neben dem Herbarium. Im Eingangsbereich hing eine Korkwand, an die die Mitarbeiter Broschüren von Gärtnereien und Termine für Pflanzenschauen gepinnt hatten. Ein Blatt erregte ihre Aufmerksamkeit. Sie trat näher heran. Eine interne Stellenausschreibung. Gesucht wurde ein *renommierter Wissenschaftler*, der bereit war, die *Koordination der Expeditionen* eigenverantwortlich zu übernehmen. Ihr Herz überschlug sich, als sie die Stellenbeschreibung las. Das war genau das, was sie leisten konnte und wollte! Es würde schwierig werden, mit Eliza Forschungsreisen zu unternehmen. Aber Verbindung aufzunehmen zu internationalen Expeditionsteams, deren Arbeit anzuleiten und auszuwerten, das wäre eine Herzensaufgabe, bei der sie auf all das zurückgreifen konnte, was sie in den vergangenen Jahren gelernt hatte. Sie riss den Zettel ab, faltete ihn und steckte ihn in ihre Jacke.

Sir Hill ließ sie nicht lange warten. Mit ausgebreiteten Armen kam er auf sie zu. »Meine Sekretärin hat Sie als Mrs Dr. Bromberg in meinen Terminkalender geschrieben. Darf man tatsächlich gratulieren?«

»Tatsächlich. Ich habe vor zwei Wochen promoviert.« Sie musterte ihn und erkannte, dass er widerwillig beeindruckt war. Gleichzeitig wirkte er unruhig und blinzelte nervös.

»Und mit der *Victoria Medal* sind Sie ebenfalls ausgezeichnet worden.« Er lehnte sich gegen seinen Schreibtisch und betrachtete Charlotte, die aufrecht vor ihm stand.

»Auch mit der *Linnean Medal*, wie ich gestern erfahren habe.« Sie strahlte ihn an.

Er bog anerkennend die Mundwinkel hinab. »Mein Respekt.«

»Über beide Ehrungen freue ich mich sehr, aber es sind nur weitere Etappen zu meinem beruflichen Wunschtraum.«

Er hob eine Braue.

»Ich möchte wieder in Kew Gardens arbeiten.«

Er schürzte die Lippen. »Zweifellos sind Sie inzwischen mehr als qualifiziert, um sich unserem Wissenschaftsteam anzuschließen.« Er hob die Arme, in seinen Zügen demonstratives Bedauern. »Nur leider sind wir bestens besetzt. Ich wüsste nicht, wo ich Sie in diesem Jahr noch unterbringen könnte. Vielleicht nächstes Jahr. Wollen Sie dann noch einmal vorsprechen?«

Dieser unbelehrbare Frauenverächter! Er wollte sie tatsächlich hinauskomplimentieren wie eine lästige Bittstellerin.

Charlotte griff in ihre Tasche, zog das Blatt mit der Stellenausschreibung hervor, entfaltete es und reichte es Sir Hill. Trotz breitete sich in ihr aus und der Wille, sich an diesem Tag in diesem Büro durchzusetzen. »Sie suchen intern nach einem Wissenschaftler, der die Forschungsreisen koordiniert. Keiner ist dafür besser geeignet als ich, das werden Ihnen Mrs Professor Dr. Gwynne-Vaughan und Professor Dr. Wilson jederzeit bestätigen.«

Sir Hill wurde blass. »Oh ja, selbstverständlich, das hatte ich vergessen. Nun … äh, ja, das wäre eine leitende Position für Sie. Sie sind inzwischen Witwe, habe ich gehört? Mein aufrichtiges Beileid. Aber trauen Sie sich eine solche verantwortungsvolle Tätigkeit als alleinerziehende Mutter zu?«

»Danke. Ich habe Unterstützung, und ja, ich schaffe das.« Obwohl sie es nicht beabsichtigt hatte, ahnte sie, dass die Erwähnung der beiden hoch angesehenen Experten der Universität Sir Hill in seiner Entscheidung beeinflusste. Der

Direktor von Kew Gardens hatte in wissenschaftlichen Kreisen durchaus einen Ruf zu verlieren, wenn er an verkrusteten Strukturen festhielt, in denen man Frauen weniger zutraute als Männern. Sie sah, dass er sich einen Ruck gab und mit einem Lächeln und ausgestreckter Hand auf sie zukam.

»Ich glaube, ich habe nie eine hartnäckigere und zielstrebigere Frau als Sie getroffen. Ihr Kampfgeist ist überwältigend. Ich hoffe, Sie zeigen diese wertvollen Eigenschaften nicht nur in der Auseinandersetzung mit der Männerwelt, sondern auch bei den Verhandlungen mit unseren Partnern und Forscherteams überall auf der Erde. Willkommen zurück in Kew Gardens, Mrs Dr. Bromberg.«

Charlotte fühlte sich, als könnte sie gleich durch das offene Fenster davonfliegen.

Sir Hill öffnete seine Bürotür und bat die Sekretärin, ihm einen Mustervertrag für leitende Wissenschaftler zu geben. Charlottes Hände begannen zu zittern. »Sie könnten Anfang Juli anfangen, wenn es bei Ihnen passt. Die Honorierung dürfte Sie freuen.« Er nannte ihr eine Summe, bei der Charlottes Mund aufklappte. Sie hatte nicht geahnt, wie gut Kew Gardens die leitenden Mitarbeiter bezahlte. Mit diesem Monatsgehalt war sie einige ihrer größten Sorgen los. Sie riss sich zusammen, um nicht unprofessionell zu wirken.

»Eine Sache wäre da noch, die ich zur Bedingung machen müsste«, sagte sie. Klang das jetzt zu hochmütig? Würde er sein Angebot zurückziehen? »Meine Mitarbeiterin Letitia Hancock musste wegen der unglücklichen Umstände in Summerlight Garden ihre Ausbildung zur Gärtnerin abbrechen. Sie würde gerne an den Vormittagen in Kew Gardens arbeiten und lernen.« Die übrige Zeit könnte Letitia sich weiterhin um Eliza kümmern. Charlotte würde zusehen, dass sie so bald wie möglich ein Cottage oder eine Wohnung hier in Richmond fand, möglichst in der Nähe einer Schule.

Sir Hill runzelte die Stirn. Es schien ihm nicht zu passen, dass sie es wagte, Forderungen zu stellen. Er wedelte mit der Hand.

»Meinetwegen, das ist nicht mein Bereich. Klären Sie das mit den Männern vom Gartenbau. Sind Sie am 1. Juli hier, um den Vertrag zu unterzeichnen und gleich mit der Arbeit zu beginnen? Ihr Vorgänger wird noch sechs Wochen Zeit haben, Sie einzuarbeiten.«

»Ich werde da sein.« Das Glück sprudelte durch ihre Adern. Alles würde gut werden. Fast alles. *Leb deinen Traum, Charlotte*, erklang es in ihrem Inneren, und in Quinns Stimme schwang Schwermut mit.

Mit würdevollen Schritten verließ sie das Büro. Dann stürzte sie die Treppen hinab und rannte zu der Bank, auf der dieses wunderbare Mädchen mit ihrem karierten Rock, den Schnallenschuhen, der Sommerjacke und dem Strohhut tatsächlich noch so saß, wie sie sie zurückgelassen hatte. Charlotte hob die Nase. Zwischen all dem frischen Blütenaroma und dem Geruch der Wiesen nahm sie einen süßen Duft wahr, der für einen Moment ihr Herz schwer werden ließ. Kurz schaute sie sich irritiert um, dann strahlte sie ihre Tochter an, hob sie hoch und wirbelte sie im Kreis herum. »Ich habe es geschafft, mein Liebes! Ich werde bald in diesem Paradies hier arbeiten! Und ich werde Forscher und Pflanzen aus aller Welt kennenlernen. Später, wenn du größer bist, reisen wir gemeinsam um die Welt! Und wir finden die wertvollsten und schönsten Gewächse.«

»Das ist so toll, Mama!« Eliza kreischte vor Freude und drückte sich an sie.

»Nun wollen wir noch schauen, ob wir Letitia genauso glücklich machen können, ja?«

Charlotte nahm sie an die Hand und eilte auf die Schuppen zu, in denen die Gärtner Schubkarren, Rasenmäher, Arbeitskleidung und Werkzeuge aufbewahrten. Männer verließen das Holzhaus mit Karren voller Erde und frischen Pflanzen. Charlotte blickte in das Halbdunkel hinein und versuchte zu erkennen, wer der Chefgärtner war, mit dem sie über Letitia reden konnte. Sie wollte jetzt klären, dass auch ihre junge Freundin ihrem Lebensziel näher kam. Das war sie ihr schuldig. Eliza riss sich los. »Ich gehe mir Blumen anschauen und versuche herauszufinden, wie sie heißen!«

»Mach das, mein Schatz«, sagte Charlotte abwesend.

Gemurmel drang zu ihr heraus, das Klappern von Schaufeln, das Klirren von Tontöpfen und der Geruch nach frischen grünen Trieben.

»Charlotte.«

Die Stimme ertönte hinter ihr. Sie schloss für einen Moment die Augen, um die Illusion auszukosten. Diese so vertraut klingende Stimme, die sie in ihre Träume verfolgte. Sie spürte die Tränen, aber sie hielt sie zurück.

Unendlich langsam drehte sie sich um, sah in das Gesicht des Mannes, der alles für sie bedeutete. Unbewusst glitten ihre Finger an der Schuppenwand hoch, wo sie sich festhielt, um nicht die Balance zu verlieren. »Quinn.« Ihre Stimme war nur ein Flüstern, während sich ihre Blicke ineinander verfingen. Tausendundeine Frage spülte in ihr hoch, aber alles wurde überlagert von diesem überwältigenden Gefühl, am Ende eines langen Weges angekommen zu sein, bei dem ihrer Seele Flügel wuchsen.

»Ich habe gewusst, dass ich dich irgendwann hier finden würde«, sagte er, lehnte den Spaten an die Schuppenwand und trat nah an sie heran, sodass sie seinen sonnenwarmen Duft einatmen konnte. Erinnerungen daran, wie sich seine Hände auf ihrem Körper angefühlt hatten, stürzten auf sie ein und ließen sie taumeln, bis er nach ihrer Hand griff und sie in seiner hielt. Ihre Finger schienen zu glühen. »Es war nur eine Frage der Zeit.«

»Quinn, ich ...« Sie war immer noch zu verstört, um einen Satz herauszubringen. Ihre Gefühle übermannten sie.

»Ich war in Summerlight und habe gesehen, wie die neuen Besitzer deinen Garten verschandeln. Sie haben mir erzählt, dass Victor gestorben ist und dass du allein mit Eliza nach London gezogen bist. Glaub mir, ich habe dich überall auf den Straßen gesucht.«

Sie lächelte kurz. »Hättest du mal einen Blick in eine englische Zeitung geworfen.« Dann wurde sie wieder ernst. »Aber wieso bist du hier? Wo ist Caitlin? Wo sind deine Söhne?«

Er führte sie zu der Bank am Hauptweg, auf der zuvor noch Eliza gesessen hatte. Eng nebeneinander nahmen sie Platz, konnten nicht aufhören, sich in die Augen zu schauen und ihre Hände zu streicheln. »Ich habe mich von Caitlin getrennt. Als du dich nicht mehr gemeldet hast, war ich am

Boden zerstört. Alles schien mir sinnlos. Ich habe es nicht mehr ausgehalten und bin nach Summerlight House gefahren, in der Hoffnung, dich wiederzusehen. Es hat mich schier zerrissen, dass du dich zurückgezogen hast.«

»Victor ging es in den letzten Wochen seines Lebens sehr schlecht. Er hat alles verloren, was er für uns aufgebaut hatte. Ich durfte ihn in dieser Situation nicht betrügen.« Ihr Blick wurde weich. »Aber glaub mir, es gab keinen Tag, an dem ich nicht an dich gedacht habe.«

Er beugte sich vor, berührte ihren Mund mit seinen Lippen. Für Charlotte fühlte es sich an, als entzündete er ein Feuer. Wie hatte sie sich nach dieser Nähe gesehnt!

»In meiner Jugend habe ich selbst davon geträumt, in Kew Gardens zu arbeiten, das weißt du. Also war dies meine erste Anlaufstelle, zumal ich deine Verbindungen hierher kannte. Ich hatte Glück, sie suchten gerade einen Chefgärtner, und meine Bewerbung mit den Plänen von Summerlight Garden hat sie überzeugt.«

Charlotte lächelte. »Dann muss ich dich bestechen, damit du meine Helferin hier zur Gärtnerin ausbildest. Sie ist sehr begabt.«

Er grinste. »Du musst mich nicht bestechen. Deine Empfehlung reicht völlig. Sie soll sich gleich morgen vorstellen. Wir können jeden Helfer gebrauchen.«

»Wo wohnst du jetzt?«

»Ich habe mir hier in Richmond ein Haus mit Garten gemietet. Groß und ausbaufähig. Irgendwann, wenn ich genug Geld gespart habe, will ich es kaufen, und dann hole ich meine Söhne zu mir.«

Charlotte betrachtete ihn voller Liebe. »Wir wohnen in der Regent Street, wollen da aber so schnell wie möglich weg.«

Ihre Blicke sagten mehr als jedes Wort. Ja zu einer gemeinsamen Zukunft. Ja zu allem, was da noch auf sie zukommen würde. Ja zu dieser Liebe, die man nur einmal im Leben fand.

Eliza lief auf sie zu. Ihre Haare wehten im Wind. Sie hatte mal wieder ihren Hut verloren. Charlotte schaute zwischen ihr und Quinn hin und her. Er betrachtete Eliza, ihre feingliedrige Gestalt, blieb an ihren Augen hängen. Auch Elizas Blick ruhte auf ihm, und an ihrem Lächeln erkannte Charlotte, dass sie Zutrauen fasste. Vielleicht bemerkte sie intuitiv das unsichtbare Band zwischen ihnen.

Einen Herzschlag später spürte sie, dass Quinn Bescheid wusste. »Hallo, Eliza Rose«, sagte er, bevor er sich an Charlotte wandte. Sein Lächeln zeigte überbordende Freude und einen Hauch von Melancholie. »Jetzt weiß ich, warum du mir nie ein Foto von ihr geschickt hast.«

Charlotte suchte in seinen Zügen nach Anzeichen von Zorn und Enttäuschung darüber, dass sie ihm die Wahrheit vorenthalten hatte, aber da war nichts als das Glück darüber, dass sie nur noch nach vorne schauen würden. Und irgendwann würden sie Eliza erklären, dass der Mann, der ihre Mama auf der Parkbank in Kew Gardens so zum Strahlen gebracht hatte, ihr Vater war.

»Schau, was ich gefunden habe. Sie lag auf der Wiese, ich habe sie nicht abgerissen, Ehrenwort. Aber ist sie nicht wunderschön?«

Quinn und Charlotte beugten sich über die Hand des Mädchens und betrachteten die Jasminblüte. Sie verströmte den Duft, der Charlotte zuvor schon in der Nase gekitzelt hatte. Mit dem Zeigefinger berührte sie die zarten Blätter. »Sie ist wunderschön, mein Schatz«, sagte sie, griff in ihre Jackentasche und holte das Medaillon hervor. Sie öffnete den Schnappverschluss. Vor ihnen lag die Wasserlobelie, ein bisschen vergilbt, die sie als Kind auf einer botanischen Expedition mit ihrem Großvater gefunden hatte. »Wollen wir sie trocknen und ins Medaillon legen?«

»Das ist eine große Ehre, weißt du, Eliza Rose?« Quinn legte den Arm um Charlotte und zog sie an sich heran. Wie hatte sie es aushalten können, so lange ohne seine Zärtlichkeiten zu sein?

»Das weiß ich«, rief Eliza und rannte davon, um Kew Gardens zu entdecken.

Nachwort

Hier also endet die Geschichte um Charlotte und ihre Liebsten, ihre Verwandten und Freunde. Ich freue mich, dass Sie sie begleitet haben.

Auch in diesem letzten Band der Trilogie um *Die englische Gärtnerin* habe ich meinem fiktiven Figurenkarussell einige historische Figuren zur Seite gestellt und die Romanhandlung realen Ereignissen angepasst.

Vita Sackville-West (1892–1962), Autorin und Gartenexpertin, und ihren Ehemann, den Diplomaten Harold Nicolson, haben Sie bereits in Band 2 kennengelernt, Sir Arthur Hill (1875–1941), damaliger Direktor von Kew Gardens, ebenfalls.

Die *Chelsea Flower Show* findet bis heute jedes Jahr an fünf Tagen im Mai statt, gilt als eine der bedeutendsten Gartenschauen in England und ist inzwischen ein gesellschaftliches Ereignis, an dem auch die königliche Familie teilnimmt. Ausgerichtet wird die Show von der *Royal Horticultural Society*. Die in meinem Roman genannten Mitglieder

der Gesellschaft sind fiktiv, genau wie die Mitglieder der *Linnean Society*.

Die Weltwirtschaftskrise, die die Familie Bromberg in den Ruin treibt, fand, wie im Roman beschrieben, im Oktober beim großen Börsencrash, dem *Schwarzen Donnerstag*, ihren Höhepunkt. In den USA brach die Börse am 24. Oktober 1929 ein, am Tag darauf traf die Katastrophe Europa.

Bei meinen Recherchen über Kew Gardens, englische Gärten, Expeditionen, die britische Lebensart und London um 1920/30 hatte ich überaus wertvolle Unterstützung von der Historikerin Dr. Barbara Ellermeier, bei der ich mich von ganzem Herzen bedanke. Mit dem Material, das sie mir geschickt hat, könnte ich zwanzig weitere Romane aus diesen Jahrzehnten schreiben, aber natürlich ist der historische Hintergrund in Unterhaltungsromanen, wie ich sie schreibe, nur der Rahmen, in dem die erschaffenen Charaktere leben und lieben. Beispielhaft für die Literatur, mit der Barbara mich versorgt hat, möchte ich diesen Fotoband nennen: *Forgotten London. A Picture of Life in the 1920s.* Elizabeth Drury, Philippa Lewis. Batsford, London 2011. Eine Fundgrube voller einzigartiger Aufnahmen für jeden, der sich für das historische London interessiert. Darin habe ich zum Beispiel neben den Industriegebieten und Armenvierteln auch den italienischen Eisverkäufer, die über die Straße gespannte Wäscheleine und viele weitere Momentaufnahmen gefunden.

Über englische Gartenkunst habe ich mich auf zahlreichen Reisen nach England informiert. Ich bin durch die schönsten Gärten und Landschaften spaziert und freue mich jetzt schon auf die nächste Tour. Summerlight Garden ist zwar meiner Fantasie entsprungen, orientiert habe ich mich aber an real existierenden Vorbildern. Am heimischen Schreibtisch habe ich zu meinen Erinnerungen wunderbare Bildbände hinzugezogen. Empfehlen kann ich besonders diesen: *Sissinghurst. Der schönste Garten Englands.* Tony Lord, Dumont, Köln 2000.

Die *Glynde School for Lady Gardeners* in East Sussex, die die von mir erdachte Harriet Moore besucht hat, war bis 1933 eine der bekanntesten Ausbildungsstätten für Gärtnerinnen in England.

Mein großer Dank geht an Michael Meller und an das Team seiner Literaturagentur. Ich fühle mich dort seit vielen Jahren bestens aufgehoben und vertreten.

Ein herzliches Dankeschön auch an den Ullstein Verlag und insbesondere an Monika Boese für die wunderbare Zusammenarbeit und alle inspirierenden Gespräche.

Katharina Rottenbacher hat meine Trilogie lektoriert. Ihre Gründlichkeit und Einfühlsamkeit haben mich sehr beeindruckt. Dafür und für den freundschaftlichen Austausch möchte ich mich sehr herzlich bedanken.

Teile dieses Romans sind während des Beginns der Corona-Krise im März und April 2020 entstanden. Als Autorin bin ich Homeoffice gewöhnt, aber nicht, dass alle Familienmitglieder gleichzeitig arbeiten.

Wie nach jedem Roman möchte ich mich bei meinem Mann Frank bedanken, mit dem ich jederzeit jeden Gedanken zu meinem Manuskript teilen und diskutieren konnte, und bei meiner Tochter Fiona, die mir so gerne während des

Homeschoolings über die Schulter geblickt hat, um mich beim Schreiben zu korrigieren.

Wenn Ihnen meine Romane gefallen, freue ich mich auf ein baldiges Wiedersehen! Für Lob und Kritik und weitergehende Informationen über meine Romane, über Termine und meinen Autorinnenalltag kontaktieren Sie mich gern bei Facebook oder Instagram. Bleiben Sie gesund!

Martina Sahler, im Mai 2020